HEYNE BÜCHER

W0221014

Fantasy

Herausgegeben von Wolfgang Jeschke

Von Terry Pratchett erschienen in der Reihe
HEYNE SCIENCE FICTION & FANTASY:

Das Licht der Phantasie · 06/4583
Das Erbe des Zauberers · 06/4584

TERRY PRATCHETT

DAS ERBE DES ZAUBERERS

Zweiter Roman des Zyklus
von der Scheibenwelt

Fantasy

Deutsche Erstausgabe

WILHELM HEYNE VERLAG
MÜNCHEN

HEYNE SCIENCE FICTION & FANTASY
Band 06/4584

Titel der englischen Originalausgabe
EQUAL RITES
Deutsche Übersetzung von Andreas Brandhorst
Das Umschlagbild schuf Ron Kirby

Redaktion: Friedel Wahren

Printed in Germany 1989
Umschlaggestaltung: Atelier Ingrid Schütz, München
Satz: Kort Satz GmbH, München
Druck und Bindung: Elsnerdruck, Berlin

ISBN 3-453-03451-1

Ich danke Neil Gaiman,

der uns das letzte überlebende Exemplar des *Liber Paginarum Fulvarum* lieh.

Mein besonderer Gruß gilt allen Jungen und Mädchen vom H. P. Lovecraft Holiday Fun Club.

Ich möchte hier betonen, daß dieses Buch keineswegs verrückt ist. Eine solche Bezeichnung trifft nur auf verkalkte Mathematiker zu, die Geometrie mit Lebensfreude verwechseln.

Und es ist auch nicht beknackt.

In der folgenden Geschichte geht es um Magie, wohin sie verschwindet und — was vielleicht noch wichtiger ist — woher sie kommt. Es sollen die Gründe dafür dargelegt werden, ohne daß Anspruch auf vollständige Beantwortung der aufgeworfenen Fragen erhoben wird.

Nun, vielleicht könnte dieses Buch zu erklären helfen, warum Gandalf nie heiratete und Merlin ein Mann war. Denn es ist auch eine Geschichte über Sex, wobei der Autor allerdings nicht die athletisch-gymnastische Variante Zähl-die-Beine-und-teil-die-Summe-durch-zwei im Sinn hat. Es sei denn, die Protagonisten geraten außer Kontrolle. Was durchaus passieren könnte.

Hauptsächlich aber geht es um die Welt. Achtung, jetzt kommt der große Augenblick! Passen Sie gut auf; die Spezialeffekte sind ziemlich teuer.

Die musikalische Untermalung besteht aus einem bedeutungsvollen Summen, einer dumpfen Vibration, die den Zuhörer auf einen kosmischen Fanfarenstoß vorbereitet. Ungeachtet aller physikalischen Gesetze durchhallt das Brummen den leeren Raum, und das Bild zeigt einige glitzernde Sterne, wie Schuppen auf der Schulter Gottes.

Und dann gerät sie in Sicht, größer als der größte für den nächsten intergalaktischen Krieg ausgerüstete Schlachtkreuzer, den sich ein erfolgreicher C-Film-Regisseur vorstellen kann: eine zehntausend Meilen lange Schildkröte. Es ist Groß-A'Tuin aus der seltenen Gattung der *Astrochelonia.* Sie (oder er — in diesem Punkt sind die Gelehrten nicht ganz sicher) stammt aus einem Universum, in dem die Dinge weniger phantastisch sind, als es der Fall zu sein scheint — und gleichzeitig weitaus bedeutungsvoller, als sich ein mit normaler Phantasie ausgestatteter Mensch vorstellen mag. Auf ihrem (oder seinem) meteoritenzernarbten Panzer stehen vier riesige Elefanten, die die runde Scheibenwelt auf den gewaltigen Schultern tragen.

Die Perspektive verändert sich, und kurz darauf sieht der Zuschauer die ganze Welt im Licht der kleinen Sonne, die sie umkreist. Er beobachtet Kontinente, Archipele, Seen, Meere, Wüsten, Gebirge und sogar eine kleine Eiskappe in der Mitte. Mit Theorien über planetare Kugeln oder ähnlich haarsträubenden Unsinn können die Bewohner jenes Ortes natürlich nichts anfangen. Ihre Welt wird von einem runden Meer begrenzt, das in einem ewigen Wasserfall über den Rand der Scheibe ins All strömt, und sie ist so flach und platt wie eine geologische Pizza, der allerdings die Artischocken fehlen — von den Zwiebeln und der Salami ganz zu schweigen.

Auf einer derartigen Welt (die nur existiert, weil sich die Götter einen Scherz erlaubten) gibt es genug Platz für Magier und Zauberei. Und natürlich auch für Sex.

Der alte Mann stapfte durchs Gewitter. Er trug einen langen gemusterten Mantel und hielt einen Holzstab mit eigentümlichen Schnitzmustern in der Hand; doch was ihn in erster Linie als Zauberer verriet, war die Tatsache, daß die Regentropfen einen halben Meter über seinem Kopf verdampften.

Die Spitzhornberge stellten eine für ordentliche Gewitter bestens qualifizierte Region dar. Die Landschaft bestand größtenteils aus schroffen Graten, zerklüfteten Hängen, dichten Wäldern und so tiefen Flußtälern, daß das Tageslicht den Rückzug antreten mußte, kaum hatte es den Boden erreicht. Faserige Wolkenfetzen klebten an den nicht ganz hohen Berggipfeln unterhalb des Pfades, über den der Zauberer rutschte und schlitterte. Ein paar schlitzäugige Ziegen beobachteten ihn mit vagem Interesse. Nun, es erfordert nicht viel, um die Aufmerksamkeit solcher Tiere zu wecken.

Gelegentlich blieb der alte Mann stehen und warf seinen Stab hoch in die Luft. Als er in den Matsch fiel, zeigte er immer in die gleiche Richtung, und dann seufzte der Zauberer, hob ihn auf und stakte weiter durch den Schlamm.

Auf Beinen aus flackernden Blitzen marschierte das Unwetter durchs Gebirge, donnerte und knurrte grollend.

Der Magier verschwand hinter einem Felsvorsprung, die Ziegen zuckten mit den Achseln und fraßen nasses Gras.

Kurz darauf aber blickten sie wieder auf. Sie erstarrten förmlich, zwinkerten überrascht und meckerten erschrokken.

Was eigentlich seltsam war, denn es befand sich niemand auf dem Pfad. Was die Ziegen jedoch nicht weiter kümmerte; sie sahen dem Nichts nach, bis es sich im grauen Wogen verlor.

Die Hütten des Dorfes standen in einem schmalen Tal zwischen hoch aufragenden bewaldeten Hängen. Es handelte sich um keine besonders große Siedlung, und es muß bezweifelt werden, ob sich jemand die Mühe machte, sie in einer Bergkarte zu verzeichnen. Sie hatte sogar Mühe, sich auf einer Karte der Ortschaft zu zeigen.

Es war eins jener Dörfer, die nur existieren, damit jemand Angaben über seine Herkunft machen kann. Im Universum wimmelt es davon: in Schluchten verborgene Orte, halb vergessene Provinznester in weiten Savannen, einsame Schuppen in dunklen Wäldern. Sie gehen nur deshalb in die Geschichte ein (zumindest in die regionale), weil in einer so gewöhnlichen und langweiligen Umgebung höchst bedeutsame Ereignisse ihren Anfang nahmen. Manchmal erinnert nur eine kleine Gedenktafel daran, daß entgegen aller gynäkologischen Möglichkeiten irgendeine Berühmtheit in halber Höhe einer Mauer geboren wurde.

Nebel wallte zwischen den Häusern, als der Zauberer eine kleine Brücke überquerte, unter der ein angeschwollener Wildbach gurgelte. Er verharrte kurz, um sich zu orientieren, und hielt dann auf die Dorfschmiede zu. Nun, der Nebel wird hier nur erwähnt, um die richtige Stimmung entstehen zu lassen; sein Wallen hat mit den folgenden Geschehnissen nichts zu tun. Der Vollständigkeit halber sei hinzugefügt, daß es ein recht erfahrener Nebel war, der die Kunst des Wallens außerordentlich gut beherrschte. Was das Gurgeln des Wildbachs angeht: Er litt nicht etwa an Mundgeruch, sondern wetteiferte aus purer Lebensfreude mit dem Prasseln des Regens.

In der Werkstatt des Dorfschmieds herrschte natürlich ziemliches Gedränge. Immerhin kann man guten Gewissens darauf vertrauen, dort nicht nur ein gut geschürtes Feuer vorzufinden, sondern auch einen Gesprächspartner. Mehrere Dorfbewohner hatten es sich im warmen Schatten gemütlich gemacht, und als der Zauberer eintrat, setzten sie sich erwartungsvoll auf und versuchten mit mäßigem Erfolg, intelligent zu wirken.

Der Schmied hielt derart unterwürfige Gesten für nicht notwendig. Er nickte dem Magier zu und begrüßte ihn damit als Gleichrangigen — wenigstens sah er sich in einer solchen Rolle. Er vertrat die Ansicht, jeder halbwegs kompetente Schmied müsse mit der Magie auf einigermaßen gutem Fuße stehen. Manchmal erschien es ihm wie ein Wunder, das seine Hammerschläge rotglühendem Eisen genau die richtige Form gaben, und er zweifelte nicht daran, daß als Erklärung nur Thaumaturgie in Frage kam.

Der Zauberer verneigte sich. Eine weiße Katze, die hinter dem Ofen lag, erwachte aus ihrem Schlummer und musterte ihn wachsam.

»Wie heißt dieser Ort, Herr?« fragte der alte Mann.

Der Schmied hob die Schultern.

»Blödes Kaff«, sagte er.

»Blödes...?«

»Kaff«, wiederholte der Schmied herausfordernd und hob die Brauen. Offenbar befürchtete er eine Verletzung seines Heimatstolzes.

Der Zauberer dachte kurz nach.

»Gewiß ein Name, hinter dem sich eine interessante Geschichte verbirgt«, erwiderte er schließlich und fügte hinzu: »Die ich unter anderen Umständen gern hören würde. Leider bleibt mir nicht genügend Zeit. Ich bin gekommen, um mit dir über deinen Sohn zu sprechen.«

»Welchen meinst du?« fragte der Schmied, und die Zuhörer kicherten leise. Der Zauberer lächelte.

»Du hast sieben Söhne, nicht wahr? Und du selbst bist ein achter Sohn, stimmt's?«

Die Miene des Schmieds verhärtete sich. Er überlegte einige Sekunden lang und wandte sich den Dorfbewohnern zu.

»Na schön«, brummte er. »Ich glaube, es hört auf zu regnen. Haut ab! Ich und...« Er sah den Zauberer an und hob die Brauen.

»Drum Billet«, sagte der alte Mann.

»Ich und Drum Billet haben einiges zu besprechen.« Er winkte mit dem Hammer, und die anderen Männer wanderten im Gänsemarsch zur Tür. Mehrmals blickten sie über die Schulter zurück, so als hofften sie auf eine Zugabe, obwohl die Vorstellung noch gar nicht begonnen hatte.

Der Schmied zog zwei Stühle unter der Werkbank hervor, nahm eine Flasche aus dem Schrank neben dem Wasserbehälter und schenkte die beiden kleinsten Gläser voll, die er finden konnte.

Dann nahm er zusammen mit dem Zauberer Platz. Eine Zeitlang beobachteten sie den Regen und den Nebel, der kunstvoll und elegant über die Brücke wallte. Schließlich sagte der Schmied: »Ich weiß, welchen Sohn du meinst. Die alte Granny ist gerade oben bei meiner Frau. Der achte Sohn eines achten Sohns. Hm, ich verstehe. Nun, ich habe schon daran gedacht, der ganzen Sache jedoch keine große Beachtung geschenkt, um ganz ehrlich zu sein. Tja. Ein Zauberer in der Familie, wie?«

»Wäre durchaus möglich«, entgegnete Billet. Die weiße Katze verließ ihren Schlafplatz, stolzierte würdevoll über den Boden, sprang auf den Schoß des Zauberers und rollte sich dort zusammen. Die dünnen Finger des alten Mannes streichelten sie geistesabwesend.

»Tja, tja«, wiederholte der Schmied. »Ein Zauberer in Blödes Kaff, mhm?«

»Ist nicht auszuschließen«, antwortete Billet. »Natürlich

muß er zuerst die Universität besuchen. Aber er könnte es weit bringen.«

Der Schmied betrachtete diese Idee von allen Seiten und entschied, daß sie ihm gut gefiel. Dann erinnerte er sich an etwas.

»Einen Augenblick«, brummte er. »In diesem Zusammenhang hat mir mein Vater einmal etwas gesagt. Ich glaube, es ging dabei um folgendes: Ein Zauberer, der weiß, daß er nicht mehr lange lebt, kann seine, äh, Zauberei auf einen, äh, Nachfolger übertragen, äh. Ist das, äh, richtig?«

»Du hast es bemerkenswert klar ausgedrückt, ja«, bestätigte der Magier.

»Mit anderen, äh, Worten: Du wirst also, äh, sterben?«

»In der Tat.« Die Katze schnurrte, als der alte Mann sie hinter den Ohren kraulte.

Der Schmied wirkte verlegen. »Wann?«

Der Zauberer überlegte. »In etwa sechs Minuten.«

»Oh.«

»Sei unbesorgt«, fügte der Thaumaturge hinzu. »Ich freue mich sogar darauf, wenn ich ganz offen sein darf. Wie ich hörte, ist das Sterben völlig schmerzlos.«

Der Schmied runzelte die Stirn. »Woher willst du das wissen?« erkundigte er sich.

Der Zauberer überhörte diese Frage. Er sah aus dem Fenster zur Brücke und hielt im wogenden Dunst nach verräterischen Hinweisen Ausschau.

»Nun«, seufzte der Schmied, »du solltest mir besser erklären, wie man einen Zauberer erzieht. Weißt du, in dieser Gegend gibt es nicht besonders viele...«

»Das wird sich von allein regeln«, erwiderte Billet munter. »Die Magie hat mich zu dir geführt, und bestimmt kümmert sie sich auch um den Rest. Wie üblich. Habe ich da einen Schrei gehört?«

Der Schmied starrte zur Decke hinauf. Im Zimmer über der Werkstatt füllten sich zwei kleine Lungenflügel mit Luft und ließen sie voller Begeisterung entweichen. Das dabei erklingende Geräusch übertönte sogar das laute Prasseln des Regens.

Der Zauberer lächelte. »Laß ihn herbringen!« schlug er vor.

Die Katze richtete sich auf und blickte interessiert in Richtung Tür. Als der Schmied an die Treppe herantrat und etwas rief, sprang sie herunter, näherte sich den Stufen und schnurrte wie eine Bandsäge.

Kurze Zeit später kam eine hochgewachsene weißhaarige Frau herein und zeigte dem Schmied ein deckenumhülltes Bündel. Er nickte knapp und führte sie hastig zum Zauberer.

»Aber...«, begann sie.

»Dies ist eine sehr wichtige Angelegenheit«, sagte der Schmied ernst. »Was tun wir jetzt, Herr?«

Der Magier hob seinen fast zwei Meter langen armdikken Stab. Die Schnitzmuster schienen sich zu verändern, während der Schmied sie betrachtete, so als wollten sie ihm nicht zeigen, was sie darstellten.

»Das Kind muß ihn halten«, sagte Drum Billet. Der Schmied nickte und tastete im Deckenbündel umher, bis er eine winzige rosafarbene Hand entdeckte. Behutsam führte er sie zum Stab, und die kleinen Finger schlossen sich fest um das Holz.

»Aber...«, wandte die Hebamme ein.

»Es ist alles in Ordnung, Granny«, sagte der Schmied. »Mach dir keine Sorgen!« Und an den Zauberer gerichtet: »Sie ist eine Hexe, Herr. Laß dich von ihr nicht stören. Was nun?«

Der Thaumaturge schwieg.

»Was sollen wir jetzt ...« Der Schmied brach ab, beugte sich vor und musterte das Gesicht des alten Mannes. Billet lächelte, doch es blieb ein Rätsel, was ihn so sehr erheiterte.

Der Schmied reichte den Säugling der Hebamme zurück, die inzwischen der Verzweiflung nahe zu sein schien. Dann löste er die dürren blassen Finger des Magiers so behutsam wie möglich vom Zauberstab.

Er fühlte sich sonderbar schmierig an, und irgend etwas knisterte wie statische Elektrizität. Das Holz war fast schwarz, aber die geschnitzten Verzierungen wirkten ein wenig heller, und als er versuchte, sich darauf zu konzentrieren, entwickelten sie ein beunruhigendes Eigenleben.

»Bist du jetzt zufrieden?« fragte die Hebamme.

»Wie? O ja, eigentlich schon. Warum?«

Die weißhaarige Frau zog einen Deckenzipfel beiseite. Der Schmied starrte auf eine bestimmte Stelle des winzigen Körpers und schluckte.

»Nein«, hauchte er. »Er sagte...«

»Und Leute wie *er* sind natürlich Experten auf diesem Gebiet, nicht wahr?« erwiderte Granny spöttisch.

»Aber er war sicher, es sei ein Sohn!«

»Sieht mir ganz und gar nicht nach einem Söhnchen aus, du Dummkopf.«

Der Schmied ließ sich ächzend auf den Stuhl sinken und schlug die Hände vors Gesicht.

»Was habe ich getan?« stöhnte er.

»Du hast der Welt die erste Zauberin gegeben«, stellte die Hebamme fest. »Pudiepudiepuh.«

»Wie?«

»Ich meinte das *Kind.*«

Die weiße Katze schnurrte und krümmte den Rücken, so als striche sie um die Beine eines alten Freundes. Was man nur als seltsam bezeichnen konnte, denn es war niemand da.

»Ich glaube, mir ist ein schwerer Fehler unterlaufen«, sagte eine Stimme, die kein Sterblicher zu hören vermag. »Ich habe mich darauf verlassen, die Magie wisse schon, was richtig sei.«

VIELLEICHT STIMMT DAS AUCH.

»Wenn ich doch nur eingreifen könnte...«

ES GIBT KEIN ZURÜCK, KEIN ZURÜCK, lautete die dunkle, hohl klingende Antwort. Es hörte sich an, als schließe sich langsam die Pforte einer Gruft.

Der aus reinem Nichts bestehende Dunsthauch namens Drum Billet dachte nach.

»Aber sie wird eine Menge Probleme bekommen.«

PROBLEME SIND DAS GEWÜRZ DES LEBENS. BEHAUPTET MAN JEDENFALLS. ICH SPRECHE NATÜRLICH NICHT AUS EIGENER ERFAHRUNG.

»Wie wär's mit einer Reinkarnation?«

Der Tod zögerte.

DAS GEFIELE DIR BESTIMMT NICHT, GLAUB MIR, erwiderte die Grabesstimme.

»Und doch scheint so etwas seit einiger Zeit in Mode gekommen zu sein.«

MAN MUSS DIE ENTSPRECHENDE TECHNIK BEHERRSCHEN. DIE MEISTEN FANGEN GANZ UNTEN AN UND ARBEITEN SICH LANGSAM HOCH. ACH, DU HAST JA KEINE AHNUNG, WIE SCHRECKLICH ES IST, EINE AMEISE ZU SEIN!

»Üble Sache, was?«

NOCH WEITAUS SCHLIMMER, ALS DU DIR VORSTELLEN KANNST. UND MIT DEINEM KARMA WÄRE DIE WIEDERGEBURT ALS AMEISE NOCH SEHR GROSSZÜGIG.

Inzwischen weilte das Baby wieder bei der Mutter. Der Schmied saß betrübt in seiner Werkstatt und starrte in den Regen hinaus.

Drum Billet kraulte die Katze hinter den Ohren und erinnerte sich an sein Leben. Es war recht lang gewesen — einer der Vorteile, ein Zauberer zu sein —, und er hatte viele Dinge angestellt, die er nun zu bedauern begann. Er hielt den Zeitpunkt für gekommen, seine guten Vorsätze endlich ernst zu nehmen...

WEISST DU, ICH HABE NICHT DEN GANZEN TAG ZEIT, sagte der Tod ein wenig vorwurfsvoll.

Der Magier blickte auf die Katze herab und bemerkte erst jetzt, wie komisch sie aussah.

Die Lebenden begreifen nur in den seltensten Fällen, wie merkwürdig die Welt anmutet, wenn man sie aus der Perspektive eines Toten betrachtet. Der Tod befreit den Geist zwar aus der Zwangsjacke dreier Dimensionen, aber er trennt ihn auch von der Zeit, bei der es sich um eine weitere Dimension handelt. Die Katze, die nun an Billets unsichtbaren Beinen entlangstrich, war zweifellos jenes Tier, das er vor einigen Minuten gestreichelt hatte. Gleichzeitig aber sah er ein noch blindes Junges, eine greise Katzendame und alle Stadien dazwischen, was, gelinde gesagt, verwirrend wirkte. Das hypertemporale Geschöpf begann klein und endete dick, erweckte somit den Eindruck einer Karotte vom Typ *Felis domestica* – eine Beschreibung, die genügen muß, bis irgend jemand vierdimensionale Adjektive entwickelt.

Die knöcherne Hand des Todes klopfte Billet sanft auf die Schulter.

KOMM JETZT, MEIN LIEBER!

»Kann ich ihr überhaupt nicht helfen?«

DAS LEBEN IST FÜR DIE LEBENDEN. WIE DEM AUCH SEI – DU HAST IHR DEINEN ZAUBERSTAB GEGEBEN.

»Ja, das stimmt.«

Die Hebamme hieß Granny ›Oma‹ Wetterwachs und war eine Hexe. Daran hatten die Bewohner der Spitzhornberge nichts auszusetzen. Sie begegneten Hexen mit freundlichem Respekt, denn sie wollten morgens in der gleichen Gestalt erwachen, in der sie abends zu Bett gingen.

Der Schmied starrte noch immer finster in den Regen, als Granny in die Werkstatt zurückkehrte und ihn mit warziger Hand am Arm berührte.

Er blickte zu ihr auf.

»Was soll ich nur tun, Oma?« fragte er und versuchte erst gar nicht, das Flehen aus seinem Tonfall zu verbannen.

»Wo befindet sich die Leiche des Zauberers?«

»Ich habe sie in den Schuppen gebracht. Ist das in Ordnung?«

»Ich denke schon«, entgegnete Granny Wetterwachs energisch. »Wir kümmern uns später darum.« Sie holte tief Luft. »Du mußt jetzt den Zauberstab verbrennen.«

Sie drehten sich beide um und beobachteten den dicken Stab, den der Schmied in die dunkelste Ecke des Zimmers gestellt hatte. Er schien ihre Blicke zu erwidern.

»Aber er ist magisch«, flüsterte der achtfache Vater.

»Na und?«

»Ich meine — kann ihm Feuer überhaupt etwas anhaben?«

»Er besteht aus Holz, oder? Und Holz *brennt*, nicht wahr?«

»Aber ist es richtig? Ich meine...«

Oma Wetterwachs schloß die breite Tür, stemmte die Arme in die Hüften und schnaufte.

»Hör mir mal gut zu, Gordo Schmied!« sagte sie. »Zauberinnen sind ebenfalls nicht *richtig!* Derartige Magie eignet sich nicht für Frauen, nur für männliche Thaumaturgen. Es geht dabei um Bücher und Sterne und andere geheimnisvolle Dinge wie zum Beispiel Gehmetrie. Das ist zu hoch für deine Tochter. Und außerdem: Wer hat jemals von einer Zauberin gehört?«

»Was ist mit Hexen?« fragte der Schmied unsicher. »Und Beschwörerinnen?«

»Hexen stehen auf einem ganz anderen Blatt«, behauptete Granny Wetterwachs kühn. »Ihre Magie kommt aus dem Boden, nicht vom Himmel. Und Männer könnten nicht damit umgehen. Sie kriegen einfach nicht den richtigen Dreh raus. Was Beschwörerinnen angeht...« Die Hebamme schnitt eine Grimasse. »Sie sind nicht besser als ihr Ruf. Vertrau mir: Verbrenn den Stab, begrab die Leiche und vergiß die ganze Sache.«

Gordo Schmied nickte zögernd, trat an die Esse heran und betätigte den Blasebalg, bis Funken stoben. Dann wandte er sich dem Zauberstab zu.

Er rührte sich nicht von der Stelle.

»Er rührt sich nicht von der Stelle!«

Schweiß perlte auf der Stirn des Mannes, als er an dem Holz zerrte. Es verharrte trotzig in der Ecke.

»Laß es mich mal versuchen!« schlug Granny vor und schob sich an ihm vorbei. Es knallte dumpf, und der Schmied nahm einen Geruch wahr, der an verbranntes Zinn erinnerte.

Mit einem leisen Wimmern eilte Gordo durch die Kammer und beugte sich über Oma Wetterwachs, die an der gegenüberliegenden Wand zu Boden rutschte.

»Wie geht es dir? Hast du dir was gebrochen?«

Granny öffnete zwei Augen, die wie zornige Diamanten funkelten. »Ich verstehe. So ist das also.«

»So ist was?« fragte der Schmied verdutzt.

»Hilf mir auf, du Narr, und besorg mir eine Axt!«

Angesichts ihrer Stimme hielt es Gordo für angeraten, sofort zu gehorchen. Rasch lief er zu einem unförmigen Haufen in einer anderen Ecke des Zimmers, suchte mit zunehmender Nervosität und zog schließlich ein besonders großes Beil aus dem Gerümpel.

»Gut. Und jetzt nimm die Schürze ab.«

»Warum denn? Was hast du vor?« Der Schmied hatte das unangenehme Gefühl, daß er allmählich die Übersicht verlor. Granny seufzte verzweifelt.

»Sie besteht aus Leder, du Idiot. Ich möchte sie um den Griff wickeln. Der Zauberstab soll mich nicht noch einmal auf diese Weise erwischen.«

Der Schmied nahm die große Schürze ab und reichte sie der Hexe, sehr langsam und vorsichtig. Oma Wetterwachs nahm sie entgegen, prüfte das Leder, umhüllte damit den Stiel der Axt und holte mehrmals versuchsweise aus. Dann schlich sie durch den Raum — eine spinnenartige Gestalt im Schein der fast weißglühenden Esse —, näherte sich geduckt dem Zauberstab, hob ihre Waffe und ließ den geschärften Stahl mit einem triumphierenden Ächzen auf den magischen Widersacher herabsausen.

Irgend etwas klickte. Irgend etwas schnatterte wie ein aufgeregtes Rebhuhn. Irgend etwas pochte.

Dann herrschte Stille.

Gordo Schmied hob zögernd die Hand und wagte es nicht, den Kopf zu bewegen, als er nach der Beilklinge tastete. Der Schaft fehlte, und das empört glitzernde Metall steckte einen Millimeter über Gordos linkem Ohr in der Tür.

Oma Wetterwachs starrte auf den Axtgriff in ihrer Hand, verzog das Gesicht und schüttelte sich benommen. Es war gewiß nicht leicht, auf ein absolut unbewegliches Objekt einzuschlagen und nicht die Fassung zu verlieren.

»Nnnaaa ssschön«, stieß sie hervor. »Innn diesemmm Falll ...«

»Nein«, sagte der Schmied fest und rieb sich das Ohr. »Ganz gleich, was du vorschlagen willst, die Antwort lautet: nein. Laß es gut sein. Ich schiebe einige Sachen in die Ecke. Niemand wird das Ding bemerken. Mach dir nichts draus, Granny. Ist doch nur ein Holzstab.«

»Nur ein Holzstab?«

»Hast du eine bessere Idee? Vorzugsweise eine, bei der ich den Kopf auf den Schultern behalte?«

Oma Wetterwachs starrte wütend auf den Zauberstab. Er gab vor, ihre keine Beachtung zu schenken.

»Im Augenblick nicht«, gestand sie ein. »Aber wenn ich genügend Zeit habe, gründlich nachzudenken ...«

»Schon gut, schon gut! Nun, es wartet Arbeit auf mich. Ich muß einen Zauberer begraben und so weiter; du weißt ja, wie das ist.«

Gordo griff nach einem Spaten und zögerte.

»Granny?«

»Ja?«

»Weißt du, wie Zauberer begraben werden möchten?«

»Und ob!«

»Wie denn?«

Oma Wetterwachs blieb an der Treppe stehen.

»Widerwillig.«

Später wurde es dunkel, als das letzte Licht des Tages langsam aus dem Tal floß und der Nacht wich. Ein fahler, regennasser Mond kletterte über den schwarzen Himmel, begleitet von flackernden Sternen. Im dunklen Garten hinter der Schmiede war das gelegentliche Klirren eines Spatens oder ein gedämpfter Fluch zu hören.

Im Zimmer über der Werkstatt schlief die erste Zauberin der Scheibenwelt in einer Wiege und träumte von ... Nun, eigentlich träumte sie gar nicht.

Die weiße Katze döste auf einem Schemel hinter dem Ofen. Das einzige Geräusch in der warmen Esse stammte von den Kohlen, die mit einem leisen Knistern unter grauer Asche abkühlten.

Der Zauberstab stand in der Ecke und fühlte sich recht wohl. Die Schatten in seiner Nähe schienen etwas dunkler zu sein, als es Schatten normalerweise sind.

Die Zeit nahm ihre Pflicht wahr und verstrich.

Irgendwo klimperte etwas, und verdrängte Luft zischte kaum hörbar. Nach einer Weile hob die Katze den Kopf und beobachtete aufmerksam, was im Zimmer geschah.

Der Morgen graute, und von den Spitzhornbergen aus gesehen wirkte die Dämmerung überaus beeindruckend, erst recht dann, wenn ein ordentlicher Regenguß den Staub aus der Luft gespült hatte. Die kleineren Gipfel und Berge vor dem Kaff-Tal erstrahlten in purpurnen und orangefarbenen Tönen, als das Morgenlicht über sie hinwegtropfte. (Manche Leute sprechen in diesem Zusammenhang von ›goldenem Sirup‹; es sei daran erinnert, daß die Scheibenwelt in ein ausgedehntes magisches Feld gehüllt ist, in dem Licht zu Trägheit und regelrechter Faulenzerei neigt.) In der fernen Ebene verharrten einige dunkle Pfützen der Nacht, und jenseits davon deutete ein gelegentliches Funkeln auf die Fluten des Meeres hin.

Tatsächlich konnte man von Blödes Kaff aus bis zum Rand der Welt sehen.

Damit versucht der Autor nicht etwa, seine metaphorische Leistungsfähigkeit unter Beweis zu stellen. Nein, er beschreibt schlicht und einfach eine Tatsache. Immerhin ist die Scheibenwelt flach wie ein Pfannkuchen (beziehungsweise eine Pizza, von der kulinarischen Version ›Calzone‹ einmal abgesehen), und jedermann weiß, daß sie von vier Elefanten getragen wird, die ihrerseits auf dem Rücken der riesigen Sternenschildkröte Groß-A'Tuin stehen.

Das Dorf erwacht allmählich. Der Schmied hat bereits seine Werkstatt aufgesucht und dort mit ziemlichem Erstaunen festgestellt, daß sie so gut aufgeräumt ist wie schon seit hundert Jahren nicht mehr: Alle Instrumente befinden sich an ihrem Platz; der Boden ist gefegt, und im Brennofen lodert ein prächtiges Feuer. Gordo nimmt auf dem großen Amboß Platz, der mitten im Raum steht (wo er hingehört), betrachtet den Zauberstab und versucht nachzudenken.

Während der nächsten sieben Jahre beschränkten sich die erwähnenswerten Ereignisse darauf, daß im Garten hinter der Schmiede ein Apfelbaum wesentlich schneller wuchs als die anderen. Häufig kletterte ein kleines Mädchen daran hinauf. Es hatte braunes Haar, eine deutlich sichtbare Zahnlücke und Gesichtszüge, die zwar nicht unbedingt hinreißende Schönheit versprechen, aber doch eine auffällige Attraktivität.

Das Mädchen hieß Eskarina, wofür es keinen besonderen Grund gab; seine Mutter fand einfach nur Gefallen an der Klangfarbe dieses Namens. Granny ›Oma‹ Wetterwachs beobachtete es aufmerksam, ohne irgendwelche Anzeichen von Magie zu erkennen. Sicher, Eskarina verbrachte mehr Zeit damit, auf Bäume zu klettern und schreiend herumzulaufen als andere Mädchen, aber immerhin lebte sie mit vier älteren Brüdern unter einem Dach, und das erklärte eine ganze Menge. Nach einer gewissen Zeit entspannte sich die Hexe und kam erleichtert zu dem Schluß, daß die Zauberei ohne Einfluß geblieben war.

Aber Magie hat die Angewohnheit, so auf der Lauer zu

liegen wie eine Harke, die jemand im hohen Gras vergessen hat.

Erneut zog der Winter ins Gebirge, und diesmal war es ein sehr strenger. Die Wolken hingen wie fette Schafe über den Gipfeln der Spitzhornberge, füllten die Täler mit Schnee und luden ihre kalten Lasten auch über den Wäldern ab, deren Bäume unter dem schweren Weiß ächzten. Die hohen Pässe wurden geschlossen, und die nächsten Karawanen erwartete man erst im kommenden Frühjahr. Blödes Kaff verwandelte sich in eine Oase der Wärme und Geborgenheit.

»Ich mache mir Sorgen um Oma Wetterwachs«, meinte Esks Mutter beim Frühstück. »Ich habe sie schon lange nicht mehr gesehen.«

Gordo Schmied stocherte in seinem Haferbrei.

»Darüber beklage ich mich nicht«, erwiderte er. »Sie...«

»Sie hat eine lange Nase«, warf Eskarina ein.

»Von derart taktlosen Bemerkungen halte ich nichts«, tadelte ihre Mutter.

»Aber Vater hat mehrmals gesagt, sie stecke dauernd ihre lange Nase in seine...«

»Eskarina!«

»Aber er sagte...«

»*Ich* sagte gerade...«

»Ja, ich weiß, aber *er* sagte...«

Gordo beugte sich vor und gab seiner Tochter eine Ohrfeige. Er schlug natürlich nicht hart zu, und außerdem bereute er es sofort. Seine Söhne bekamen eine Tracht Prügel, wenn sie es verdienten, und manchmal bestrafte er sie auch mit einem Lederriemen. Eskarina war nicht in dem Sinne ungezogen. Die Schwierigkeiten mit ihr bestanden in erster Linie darin, daß sie selbst dann hartnäckig an einem Thema festhielt, wenn man sie aufforderte, davon abzulassen. So etwas machte ihn immer nervös.

Das Mädchen brach in Tränen aus. Gordo stand auf und

stapfte in Richtung Schmiede davon, verlegen und wütend auf sich selbst.

Kurz darauf ertönte ein lautes Knacken, gefolgt von einem dumpfen Pochen.

Esks Mutter und ihre Sprößlinge fanden den Schmied reglos auf dem Boden liegen. Als er nach einer halben Stunde zu sich kam, behauptete er steif und fest, er sei mit dem Kopf an die Tür geprallt. Was seinen besorgten Zuhörern seltsam erschien, denn Gordo war keineswegs sehr groß, und die Tür hatte ihm immer genug Platz geboten. Doch der Schmied meinte, die schemenhafte Bewegung in einer besonders dunklen Ecke der Werkstatt habe nichts mit dem zu tun, was ihm zugestoßen sei.

Dieser Zwischenfall drückte dem folgenden Tag irgendwie seinen Stempel auf: Geschirr zerbrach; man trat sich gegenseitig auf die Füße, und es herrschte eine gereizte Stimmung. Esks Mutter ließ einen Krug fallen, der von ihrer Großmutter stammte, und als sie wenig später den Dachboden aufsuchte, mußte sie feststellen, daß in einer Kiste alle Äpfel verfault waren. Das Feuer in der Schmiede qualmte verdrießlich und weigerte sich, richtig zu brennen. Der älteste Sohn Jaims rutschte auf dem vereisten Weg aus und verletzte sich am Arm. Die weiße Katze (oder eine ihrer Nachkommen — die Katzen führten ein privates und recht intensives Familienleben im Heuschober neben der Schmiede) kletterte im Kamin der Spülküche hoch und lehnte es ab, wieder herunterzukommen. Selbst der Himmel schien grauer zu sein als sonst, und trotz des Schnees roch die Luft schal und stickig.

Angespannte Nerven, Langeweile und schlechte Laune drohten die figürliche Lunte zu entzünden und das symbolische Pulverfaß zur Explosion zu bringen.

»So, jetzt reicht's mir!« entfuhr es Mutter Schmied. »Ich hab' endgültig die Nase voll. Cern, geh mit Gulta und Esk zu Oma Wetterwachs und... He, wo ist Eskarina?«

Die beiden Jungen führten einen halbherzigen Kampf unter dem Tisch und legten eine kurze Pause ein.

»Im Garten«, antwortete Gulta. »Schon wieder.«

»Dann holt sie und verschwindet.«

»Aber es ist kalt draußen.«

»Und es schneit.«

»Folgt einfach der Straße. Sie ist deutlich genug zu sehen. Und was die Kälte angeht: Es kann gewiß nicht schaden, wenn sich eure erhitzten Gemüter ein bißchen abkühlen. Außerdem: Wer wollte denn unbedingt einen Schneemann bauen, als die ersten Flocken fielen? Los, bewegt euch! Und kehrt erst zurück, wenn ihr euch wieder daran erinnert, wie man sich benimmt!«

Esk saß in einer Astgabel des großen Apfelbaums. Die Jungen mochten ihn nicht besonders, und das hatte mehrere Gründe. Zum Beispiel war er so voller Misteln, daß er sogar im Winter grün blieb. Die Früchte wurden nicht größer als Herzkirschen: An einem Tag schmeckten sie so sauer, daß sich der ganze Mund zusammenzog, und am nächsten verdarben sie bereits und dienten Wespen als Heimstatt. Er erweckte zwar den Eindruck, man könne ihn leicht erklimmen, aber er neigte dazu, dem nichtsahnenden Kletterer seltsame Streiche zu spielen. Äste gaben nach, und Füße rutschten an zuvor völlig fester Borke ab. Cern behauptete, einmal sei nur deshalb ein Zweig geknickt, um ihn hinunterstürzen zu lassen. Wie dem auch sei, der Baum tolerierte Eskarina, die ihn immer dann erstieg, wenn sie sich über irgend etwas ärgerte oder schlicht allein sein wollte. Und die Jungen spürten, daß ihr brüderliches Recht, die Schwester aufzuziehen, am Fuße des Stamms endete. Aus diesem Grund warfen sie nur einen Schneeball nach ihr. Er verfehlte das Ziel.

»Wir statten der alten Wetterwachs einen Besuch ab.«

»Aber du brauchst uns nicht zu begleiten.«

»Du würdest uns ohnehin nur aufhalten und weinen.«

Esk sah ernst auf sie herab. Sie weinte nur selten, weil sie wußte, daß es kaum etwas nützte.

»Wenn ihr wollt, daß ich hierbleibe, komme ich mit«, erwiderte sie. Ein typisches Beispiel für die unter Geschwistern gebräuchliche Logik.

»Oh, wir wären dir sehr dankbar, wenn du uns begleitest«, sagte Gulta hastig.

»Freut mich, das zu hören«, entgegnete Eskarina, sprang und landete im hohen Schnee.

Ihre beiden Brüder führten einen Korb bei sich, der geräucherte Würstchen, eingelegte Eier und — da ihre Mutter ebenso klug wie großzügig war — auch einen Krug mit Pfirsichmarmelade enthielt, die in der Familie keinen großen Anklang fand. Trotzdem zog Frau Schmied jedes Jahr im Sommer los und pflückte wilde Pfirsiche, um erneut einen großen Vorrat anzulegen, auf den niemand sonderlichen Wert legte.

Die Bewohner von Blödes Kaff hatten sich an die harten Winter gewöhnt und entlang der aus dem Ort führenden Straßen hohe Zäune errichtet, die Schneewehen auf dem Weg verhindern und Wanderern, vor allem Besuchern aus anderen Tälern, als Orientierungshilfe dienen sollten. Wenn sich Einheimische verirrten, so gerieten sie kaum in Gefahr: Irgendein unbesungenes Genie des Dorfrates hatte vor einigen Generationen vorgeschlagen, jeden zehnten Baum im Wald außerhalb des Ortes mit bestimmten Kennungen zu versehen, und zwar bis in eine Entfernung von fast zwei Meilen. Dieses gewaltige Unternehmen dauerte viele Jahre lang, und oftmals widmeten sich Männer in ihrer freien Zeit der verantwortungsvollen Aufgabe, die Schnitzzeichen in den vielen Stämmen zu erneuern. Manchmal tobten im Winter so heftige Schneestürme, daß man nicht einmal dann nach Hause zurückfand, wenn man einige Meter vor der eigenen Tür stand, und die Kerbenmuster in der Borke hatten schon so manches Leben gerettet, indem sie furchtsam zitternden und besorgt tastenden Fingern den Weg wiesen.

Es begann erneut zu schneien, als Eskarina und ihre Brüder die Straße verließen und den schmalen Pfad zum Haus der Hexe beschritten. Im Sommer wuchsen dort Himbeersträucher und große Büsche, doch jetzt war alles weiß.

»Keine Fußspuren«, sagte Cern

»Nur die von Füchsen«, fügte Gulta hinzu. »Es heißt, Granny könne sich in einen Fuchs verwandeln. Oder in irgendein anderes Geschöpf. Sogar in einen Vogel. Dadurch hält sie sich ständig auf dem laufenden.«

Sie blickten sich vorsichtig um. Und tatsächlich: Eine in die Jahre gekommene Krähe hockte auf einem nahen Baumstumpf und beobachtete sie.

»Wie ich hörte, soll es auf Ritzenhöhe eine ganze Familie geben, die die Gestalt eines Wolfsrudels annehmen kann«, sagte Gulta, der einen vielversprechenden Gesprächsgegenstand gern ausführlich erörterte. »Wißt ihr, eines Nachts schoß jemand auf einen Wolf, und am nächsten Tag humpelte die Familientante mit einer Pfeilwunde im Bein durch die Gegend...«

»Ich glaube nicht, daß Menschen in der Lage sind, sich in Tiere zu verwandeln«, erwiderte Esk langsam.

»Und warum nicht, Fräulein Schlaukopf?«

»Granny ist ziemlich groß. Wenn sie die Gestalt eines Fuchses annähme, was geschähe dann mit all den Körperteilen, die nicht unters Fell passen?«

»Sie würde sie einfach wegzaubern«, meinte Cern.

»Ich bezweifle, ob du die richtige Vorstellung von Magie hast«, sagte Eskarina. »Man kann nicht einfach irgendwelche Dinge beschwören. Es gibt da eine Art... Wippe. Wenn man aufs eine Ende drückt, kommt das andere in die Höhe...« Sie verstummte.

Ihre beiden Brüder starrten sie groß an.

»Oma Wetterwachs auf einer Wippe?« fragte Gulta skeptisch. Cern lachte.

»Nein, ich meine: Wenn irgend etwas geschieht, muß auch etwas anderes passieren — glaube ich.« Eskarina runzelte verwirrt die Stirn und wich einer ungewöhnlich hohen Schneewehe aus. »Nur in der anderen... Richtung.«

»Das ist doch Unsinn«, sagte Gulta. »Erinnerst du dich noch an das Fest im letzten Sommer, an den Zauberer, der lebende Tauben und die merkwürdigsten Dinge aus dem

Nichts erscheinen ließ? Ja, er murmelte einfach ein paar magische Worte, hob die Arme – und schon flatterten Vögel aus seinem Hut. Es gab nirgends eine Wippe.«

»Aber eine Schaukel«, warf Cern ein. »Und eine Bude, in der man Dinge nach Dingen werfen mußte, um Dinge zu gewinnen.«

»Und du hast nichts getroffen.«

»Du auch nicht. Du sagtest, die Dinge seien an Dingen befestigt, so daß sie gar nicht herunterfallen konnten...«

In diesem Stil ging es eine Zeitlang weiter, und schon nach wenigen Minuten vergaßen Gulta und Cern die Bemerkungen ihrer Schwester. Esk hörte ihnen nur mit halbem Ohr zu. *Ich weiß genau, was ich meine,* fuhr es ihr durch den Sinn. *Magie ist ganz leicht. Man muß nur die Stelle finden, wo sich alles im Gleichgewicht befindet – und dort Druck ausüben. Ein Kinderspiel. Hat überhaupt nichts Magisches an sich. Die ganzen komischen Worte und Gesten dienen nur dazu, um... um...*

Sie brach den Gedankengang überrascht ab. Sie wußte tatsächlich, was sie meinte: Das entsprechende Vorstellungsbild gewann klare Konturen vor ihrem inneren Auge. Aber ihr fehlten die Worte, um es mit angemessener Genauigkeit zu beschreiben.

Es ist nicht gerade angenehm, ein Puzzlespiel im eigenen Kopf zu finden und nicht zu wissen, wie man es zusammensetzen soll...

»Komm endlich, wenn du nicht die Nacht hier verbringen willst.«

Eskarina schüttelte den Kopf und folgte ihren beiden Brüdern.

Das Heim der Hexe bestand aus so vielen Erweiterungen und Anbauten, daß man kaum mehr erkennen konnte, wie das ursprüngliche Gebäude ausgesehen und ob es überhaupt eins gegeben hatte. Während des Sommers wuchsen überall Pflanzen, die Oma Wetterwachs ganz allgemein als ›Kräuter‹ bezeichnete: seltsame Gewächse, die aus haarigen Stengeln, stacheligen Blättern und schlangenartigen

Ranken bestanden, ausgestattet mit sonderbaren Blüten, bunten Früchten und seltsam aufgedunsenen Schoten. Nur Granny wußte, wozu sie dienten. Und wenn eine Ringeltaube hungrig war, um von dem exotischen Angebot zu kosten, so gab es zwei Möglichkeiten: Entweder kehrte sie schon nach kurzer Zeit kichernd und taumelnd in den Wald zurück, oder sie blieb für immer verschwunden.

Jetzt lag alles unter einer hohen Schneedecke. Ein zerfranster Windsack flatterte an einem Pfahl. Granny hielt nicht viel vom Fliegen, aber einige ihrer Freundinnen benutzten noch immer Besenstiele.

»Scheint verlassen zu sein«, sagte Cern.

»Kein Rauch«, stellte Gulta fest.

Die Fenster sahen wie finster starrende Augen aus, fand Esk, behielt diesen Gedanken aber für sich.

»Es ist nur Grannys Haus«, sagte sie. »Weiter nichts.«

Eine Aura der Leere hüllte die Hütte ein — das spürten sie ganz deutlich. Und vor dem Hintergrund des Schnees wirkten die Fenster *tatsächlich* wie schwarze und drohend blickende Augen. Außerdem ließ im Winter kein Bewohner der Spitzhornberge sein Feuer erlöschen; das war eine Frage des Stolzes.

Eskarina hätte am liebsten vorgeschlagen: »Laßt uns nach Hause zurückkehren!« Doch sie wußte, daß ihre Brüder sofort einverstanden gewesen wären, und deshalb meinte sie: »Mutter hat gesagt, es hinge ein Schlüssel im Abort.« Cern und Gulta zuckten unwillkürlich zusammen. Selbst ein völlig normaler unbekannter Abort hielt banale Schrecken bereit, zum Beispiel Wespennester, dicke Spinnen, geheimnisvolle Dinge, die unter der hohen Decke raschelten und möglicherweise (in einem besonders kalten Winter) einen Winterschlaf haltenden kleinen Bären, der bei der ganzen Familie Verstopfung verursachte, bis man ihn überreden konnte, im Heuschober weiterzuschlafen. Wer mochte wissen, was einen im Abtritt einer Hexe erwartete?

»Soll ich mal nachsehen?« fragte Eskarina.

»Wenn du unbedingt willst«, erwiderte Gulta wie beiläufig, und es gelang ihm fast, seine Erleichterung zu verbergen.

Schnee bildete eine hohe Barriere vor der Pforte, und als es Esk schließlich gelang, die Tür aufzuziehen, hob sie überrascht die Brauen. Ihr Blick fiel in eine saubere und ordentliche Kammer, die nichts Unheilvolleres als einen alten Almanach enthielt. Genauer gesagt: die Hälfte eines alten Almanachs, die an einem Nagel hing. Oma Wetterwachs las mindestens ebensogern, wie Fische am Strand liegen und sich sonnen, aber sie vertrat die Auffassung, daß Bücher — insbesondere die Exemplare mit angenehm dünnen Seiten — durchaus einen gewissen Zweck erfüllten.

Der Schlüssel teilte sich die Leiste an der Tür mit einer Schmetterlingspuppe und einem Kerzenstummel. Eskarina griff vorsichtig danach, achtete darauf, die metamorphierende Raupe nicht zu stören, und eilte zu den wartenden Jungen zurück.

Es war zwecklos, es an der Vordertür zu versuchen. In Blödes Kaff wurden Vordertüren nur von Bräuten oder Leichen benutzt, und Granny hatte immer sorgfältig vermieden, das eine oder andere zu werden. Hinter der Hütte stießen Esk und ihre Brüder auf weitere Schneewehen und bemerkten eine dicke Eisschicht auf dem Wasser in der Regentonne.

Das Tageslicht strömte bereits vom Himmel, als sie sich zur Tür durchgruben und den Schlüssel ins Schloß schoben.

Die große Küche begegnete ihnen mit Dunkelheit und Kühle, und es roch dort nur nach Schnee. In solchen Zimmern war es natürlich *immer* dunkel, aber normalerweise sollte im breiten Kamin ein großes Feuer brennen und den blubbernden Inhalt eines großen Kessels erhitzen. Esk hatte keine Ahnung, was Hexen immerzu kochten, aber sie wußte vom Hörensagen, daß man von den Dünsten Kopfschmerzen bekam oder plötzlich seltsame Dinge sah.

Voller Unbehagen wanderten sie umher und riefen

mehrmals Grannys Namen, bis Esk schließlich entschied, daß sie es nicht länger vermeiden konnten, den ersten Stock aufzusuchen. Die Klinke der Tür, die ins Treppenhaus führte, quietschte lauter als gewöhnlich.

Oma Wetterwachs lag mit verschränkten Armen auf dem Bett. Das kleine Fenster stand offen, und pulvriger Schnee formte eine weiße Patina, die bis zur Matratze reichte.

Esk starrte auf die Flickendecke unter der alten Frau, und von einem Augenblick zum anderen schien sie in die Breite zu wachsen und ihr ganzes Blickfeld auszufüllen. Wie aus weiter Ferne hörte sie Cerns Schrei. Ihre Gedanken kehrten in die Vergangenheit zurück, und sie entsann sich daran, wie Vater Schmied diese Decke angefertigt hatte, vor zwei Wintern, als der Schnee fast ebenso hoch lag und es in der Werkstatt nicht viel zu tun gab. Sie beobachtete ihn dabei, wie er alle jene Stoffetzen verwendete, die es durch irgendeine Laune des Schicksals nach Blödes Kaff verschlug, zum Beispiel Seide, Dilemmaleder, Wasserwolle und Thargaleinen. Da man mit einem Schmiedehammer nicht besonders gut nähen konnte, bestand das Ergebnis aus einem unansehnlichen Etwas, das kaum wie eine Steppdecke aussah, sondern eher einer flachen Schildkröte ähnelte. Woraufhin Esks Mutter weise beschloß, Oma Wetterwachs ein großzügiges Geschenk zu machen...

»Ist sie tot?« Gulta wandte sich an Eskarina, als sei seine Schwester eine Expertin auf diesem Gebiet.

Esk starrte auf die Hexe hinab. Ihr Gesicht war eingefallen und grau, und die reglose Brust deutete darauf hin, daß sie das Atmen für unnötig und lästig hielt. Traf diese Beschreibung auf Tote zu?

Gulta straffte tapfer die Schultern.

»Wir sollten gehen und jemandem Bescheid geben«, brachte er heiser hervor. »Und ich schlage vor, wir machen uns unverzüglich auf den Weg, denn es wird bald dunkel.« Er holte tief Luft und fügte hinzu: »Aber Cern bleibt hier.«

Sein Bruder sah ihn entsetzt an.

»Warum?« fragte er entgeistert.

»Jemand muß Totenwache halten«, erklärte Gulta klug. »Erinnerst du dich? Als der alte Onkel Derghart starb, hockte Vater die ganze Nacht im Kerzenschein an seinem Bett. Wenn man eine Leiche einfach im Stich läßt, kommt irgend etwas Gräßliches, raubt einem die Seele und bringt sie... irgendwohin«, fügte er unsicher hinzu. »Und dann ist man verhext. Ich meine: Dann spukt es dauernd, und...« Er brach ab.

Cern öffnete den Mund, um noch einmal zu schreien.

»Ich bleibe«, warf Eskarina hastig ein. »Es macht mir nichts aus. Ist doch nur die alte Granny.«

Gulta musterte sie erleichtert.

»Steck ein paar Kerzen an«, schlug er vor, »oder eine Lampe. Das tut man in solchen Fällen. Glaube ich. Und dann...«

Vom Fenster her vernahmen sie ein leises Kratzen. Eine Krähe hockte auf dem Sims und beäugte sie argwöhnisch. Gulta erschrak und warf seinen Hut nach ihr. Der Vogel flog mit einem vorwurfsvollen Krächzen davon, und Esks Bruder klappte rasch die Fensterläden zu.

»Ich hab' sie hier schon mal gesehen«, sagte er. »Ich glaube, Granny füttert sie. *Fütterte* sie«, berichtigte er sich. »Wie dem auch sei: Wir holen jemand und sind in Nullkommanichts wieder hier. Verlaß dich drauf. Komm, Ce!«

Sie eilten die dunkle Treppe hinab. Eskarina ließ die beiden Jungen aus dem Haus und verriegelte die Tür hinter ihnen.

Die Sonne schwebte als rote Scheibe dicht über den Bergen, und einige frühe Sterne funkelten bereits am Himmel.

Esk ging durch die finstere Küche, und nach kurzer Suche fand sie eine kleine gezogene Kerze und eine Zunderbüchse. Es dauerte eine Weile, bis es ihr gelang, den Docht zu entzünden, aber das flackernde Licht erhellte das Zimmer nicht; es bevölkerte die Dunkelheit nur mit Schatten. Sie entdeckte Grannys alten Schaukelstuhl, machte es sich darin gemütlich und wartete.

Die Zeit verstrich. Nichts geschah.

Dann hörte Eskarina ein leises Klopfen am Fenster. Sie griff nach der heruntergebrannten Kerze und spähte durch die dicke runde Scheibe.

Ein gelbes Knopfauge erwiderte ihren Blick und zwinkerte.

Die Kerze zischte leise und erlosch.

Esk blieb wie erstarrt stehen und wagte kaum zu atmen. Erneut ertönte das Klopfen, und dann herrschte wieder Stille. Einige Sekunden später knarrte es an der Tür.

Eskarina erinnerte sich an Gultas Hinweis. *Etwas Gräßliches...*

Vorsichtig tastete sie sich durchs Zimmer, fiel fast über den Schaukelstuhl, zog ihn zurück und gab sich alle Mühe, die Tür damit zu blockieren. Die Klinke quietschte.

Esk wartete und lauschte dem Schweigen der Nacht, bis es ihr die Trommelfelle zu zerreißen schien. Plötzlich pochte etwas mit hartnäckiger Beharrlichkeit an das winzige Fenster in der Waschkammer, und nach einigen Augenblicken verklang das Geräusch wieder, um sich ins Schlafzimmer über der Küche zu begeben und dort in ein dumpfes Schaben zu verwandeln. Eskarina dachte an lange Krallen, die über hartes Holz glitten, und diese Vorstellung gefiel ihr ganz und gar nicht.

Sie spürte, daß die Situation Mut erforderte, doch unter den gegebenen Umständen währte Tapferkeit nur so lange, wie eine Kerze Licht spendete. Sie kniff die Augen fest zu, durchquerte die dunkle Küche und verharrte an der Tür.

Der Kamin knisterte, als ein dicker Rußbrocken herabfiel. Und als Eskarina das verzweifelte Kratzen hörte, das sich durch den Schornsteinschacht über der Feuerstelle näherte, riß sie die Riegel zurück, stieß die Pforte auf und stürmte nach draußen.

Die Kälte traf sie wie ein Messerstich. Eine dünne Eisschicht glänzte auf dem Schnee. Eskarina hatte kein bestimmtes Ziel, als sie in den Wald lief, aber ihr Entsetzen erfüllte sie mit der unerschütterlichen Entschlossenheit, es so schnell wie möglich zu erreichen.

Umgeben von Ruß, landete die Krähe im Kamin und krächzte verärgert vor sich hin. Sie hüpfte durch die Schatten, und nach einigen Sekunden öffnete sich die Tür des Treppenhauses mit einem widerspenstigen Knarren. Der Vogel breitete die fransigen Schwingen aus, flatterte über die Stufen und näherte sich dem Schlafzimmer.

Esk wippte auf den Zehenspitzen, streckte die Arme aus und suchte an dem Baumstamm vor ihr nach einer Markierung. Diesmal wurde sie nicht enttäuscht. Doch das Kerbenmuster teilte ihr mit, daß die Entfernung zum Dorf über eine Meile betrug; sie hatte die falsche Richtung eingeschlagen.

Der blasse Mond am Himmel sah aus wie eine gelbe Käserinde, die in einem Meer aus spöttisch zwinkernden Sternen schwamm. Der Wald bot sich dem kleinen Mädchen als ein Labyrinth aus schwarzen Schatten und weißem Schnee dar. Esk schluckte, als sie feststellte, daß nicht alle Schatten reglos blieben.

Jedermann wußte, daß Wölfe in den Bergen lebten, denn in manchen Nächten hallte ihr Heulen von den hohen Graten herab. Aber sie wagten sich nur selten in die Nähe eines Dorfes; bei den modernen Wölfen handelte es sich um die Nachkommen jener Ahnen, die nur deshalb überlebt hatten, weil sie rechtzeitig erkannten, daß menschliches Fleisch oft mit Pfeilspitzen gewürzt war.

Doch es herrschte ein ausgesprochen strenger Winter, und bei diesem speziellen Rudel sorgte der Hunger dafür, daß Dinge wie natürliche Auslese zumindest vorübergehend in Vergessenheit gerieten.

Eskarina rief sich alle guten Ratschläge der Erwachsenen ins Gedächtnis zurück: Klettere in einen Baum. Entzünde ein Feuer. Und wenn das nichts nützt, so bewaffne dich mit einem Knüppel und wehr dich deiner Haut. Versuch nie wegzulaufen. Wölfe sind schneller.

Der Baum hinter ihr war eine Buche mit glattem Stamm, der nicht den geringsten Halt bot.

Esk beobachtete einen langen Schatten, der sich von den anderen löste und langsam näher kam. Müde, ängstlich und benommen ging sie in die Hocke, tastete im brennendkalten Schnee nach einem losen Ast.

Oma Wetterwachs schlug die Augen auf und starrte an die Decke, wo sich feine Risse zeigten und die wie ein Zeltdach durchhing.

Sie versuchte, sich daran zu entsinnen, daß sie nicht umherhüpfen mußte und Arme besaß, keine Schwingen. Nach dem Borgen sollte man immer eine Weile liegenbleiben, sich ausruhen und dem Bewußtsein Gelegenheit geben, sich wieder an den Körper zu erinnern, aber Granny wußte, daß die Zeit drängte.

»Verflixtes Kind!« murmelte sie und trachtete danach, auf die Bettstange zu fliegen. Die Krähe beobachtete sie mit zurückhaltendem Interesse. Sie hatte dies alles schon oft erlebt und vertrat die Ansicht (soweit sich Vögel überhaupt eine Meinung bilden können), daß es durchaus seine Vorteile hatte, Granny einen Logenplatz in ihrem Kopf freizuhalten: Immerhin bekam sie dafür eine verläßliche Diät aus schimmelig gewordenen Schinkenkanten und Küchenabfällen, und ein warmes Nest neben dem Kamin war ebenfalls nicht zu verachten.

Die Hexe stieg in ihre Stiefel, polterte die Treppe hinunter und widerstand dabei der Versuchung, die Flügel auszubreiten und einen Gleitflug mit fatalen Folgen zu unternehmen. Die Tür stand weit offen, und der Wind wehte Schnee herein.

»Auch das noch!« seufzte die Hexe. Sie fragte sich, ob es die Mühe lohnte, nach Eskarinas Geist Ausschau zu halten, entschied sich dann aber dagegen. Menschlichen Bewußtseinen fehlte die klare und deutliche Ausprägung tierischer Gedankensphären, und angesichts der Überseele des Waldes war eine unvorbereitete Suche ebenso erfolgversprechend wie das Bemühen, während eines heftigen Gewitters dem Donnern eines Wasserfalls zu lauschen. Aber Granny brauchte sich gar nicht erst zu konzentrieren, um den Rudelinstinkt der Wölfe zu lokalisieren: Sie nahm ihn als ein stechendes, prickelndes Gefühl war, das ihren Gaumen mit dem Geschmack von Blut kitzelte.

Schmale Mulden zeigten sich im verkrusteten Schnee, von kleinen Mädchenfüßen hinterlassen, und herabrieselnde weiße Flocken füllten sie langsam wieder auf. Oma Wetterwachs brummte, fluchte halblaut, verknotete ihren Schal und stapfte los.

Die weiße Katze lag auf ihrem Sessel hinter der Esse und erwachte, als sich in einer besonders dunklen Ecke der Werkstatt etwas rührte. Der Schmied hatte die massive Tür sorgfältig geschlossen und verriegelt, bevor er sich mit seinen beiden fast hysterischen Söhnen auf den Weg machte, und die Katze sah interessiert zu, als ein dünner Schatten aufs Schloß klopfte und anschließend die Angeln untersuchte.

Das Portal bestand aus dickem Eichenholz, das im Laufe der Zeit durch die vom Brennofen ausgehende Hitze noch härter geworden war. Doch das bewahrte die Tür nicht davor, mit einem wuchtigen Hieb aus der Einfassung gerissen und auf die Straße geschleudert zu werden.

Der Schmied vernahm ein dumpfes Brummen am Himmel, als er zusammen mit Cern und Gulta über den Pfad marschierte. Und auch Granny wurde darauf aufmerksam: ein entschlossenes Surren, wie der Flügelschlag eines Gänseschwarms. Irgend etwas zerfetzte die dunklen Wolken und verschwand in der Ferne.

Die Wölfe bemerkten das Summen ebenfalls, als es sich den Baumwipfeln näherte und auf die Lichtung herabsenkte. Aber sie hörten es zu spät.

Oma Wetterwachs brauchte jetzt nicht mehr den Fußspuren zu folgen. Als Wegweiser benutzte sie das gespenstische Licht, das zwischen den Bäumen aufblitzte, das sonderbare Zischen und Pochen, ein schmerzerfülltes entsetztes Heulen. Zwei Wölfe sausten mit angelegten Ohren an ihr vorbei, wild zur Flucht entschlossen, ganz gleich, was sich ihnen in den Weg stellen mochte.

Zweige knackten. Etwas Großes und Schweres fiel durch das Geflecht aus Ästen und Zweigen einer nahen Tanne und landete mit einem leisen Wimmern im Schnee. Ein weiterer Wolf raste in Kopfnähe an Granny vorbei und prallte gegen einen vereisten Stamm.

Stille folgte.

Die alte Hexe setzte ihren Weg fort.

Nach einer Weile sah sie eine kleine Lichtung mit festgetretenem Schnee. Am Rande lagen mehrere Wölfe: Entweder waren sie tot oder beschlossen klugerweise, sich nicht von der Stelle zu rühren.

Der Zauberstab stand stolz und aufrecht, und als sich Oma Wetterwachs näherte, gewann sie den Eindruck, daß er sich langsam umdrehte und sie ansah.

Einige Meter entfernt bemerkte sie eine kleine zusammengekrümmte Gestalt in Weiß. Granny ließ sich mit einem leisen Ächzen auf die Knie sinken und streckte den Arm aus.

Der Zauberstab bewegte sich. Es war kaum mehr als ein Zittern, doch die alte Hexe verharrte, bevor ihre Fingerspitzen Esks Schulter berührten. Granny starrte auf die vagen Konturen der Schnitzmuster, und nach einigen Sekunden wagte sie es, die Hand wieder zu heben.

Die Luft schien sich zu verdichten. Und dann wich der Stab ein wenig zurück, obwohl er sich überhaupt nicht regte. Sein Verhalten machte der alten Frau klar, daß er nur einen taktischen Rückzug antrat und keineswegs die Absicht hatte, sich in irgendeiner Weise geschlagen zu geben oder Granny den Sieg zuzugestehen, was seiner Ansicht nach ohnehin absurd gewesen wäre.

Eskarina erbebte am ganzen Leib, als Oma Wetterwachs nach ihrem Arm griff.

»Hab keine Angst, Mädchen! Ich bin's, die alte Granny.«

Das Bündel blieb liegen.

Granny biß sich auf die Lippen. Sie wußte nicht so recht, wie man mit Kindern umging. Wenn die Hexe an sie dachte — was sehr selten geschah —, stellte sie sich Lebewesen vor, die irgendwo zwischen Tieren und normalen Menschen angesiedelt waren. Säuglinge verstand sie recht gut: Man schüttete Milch ins eine Ende und hielt das andere möglichst sauber. Erwachsene waren noch problemloser, da sie sich selbst ums Essen und Reinigen kümmerten. Doch dazwischen erstreckte sich eine Welt der Erfahrung, der Granny mit Unbehagen begegnete. Ihrer Meinung nach betraf die Erziehung von Kindern in erster Linie folgendes: Man versuchte, die schlimmsten Gefahren von ihnen fernzuhalten, und hoffte, daß letztendlich alles gut ausging.

Granny war einerseits ratlos — und andererseits ganz sicher, daß sie irgend etwas unternehmen mußte.

Kühn beschloß sie, alles auf eine Karte zu setzen.

»Heiapoppeia, haben die bösen-bösen Brummwölfe mein kleines süßes Schätzilein so erschreckt?«

Das schien seltsamerweise die gewünschte Wirkung zu erzielen — wenn auch aus völlig anderen Gründen, als Granny vermutete. Irgendwo unter der zusammengekrümmten Gestalt ertönte eine gedämpfte Stimme. »Ich bin *acht*, verstehst du!«

»Wer acht Jahre alt ist, rollt sich nicht mitten in der Nacht im Schnee zusammen«, wandte Granny ein und unternahm erste vorsichtige Gehversuche auf dem verbalen Glatteis der Konversation zwischen Erwachsenen und Kindern.

Das Bündel antwortete nicht.

»Ich glaube, zu Hause habe ich Milch und Kekse«, fügte Oma Wetterwachs versuchsweise hinzu.

Diese Worte riefen keinen sichtbaren Effekt hervor.

»Eskarina Schmied, wenn du weiterhin stur bleibst, gibt's eine Tracht Prügel.«

Esk hob zögernd den Kopf.

»Du mußt mir nicht gleich drohen!« sagte sie vorwurfsvoll.

Als der Schmied das Haus der Hexe erreichte, waren Granny und Esk gerade eingetroffen. Die Jungen spähten argwöhnisch hinter ihrem Vater hervor.

»Ähem«, machte Gordo und überlegte, wie man mit einer Person sprach, die eigentlich tot sein sollte. »Cern und Gulta sagten mir, du ... äh, dir ginge es nicht gut.« Er drehte sich um und sah seine Söhne finster an.

»Ich habe mich nur ausgeruht und bin dabei eingedöst. Ich schlafe ziemlich tief und fest.«

»Tja«, erwiderte der Schmied unsicher. »Äh, nun gut. Was ist mit Esk?«

»Sie ist ein wenig erschrocken«, sagte Granny und drückte die Hand des Mädchens. »Schatten und Schemen und so. Sie ist noch immer ein bißchen durcheinander und braucht einen warmen Platz. Ich wollte sie in mein Bett legen, wenn du nichts dagegen hast...«

Gordo hätte seine Tochter lieber nach Hause gebracht, erinnerte sich jedoch daran, daß Esks Mutter, wie alle Frauen im Dorf, die alte Hexe sehr schätzte und sogar in Ehrfurcht von ihr sprach. Wenn er jetzt Einwände erhob, erwartete ihn zu Hause sicher ein Donnerwetter.

»In Ordnung«, entgegnete er. »Kein Problem. Was hältst du davon, wenn ich Eskarina morgen früh abholen lasse?«

»Einverstanden«, sagte Granny. »Nun, ich würde dich gern in mein bescheidenes Heim einladen, aber leider muß ich erst noch das Feuer im Kamin entzünden und einige andere Dinge erledigen...«

»Oh, mach dir nur keine Umstände!« erwiderte Vater Schmied hastig. »Wenn ich nicht rasch zurückkehre, wird das Abendessen kalt. Beziehungsweise trocken«, fügte er hinzu und sah auf Gulta hinab, der den Mund aufklappte, es sich aber noch rechtzeitig genug anders überlegte und schwieg.

Als der Schmied mit seinen Söhnen gegangen war und die Proteste der beiden Jungen in der Nacht verhallten, öffnete Granny die Tür, zog Esk ins Haus und schob den dikken Riegel vor. Sie wandte sich ihrem Vorrat an Kerzen zu, den sie auf dem Regal über der Garderobe hortete, und kurz darauf brannten zwei kleine Flammen. Dann holte sie einige alte, aber immer noch recht nützliche Decken aus einer Truhe (der Stoff roch nach Kräutern, die Motten vertreiben sollten), hüllte Esk in den abgescheuerten Stoff und forderte sie auf, im Schaukelstuhl Platz zu nehmen.

Mit leisem Ächzen und Stöhnen ließ sich Oma Wetterwachs auf die Knie sinken und begann damit, ein Feuer zu entzünden. Es war ein ziemlich komplizierter Vorgang, bei dem Granny unter anderem getrockneten Zunderpilz, Holzspäne und dünne Zweige verwendete. Außerdem schienen angestrengtes Pusten und keuchendes Schnaufen eine nicht unerhebliche Rolle zu spielen.

»Du könntest dir einen großen Teil der Mühe sparen«, sagte Esk.

Granny wurde steif und starrte auf den Kaminschirm. Es handelte sich um ein recht hübsches Exemplar, das der Schmied vor einigen Jahren für sie angefertigt hatte und ein Ziermuster aus Eulen und Fledermäusen aufwies. Doch ihr Interesse galt überhaupt nicht dem Design.

»Ach?« erwiderte sie ganz ruhig. »Kennst du eine bessere Möglichkeit?«

»Warum zündest du das Feuer nicht einfach mit Magie an?«

Mit großer Sorgfalt schob Granny mehrere Zweige in die zögernd flackernden Flammen.

»Und wie soll ich das deiner Meinung nach anstellen?« fragte sie, wobei ihr Blick auf den Kaminschirm gerichtet blieb.

»Äh...«, begann Eskarina. »Ich... ich weiß nicht genau. Aber du hast doch bestimmt Erfahrung in solchen Sachen, oder? Immerhin bist du eine Hexe und kennst dich mit Magie aus.«

»Es gibt unterschiedliche Arten von Magie«, erwiderte Oma Wetterwachs. »Und man darf nie vergessen, wozu man sie einsetzen kann und wozu nicht, Mädchen. Eins steht fest: Sie ist nicht dafür bestimmt, irgendwelche Feuer zu entzünden — in diesem Punkt kannst du ganz sicher sein. Wäre es der Plan des Schöpfers gewesen, uns mit Magie in die Lage zu versetzen, Holzscheite in Brand zu stecken, hätte er uns keine, äh, Streichhölzer gegeben.«

»Aber könntest du das auch mit einer magischen Beschwörung schaffen?« fragte Esk, als Granny einen uralten schwarzen Topf an den Haken über der Feuerstelle hing. »Ich meine — wenn du wolltest. Wenn es erlaubt wäre.«

»Vielleicht«, sagte Granny, die ganz genau wußte, daß so etwas ihre Fähigkeiten überstieg. Feuer besaß kein Eigenbewußtsein. Es lebte nicht. Und das waren nur zwei von insgesamt drei Gründen.

»Aber du hättest weitaus weniger Mühe.«

»Wenn etwas die Mühe wert ist, lohnt es durchaus, sich Mühe zu machen«, antwortete Granny mit einem Aphorismus, den sie selbst nicht verstand — die letzte Zuflucht eines in Bedrängnis geratenen Erwachsenen.

»Ja, aber...«

»Keine Widerrede.«

Oma Wetterwachs kramte in einer dunklen Holzkiste auf der Garderobe. Sie war stolz auf ihre konkurrenzlosen Kenntnisse in Hinsicht auf die vielen Kräuter, die in den Spitzhornbergen wuchsen — über den unleugbaren Nutzen von Ohrenwurz, Jungmädchentraum und Liebe-lügt-Blütensaft wußte niemand besser Bescheid als sie. Manchmal aber mußte sie auf die eifersüchtig gehorteten und in aller Sorgfalt aufbewahrten Arzneien aus Weiter Ferne zurückgreifen (so nannte Granny jeden beliebigen Ort, der sich jenseits eines Radius von einer Tagesreise befand), um die gewünschte Wirkung zu erzielen.

Die Hexe nahm einen Becher zur Hand, zerrieb darin getrocknete rote Blätter, ließ Honig hineintropfen, füllte ihn mit heißem Wasser aus dem Topf und reichte ihn Esk.

Dann schob sie einen großen runden Stein unter den Kamin — später, in eine Decke gehüllt, sollte er als Bettwärmer dienen —, verbot dem Mädchen streng, den Schaukelstuhl zu verlassen, und begab sich in die Waschküche.

Eskarina wippte langsam vor und zurück, schloß die Hände um den warmen Becher und nippte vorsichtig daran. Das Getränk schmeckte irgendwie nach Pfeffer, und sie fragte sich, woraus die Zutaten wohl bestanden. Sie hatte Grannys Gebräue schon des öfteren probiert — die Honigmenge darin hing ganz davon ab, wieviel kindlichen Widerstand die Hexe erwartete —, und Esk wußte natürlich, daß Oma Wetterwachs in dem Ruf stand, eine Expertin auf dem Gebiet der Heiltränke und Elixiere zu sein. Gelegentlich behandelte sie damit Krankheiten, über die Mutter Schmied (und manchmal auch einige der jüngeren Frauen) nur mit bedeutungsvoll hochgezogenen Augenbrauen und gedämpften Stimmen sprachen...

Als Granny zurückkehrte, schlief das Mädchen. Die alte Frau brachte Eskarina zu Bett und schloß die Fensterläden.

Anschließend ging sie wieder nach unten und rückte den Schaukelstuhl näher ans Feuer.

Deutlich spürte sie, daß in Esks Bewußtsein irgend etwas auf der Lauer lag. Als sie darüber nachdachte, entstand zitternde Nervosität in ihr, und sie erinnerte sich an das Schicksal der Wölfe. Und dann der Vorschlag, das Feuer im Kamin mit Hilfe von Magie zu entzünden... Zauberer taten so etwas. Es gehörte zu den ersten Dingen, die sie lernten.

Granny seufzte. Sie konnte nur auf eine ganz bestimmte Art und Weise Gewißheit erlangen und vertrat die Ansicht, daß sie für so etwas allmählich zu alt wurde.

Sie griff nach einer Kerze, ging durch die Waschküche und suchte den Anbau auf, in dem sich die Ziegen befanden. Wie pelzige Kleckse hockten sie in ihren Pferchen und beobachteten gelassen die alte Hexe. Drei Mäuler bewegten sich in gleichmäßigem Rhythmus und zermalmten trockenes Heu. Die warme Luft roch ein wenig... muffig.

Oben im Dachgebälk saß eine Eule, eins von mehreren Geschöpfen, die gewissermaßen als Untermieter in Grannys Haus wohnten und dafür in Kauf nahmen, ihr ab und zu als mentales Transportmittel zu dienen. Sie flatterte sofort herbei, als die Hexe mit der Zunge schnalzte. Oma Wetterwachs streichelte den kugelförmigen Kopf und hielt nach einem bequemen Platz Ausschau. Ein Heuhaufen mußte genügen.

Sie löschte die Kerze und streckte sich aus. Die Eule saß ihr abwartend auf der Hand.

Die Ziegen mampften gleichmütig weiter, rülpsten dann und wann und sorgten dafür, daß der Methangehalt der Luft nicht unter einen gewissen Wert sank. Sie verursachten die einzigen Geräusche im Gebäude.

Grannys Leib erschlaffte. Die Eule merkte, wie sich eine andere Gedankensphäre zu ihr gesellte, und rückte geistig beiseite. Die Hexe ahnte, daß sie ihre Entscheidung später bereuen würde: Wenn sie zweimal an einem Tag borgte, fühlte sie sich anschließend stundenlang erschöpft und ausgelaugt. Und vielleicht verspürte sie am kommenden Morgen einen Heißhunger auf Mäuse. Nun, als junge Frau hatte es sie überhaupt nicht belastet, mit den Hirschen zu laufen, den Füchsen bei der Jagd Gesellschaft zu leisten und auf dem mentalen Rücken von Maulwürfen durch dunkle Tunnel zu kriechen. Sie verbrachte kaum eine Nacht im eigenen Körper. Jetzt aber fielen ihr diese Ausflüge immer schwerer, insbesondere die Rückkehr. Vielleicht konnte sie eines Tages überhaupt nicht mehr zurück. Vielleicht blieb ihr Leib einfach reglos liegen, bis sich der Rest von Lebenskraft darin verflüchtigte. Und vielleicht war ein solcher Tod gar nicht mal so schlecht.

Die Zauberer wußten nichts von Bedeutung und Hintergründen des geistigen Reisens. Wenn es ihnen in den Sinn kam, sich mit dem Bewußtsein eines anderen Lebewesens zu verbinden, so gingen sie heimlich und verstohlen vor wie ein Dieb, der des Nachts in ein Haus einbricht und auf leisen Sohlen durch dunkle Zimmer schleicht — nicht etwa aus durchtriebener Schläue, sondern weil die verkalkten Idioten schlicht und einfach keine Ahnung hatten. Darüber hinaus: Was nützte es, den Körper einer Eule zu übernehmen? Wenn man fliegen wollte, mußte man es in langen Jahren lernen. Nein, es war weitaus besser, sich tragen zu lassen, so behutsam Einfluß auf das animalische Empfinden zu nehmen wie ein lauer Wind, der die Blätter rascheln läßt.

Die Eule breitete die Schwingen aus, flog zum geöffneten Fenster und glitt in die Nacht hinaus.

Es schwebten nur noch einige Wolkenfetzen am Himmel, und das Licht des kleinen Mondes spiegelte sich glitzernd auf den schneebedeckten Hängen wider. Granny blickte aus Eulenaugen, als sie lautlos über die Baumwipfel hinwegsegelte. Was für eine herrliche Art des Reisens, wenn man über den richtigen Leib verfügte! Beim Borgen zog Oma Wetterwachs Vögel vor, benutzte sie, um die hohen und verborgenen Täler zu erforschen, die kaum jemand kannte, die kleinen Seen zwischen schwarzen Klippen, hohe Auen, begrenzt von steilen Felswänden, jene Welt, in der besonders scheue und seltene Geschöpfe lebten. Einmal hatte sie die Gemsen begleitet, die jedes Jahr im Frühling und Herbst über die Berge zogen — und den größten Schock ihres Lebens erlitten, als sie feststellen mußte, daß sie sich fast außerhalb der Rückkehr-Reichweite befand.

Die Eule verließ den Wald und erreichte die ersten Häuser des Dorfes. Pulvriger Schnee wirbelte wie eine Staubwolke, als sie auf einem Ast des Apfelbaums landete, der im Garten hinter der Schmiede wuchs. Misteln verliehen ihm einen grünen Schimmer.

Als die Krallen harte Borke berührten, wußte Granny sofort, daß es sich um den richtigen Baum handelte. Er lehnte sie ab. Die Hexe spürte, wie die Zweige zu zittern begannen.

Ich bleibe, dachte Oma Wetterwachs.

Prächtig, flüsterte die lautlose Antwort durch eine stille

Nacht. *Eine derartige Frechheit kannst du dir nur leisten, weil ich ein Baum bin. Typisch Frau.*

Wenigstens erfüllst du jetzt einen gewissen Zweck, erwiderte Granny. *Besser ein Baum als ein Zauberer, wie?*

Eigentlich ist ein solches Leben gar nicht so übel, dachte der Baum. *Sonne. Frische Luft. Zeit zum Nachdenken. Auch Bienen, im Frühling.*

Die letzte Bemerkung klang irgendwie lüstern, und die Vorstellung von Honig erfüllte Granny (die einige Bienenstöcke besaß) plötzlich mit Abscheu. Es war, als werde man daran erinnert, daß Eier ungeborene Küken sind.

Ich bin wegen Eskarina gekommen, zischte sie.

Ein vielversprechendes Mädchen, entgegnete der Apfelbaum. *Ich beobachte es mit großem Interesse. Übrigens mag es Äpfel.*

Du solltest dich was schämen, sagte Granny schockiert.

Die schmutzige Phantasie verklemmter Hexen ist nicht meine Schuld, stellte der Baum fest.

Granny schob sich näher an den Stamm heran.

Laß Esk in Ruhe! dachte sie. *Allmählich kommt die Magie in ihr durch.*

Jetzt schon? erwiderte der Apfelbaum überrascht. *Ich bin beeindruckt.*

Es ist die falsche Magie! entfuhr es Granny schrill. *Männliche Zauberei, nicht die anständige Hexerei von Frauen! Noch ahnt Eskarina nichts, aber heute abend hat ihre Thaumaturgie ein Dutzend Wölfe getötet!*

Großartig! freute sich der Baum. Granny kochte vor Wut.

Großartig? Angenommen, sie hätte sich mit ihren Brüdern gestritten und die Geduld verloren ...

Der Baum zuckte mit den Schultern. Schnee rieselte von den Zweigen.

Dann mußt du sie eben ausbilden, schlug er vor.

Ausbilden? Aber ich weiß doch gar nicht, wie man Zauberei lehrt.

Schick sie zur Universität!

Eskarina ist ein Mädchen! heulte Granny und hüpfte auf und ab.

Na und? Wer behauptet, Frauen seien nicht fähig zu zaubern?

Oma Wetterwachs zögerte. Ebensogut hätte der Apfelbaum fragen können, warum man von Ameisen nicht erwarten darf, den Scheibenweltrekord im Weitsprung zu brechen. Sie wußte, daß eine völlig klare, logische, höchst einsichtige, selbst für Zauberer verständliche und vor allen Dingen *offensichtliche* Antwort existierte. Sie lag ihr auf der mentalen Zungenspitze, aber zu ihrem großen Verdruß sah sie sich außerstande, die richtigen Worte aneinanderzureihen.

Frauen sind nie Zauberer gewesen. Es ist gegen die Natur. Schließlich können Männer auch keine Hexen sein.

Wenn du eine Hexe als jemanden definierst, der das pankreatische Verlangen verehrt und verschiedenen anderen Dingen mit großem Respekt begegnet, zum Beispiel den elementaren... Der Baum setzte seinen Vortrag einige Minuten lang fort. Granny Wetterwachs hörte mit einer Mischung aus Ungeduld und Verärgerung zu, vernahm Bemerkungen wie *Muttergöttinnen* und *primitive Mondadoration.* Mehrmals erinnerte sie sich daran, daß sie sehr wohl über die Hexerei Bescheid wußte: Es kam darauf an, Kräuter zu kennen, zu fluchen, nachts herumzufliegen und ganz allgemein gesprochen die Tradition zu wahren. Es ging keineswegs um irgendwelche Göttinnen (ob es nun Mütter oder Jungfrauen sein mochten), die sich offenbar auf einige eher fragwürdige Tricks einließen. Als der Baum schließlich von *nacktem Tanz im Mondschein* sprach, versuchte Granny hastig an etwas anderes zu denken. Sie ahnte zwar, daß sich irgendwo unter den dicken Schichten aus Kleidern und Unterröcken Haut verbarg, aber das bedeutete noch lange nicht, daß dieser Umstand ihr Wohlwollen fand.

Nach einer Weile beendete der Baum seinen Monolog.

Granny wartete, bis sie ganz sicher sein konnte, daß er

nichts hinzufügen wollte. Dann fragte sie: *Das ist also Hexerei, wie?*

Ja. Zumindest die theoretische Basis.

Ihr Zauberer habt ziemlich komische Ideen.

Ich bin kein Zauberer mehr, lautete die Antwort. *Nur ein Baum.*

Granny sträubte die Federn.

Nun gut, jetzt hör mir mal gut zu, Herr Sogenannte-Theoretische-Basis, wenn Frauen Zauberer sein könnten, würden ihnen lange weiße Bärte wachsen, und für Esk kommt so etwas nicht in Frage, kapiert, Zauberei ist nicht die richtige Form von Magie, hast du mich verstanden, sie besteht nur aus Licht und Feuer und Herumpfuscherei mit Mächten, die besser unangetastet blieben, und ich werde verhindern, daß sich Eskarina auf so etwas einläßt, ich wünsche dir noch eine gute Nacht.

Die Eule breitete die Flügel aus und segelte davon. Granny vermied es nur deshalb, vor Wut am ganzen Leib zu beben, weil das den Flug beeinträchtigt hätte. Zauberer! Sie redeten zuviel, sammelten Zaubersprüche wie Briefmarken in dicken Büchern. Und sie behaupteten unverschämt, ihre Art der Magie sei die einzig sinnvolle.

Granny stand auf dem unerschütterlich festen Standpunkt, daß Frauen nie Zauberer gewesen waren und ihren Ehrgeiz auch weiterhin auf andere Dinge richten sollten.

Als Oma Wetterwachs ihr Haus erreichte, stahl sich das erste Grau des neuen Tages in die Dunkelheit der Nacht. Zumindest ihr Körper, der nach wie vor im Heu lag, war ausgeruht. Sie hoffte, noch einige Stunden im Schaukelstuhl sitzen und in aller Ruhe nachdenken zu können. Sie liebte es, während der Übergangsphase zwischen Nacht und Tag ihre Gedanken treiben zu lassen, sie von allen Seiten zu betrachten und sich an ihren klaren, deutlichen Mustern zu erfreuen. Sie...

Der Zauberstab lehnte dicht neben dem Kleiderschrank an der Wand.

Granny erstarrte förmlich.

»Ich verstehe«, sagte sie schließlich. »So ist das also, nicht wahr? Und noch dazu in meinem eigenen Haus, wie?«

Sie bewegte sich ganz langsam und vorsichtig, als sie an die Herdecke herantrat, einige Scheite auf die glühende Asche legte und den Blasebalg betätigte, bis hohe Flammen aufloderten.

Dann drehte sie sich um, murmelte vorsichtshalber einige Schutzformeln, griff nach dem Stab und zerrte daran. Er widersetzte sich ihr nicht, und die alte Hexe hätte fast das Gleichgewicht verloren. Sie schloß beide Hände um das harte Holz, verspürte ein sanftes Prickeln, hörte das leise Grollen und Knistern geballter Magie – und lachte laut.

Es war ganz einfach. Der befürchtete Kampf blieb aus.

Oma Wetterwachs verfluchte die Zauberer und ihre Beschwörungen, hob den Stab, hielt ihn hoch über dem Kopf und stieß ihn mit einem entschlossenen Ruck in die heißeste Stelle des Feuers.

Eskarina gellte. Ihr Schrei durchdrang den Fußboden im Schlafzimmer und hallte durch die dunkle Hütte.

Granny mochte alt und müde sein, und manchmal fiel es ihr nach einem langen anstrengenden Tag schwer, zwischen so komplizierten Dingen wie Ursache und Wirkung zu unterscheiden. Aber wenn man als Hexe überleben wollte, mußte man fähig sein, innerhalb kurzer Zeit zu wichtigen Schlußfolgerungen zu gelangen. Als sie auf den Zauberstab im Feuer starrte und den Schrei hörte, setzten sich ihre Hände von ganz allein in Bewegung und streckten sich dem großen schwarzen Topf entgegen. Sie entleerte ihn über den Flammen, zog den Stab aus wogendem Dampf und eilte mit besorgt klopfendem Herzen die Treppe hoch.

Esk saß im schmalen Bett und schrie immer noch. Granny sah auf den ersten Blick, daß sie keine Verbrennungen erlitten hatte, schloß das Mädchen in die Arme und versuchte es zu trösten. Sie wußte nicht genau, wie sie dabei vorgehen sollte, aber der eine oder andere Klaps auf den Rücken und ein beruhigendes Brummen schienen zu wirken. Aus dem Schreien wurde ein leises Wimmern, dann ein mitleiderweckendes Schluchzen. Manchmal hörte Granny Worte wie ›Feuer‹ und ›heiß‹. Betroffen preßte sie die Lippen zusammen.

Schließlich legte sie Esk wieder ins Bett, deckte sie zu und ging auf Zehenspitzen die Treppe hinunter.

Der Zauberstab lehnte wieder an der Wand, und es erstaunte die alte Hexe überhaupt nicht, daß die Flammen keine Spuren auf dem Holz hinterlassen hatten.

Sie drehte den Schaukelstuhl herum, nahm Platz, stützte das Kinn auf die Hände und beobachtete den Stab betont grimmig.

Kurz darauf neigte sich der Stuhl ganz von allein vor und zurück. Granny Wetterwachs hörte nur das leise Knarren, als sich die Stille verdichtete und wie ein düsterer Nebel im Zimmer ausbreitete.

Am nächsten Morgen, bevor Eskarina aufstand, versteckte Granny den Zauberstab. *Aus den Augen, aus dem Sinn,* dachte sie zufrieden.

Als Esk ihr Frühstück aß und dazu ein großes Glas Ziegenmilch trank, erweckte sie den Anschein, als seien die Ereignisse der letzten vierundzwanzig Stunden spurlos an ihr vorübergegangen. Zum erstenmal beschränkte sich ihr Aufenthalt im Haus der Hexe nicht nur auf die Dauer eines kurzen Besuchs, und während Oma Wetterwachs das Geschirr spülte und die Ziegen melkte, nutzte das Mädchen die stillschweigend erteilte Erlaubnis, die Hütte zu erforschen.

Schon bald stellte es fest, daß es im Heim der alten Frau einige Besonderheiten gab. Zum Beispiel die Sache mit den Ziegen.

»Aber sie müssen doch Namen haben!« sagte Eskarina. »Wie alles andere auch!«

Granny blickte an den birnenförmigen Flanken der Geiß vorbei, die sie gerade melkte. Es handelte sich gewissermaßen um die Matriarchin der kleinen Schar, und diesen Status verdeutlichte sie mit einem würdevollen Blick.

»Nun, ich schätze, sie *haben* Namen, in Ziegisch«, erwiderte sie vage. »Warum brauchen sie auch noch welche in unserer Sprache?«

»Nun ...«, begann Esk und unterbrach sich. Sie dachte eine Zeitlang nach. »Wie rufst du sie denn?«

»Sie rufen *mich*, wenn sie etwas von mir wollen.«

Esk reichte der Ziegenmatriarchin ernst ein Bündel Stroh, und Granny musterte sie aus den Augenwinkeln. Sie war ziemlich sicher, daß Ziegen tatsächlich Namen hatten. Zum Beispiel ›die Ziege, die ich zur Welt brachte‹, ›die Ziege, die meine Mutter ist‹, ›das Oberhaupt der Ziegenherde‹ und viele andere, nicht zuletzt ›die Ziege, die einfach nur eine Ziege ist‹. Sie lebten in einem recht komplizierten Gesellschaftssystem, nannten vier Mägen und einen Verdauungsapparat ihr eigen, der in stillen Nächten verblüffend laut sein konnte. Granny neigte zu der Auffassung, daß Tiere, die etwas auf sich hielten, Namen wie Butterblume oder Hahnenfuß als Beleidigung empfanden.

Sie traf eine Entscheidung. »Esk?« fragte sie.

»Ja?«

»Was möchtest du werden, wenn du groß bist?«

Esk runzelte die Stirn. »Keine Ahnung.«

»Nun«, sagte Oma Wetterwachs und zog nach wie vor an den Zitzen der Ziege, »was möchtest du *tun*, wenn du groß bist?«

»Keine Ahnung. Vermutlich heirate ich.«

»Ist das dein Wunsch?«

Eskarinas Lippen formten das K ihrer üblichen Antwort, aber als sie den durchdringenden Blick der Hexe bemerkte, schloß sie den Mund wieder und überlegte.

»Alle Erwachsenen, die ich kenne, sind verheiratet«, sagte sie nach einer Weile. »Du bist die einzige Ausnahme«, fügte sie vorsichtig hinzu.

»Das stimmt«, bestätigte Granny.

»Wolltest du nicht heiraten?«

Daraufhin dachte die alte Frau nach.

»Bin irgendwie nie dazu gekommen«, erwiderte sie schließlich. »Weißt du, ich war zu sehr mit anderen Dingen beschäftigt.«

Eskarina riskierte einen verbalen Vorstoß. »Mein Vater meint, du bist eine Hexe.«

»Und damit hat er völlig recht.«

Esk nickte. In den Spitzhornbergen genossen Hexen einen Status, den man in anderen Kulturen Nonnen, Steuereintreibern und Jauchegrubenreinigern gewährte. Mit anderen Worten: Man respektierte sie, bewunderte sie manchmal sogar und achtete sie dafür, eine wichtige Arbeit zu erledigen; aber andere Menschen fühlten sich nie ganz wohl in der Haut, wenn sie mit solchen Leuten in einem Zimmer saßen.

»Würdest du gern die Hexerei erlernen?« fragte Granny.

»Du meinst... Magie?« erwiderte Eskarina. In ihren Augen leuchtete es auf.

»Ja, Magie. Aber keine, die nur dazu dient, naive Gemüter zu beeindrucken. *Echte* Magie.«

»Kannst du fliegen?«

»Es gibt weitaus interessantere Dinge als das Fliegen.«

»Und ich könnte sie lernen?«

»Wenn deine Eltern einverstanden sind.«

Eskarina seufzte. »Mein Vater ist bestimmt dagegen.«

»Dann spreche ich eben mit ihm«, sagte Granny.

»Jetzt hör mir mal gut zu, Gordo Schmied!«

Der Schmied wich in seiner Werkstatt zurück und hob die Hände, um den Zorn der alten Frau abzuwehren. Sie näherte sich ihm langsam, den Zeigefinger wie einen Speer erhoben.

»Ich habe dich auf die Welt geholt, du dummer Narr, und du hast heute keinen Funken mehr Verstand im Kopf als damals...«

»Aber ...«, wandte der Schmied ein und duckte sich hinter den Amboß.

»Die Magie hat deine Tochter gefunden! Die Magie eines Zauberers! *Falsche* Magie, verstehst du? Und sie war überhaupt nicht für Eskarina bestimmt!«

»Ja, aber ...«

»Ahnst du denn nicht einmal, was sie anrichten könnte?«

Der Schmied ließ den Kopf hängen. »Nein.«

Granny fühlte sich aus dem Konzept gebracht und zögerte.

»Nein«, wiederholte sie etwas leiser. »Nein, natürlich nicht.«

Sie nahm auf dem Amboß Platz und versuchte ruhige Gedanken zu denken.

»Weißt du, Magie führt eine Art ... Eigenleben. Was eigentlich keine Rolle spielt, denn ... Wie dem auch sei: Die Magie eines Zauberers ...« Granny musterte das verwirrte Gesicht des Schmieds und versuchte es noch einmal: »Nun, du kennst doch sicher Apfelwein, oder?«

Gordo nickte. Er glaubte, sich nun wieder auf festerem thematischen Boden zu bewegen, hielt jedoch argwöhnisch nach Fußangeln Ausschau und fragte sich, worauf die Hexe hinauswollte.

»Und dann gibt es da noch den Apfelschnaps«, fügte Oma Wetterwachs hinzu. Der Schmied nickte erneut. Alle Bewohner von Blödes Kaff stellten im Winter Apfelschnaps her, indem sie des Nachts Fässer mit Wein draußen stehen ließen und das Eis entfernten, bis nur noch ein Rest Alkohol übrigblieb.

»Nun, man kann ziemlich viel Apfelwein trinken und fühlt sich dadurch nur besser, nicht wahr?«

Der Schmied nickte zum drittenmal.

»Der Schnaps aber wird in kleinen Gläsern serviert, und wenn man eines zuviel runterspült, steigt einem das Zeug sofort in den Kopf, stimmt's?«

Gordo nickte noch einmal und merkte, daß das Gespräch immer mehr zu einem Monolog wurde. »In der Tat«, sagte er.

»Das ist der Unterschied«, meinte Granny.

»Der Unterschied zwischen was?«

Oma Wetterwachs seufzte. »Zwischen Hexerei und Zauberei«, erklärte sie. »Letzteres hat deine Tochter gefunden, und wenn sie nicht lernt, diese Art von Magie zu kontrollieren, besteht die Gefahr, daß sie *Jenen* zum Opfer fällt. Magische Macht kann wie eine Tür sein, doch manchmal wartet Gräßliches auf der anderen Seite. Begreifst du das?«

Der Schmied nickte wiederum. Eigentlich hatte er noch immer keine Ahnung, was Granny meinte, aber er vermutete zu Recht, daß ihm die Hexe einige schreckliche Einzelheiten nennen würde, wenn er eine entsprechende Frage stellte.

»Esk ist geistig sehr stark, und bestimmt könnte sie eine Zeitlang Widerstand leisten«, fuhr die alte Frau fort. »Doch früher oder später ginge es ihr an den mentalen Kragen.«

Gordo nahm einen Hammer von der Werkbank, betrachtete ihn so aufmerksam, als sähe er ihn zum erstenmal, legte ihn dann wieder beiseite.

»Aber wenn sie die Magie eines Zauberers hat...«, wandte er zögernd ein. »Was nützt es dann für sie, die Kunst der Hexerei zu erlernen? Du hast doch gerade auf die beträchtlichen Unterschiede zwischen diesen beiden Formen der Thaumaturgie hingewiesen.«

»Es handelt sich in jedem Fall um Magie. Wenn man nicht auf einem Nilpferd reiten kann, dann sollte man wenigstens lernen, nicht vom Rücken eines gewöhnlichen Rosses zu fallen.«

»Nilpferd?«

»Eine Art Dachs«, sagte Granny. Man gelangte nicht in den Ruf, sich in Flora und Fauna bestens auszukennen, wenn man Wissenslücken eingestand.

Gordo Schmied seufzte und wußte, daß er geschlagen war. Seine Frau hatte keinen Zweifel daran gelassen, daß ihr die Idee gefiel, und als er genauer darüber nachdachte... Immerhin würde Granny ›Oma‹ Wetterwachs nicht ewig leben, und Vater der einzigen Hexe weit und breit zu sein, konnte sich als nützlich erweisen.

»Na schön«, sagte er.

Als der Winter sich allmählich dem Ende entgegenneigte und zögernd dem Frühling wich, ging Eskarina bei der alten Granny in die Schule.

Allerdings schien das Lernen in erster Linie daraus zu bestehen, sich gewisse Dinge zu merken.

Bei den Unterweisungen unterstrich die Hexe den praktischen Aspekt. Das Reinigen des Tisches ging mit Allgemeiner Kräuterkunde einher. Beim Ausmisten des Ziegenstalls hörte das Mädchen von der Verwendung verschiedener Pilze. Zum Geschirrspülen gehörten Lektionen über das Beschwören geringer Götter. Und wenn sie im großen Kupfertopf rühren mußte, was verdächtig oft geschah, standen Theorie und Praxis des Destillierens auf dem Lehrplan. Als die warmen Randwinde zu wehen begannen und der Schnee nur noch in kläglichen kleinen Haufen an der zur Scheibenweltmitte gerichteten Seite der Bäume überlebte, hatte Eskarina erste Erfahrungen gesammelt. Sie wußte, wie man mehrere Salben zubereitete und verschiedene Branntweine herstellte, die allein medizinischen Zwecken dienten. Sie kannte sich mit Dutzenden von Aufgüssen und einer Vielzahl von Elixieren aus, deren Einsatzgebiet ihr jedoch ein Rätsel blieb. Granny meinte schlicht, das werde sie noch rechtzeitig genug erfahren.

Eskarina kam allmählich zu dem Schluß, daß sie das eigentliche Hexen sträflich vernachlässigten.

»Das holen wir nach, wenn es soweit ist«, wich Oma Wetterwachs ihrer Frage aus.

»Aber ich soll doch eine Hexe werden!«

»Noch bist du keine. Nenn mir drei Kräuter, die bei Verstopfung Wunder wirken.«

Esk faltete die Hände hinterm Kopf, schloß die Augen und antwortete: »Die blühenden Spitzen der Großen Pfauenwurz, das Wurzelmark des Alten Mannes Hose, die Stengel der Blutwasserlilie, die Samenkapseln ...«

»Das genügt. Wo kann man Wassergurken finden?«

»In Torfmooren und Sumpftümpeln, während der Monate ...«

»Gut. Du machst Fortschritte.«

»Aber es ist keine Magie!«

Granny setzte sich an den Küchentisch.

»Das könnte man von vielen magischen Dingen behaupten«, erwiderte sie. »Ich meine, die meisten davon haben nichts oder nur wenig mit Magie zu tun. Es kommt vor allem darauf an, die richtigen Kräuter zu kennen, das Wetter zu deuten und die Verhaltensweise der Tiere zu verstehen. Und natürlich auch die von Menschen.«

»Das ist alles?« fragte Eskarina entsetzt.

»Alles?« entgegnete Granny schockiert. »Es ist ein ziemlich umfangreiches Alles.« Etwas leise fügte sie hinzu: »Aber du hast recht: Es gibt noch etwas anderes.«

»Weihst du mich darin ein?«

»Wenn ich den geeigneten Zeitpunkt für gekommen halte. Es dauert noch eine Weile, bis du bereit bist.«

»Bereit? Wofür?«

Grannys Blick glitt in Richtung einer dunklen Ecke des Zimmers.

»Wo waren wir stehengeblieben ...?«

Es dauerte nicht lange, bis auch die hartnäckigsten Schneereste tauten und die ersten Frühjahrsstürme tosten. Die Luft im Wald duftete nach Schimmel und Terpentin. Einige frühe Blüten überstanden tapfer den Nachtfrost, und Bienen flogen.

»Sieh genau zu, wenn du echte Magie erleben möchtest«, sagte Granny Wetterwachs.

Sie öffnete den ersten Bienenstock.

»Bienen sind gleichbedeutend mit Met, Wachs, Honig und Gummi. Einzigartige Geschöpfe. Werden sogar von einer Königin regiert«, fügte die Hexe anerkennend hinzu.

»Stechen sie dich nicht?« fragte Esk und wich ein wenig zurück. Hunderte von Bienen summten aus den Waben und krabbelten über die Holzseiten der großen Kiste.

»Nur sehr selten«, erwiderte Granny. »Nun, du wolltest unbedingt Magie sehen. Beobachte mich!«

Oma Wetterwachs streckte die Hand in eine wirre Insektenmasse und gab ein leises pfeifendes Geräusch von sich. Es kam Bewegung in die brummende Menge, und nach einigen Sekunden kroch eine auffallend große und dicke Biene auf den Zeigefinger der alten Frau. Einige Arbeiterinnen folgten ihr und hielten sich dicht an ihrer Seite, um die Königin zu schützen.

»Wie hast du das angestellt?« erkundigte sich Esk.

»Ah«, erwiderte Granny, »das möchtest du gern wissen, nicht wahr?«

»Ja, in der Tat«, sagte Eskarina ernst. »Deshalb meine Frage.«

»Glaubst du, ich habe Magie benutzt?«

Esk sah auf die große Biene hinab und musterte dann die Hexe.

»Nein«, entgegnete sie, »ich glaube, du weißt nur gut über solche Insekten Bescheid.«

Granny lächelte.

»Stimmt haargenau. Dabei handelt es sich natürlich um eine Form von Magie.«

»Indem man sich in gewissen Dingen auskennt?«

»Indem man sich *besser* darin auskennt als andere Menschen«, sagte Granny. Vorsichtig setzte sie die Königin zu ihrem Volk zurück und schloß die Klappe.

»Ich glaube, es wird Zeit, daß du einige Geheimnisse erfährst«, brummte die alte Frau.

Endlich! dachte Eskarina.

»Doch zuerst müssen wir den *Bienenstock* ehren«, sagte Granny. (Es gelang ihr tatsächlich, kursiv zu sprechen.)

Esk überlegte gar nicht erst und machte einen Knicks.

Eine faltige und runzlige Hand traf sie am Hinterkopf.

»Ich habe dir schon mehrmals gesagt, daß sich Hexen

verbeugen«, zischte Granny, aber es klang nicht besonders böse. »Ich zeige es dir noch einmal.«

Sie krümmte den Rücken und Eskarina hörte, wie Gelenke knackten.

»Aber *warum?«* fragte das Mädchen.

»Weil Hexen anders sein müssen«, erklärte Granny. »Und das ist bereits ein Geheimnis.«

Sie setzten sich auf eine ausgebleichte Bank, die an der Randwärtsseite der Hütte stand. Die vor ihnen wachsenden Kräuter hatten bereits eine Höhe von rund dreißig Zentimetern erreicht: eine nicht sehr eindrucksvolle Ansammlung hellgrüner Blätter.

»Nun gut«, ächzte Granny und versuchte, eine möglichst bequeme Position zu finden. »Erinnerst du dich an den Hut am Türhaken? Geh und hol ihn!«

Esk lief gehorsam ins Haus und griff nach dem Hut. Er lief spitz zu, war hoch und natürlich pechschwarz.

Granny drehte ihn nachdenklich hin und her.

»Im Innern dieses Hutes«, verkündete sie feierlich, »verbirgt sich ein weiteres Geheimnis der Hexerei. Wenn du mir nicht erklären kannst, worin es besteht, sollten wir deine Ausbildung besser beenden. Denn wenn du erst weißt, was ich meine, gibt es kein Zurück mehr für dich. Nun?«

»Darf ich ihn halten?«

»Nur zu.«

Esk blickte in den Hut. Er enthielt nur ein dünnes Drahtgestell, das ihm Form gab, und einige Haarnadeln. Mehr nicht.

Er schien keineswegs ungewöhnlich zu sein, sah man einmal davon ab, daß nur Granny eine derartige Kopfbedeckung trug und sonst niemand im Dorf. Doch das allein machte den Hut noch nicht magisch. Eskarina biß sich auf die Lippe und stellte sich vor, wie sie in Schimpf und Schande nach Hause geschickt wurde.

Der Stoff fühlte sich nicht seltsam an, und sie hielt vergeblich nach verstecken Taschen Ausschau. Ein völlig normaler Hexenhut. Granny setzte ihn immer auf, wenn sie nach Blödes Kaff ging, doch im Wald benutzte sie eine schlichte Lederkappe.

Das Mädchen versuchte, sich das alles ins Gedächtnis zurückzurufen, was sie unter großen Mühen von der eher verschlossenen Oma Wetterwachs in Erfahrung gebracht hatte. *Es ist nicht unbedingt wichtig, was man weiß. Es geht darum, was andere Leute* nicht *wissen. Magie kann sowohl etwas Richtiges am falschen Platz als auch etwas Falsches am richtigen Ort sein.*

Granny ging nie *ohne* den Hut ins Dorf. Und sie streifte sich bei solchen Gelegenheiten auch immer den weiten schwarzen Mantel über, der ebenfalls keine magischen Eigenschaften besaß. Während des Winters benutzte sie ihn häufig als Ziegendecke, und im Frühjahr wusch sie ihn gründlich.

Langsam nahm die Antwort eine Gestalt an, die Esk nicht sehr gefiel. Sie erschien ihr typisch für Granny: nur ein Wortspiel. Die alte Hexe sprach von längst bekannten Dingen und wählte dabei besondere Formulierungen, durch die sie wichtig und bedeutend klangen.

»Ich glaube, ich weiß Bescheid«, sagte Eskarina nach einer Weile.

»Heraus damit!«

»Die Antwort besteht aus zwei Teilen.«

»Ich höre.«

»Es ist ein Hexenhut, weil du ihn trägst. Und du bist eine Hexe, äh, weil du ihn aufsetzt.«

»Mit anderen Worten...« Granny sah das Mädchen erwartungsvoll an.

»Die Leute sehen dich mit Hut und Mantel, erkennen dich somit als Hexe«, erläuterte Esk. »Und deshalb funktioniert deine... Magie?«

»Du hast recht«, bestätigte Oma Wetterwachs. »So etwas nennt man Pschikologie.« Sie klopfte sich aufs silbergraue Haar, das sie zu einem festen Knoten zusammengesteckt hatte. Er war härter als Granit. »Die Lehre von der eigenen Schläue und der Dummheit anderer Leute.«

»Aber es ist ein Trick«, wandte Eskarina ein. »Es handelt sich nicht um echte Magie. Es... es...«

Granny seufzte. »Wenn du jemandem ein Fläschchen mit rotem Hustensaft gibst, so mag es dem Betreffenden nach einigen Tagen besser gehen, wenn du Glück hast. Aber wenn du ganz sicher sein willst, daß das Zeug wirkt, mußt du den Patienten davon *überzeugen.* Sag ihm, es sei eine Mischung aus Mondschein und Elfenwein oder etwas in der Richtung. Murmel ein bißchen vor dich hin. Ähnlich ist es auch mit dem Fluchen.«

»Mit dem Fluchen?« wiederholte Esk unsicher.

»Ja, Mädchen. Sieh mich nicht so verdutzt an! Du wirst fluchen, wenn es notwendig sein sollte. Wenn du allein bist, dir niemand helfen kann und...«

Die alte Frau zögerte. Unbehagen entstand in ihr, als sie den fragenden Blick Eskarinas auf sich ruhen spürte. »...und man dir nicht mit angemessenem Respekt begegnet«, fügte sie mit einem leisen Brummen hinzu. »Wähl lange und komplizierte Flüche aus, und sprich sie möglichst laut und eindrucksvoll. Sie verfehlen ihre Wirkung nicht, glaub mir. Man wird sich schon bald an dich erinnern, wenn sich jemand mit einem Hammer auf den Daumen schlägt oder ein Hund tot umfällt. Und beim nächsten Mal kannst du damit rechnen, daß man dir mit ausgesuchter Höflichkeit begegnet.«

»Das klingt nicht nach echter Magie«, sagte Esk, scharrte mit den Füßen und wirbelte Staub auf.

»Einmal habe ich einem Mann das Leben gerettet«, erzählte Granny, »mit einer speziellen Medizin, die er zweimal täglich einnehmen sollte. Sie bestand aus heißem Wasser mit einem Schuß Beerensaft. Ich sagte ihm, die Arznei stamme von den Zwergen. Nun, das ist der wichtigste Teil der Doktorin. Man muß das Interesse der Leute wecken, sie dazu bringen, sich selbst zu heilen.«

Gönnerhaft griff sie nach der Hand des Mädchens. »Eigentlich bist du für solche Sachen noch zu jung«, sagte die Hexe. »Aber wenn du größer bist, wirst du folgende Erfahrung machen: Die meisten Menschen treten nur selten aus ihrem Kopf heraus.« Sie schloß: »Was auch auf dich zutrifft.«

»Ich verstehe nicht ganz...«

»Andernfalls wäre ich auch sehr überrascht gewesen«, erwiderte Granny streng. »Nenn mir jetzt fünf Kräuter, mit denen man Bronchitis behandeln kann!«

Allmählich erinnerte sich der Frühling an seinen angestammten Platz im Wechsel der Jahreszeiten und forderte den Winter mit allem Nachdruck auf, vorübergehend in Pension zu gehen. Granny nahm Esk bei Ausflügen mit, die den ganzen Tag dauerten. Sie zeigte ihr verborgene Teiche und kleine Seen, führte sie in abgelegene Schluchten, wo sie nach seltenen Pflanzen suchten. Eskarina fand großen Gefallen daran und hielt sich gern im Bereich der hohen Hänge auf; dort brannte die Sonne erstaunlich heiß vom Himmel, während die Luft eiskalt blieb. Eine dichte Decke aus Blättern und Blüten wuchs auf dem Boden. Von einem der höchsten Gipfel aus konnte das Mädchen bis zum großen Meer am Rande der Scheibenwelt sehen. In der anderen Richtung verloren sich die ins ewige Gewand des Winters gekleideten Spitzhornberge in dunstiger Ferne. Sie reichten bis zur *Mitte*, wo ein zehn Meilen hohes gewaltiges Massiv aufragte, von dem es hieß, es diene den Göttern als Heimstatt.

»Mit Göttern ist soweit alles in Ordnung«, sagte Granny, als sie den Picknickkorb auspackten und die Aussicht genossen. »Wenn man sie nicht belästigt, lassen sie einen in Ruhe.«

»Kennst du viele Götter?«

»Nun, einige Male habe ich den Donnergott gesehen«, antwortete die alte Hexe. »Und natürlich Hoki.«

»Hoki?«

Granny biß von einer besonders weichen Stulle ab. »Der Naturgott«, sagte sie. »Manchmal wählt er die Gestalt einer Eiche oder manifestiert sich als ein Mischwesen, halb Mensch, halb Ziege. Ich halte ihn hauptsächlich für eine verdammte Nervensäge. Selbstverständlich findet man ihn nur im tiefen Wald. Dort spielt er Flöte. Und zwar ziemlich schlecht, wenn du mich fragst.«

Eskarina lag auf dem Bauch und ließ den Blick über die Landschaft in der Tiefe gleiten, während einige freischaffende Hummeln über Thymiansträuchern patrouillierten. Sie fühlte warmen Sonnenschein auf dem Rücken, obgleich in dieser Höhe noch immer Schnee an den Mittwärtsseiten der Felsen lag.

»Berichte mir von den Regionen dort unten!« bat Esk verträumt.

Granny starrte mißbilligend auf eine zehntausend Meilen weite Landschaft.

»Es sind nur andere Orte«, erwiderte sie knapp. »Sie unterscheiden sich kaum von denen, die du bereits kennst.«

»Gibt es dort große Städte und so?«

»Ich fürchte schon.«

»Hast du sie einmal besucht?«

Granny ließ sich zurücksinken, hob vorsichtig den Rock und enthüllte einige Quadratzentimeter soliden Baumwollflanell. Das Sonnenlicht erfüllte ihre alten Knochen mit wohliger Wärme.

»Nein«, erwiderte sie. »Es gibt hier bereits genug Probleme. Es ist nicht nötig, daß man in weiter Ferne nach ihnen sucht.«

»Ich habe einmal von einer Stadt geträumt«, sagte Esk. »Dort wohnten Hunderte von Menschen, und ich sah ein Gebäude mit großen magischen Toren...«

Das hinter ihr erklingende Geräusch hörte sich an, als risse ein altes Leinentuch. Die Hexe war eingeschlafen.

»Granny?«

»Mhm?«

Esk dachte kurz nach. »Es ist wunderschön hier«, sagte sie wie beiläufig. »Wir sind ganz allein, und niemand stört uns.«

»Mhm.«

»Ich fühle mich herrlich entspannt«, fügte das Mädchen listig hinzu. »Und bereit. Was meinst du?«

»Grmpf.«

Eskarina entschied, deutlicher zu werden. »Ich bin der Ansicht, dies ist ein geeigneter Zeitpunkt.« Und als die erhoffte Reaktion ausblieb: »Du hast versprochen, mir echte Magie zu zeigen. Wenn es soweit ist. Und jetzt...«

»Ich verstehe«, ächzte Oma Wetterwachs, schloß die Augen auf und blickte zum Himmel hinauf. Direkt im Zenit war das Firmament dunkler als überm Horizont, eher purpurn als blau. *Warum nicht?* dachte sie. *Sie lernt recht schnell, und in der Kräuterkunde kennt sie sich inzwischen fast besser aus als ich. Als ich so alt war wie sie, unterwies mich Gammer ›Mütterchen‹ Tumult stundenlang im Borgen, Wandeln und Schicken. Vielleicht bin ich zu vorsichtig.*

»Nur ein bißchen!« drängte Esk.

Granny überlegte und suchte vergeblich nach irgendwelchen Ausflüchten. *Bestimmt bereue ich es später,* fuhr es ihr durch den Sinn — womit sie erstaunlichen Weitblick bewies.

»Na schön«, brummte sie.

»Echte Magie?« vergewisserte sich Eskarina. »Weder Kräuter noch Pschikologie?«

»Echte Magie«, bestätigte Granny, »beziehungsweise das, was du darunter verstehst.«

»Ein Zauberspruch?«

»Nein. Ich zeige dir, wie man borgt.«

Eskarinas Augen strahlten aufgeregt. Granny fand, daß sie lebendiger wirkte als jemals zuvor.

Die alte Hexe betrachtete das Tal vor ihnen und nickte langsam, als sie ein geeignetes Geschöpf fand. Ein grauer Adler kreiste müßig über einem fernen Gehölz, und in der animalischen Bewußtseinssphäre spürte sie Ruhe und Gelassenheit. Ausgezeichnet.

Behutsam setzte sie sich mit dem Vogel in Verbindung, und daraufhin flog er langsam näher.

»Zunächst kommt es beim Borgen darauf an, daß man sich einen möglichst bequemen und sicheren Platz sucht«, erklärte Granny und strich das Gras hinter ihr glatt. »Zum Beispiel ein weiches Bett.«

»Aber was *ist* Borgen?«

»Leg dich hin und halt meine Hand. Siehst du den Adler dort oben?«

Esk starrte hoch und zwinkerte im hellen Schein der Sonne.

Sie sah... *zwei kleine Gestalten auf der Wiese weit unten, während sie sich vom Wind tragen ließ...*

Deutlich spürte sie, wie ihr kühle Luft an den Federn entlangstrich. Da der Adler nicht jagte und sich einfach nur einen Spaß daraus machte, träge dahinzugleiten, blieb die Landschaft unter ihm eine Ansammlung unbedeutender Konturen. Die freie Weite jedoch... sie wurde zu einem komplizierten, sich ständig verändernden dreidimensionalen *Etwas*, einem miteinander verketteten Muster aus Spiralen und Kurven, das sich über viele Meilen hinweg erstreckte, einer Achterbahn aus Strömungen, die thermische Säulen umschmiegten. Esk...

...spürte einen vorsichtigen Druck, der sie zurückhielt.

»Der zweite wichtige Punkt«, ertönte dicht neben ihr die kratzige Stimme der Hexe, »ist folgender: Man darf das Geborgte Geschöpf nicht verärgern. Wenn man ihm die eigene Gegenwart offenbart, setzt es sich entweder zur Wehr oder gerät in Panik, und dann bleibt einem nichts anderes übrig, als den Rückzug anzutreten. Der Vogel dort oben hat sein ganzes Leben als Adler verbracht. Im Gegensatz zu dir.«

Esk schwieg.

»Du fürchtest dich doch nicht, oder?« fragte Oma Wetterwachs. »Beim erstenmal ist eine solche Reaktion durchaus verständlich und...«

»Ich habe keine Angst«, erwiderte Eskarina ruhig. »Wie kontrolliert man das Tier?«

»Darauf sollte man besser verzichten. Wie dem auch sei:

Selbst erfahrenen Hexen fällt es schwer, Kontrolle auf eine völlig selbständige animalische Gedankensphäre auszuüben. Man muß dem Geschöpf... *vorschlagen,* es sei geneigt, sich auf eine ganz bestimmte Weise zu verhalten. Mit zahmen Tieren sieht die Sache natürlich ganz anders aus. Nun, trotzdem kann man von solchen Wesen nichts verlangen, was ihrer elementaren Natur widerspricht.« Granny deutete in die Höhe. »Versuch jetzt, einen Kontakt mit dem Bewußtsein des Adlers herzustellen.«

Esk sah Granny als eine einheitliche silbergraue Wolke am Rande ihres Wahrnehmungsbereichs. Nach kurzer Suche fand sie den Adler. Sie hätte ihn fast übersehen. Sein Selbst war klein, purpurn und scharf wie eine Pfeilspitze. Der Vogel konzentrierte sich ganz aufs Fliegen und bemerkte sie nicht.

»Gut«, lobte die alte Hexe. »Wir entfernen uns nicht allzuweit vom Tal. Wenn du möchtest, daß er abdreht und sich in eine andere Richtung wendet...«

»Ja, ich weiß«, sagte Esk. Sie beugte die Finger – die sich an einem ganz anderen Ort befanden –, woraufhin der Adler die Schwingen anwinkelte und nach links glitt.

»Nicht schlecht«, sagte Granny und versuchte, ihr Erstaunen zu verbergen. »Wie hast du das erreicht?«

»Ich ... weiß nicht. Es erschien mir offensichtlich.«

»Hm.« Vorsichtig sondierte Granny das Ich des Vogels. Der Adler ahnte noch immer nichts von seinen beiden mentalen Passagieren. Die alte Frau war zutiefst beeindruckt, was nicht sehr häufig geschah.

Sie schwebten über dem Berg, und Esk begann mit einer begeisterten Erforschung der Adlersinne. Grannys Stimme hallte durch ihr Bewußtsein, gab ihr Ratschläge und Anweisungen, warnte sie dann und wann. Eskarina hörte nur mit halbem Ohr zu. Es klang alles viel zu kompliziert. Warum konnte sie nicht einfach das fremde Ich übernehmen? Es trug dadurch gewiß keinen Schaden davon.

Sie konnte deutlich sehen, wie sie dabei vorgehen mußte: ein fester Griff an der richtigen Stelle, nicht schwerer als ein Fingerschnippen (was Esk noch nie zustande gebracht hatte) — und dann brauchte sie sich nicht mehr mit Erfahrungen aus zweiter Hand zu begnügen, konnte das Fliegen *richtig* erleben.

Dann...

»Laß das!« sagte Granny ruhig. »Du würdest es bedauern.«

»Was?«

»Glaubst du etwa, es hätte noch niemand vor dir versucht, Mädchen? Jede Hexe hat sich irgendwann einmal vorgestellt, wie interessant es wäre, einen fremden Körper zu übernehmen, um zu den Wolken aufzusteigen oder Wasser zu atmen. Es ist nicht annähernd so leicht, wie du dir das vorstellst.«

Esk warf ihr einen finsteren Blick zu.

»Sieh mich nicht so an!« fuhr die alte Frau fort. »Eines Tages wirst du mir für diesen Hinweis danken. Hüte dich vor Dingen, mit denen du dich noch nicht auskennst, klar? Bevor du zu irgendwelchen Tricks greifst, solltest du genau wissen, welche Konsequenzen sich daraus ergeben könnten — und wie man sie vermeidet. Versuch erst dann zu gehen, wenn du laufen gelernt hast.«

»Ich *spüre*, worauf es zu achten gilt, Granny.«

»Mag sein. Aber vielleicht täuschst du dich. Das Borgen ist schwieriger, als es den Anschein hat — obwohl ich zugeben muß, daß du dich sehr geschickt anstellst. Nun, für heute reicht's. Bring uns jetzt wieder zur Wiese! Dort zeige ich dir, wie man zurückkehrt.«

Der Adler segelte hoch über den beiden reglosen Gestalten im Gras, und vor ihrem inneren Auge sah Eskarina zwei Verbindungsstränge: geistige Pfade, die nach unten führten. Grannys Gedankenschatten verflüchtigte sich.

Jetzt...

Die alte Frau irrte sich. Das Ich des Vogels leistete kaum Widerstand, und es blieb ihm nicht genug Zeit, in Panik zu geraten. Esk hüllte es in ihre eigene Selbstsphäre. Dort wand es sich einige Male hin und her, bevor es mit ihr verschmolz.

Granny öffnete die Augen und hörte, wie der Adler ein triumphierendes Krächzen von sich gab. In einer Höhe von nur wenigen Metern sauste er über den grasbewachsenen Hang und glitt an der Flanke des Berges entlang. Grannys Blicke folgten ihm, doch schon nach kurzer Zeit verwandelte er sich in einen kleinen Punkt und entschwand wenig später aus ihrer Sicht. Ein zweiter Schrei verhallte in der Ferne.

Die Hexe beobachtete Esks schlaffen Körper. Das Mädchen wog zwar nicht sehr viel, aber es war ein weiter Weg nach Hause, und der Nachmittag ging langsam in den Abend über.

»Verflixt«, murmelte sie ohne besonderen Nachdruck, stand auf und strich sich den Rock glatt. Mit einem mühevollen Stöhnen hob sie Eskarinas leblos anmutenden Leib auf und trug ihn auf der Schulter.

Im scharlachroten Licht der untergehenden Sonne stieg Esk-Adler höher, wie berauscht von der Ekstase des Fluges.

Auf dem Heimweg begegnete Granny einem hungrigen Bär. Die alte Frau litt an Rückenschmerzen und war nicht in der Stimmung, angeknurrt zu werden. Sie brummte einige leise Worte, und zu seinem (recht kurzen) Erstaunen prallte der Bär an einen Baumstamm. Er kam erst nach einigen Stunden wieder zu sich, rieb sich verwirrt die Schnauze und machte sich eilig auf und davon.

Granny betrat ihr Haus, brachte Esk ins Bett und entzündete ein Feuer im Kamin. Sie führte die Ziegen in den Stall, melkte sie und traf Vorbereitungen für die Nacht.

Die Hexe vergewisserte sich, daß alle Fenster offenstanden, und als es dunkel wurde, stellte sie eine Lampe so auf, daß man ihr Licht schon von weitem sehen konnte.

Eine der Angewohnheiten von Oma Wetterwachs bestand darin, jeweils nur einige Stunden hintereinander zu schlafen, und auch diesmal erwachte sie gegen Mitternacht. Das Zimmer hatte sich nicht verändert, sah man einmal davon ab, daß die Lampe inzwischen zum Zentralgestirn eines Sonnensystems aus ziemlich dummen Motten geworden war.

Sie schlug erneut die Augen auf, als der Morgen dämmerte. Nur ein kleiner Stummel erinnerte noch an die lange Kerze in der Lampe, und Esk ruhte nach wie vor im tiefen Koma des Borgens.

Als Granny die Ziegen zur Koppel führte, beobachtete sie aufmerksam den Himmel.

Der Mittag kam und ging, und schließlich neigte sich ein weiterer Scheibenwelttag dem Ende entgegen. Unruhig marschierte Oma Wetterwachs in der Küche auf und ab. Gelegentlich unterbrach sie ihre ziellose Wanderung und erlag plötzlichen Anfällen von Arbeitswut. Energisch entfernte sie uralte Schmutzkrusten aus den Fliesenfugen, kratzte den Ruß des letzten Winters aus dem Kamin, stieß darunter auf den des Vorjahrs, ließ sich davon nicht beeindrucken und scheuerte ihn ebenfalls fort. Ein Mäusenest hinter der Garderobe wurde mit vorsichtiger Unerbittlichkeit in den Ziegenstall verlegt.

Die Sonne ging unter.

Das Licht der Scheibenwelt war schwerfällig und träge. Von ihrer Hütte aus beobachtete Granny, wie es über die Berghänge tropfte und in goldenen Bächen durch den Wald strömte. Hier und dort verharrte es in kleinen Lachen, bis es schließlich verblaßte.

Mit den Fingerspitzen trommelte sie an den Türpfosten und summte eine bitter klingende leise Melodie.

Als der nächste Morgen graute, lag Eskarinas Körper noch immer reglos und stumm im Bett.

Als das goldene Licht langsam über die Scheibenwelt floß, wie die ersten Vorboten der Flut, die sich über ein Watt tasteten, schlug der große Adler langsam mit den breiten Schwingen und stieg höher, der gewölbten Himmelskuppel entgegen.

Unter Esk erstreckte sich die runde Welt: Kontinente

und Inseln, Flüsse und Seen. Und selbstverständlich das Randmeer.

Unter dem Dach des Firmaments herrschte Stille.

Eskarina kostete das herrliche Gefühl des Fliegens voll aus, zwang die ermüdenden Muskeln zu noch größeren Anstrengungen. Doch irgend etwas stimmte nicht. Ihre Gedanken schienen ein seltsames Eigenleben zu entwickeln und sich in einem mentalen Dunst zu verlieren. Gefühle wie Schmerz, Aufregung und Erschöpfung trieben durch ihren Geist, aber gleichzeitig schien sie andere Empfindungen zu verlieren. Der Wind trieb Erinnerungen fort. Wenn sie sich auf eine bestimmte Überlegung konzentrieren wollte, löste sie sich auf und verschwand.

Sie büßte Teile ihres Ichs ein und wußte nicht einmal, was ihr abhanden kam. Nach einer Weile geriet sie in Panik und trachtete danach, sich an vertrauten Dingen festzuklammern...

Ich bin Esk, habe den Körper eines Adlers übernommen und *Wind, der durch Federn streicht, Hunger, ein suchender Blick, der über den Nicht-Himmel in der Tiefe streicht...*

Sie versuchte es erneut. Ich bin Esk und *die verschlungenen Wege der Windpfade, die Schmerzen in den zitternden Muskeln, die leise pfeifende Luft, die Kälte...*

Ich bin Esk *hoch über Luft-feucht-naß-weiß, hoch über allem anderen, der Himmel ist dünn...*

Ich bin *Ich bin.*

Granny stand im Garten, und der Morgenwind zerrte wie lüstern an ihren Röcken. Sie ging von Bienenstock zu Bienenstock und klopfte behutsam auf die Klappen. Dann blieb sie in einem nahen Gewirr aus Gurkenkraut und Melisse stehen, streckte die Arme aus und intonierte etwas mit so hoher Stimme, daß kein normaler Mensch irgendeinen Laut vernommen hätte.

Ganz im Gegenteil zu den Bienen. Plötzlich stiegen große Wolken aus diensteifrig summenden dicken Insekten auf, schwebten über der Hexe und stimmten mit lautem Brummen in ihren Gesang ein.

Kurz darauf machten sie sich auf den Weg, flogen über die Bäume hinweg ins heller werdende Licht.

Es ist allgemein bekannt (zumindest unter Hexen), daß alle Bienenkolonien Teil einer Wesenheit namens ›Schwarm‹ sind — so wie die einzelnen Insekten individuelle Komponenten des jeweiligen Stocks darstellen. Granny setzte sich nur selten mit den Gedankensphären von Bienen in Verbindung, unter anderem deswegen, weil Insektenbewußtseine sonderbare Strukturen aufwiesen und nach mentalem Zinn schmeckten. Aber der eigentliche Grund war ihre Befürchtung, der Schwarm sei weitaus intelligenter als sie.

Sie wußte, daß die Drohnen innerhalb kurzer Zeit die wilden Bienenkolonien im tiefen Wald erreichen und mit ihren Artgenossen in allen Tälern und Schluchten des Gebirges Ausschau halten würden. Ihrer Aufmerksamkeit entging nichts. Granny nickte zufrieden: Jetzt konnte sie nur noch warten.

Kurz vor Mittag kehrten die Bienen zurück, und in ihren wie Säure ätzenden Gedanken las Oma Wetterwachs, daß sie keine Spur von Esk gefunden hatten.

Damit blieb nur noch eine Alternative übrig. Die Hexe schauderte, als sie daran dachte, hielt jedoch an ihrem einmal gefaßten Beschluß fest. Sie nahm eine kleine Leiter, kletterte ungelenk auf den Dachboden und holte den versteckten Zauberstab.

Er war eiskalt. Und dampfte.

»Also befindet sie sich über der Schneegrenze«, murmelte Granny.

Sie kehrte nach draußen zurück, stieß den Stab in ein Blumenbeet, starrte ihn finster an — und gewann den unangenehmen Eindruck, daß er ihren Blick erwiderte.

»Du hast keinen Grund zu triumphieren, denn ich gebe mich nicht geschlagen«, sagte Oma Wetterwachs scharf. »Es bleibt mir nur nicht genug Zeit, es mit anderen Dingen zu versuchen. Du weißt bestimmt, wo Eskarina ist. Ich befehle dir, mich zu ihr zu bringen!«

Der Zauberstab musterte sie hölzern.

»Bei ...« Granny zögerte und suchte nach den richtigen Worten für eine angemessene Beschwörung. »Bei Stock und Stein: Ich unterwerfe dich meinem Willen!«

Aktivität, Bewegung, Lebhaftigkeit — alle diese Worte wären völlig unpassend gewesen, um die Reaktion des Stabs zu beschreiben.

Granny kratzte sich am Kinn und erinnerte sich an die Frage, die man Kindern bei solchen Gelegenheiten stellte: Wie lautet das magische Wort?

»Bitte?« sagte sie versuchsweise.

Der Zauberstab erzitterte, löste sich aus dem Boden, stieg auf und verharrte einladend in Hüfthöhe.

Granny hatte gehört, daß sich Besenstiele bei jüngeren Hexen wieder großer Beliebtheit erfreuten, aber sie hielt nicht viel davon. Ihrer Meinung nach gab es keine Möglichkeit, würdevoll zu wirken, wenn man auf einem Haushaltsgerät ritt. Außerdem war sie nicht schwindelfrei.

Andererseits: Vielleicht sollte sie unter den gegebenen Umständen auf das sonst übliche Maß an Würde verzichten. Granny holte rasch ihren Hexenhut, nahm dann auf dem Zauberstab Platz (natürlich im Damensitz) und klemmte sich die Röcke fest zwischen die Knie.

»In Ordnung«, sagte sie. »Von mir aus kann's loooooo ...«

Die Waldtiere stoben erschrocken davon, als ein pfeilschneller, schreiender und fluchender Schatten über die Baumwipfel raste. Granny hielt sich so krampfhaft fest, daß ihre Knöchel weiß hervortraten, schluckte mehrmals, als sie in die Tiefe starrte — und sammelte wichtige Erfahrungen in Hinsicht auf Massenschwerpunkt und Luftturbulenz. Der Zauberstab achtete nicht auf ihr quiekendes Schrillen und flog stur weiter.

Als er die Hochlandwiesen erreichte, gewöhnte sich Oma Wetterwachs langsam an ihn. Mit anderen Worten:

Sie schlang Beine und Arme um ihn und fand sich damit ab, daß sie nicht länger auf dem Stab *saß*, sondern an ihm *hing*. Diesmal erfüllte ihr Hut durchaus einen gewissen Zweck: Er war aerodynamisch geformt.

Der Flug führte an hohen schwarzen Klippen vorbei und durch schmale Täler, von denen es hieß, dort hätten zur Zeit der Eisriesen Ungeheuer namens Gletscher ihr Unwesen getrieben. Die Luft wurde dünner und immer kälter.

Über einer Schneewehe hielt der Zauberstab jäh inne. Granny fiel, blieb schnaufend im weichen Weiß liegen und versuchte sich daran zu erinnern, warum sie all diese Mühen auf sich nahm.

Unter einem nahen Felsvorsprung entdeckte die Hexe ein fedriges Bündel. Als sie darauf zukroch, kam ein kleiner Kopf in die Höhe, und ein Adler musterte sie aus furchtsam blinzelnden Augen. Er breitete die Schwingen aus, um fortzufliegen, torkelte erschöpft und sank auf den Boden zurück. Als Granny die Hand nach ihm ausstreckte, biß er sie in den Finger.

»Ich verstehe«, sagte sie leise und mehr zu sich selbst. Sie entsann sich an Würde und Anstand, sah sich um, entdeckte eine Gesteinsformation, die groß genug zu sein schien, und zog sich zurück. Nach einigen Sekunden trat sie wieder hinter dem Felsen hervor und hielt einen Unterrock in der Hand. Der Vogel humpelte umher, schlug mit den Flügeln und ruinierte das Ergebnis einer mehrwöchigen Perlstich-Stickerei. Doch schließlich gelang es Granny, ihn zu fangen und einzuwickeln, so daß von Schnabel und Krallen keine Gefahr mehr drohte.

Sie wandte sich wieder dem Stab zu, der aufrecht im Schnee steckte.

»Ich kehre zu Fuß zurück«, verkündete sie stolz.

Wie sich herausstellte, endete das kleine Tal an einer steilen Felswand, die mehrere hundert Meter weit in die Tiefe reichte.

»Na gut«, seufzte die alte Frau. »Aber du fliegst ganz langsam, verstanden? Und dicht über dem Boden.«

Granny wußte inzwischen, was sie erwartete, und da der Zauberstab diesmal größere Vorsicht walten ließ, empfand sie die Heimreise fast als geruhsam. Sie glaubte beinahe, sich im Laufe der Zeit so sehr ans Fliegen gewöhnen zu können, daß sie es nicht mehr haßte, sondern nur noch verabscheute. Eigentlich fehlte nur eine Vorrichtung, die dafür sorgte, daß man nicht ständig nach unten starrte.

Der Adler hockte auf einem Läufer, der vor dem kalten Kamin lag. Er trank ein wenig Wasser, das Granny zuvor mit einigen Zaubersprüchen behandelte — für gewöhnlich benutzte sie diese Formeln nur, um Patienten zu beeindrukken, aber man konnte nie wissen: Vielleicht nützten sie tatsächlich etwas —, und er fraß auch einige Streifen rohes Fleisch.

Doch die ganze Zeit über offenbarte er nicht das geringste Anzeichen von Intelligenz.

Die alte Hexe fragte sich, ob sie den richtigen Vogel gefunden hatte. Sie riskierte es erneut, sich ihm zu nähern, blickte in böse funkelnde gelbe Augen und versuchte sich davon zu überzeugen, daß in den Tiefen des animalischen Bewußtseins, in irgendeinem dunklen Ichgewölbe, ein sonderbares blasses Licht flackerte.

Behutsam sondierte sie die fremde Gedankensphäre. Der Geist des Adlers bot sich ihr wie gewohnt dar: lebendig und scharf. Aber außerdem fühlte sie auch noch etwas anderes. Das Ego hat natürlich keine Farbe, doch Granny glaubte trotzdem, das Vogelselbst als eine Zusammenballung verschiedener purpurner Schichten zu erkennen. Und in dieser Masse beobachtete sie ein Gespinst aus dünnen silbernen Linien.

Esk hatte zu spät begriffen, daß der Körper den Geist formt. Das Borgen an sich war harmlos, doch der Traum eines echten Gestaltwandels enthielt eine Strafoption.

Granny nahm im Schaukelstuhl Platz, wippte einige Male und gestand sich ein, daß sie nicht mehr weiter wußte. Sie sah sich außerstande, zwei miteinander verwobene Bewußtseine voneinander zu trennen. Eine solche Aufgabe überstieg die Fähigkeiten aller Hexen in den Spitzhornbergen. Nicht einmal ...

Es blieb alles still, aber irgendwie schien sich die Beschaffenheit der Luft zu verändern. Granny beobachtete den Zauberstab, den sie nur widerwillig in ihrer Hütte duldete.

»Nein!« zischte sie.

Dann dachte sie: *Warum sage ich das? Um mich selbst zu überzeugen? Ich kann die magische Macht deutlich spüren. Aber es ist nicht* meine *Macht.*

Allerdings gibt es hier keine andere. Und vielleicht ist es schon zu spät.

Aber vielleicht auch nicht.

Vorsichtig schickte Granny sanfte Gedanken in den Geist des Vogels, um ihn zu beruhigen und die mentalen Gewitterwolken einer beginnenden Panik zu vertreiben. Der Adler leistete keinen Widerstand, als sie nach ihm griff. Die Krallen schlossen sich so fest um ihr Handgelenk, daß Blut aus winzigen Wunden drang.

Dann nahm die alte Hexe den Zauberstab, ging nach oben und betrat das Schlafzimmer mit der durchhängenden Decke. Eskarina lag noch immer reglos im Bett, wie tot.

Sie setzte den Vogel auf die Bettstange und richtete ihre Aufmerksamkeit auf den Stab. Erneut veränderten sich die Konturen der Schnitzmuster, um nicht ihre wahre Form zu zeigen.

Granny hatte schon mehrfach thaumaturgische Energie eingesetzt, ging dabei jedoch eher zögernd zu Werke und beschränkte sich darauf, leichten Druck auszuüben, um das angestrebte Ziel zu erreichen und eine Veränderung im Gefüge der Realität zu bewirken. Natürlich wählte sie andere Worte, um diesen Vorgang zu beschreiben, zum Beispiel: *Wenn man an der richtigen Stelle sucht, findet man immer einen Hebel.* Nun, die im Zauberstab konzentrierte Macht war gewaltig und formlos: pure Magie, ein Destillat jener Kräfte, die dafür sorgten, daß im Universum alles mit rechten Dingen zuging.

Die Verwendung solcher Energien erforderte ihren Preis. Und Grannys Wissen über Zauberei ließ sie ahnen, daß sie nicht mit einem Rabatt rechnen durfte. Andererseits: Warum betritt man überhaupt den Laden, wenn man sich über einen zu hohen Preis sorgt?

Sie räusperte sich und überlegte verzweifelt, wie sie sich jetzt verhalten sollte. Möglicherweise genügte es, einfach nur den Geist zu öffnen...

Die Macht traf sie wie ein Hammerschlag. Granny spürte, wie sie angehoben wurde, und als sie den Kopf senkte, stellte sie überrascht fest, daß sie noch immer auf dem Boden stand. Sie tat einen Schritt nach vorn, und magische Entladungen knisterten in unmittelbarer Nähe. Sie streckte die Hand aus, um sich gegen die Wand zu stützen, und das alte Holz erbebte. Aus schreckgeweiteten Augen sah sie, wie sich grüne Keimlinge bildeten und erste Blätter entfalteten. Ein magischer Orkan heulte durchs Zimmer, wirbelte Staub auf und gab ihm einige sehr beunruhigende Formen. Ein Krug splitterte, und die daneben stehende Spülschüssel mit dem reizenden Rosenmuster zerbrach. Der Nachttopf unter dem Bett verwandelte sich in etwas Greuliches und schlich davon.

Granny setzte zu einem Fluch an, brach nach einigen Worten ab und schloß den Mund wieder, als die Worte in Gestalt bunter Blüten durch Wolken schwebten, die in allen Regenbogenfarben schillerten.

Sie sah auf Esk und den Adler hinab, der den seltsamen Vorgängen nicht die geringste Beachtung schenkte. Oma Wetterwachs runzelte die Stirn und versuchte sich zu konzentrieren. Einmal mehr schickte sie einen hexentelephathischen Ausläufer ihres Ichs in den Kopf des Vogels, betrachtete dort purpurne Gedankenschichten in einem Kokon aus silbernen Fäden. Jetzt gab es einen Unterschied: Granny stellte fest, wo die Linien begannen und endeten, wo sie behutsam zupfen mußte, um sie von der animalischen Bewußtseinssphäre zu trennen. Es erschien ihr so offensichtlich, daß sie laut lachte. Das heisere, krächzende Geräusch wehte ihr als eine orangefarbene und rote Fahne von den Lippen, zerfaserte dicht unter der Decke.

Zeit verstrich. Selbst mit der enormen magischen Kraft, die nun in ihr brodelte, fiel es der alten Hexe nicht leicht, Esks Selbst aus den purpurnen Egokammern des Adlers zurückzuholen. Ebensogut hätte sie versuchen können, im Mondschein dünnes Garn durch ein winziges Nadelohr zu schieben. Schließlich aber gelang es ihr, eine Handvoll Silberfiligran vom Geist des Vogels zu lösen. In der langsamen und schweren Welt, von der sie nun ein Teil zu sein schien, holte Granny mit dem kleinen Büschel aus und warf es in Richtung Eskarina. Es wurde zu einem Dunsthauch, wirbelte wie ein Nebelstrudel und verschwand.

Irgendwo schnatterte, knurrte und grollte es, und aus den Augenwinkeln beobachtete die Hexe dunkle Schemen. Nun, früher oder später erlebte jeder so etwas. *Sie* waren gekommen, angelockt von purer Magie. Man mußte eben lernen, sie nicht zu beachten.

Granny zuckte zusammen, als ihr heller Sonnenschein über die geschlossenen Lider tanzte. Sie kauerte an der Tür, und ihr ganzer Körper fühlte sich an, als litte er an Zahnschmerzen.

Blindlings tastete sie umher, spürte die Kante des Waschstands und zog sich in die Höhe. Es überraschte sie nicht sonderlich, daß Krug und Spülschüssel genauso aussahen wie immer. Aus reiner Neugier überhörte sie die Proteste des Rückens, schaute unters Bett und, ja, stellte fest, daß alles in Ordnung war.

Der Adler hockte noch immer auf der Bettstange. Esk lag unter der Decke, und Granny sah, daß sie nicht mehr im Koma weilte, sondern schlief. Ein zurückgekehrtes Ich erfüllte ihren Körper mit neuem Leben.

Die alte Hexe hoffte nur, daß Eskarina nicht mit einem Heißhunger auf Feldmäuse und wilde Kaninchen erwachte.

Der Adler widersetzte sich nicht, als sie ihn nach unten trug und draußen freiließ. Müde flog er zum nächsten Baum und machte es sich auf einem Ast gemütlich. Er hatte das deutliche Gefühl, daß er eigentlich auf jemanden sauer sein sollte, aber er konnte sich beim besten Willen nicht an den Grund dafür erinnern.

Esk öffnete die Augen und starrte eine Zeitlang zur Decke. Inzwischen kannte sie jeden Spalt darin, jede noch so kleine Ritze im Verputz, jeden einzelnen Buckel. Sie formten eine umgestülpte phantastische Landschaft, in der Eskarina schon vor Wochen eine ebenso persönliche wie komplexe Zivilisation angesiedelt hatte.

Traumbilder schwebten in ihrem inneren Auge vorbei. Sie zog einen Arm unter der Decke hervor, betrachtete ihn und fragte sich, warum keine Federn aus der Haut wuchsen. Es war alles sehr verwirrend.

Sie strich die Laken beiseite, schwang die Beine aus dem Bett, *neigte die Schwingen in den Wind und glitt durch die...*

Als Granny das dumpfe Pochen auf dem Schlafzimmerboden hörte, eilte sie sofort die Treppe hinauf, nahm Eskarina in die Arme und drückte sie fest an sich. Das Mädchen zitterte am ganzen Leib. Die alte Hexe wiegte es hin und her und versuchte das Kind mit wortlosem Brummen zu beruhigen.

Esk sah entsetzt zu ihr auf.

»Ich habe gespürt, wie sich meine Gedanken verflüchtigten.«

»Ja, ja«, murmelte Granny. »Du hast es überstanden.«

»Verstehst du denn nicht?« schrillte Eskarina. »Ich konnte mich nicht einmal mehr an meinen Namen erinnern!«

»Ist er dir inzwischen wieder eingefallen?«

Esk zögerte und dachte nach. »Ja«, sagte sie. »Ja, natürlich.«

»Dann ist ja alles in Ordnung.«

»Aber...«

Granny seufzte. »Du hast etwas gelernt«, sagte sie und sah kein besonderes Risiko darin, ihre Stimme wieder ein wenig schärfer und strenger klingen zu lassen. »Es heißt, ungenügendes Wissen könnte gefährlich sein. Aber glaub mir: Ausreichendes Unwissen ist weitaus schlimmer.«

»Was ist überhaupt *geschehen?«*

»Du wolltest dich mit dem Borgen nicht zufriedengeben und bestandest darauf, einen fremden Leib zu übernehmen. Inzwischen dürftest du wissen, daß man Körper mit... mit Prägemassen vergleichen kann. Sie geben ihrem Inhalt eine bestimmte Form. Das Bewußtsein eines Mädchens kann in einem Adler nicht überleben. Zumindest nicht lange.«

»Ich *wurde* zu einem Adler?«

»In gewisser Weise.«

»Ich war überhaupt nicht mehr *ich selbst?«*

Granny überlegte einige Sekunden lang. Sie legte immer dann eine kurze Pause ein, wenn die Gespräche mit Eskarina zu einer übermäßigen Strapazierung ihres Vokabulars zu führen drohten.

»Nein«, erwiderte sie schließlich. »Nicht in dem Sinne, wie du das meinst. Du warst nur ein Adler mit manchmal recht seltsamen Visionen. Während du davon träumtest, zu fliegen und an hohen Graten entlangzugleiten, stellte sich der Vogel vielleicht vor, auf dem Boden herumzulaufen und zu sprechen.«

»Oh!«

»Aber jetzt ist alles vorbei«, sagte Granny und schenkte ihr ein dünnes Lächeln. »Du bist wieder du selbst, und der Adler hat sein eigenes Bewußtsein zurück. Er sitzt in der großen Buche beim Abort. Ich schlage vor, du bringst ihm einen Futternapf.«

Eskarina nahm mit überkreuzten Beinen Platz und blickte ins Leere.

»Ich entsinne mich an einige seltsame Dinge«, murmelte sie nachdenklich. Granny drehte sich erschrocken um.

»Ich meine, ich sah sie in einer Art Traum«, erklärte Eskarina. Die alte Hexe musterte sie so entsetzt, daß sie innehielt und fürchtete, etwas Falsches gesagt zu haben.

»Was für Dinge?« fragte Granny leise.

»Große unheimliche Geschöpfe. Sie saßen einfach nur da.«

»War es dunkel? Ich meine: Hockten die Wesen im Dunkeln?«

»Ich glaube, ich erinnere mich an Sterne. Granny?«

Oma Wetterwachs starrte zur Wand.

»Granny?« wiederholte Esk.

»Mhm? Ja? Oh.« Die alte Hexe schüttelte sich. »Ja, ich verstehe. Nun, ich möchte, daß du jetzt runtergehst, den Schinken aus der Speisekammer holst und ihn dem Adler bringst. Es wäre sicher eine gute Idee, ihm zu danken. Vorsichtshalber.«

Als Esk zurückkehrte, strich Granny gerade Butter auf Brotscheiben. Sie zog einen Stuhl an den Tisch heran, aber die alte Frau winkte mit dem Messer.

»Zuerst müssen wir noch etwas erledigen. Steh auf und sieh mich an!«

Esk gehorchte verwundert. Granny legte das Messer in den Brotkasten und schüttelte den Kopf.

»Verflixt!« brummte sie — ein Standardfluch, der verdeutlichte, was sie von der Welt im großen und ganzen hielt. »Ich habe keine Ahnung von den Einzelheiten des Rituals, aber ich bin sicher, daß es eins gibt. Bestimmt verzichten sie bei so etwas nicht auf eine Zeremonie. Hach, ich kenne die Zauberer: Sie müssen dauernd alles komplizierter machen...«

»Wovon sprichst du überhaupt?«

Oma Wetterwachs schenkte ihr keine Beachtung, marschierte durchs Zimmer und näherte sich einer dunklen Ecke neben dem Kleiderschrank.

»Wahrscheinlich müßtest du mit dem linken Fuß in einem Eimer stehen, der kalten Haferbrei enthält, einen Handschuh überstreifen und... und was weiß ich«, fuhr die alte Frau fort. »Nun, ich hätte lieber darauf verzichtet, aber *sie* lassen mir keine Wahl.«

»Ich verstehe noch immer nicht...«

Die Hexe holte den Zauberstab hervor und zeigte ihn Esk.

»Hier. Er gehört dir. Nimm ihn! Ich hoffe nur, es ist richtig, daß du ihn bekommst.«

Granny hatte nicht ganz unrecht: Normalerweise wird einem jungen Zauberer der Stab im Verlaufe einer höchst eindrucksvollen Zeremonie überreicht, die noch feierlicher ist, wenn es sich um das Erbstück eines älteren Magiers handelt. Das recht anstrengende und langwierige Ritual geht auf eine ehrwürdige Tradition zurück, und man verwendet dabei unter anderem Masken, Kapuzen, Schwerter und ähnliches Zubehör. Darüber hinaus wird ausgiebig geflucht und geschworen, wobei es nicht an drohenden Hinweisen auf abgeschnittene Zungen, aus dem Leib gerissene Gedärme und in acht Winde verstreute Asche fehlt. Nach dieser mehrstündigen Geduldsprobe findet der Novize schließlich Aufnahme in die Bruderschaft der Weisen und Erleuchteten.

Natürlich werden auch lange Ansprachen gehalten. Oma Wetterwachs gelang es durch reinen Zufall, alles Wichtige mit wenigen Worten zum Ausdruck zu bringen.

Esk nahm den Stab entgegen und betrachtete ihn neugierig.

»Hübsch«, sagte sie unsicher. »Insbesondere die Schnitzmuster. Was hat es damit auf sich?«

»Setz dich jetzt! Und hör mir wenigstens einmal aufmerksam zu. Kurz vor deiner Geburt...«

»... und das wär's im großen und ganzen.«

Eskarina starrte auf den Stab und sah dann Granny an.

»Ich soll Zauberer werden?«

»Ja. Nein. Ich weiß nicht genau.«

»Das ist keine richtige Antwort«, erwiderte Esk vorwurfsvoll. »Du hast eben gesagt, der Zauberstab gehöre mir und...«

»Frauen und Zauberei sind wie Feuer und Wasser«, entfuhr es Oma Wetterwachs. »So etwas läßt sich nicht miteinander vereinen. Ebensogut könntest du versuchen, dir deinen Lebensunterhalt als ... als *Schmiedin* zu verdienen.«

»Nun, ich habe meinem Vater bei der Arbeit zugesehen, und eigentlich ...«

Granny seufzte. »Weibliche Zauberer sind genauso unmöglich wie männliche Hexen.«

»Was ist mit Hexenmeistern?« fragte Esk interessiert.

Die alte Frau rollte mit den Augen.

»Ich meine, es gibt keine männlichen Hexen, nur dumme Männer«, entgegnete Granny mit dem gebotenen Nachdruck. »Wenn Männer Magie beschwören, sind sie keine Hexen, sondern Zauberer. Es läuft alles auf Pschikologie hinaus.« Sie klopfte sich auf den Kopf. »Auf die Arbeitsweise des Verstandes. Weißt du, das Bewußtsein von Männern funktioniert irgendwie anders als unser Bewußtsein. Ihre Thaumaturgie besteht aus Zahlen, Geraden, Kurven und irgendwelchen Sternkonstellationen — als ob so etwas eine Rolle spielte. Sie ist nur ... Macht, nichts weiter als ...« Granny zögerte und wählte ihr Lieblingswort, um all das zu beschreiben, was sie an der Zauberei verachtete. »... Gehmetrie.«

»Na schön«, sagte Eskarina erleichtert. »Dann bleibe ich hier und lerne die Hexenkunst.«

»Ach«, brummte Granny niedergeschlagen, »wäre es doch so einfach! Aber ich fürchte, dabei ergeben sich einige Probleme.«

»Aber du *hast* doch gerade gesagt, Männer könnten nur Zauberer sein, und für Frauen käme allein die Hexerei in Frage. Gewissermaßen ein Naturgesetz, stimmt's?«

»Ja, in der Tat.«

»Nun«, fügte Esk triumphierend hinzu, »dann ist ja alles geregelt, oder? Es bleibt mir nichts anderes übrig, als eine Hexe zu werden.«

Granny deutete auf den Zauberstab. Das Mädchen zuckte mit den Achseln.

»Es ist nur ein alter Stock.«

Oma Wetterwachs schüttelte den Kopf. Esk zwinkerte.

»Nein?«

»Nein.«

»Und ich kann keine Hexe sein?«

»Ich weiß nicht, was du sein kannst. Halt den Stab!«

»Was?«

»Halt den Stab. Ich habe eben einige Scheite in den Kamin gelegt. Setz sie in Brand!«

»Die Zunderbüchse liegt...«, begann Eskarina.

»Du hast mich einmal darauf hingewiesen, man könne ein Feuer wesentlich leichter entzünden. Zeig's mir!«

Granny stand auf. Sie schien im Halbdunkel der Küche zu wachsen, und ihre Gestalt verschmolz mit bedrohlich wirkenden Schemen und Schatten. In den Augen der alten Hexe blitzte es, als sie Esk ansah.

»Zeig's mir!« befahl sie scharf. Ihre Stimme war so kalt wie Eis.

»Aber...«, setzte Esk an. Sie preßte den Zauberstab an sich und wich so hastig zurück, daß sie dabei den Stuhl umstieß.

»Zeig es mir!«

Mit einem erschrockenen Schrei drehte sich Esk um. Funken stoben ihr von den Fingerkuppen und gleißten durchs Zimmer. Das Holz im Kamin explodierte so heftig, daß die Druckwelle Möbelstücke durch den Raum schleuderte. Ein großer Ball aus zischend lodernder grüner Glut bildete sich.

Flammen leckten gierig, als die Kuppel über festen Stein rollte, der erst laut knackte und sich dann verflüssigte. Der eiserne Kaminschirm hielt tapfer einige Sekunden lang stand, bevor er wie Wachs schmolz. Er metamorphierte zu einem roten Fleck am Feuerball und löste sich schließlich ganz auf. Den Kessel ereilte wenig später ein ähnliches Schicksal.

Als sich die Mauern des Schornsteinschachts in der Hitze verformten, gab der granitene Untergrund nach, und mit lautem Prasseln verschwand die irrlichternde Kugel im Boden.

Es knisterte dumpf, und Dampf wehte aus der runden Öffnung – deutliche Hinweise darauf, daß sich der Ball unaufhaltsam einen Weg durch die Scheibenweltkruste brannte. Es folgte jene Art von beständig brummender Stille, die man nach ohrenbetäubendem Lärm als eine Art Erlösung empfindet, und als das aktinische Grellen verblaßte, schien es in der Küche stockfinster zu sein.

Nach einer Weile kroch Oma Wetterwachs hinter dem Tisch hervor und näherte sich vorsichtig dem Loch im Boden, an dessen Rand noch immer Lava brodelte. Sie sprang zurück, als eine weitere Rauchwolke emporpilzte.

»Es heißt, unter den Spitzhornbergen erstrecken sich die Stollen vieler Zwergenminen«, sagte sie leise, und ihre Lippen zuckten. »Ich schätze, die kleinen Burschen erleben gerade ihr blaues Wunder.«

Esk erinnerte sich an den grünen Glanz des Feuerballs und fragte sich, warum das Wunder ausgerechnet blau sein sollte. Aber sie erhob keine Einwände und schwieg.

Die alte Hexe beobachtete mißbilligend eine kleine Pfütze aus abkühlendem Eisen. »Schade um den Kaminschirm«, sagt sie betrübt. »Er war mit gußeisernen Eulen geschmückt, weißt du.«

Mit zitternder Hand strich sie sich übers angesengte Haar. »Ich glaube, jetzt könnten wir ein anständiges Glas... kaltes Wasser vertragen.«

Eskarina warf einen verwirrten Blick auf ihre Finger.

»Echte Magie«, brachte sie hervor. »Und *ich* habe sie beschworen.«

»*Eine* Art von echter Magie«, berichtigte Granny. »Vergiß das nicht! Außerdem rate ich dir, solche Vorstellung nicht zu wiederholen. Sonst sieht die Welt bald wie ein durchlöcherter Käse aus. Du mußt erst noch lernen, die magische Energie zu beherrschen.«

»Kannst du mir dabei helfen?«

»Ich? Nein!«

»Aber wie soll ich es lernen, wenn mir niemand zeigt, worauf es dabei ankommt?«

»Du mußt dorthin gehen, wo man über solche Dinge Bescheid weiß. Ich halte eine Zauberschule für angebracht.«

»Aber du hast doch gesagt...«

Granny ließ den Krug sinken, mit dem sie gerade ein Glas Wasser gefüllt hatte.

»Ja, ja«, erwiderte sie müde und winkte ab, »vergiß meine Mahnungen! Und hör auch nicht auf die Stimme des gesunden Menschenverstands. Manchmal muß man die Dinge so nehmen, wie sie sind. Ich befürchte, du hast gar keine andere Wahl, als eine solche Schule zu besuchen.«

Esk dachte darüber nach.

»Du meinst, es sei mein Schicksal?« vergewisserte sie sich.

Granny hob die Schultern. »So ungefähr. Vielleicht. Wer weiß?«

Als Eskarina zu Bett gegangen war, setzte Granny ihren Hut auf, zündete eine Kerze an, räumte den Tisch ab und holte eine hölzerne Kiste aus einem geheimen Fach des Kleiderschranks. Sie enthielt ein Fläschchen mit Tinte, einen alten Federkiel und mehrere Blätter Papier.

Oma Wetterwachs fühlte sich nicht besonders wohl, wenn sie mit der Welt der Buchstaben konfrontiert wurde. Ihre Augen traten vor. Die Zunge führte ein seltsames Eigenleben zwischen den Lippen. Schweiß perlte auf Grannys Stirn. Doch die Spitze des Federkiels kratzte gehorsam übers Pergament, begleitet von gelegentlichen Bemerkungen wie: »Verflixt!« und »Zum Teufel damit!«

Der unten stehenden Version des Briefes mangelt es an den fürs Original typischen Wachstropfen, Flecken und durchgestrichenen Stellen. In dieser Hinsicht sind der Phantasie des Lesers keine Grenzen gesetzt.

An den Obazauberer der Unßichtbaren Univerzität, maine beßten Grüse, ich hofe, eß geht dir gutt, ich schikke dir Eßkarihna Schmied, sie hatt daß Zoig zu ainem Zauberer aber ich waiß laider nicht waß ich mit ihr anschtellen sol sie ißt ein flaissiges Mädchen und auch saubber und außßerdehm kännt sie sich gutt mit diwersen haushaltsarbaiten auss. Ich gebe ihr ain venig Gelt mit auf der Weg Möggest du lange und in Vrieden leben Ein letster Gruss, Esmeralder Wetterwachß (Froilain), Hekse.

Granny hielt das Blatt ins Kerzenlicht und prüfte den Text kritisch. Ein guter Brief, fand sie. Der Ausdruck ›diwers‹ stammte aus dem *Almanach*, den sie jeden Abend las: Er kündigte immerzu ›diwerse Seuchen‹ und ›diwerses Unglück‹ an. Oma Wetterwachs wußte nicht genau, was damit gemeint war, aber ihr gefiel der Klang des Wortes.

Sie versiegelte die Botschaft mit Kerzenwachs und legte sie auf den Schrank. Morgen wollte sie ins Dorf gehen, um sich einen neuen Kessel zu besorgen, und bei dieser Gelegenheit konnte sie das Schreiben für den nächsten Kurier hinterlegen.

Am folgenden Morgen suchte Granny ihre Kleidung mit besonderer Sorgfalt aus. Sie wählte ein schwarzes Gewand mit Frosch- und Fledermausmuster, einen schwarzen Samtmantel (den sie schon seit dreißig Jahren benutzte, was niemand übersehen konnte) und ihren schwarzen Hexenhut, den sie mit langen Nadeln zierte.

Sie brach zusammen mit Eskarina auf, wandte sich zunächst an den Steinmetz und bestellte einen neuen Kamin. Dann stattete sie dem Schmied einen Besuch ab.

Bei der dortigen Unterredung ging es ziemlich hitzig zu. Schon nach kurzer Zeit verließ Esk das Haus, kletterte in den Apfelbaum und nahm in ihrer Lieblings-Astgabel Platz. Mit halbem Ohr lauschte sie dem wütenden Gebrüll ihres Vaters und dem Schluchzen ihrer Mutter. Ab und zu herrschte Stille, was bedeutete, daß Oma Wetterwachs mit ihrer Keine-Widerrede-Stimme einen Diskussionsbeitrag leistete. Manchmal konnte die alte Frau erstaunlich ruhig und gelassen sprechen, was ihren Worten einen noch größeren Nachdruck verlieh. Sie benutzte dann einen Tonfall, den der Schöpfer verwendet haben mochte, als er das Universum schuf. Eskarina wußte nicht genau, ob Granny dabei Gebrauch von Magie oder Pschikologie machte, aber das spielte eigentlich auch keine Rolle: Es gelang ihr meisterhaft, jeden Widerspruch im Keim zu ersticken und keinen Zweifel daran zu lassen, daß sie die Dinge exakt so beschrieb, wie sie sein sollten.

Die Zweige des Apfelbaums neigten sich in einer sanften Brise hin und her. Esk hielt sich am Stamm fest und starrte ins Leere.

Sie dachte an Zauberer. Sie kamen nicht oft nach Blödes Kaff, aber trotzdem erzählte man sich viele Geschichten über sie. Es hieß, sie seien weise und für gewöhnlich sehr alt. Sie beschworen mächtige, schwierige und geheimnisvolle Magie, und fast alle hatten lange Bärte. Darüber hinaus gehörten sie ohne Ausnahme dem männlichen Geschlecht an.

Hexen erschienen Eskarina zumindest ein wenig vertrauter. Sie kannte einige, die in anderen Dörfern wohnten, und außerdem nahmen sie in den Bräuchen und Traditionen der Spitzhornberge einen festen Platz ein. Hexen galten als schlau und listig, erinnerte sich Esk, und die meisten von ihnen waren sehr alt — oder gaben sich alle Mühe, alt auszusehen. Sie beschworen hintergründige, hausbackene und praxisnahe Magie, und einige von ihnen hatten Bärte. Außerdem gehörten sie ausnahmslos dem weiblichen Geschlecht an.

Eskarina runzelte die Stirn. Irgendwo in diesem Vorstellungskomplex verbarg sich ein grundlegendes Problem, das sie nicht genau zu erfassen vermochte. Warum konnten Frauen keine Zauberer...

Sie unterbrach ihren Gedankengang, als Cern und Gulta über den Pfad stürmten und unter dem Apfelbaum bremsten. Staub wirbelte auf. Mit einer Mischung aus Bewunderung und Verachtung blickten die beiden Brüder zu ihrer Schwester hoch. Hexen und Zauberern begegnete man besser mit Respekt, doch Schwestern fielen nicht in diese Kategorie. Der Umstand, daß Eskarina die Hexerei erlernte, schien irgendwie den ganzen Berufsstand abzuwerten.

»Du kannst überhaupt nicht hexen«, sagte Cern. »Oder?«

»Natürlich kannst du's nicht«, fügte Gulta hinzu. »Was ist das für ein Stock?«

Der Zauberstab lehnte unten am Stamm. Cern beäugte ihn neugierig.

»Rührt ihn nicht an!« bat sie hastig. »Bitte! Er gehört mir.«

Normalerweise hatte Cern das Feingefühl eines Rammbocks, aber diesmal ließ er die Hand sinken, bevor sie den ›Stock‹ berührte. Überrascht hob er die Brauen.

»Ich wollte ihn überhaupt nicht anfassen«, erwiderte er verwirrt. »Ist doch nur ein alter Stock.«

»Stimmt es, daß du zaubern kannst?« fragte Gulta. »Granny behauptet das jedenfalls.«

»Wir haben an der Tür gelauscht«, erklärte Cern.

»Wenn ich mich recht entsinne«, erwiderte Eskarina wie beiläufig, »habt ihr das eben in Zweifel gezogen.«

»Vielleicht nicht ohne Grund.«

»Du gibst bloß an.«

Das Mädchen senkte den Kopf und blickte nach unten. Manchmal gelang es Esk, ihre Brüder zu lieben, wenn sie sich an ihre schwesterlichen Pflichten erinnerte. Aber meistens sah sie in ihnen nichts weiter als störenden Lärm, der lange Hosen trug. Jetzt aber fühlte sie sich nicht nur herausgefordert, sondern auch beleidigt, und als sie Gulta musterte, verglich sie ihn mit einem kleinen häßlichen Schwein.

Sie spürte, wie ihr Körper zu prickeln begann, und die Konturen der Welt zeichneten sich deutlicher ab als jemals zuvor.

»Ich *kann* Magie beschwören«, sagte sie langsam.

Gulta wandte den Blick von ihr ab, betrachtete den Stab, kniff die Augen zusammen und gab ihm einen entschlossenen Tritt.

»Blöder Stock!«

Eskarina fand, daß Gulta einem Schwein immer ähnlicher sah.

Cerns Gellen alarmierte sowohl Oma Wetterwachs als auch Vater und Mutter Schmied. Sie eilten aus dem Haus, machten sich ein Bild von der Lage und liefen durch den Garten.

Esk hockte nach wie vor in der Astgabel, und ihre zarte Miene wirkte verträumt und nachdenklich. Cern versteckte sich hinter einem anderen Baum und schrie aus vollem Halse.

Gulta saß vollkommen perplex in einem Haufen aus Kleidungsstücken, die ihm nicht mehr paßten. Er grunzte leise.

Granny trat näher, bis sich ihre krumme Nase auf einer Höhe mit der Eskarinas befand.

»Es ist *nicht erlaubt*, Menschen in Schweine zu verwandeln«, zischelte sie. »Dieses Verbot gilt sogar für Brüder.«

»Mich trifft keine Schuld«, erwiderte Esk im Plauderton. »Es passierte einfach. Und du mußt zugeben, daß die neue Gestalt zu ihm paßt.«

»Was geht hier vor?« fragte Vater Schmied. »Wo ist Gulta? Und was hat das Schwein hier zu suchen?«

»Dieses Schwein«, sagte Granny Wetterwachs, »ist dein Sohn.«

Esks Mutter sank mit einem ächzenden Seufzen zu Boden, doch Gordo war nicht ganz so unvorbereitet und bedachte Gulta mit einem scharfen Blick. Das Ferkel befreite sich von Hemd und Hose, schnüffelte am ersten Fallobst und schmatzte genießerisch.

»Hat sie das getan?« fragte der Schmied und deutete auf seine Tochter.

»Ja. Besser gesagt: Es geschah *durch* sie.« Argwöhnisch betrachtete Granny den Zauberstab.

»Oh!« Gordo musterte seinen fünften Sohn und überlegte, daß ein Schwein weitaus weniger Erziehungsprobleme schuf. Geistesabwesend streckte er die Hand aus und gab dem immer noch schreienden Cern einen Klaps auf den Hinterkopf.

»Kannst du ihn zurückverwandeln?« brummte er. Granny drehte sich um und gab die Frage an Esk weiter, die einfach nur mit den Schultern zuckte.

»Er meinte, ich sei nicht imstande zu zaubern«, erwiderte sie ruhig.

»Nun, ich glaube, du hast ihm das Gegenteil bewiesen«, sagte Granny. »Gib ihm seine ursprüngliche Gestalt zurück, Fräulein. Jetzt sofort. Auf der Stelle. Hast du gehört?«

»Dazu habe ich keine Lust. Er war gemein.«

»Ich *verstehe.*«

Eskarina sah trotzig nach unten. Und Granny starrte streng nach oben. Zwei Bewußtseinssphären prallten wie dicke Knüppel aufeinander, und die Luft zwischen Hexe und Schülerin verdichtete sich. Nun, Oma Wetterwachs hatte ihr ganzes Leben damit verbracht, aufsässigen Wesen ihren Willen aufzuzwingen. Eskarina erwies sich zwar als überraschend starke Gegnerin, aber sie konnte ihr nicht auf Dauer Widerstand leisten.

»Na schön«, jammerte das Mädchen schließlich. »Ich bin zwar nach wie vor der Meinung, daß er als Schwein wenigstens einen gewissen Zweck erfüllt, aber...«

Eskarina wußte nicht, woher die Magie kam, die ihren Bruder verwandelt hatte. Zögernd streckte sie den geistigen Arm aus, berührte etwas und drückte zu. Aus dem grunzenden Ferkel wurde ein nackter Gulta, in dessen Mund ein Apfel steckte.

»Grmphf«, sagte er. »Mphf?«

Granny wandte sich dem Schmied zu.

»Glaubst du mir jetzt?« stieß sie hervor. »Meinst du noch immer, deine Tochter solle ein ganz normales Leben führen und die Magie einfach vergessen? Stell dir nur mal vor, was ihrem armen Ehemann blüht, wenn sie irgendwann heiratet...«

»Aber du hast doch immer wieder betont, Frauen könnten keine Zauberer werden«, erwiderte Gordo. Er war ziemlich beeindruckt. Oma Wetterwachs hatte nie irgend jemanden in *etwas* verwandelt.

»Das ist jetzt nicht mehr wichtig«, sagte Granny und versuchte, sich zu beruhigen. »Esk braucht eine anständige Ausbildung. Sie muß lernen, wie man die magische Energie beherrscht. Meine Güte, habt doch endlich Erbarmen mit dem Jungen und bedeckt seine Blöße.«

»Gulta, zieh dich an und hör auf zu grunzen!« befahl Vater Schmied und richtete den Blick dann wieder auf die Hexe.

»Ich glaube, du hast irgendeine Art von Schule erwähnt, nicht wahr?« erkundigte er sich skeptisch.

»Ja, die Unsichtbare Universität. Dort werden Zauberer unterrichtet.«

»Kennst du den Weg?«

»Ja«, log Granny, die mit Geographie fast ebenso vertraut war wie mit subatomarer Nuklearphysik.

Der Schmied musterte seine schmollende Tochter.

»Und dort wird man sie zu einem Zauberer machen?« fragte er.

Granny seufzte.

»Ich fürchte ja«, antwortete sie und dachte: *Sollen sich die alten Narren die Finger an ihr verbrennen — im wahrsten Sinne des Wortes.*

Eine Woche später schloß Oma Wetterwachs die Tür ihrer Hütte ab und versteckte den Schlüssel im Abort — an einem weithin sichtbaren großen Haken. Um die Ziegen kümmerte sich eine Schwester, die in einem anderen Dorf wohnte und versprochen hatte, das Haus im magischen Auge zu behalten. Blödes Kaff mußte eben eine Weile ohne Hexe auskommen.

Granny dachte voller Unbehagen daran, daß man die Unsichtbare Universität nur dann fand, wenn sie sich zeigen wollte. Sie beschloß, die Suche danach im nächsten größeren Ort zu beginnen, in Ohulan Cutash, einer rund fünfzehn Meilen entfernten Ansammlung von ungefähr hundert Häusern. Jeder kosmopolitische Bürger von Blödes Kaff legte großen Wert darauf, jenes Städtchen mindestens ein- oder zweimal im Jahr aufzusuchen. Granny hingegen hatte nur eine solche Reise unternommen, vor vielen Jahren — und unverzüglich entschieden, von solchen Ortschaften nichts zu halten. Ihrer gnadenlosen Meinung nach rochen sie nicht richtig, stanken geradezu, und man lief dauernd Gefahr, sich zu verirren. Außerdem konnte sie das nervöse Gehabe der Städter nicht ausstehen.

Ein Fuhrmann, der dem Dorfschmied in mehr oder weniger regelmäßigen Abständen Metall brachte, bot Granny und Esk an, sie auf seinem Karren mitzunehmen. Der dauernd hin und her schaukelnde Wagen bot zwar nicht gerade ein Übermaß an Bequemlichkeit, aber Oma Wetterwachs zog die Fahrt einem anstrengenden Fußmarsch vor, nicht zuletzt deshalb, weil sie ihre wenige Habe in einem großen Sack verstaut hatte. Vorsichtshalber saß sie darauf.

Eskarina hielt den Zauberstab und beobachtete den vorbeigleitenden Wald. Nach einigen Meilen sagte sie: »Du hast mir doch gesagt, die Pflanzen in weiter Ferne seien völlig anders.«

»Und das stimmt auch.«

»Die Bäume dort sehen ganz normal aus.«

Granny beobachtete sie mißtrauisch.

»Sie tarnen sich«, behauptete sie kühn.

Sie spürte, wie sich erste Panik in ihr regte. Sie bedauerte es nun, Esk in fataler Gedankenlosigkeit versprochen zu haben, sie zur Unsichtbaren Universität zu begleiten. Granny bezog ihr Wissen über den Rest der Scheibenwelt aus Gerüchten und ihrem *Almanach,* und deshalb war sie felsenfest davon überzeugt, daß Unheil in der Fremde lauerte: Erdbeben, Flutwellen, Seuchen und Massaker, viele von ihnen *diwers,* wenn nicht noch schlimmer. Aber sie klammerte sich an ihrer Entschlossenheit fest, alles tapfer durchzustehen. Eine Hexe verließ sich zu sehr auf Worte, um ein einmal gegebenes Versprechen zu mißachten.

Sie trug anständiges Schwarz, unter dem sie mehrere Hutnadeln und ein langes Brotmesser versteckte. Das wenige Geld, das ihnen Gordo Schmied widerstrebend angeboten hatte, verbarg sich irgendwo zwischen ihren zahlreichen Unterröcken. In den Taschen der Bluse klirrten und klapperten mehrere Glücksbringer, Talismane und Verderbensbanner. Die Handtasche enthielt ein nagelneues Hufeisen, von dem sie hoffte, daß es auf zu aufdringliche Leute (insbesondere Männer) ebenso wirkte wie Knoblauch und Kruzifixe auf durstige Vampire. Mit dieser Ausrüstung fühlte sich Oma Wetterwachs einigermaßen bereit, der Welt gegenüberzutreten.

Der Weg wand sich an steilen Berghängen entlang. An diesem Tag wölbte sich ein klarer Himmel über der Landschaft, und die Spitzhorngipfel erhoben sich stolz und weiß, wie die Bräute des Firmaments, um deren Aussteuer sich einige dunkle Wolkenfetzen stritten. Die vielen kleinen Bäche, die am Rande des Pfades gluckerten oder ihn kreuzten, flossen träge an Mädesüß und Hurtigwurzeln vorbei.

Gegen Mittag erreichten sie den Vorort von Ohulan – die Stadt war zu klein, um mehr als einen Vorort zu haben, und er bestand nur aus einer Schenke und den Hütten einiger Familien, die den urbanen Streß nicht ertrugen. Einige Minuten später rumpelte der Karren auf den (einzigen) Platz der Metropole.

Wie sich herausstellte, trafen sie an einem Markttag ein.

Oma Wetterwachs stand unsicher auf dem Kopfsteinpflaster und hielt sich krampfartig an Eskarinas Schulter fest, während eine bunte Menschenmenge sie umwogte. Sie hatte gehört, daß Frauen vom Lande, die zum erstenmal in großen Städten weilten, anstößigen Dingen begegnen konnten, und deshalb hielt sie die Handtasche wie eine Waffe. Jeder Mann, der so töricht gewesen wäre, ihr auch nur zuzunicken, hätte sofort Grannys Hufeisen kennengelernt.

Eskarinas Augen funkelten. Der Platz bot sich mit einer Vielfalt von Geräuschen, Farben und Gerüchen dar. Auf der einen Seite sah sie die Tempel der wichtigeren Scheibenweltgötter, und der Wind wehte ihr sonderbare Düfte zu, verwob sie zu einem betörenden Aroma, in das auch andere Gerüche Eingang fanden. Esk schnupperte genießerisch in den Rauchschwaden Dutzender offener Feuer und richtete den staunenden Blick auf die verlockenden Auslagen der Stände.

Granny wanderte ziellos umher. Die Marktbuden weckten auch ihr Interesse. Sie betrachtete die angebotenen Gegenstände, während sie aus den Augenwinkeln weiterhin nach Taschendieben, Erdbeben und ersten Anzeichen erotischer Einflußnahme Ausschau hielt. Schließlich erweckte etwas Vertrautes ihre Aufmerksamkeit.

In einem schmalen Zwischenraum zwischen zwei Häusern hatte jemand einen mit schwarzen Tüchern verhangenen Verschlag errichtet. Zwar wirkte er eher unauffällig, doch erstaunlicherweise zog er viele Kunden an. Es handelte sich hauptsächlich um Frauen aller Altersgruppen, aber Granny bemerkte auch einige Männer. Alle offenbarten eine ähnliche Verhaltensweise: Niemand hielt direkt auf den Stand zu. Jeder Interessent schlenderte daran vorbei, machte plötzlich kehrt und verschwand hastig unter der dunklen Markise. Kurz darauf kehrten die Betreffenden zurück, verstauten heimlich eine Börse und wetteiferten mit solcher Hingabe um den Weltmeistertitel im Möglichst Lässigen Spaziergang, daß ein müßiger Beobachter zweifeln mochte, ob er seinen Augen noch trauen konnte.

Granny schöpfte sofort Verdacht.

»Was wird dort verkauft?« fragte Esk. »Wofür bezahlen die Leute?«

»Für Medizin«, sagte die alte Hexe mit Nachdruck.

»Offenbar gibt es in dieser Stadt ziemlich viele Kranke«, meinte Eskarina ernst.

Das Innere des seltsamen Standes schien nur aus finsteren Schatten und Schemen zu bestehen, und der Kräuterduft war so stark, daß man ihn in Flaschen hätte füllen können. Fachmännisch betrachtete Granny einige Bündel aus getrockneten Blättern, und Esk versuchte unterdessen, die Etiketten einiger Krüge zu lesen. Sie kannte die meisten Elixiere und Heiltränke, die Oma Wetterwachs herstellte, aber diese Spezialitäten gehörten nicht zu ihrem Repertoire. Die Namen klangen sonderbar: Tigeröl, Jungfrauentraum, Ehemanns Gehilfe. In einer Ecke lagen einige Stöpsel, die so rochen wie Grannys Waschküche nach einer mysteriösen Destillation, bei der die alte Hexe auf die Hilfe ihrer jungen Assistentin verzichtete.

Weiter hinten bewegte sich eine klimpernde Gestalt, und faltige braune Finger griffen nach Eskarinas Hand.

»Kann ich dir helfen, Fräulein?« fragte eine krächzende Stimme. Der Tonfall war so süß wie Feigensirup. »Soll ich das Schicksal für dich deuten? Oder möchtest du, daß ich die Zukunft für dich verändere?«

»Sie gehört zu mir«, sagte Granny scharf und drehte sich um. »Siehst du denn nicht, daß du es mit einem Kind zu tun hast, Hilta Ziegenfinder? Brauchst du vielleicht eine Brille?«

Der Schatten vor Esk beugte sich vor.

»Esme Wetterwachs?« fragte die Stimme. Jetzt klang sie wie Lebertran.

»Genau die«, bestätigte Granny. »Verkaufst du noch immer Donnertropfen, eingefangene Blitze und ähnliche Kinkerlitzchen, Hilta? Wie läuft der Laden?«

»Oh, ich kann nicht klagen«, antwortete der klirrende Schatten. »Freut mich, dich wiederzusehen. Was führt dich aus deinem Bergexil hierher, Esme? Und das Mädchen... Vielleicht deine Schülerin?«

»Was verkaufst du hier?« warf Esk aufgeregt ein. Die dunkle Gestalt lachte.

»Oh, Dinge, die unangenehme Dinge verhindern und erfreuliche Dinge ermöglichen sollen, Schätzchen«, erwiderte der Schatten. »Bitte entschuldigt mich einen Augenblick. Ich möchte nur rasch das Geschäft schließen. Bin gleich wieder da.«

Der Schatten rasselte vorbei, und Esk nahm ein Kaleidoskop der verschiedensten Gerüche wahr. Hilta Ziegenfinder knöpfte die Tücher am Eingang des Ladens zu, kehrte in die rückwärtige Nische zurück und zog die Vorhänge beiseite. Das helle Licht der Nachmittagssonne blendete Eskarina.

»Eigentlich sind mir die Dunkelheit und der Mief ein Greuel«, meinte Hilta. »Aber der Kunde erwartet so etwas. Du weißt ja, wie das ist.«

»Ja.« Esk nickte weise. »Pschikologie.«

Die andere Hexe erwies sich als eine kleine dicke Frau, die einen riesigen obstgeschmückten Hut trug. Sie schenkte Eskarina ein breites Lächeln und sah dann Granny an.

»Stimmt haargenau«, pflichtete sie dem Mädchen bei. »Darf ich euch Tee anbieten?«

Sie begaben sich in die Hinterkammer des Ladens, die zu beiden Seiten von Hauswänden begrenzt wurde, und nahmen auf einigen Ballen aus rätselhaften Kräutern Platz. Hilta reichte ihnen zierliche Tassen, und Esk kostete aus einer eigentümlich schmeckenden grünen Flüssigkeit. Im Gegensatz zu Oma Wetterwachs, die sich wie ein würdevoller Rabe kleidete, bestand die Aufmachung der alten Ziegenfinder aus Seide, Spitzen, Schalen, bunten Farben, Ohrringen und Dutzenden von Armreifen. Jede Bewegung hörte sich an, als stürzten mehrere Schlagzeuger mitsamt ihren Instrumenten von einer hohen Klippe. Dennoch fiel Esk eine gewisse Ähnlichkeit zwischen den beiden Frauen auf.

Man konnte sie nur schwer beschreiben: Die Vorstellung, daß Granny und Hilta einen Knicks machten, erschien absurd.

»Nun«, brummte Oma Wetterwachs, »bist du mit dem Leben hier zufrieden?«

Die Hexenkollegin zuckte mit den Schultern, wodurch die Trommler, die gerade den Rand der Klippe erreicht hatten, erneut den Halt verloren.

»Ach, es ist wie beim Liebhaber, der es zu eilig hat: ein dauerndes Auf und...« Hilta Ziegenfinder unterbrach sich, als sie Grannys bedeutungsvollen Blick in Richtung Eskarina bemerkte.

»Äh, ja, im großen und ganzen schon«, fügte sie hastig hinzu. »Weißt du, die Stadträte haben mehrmals damit gedroht, mich fortzujagen, aber sie sind alle verheiratet, und wie du siehst, bin ich immer noch hier. Man wirft mir vor, ich sei suspekt — was immer das bedeuten mag —, aber ich antworte: Es gibt hier viele Familien, die ohne Frau Ziegenfinders Flohkraut-Präservative wesentlich größer und ärmer wären. Ich weiß genau, wer in meinen Laden kommt, jawohl. Ich erinnere mich an jeden, der Möchtegern-Tropfen oder Halt-durch-Salbe kauft, das kannst du mir glauben. Nun, ich habe mein Auskommen. Wie läuft's denn in eurem Dorf mit dem komischen Namen?«

»Blödes Kaff«, sagte Esk hilfsbereit. Sie nahm eine tönerne Schale vom nahen Regal und schnupperte vorsichtig daran.

»Oh, es geht so dahin«, seufzte Oma Wetterwachs. »Die verschiedenen Hilfsmittel der Natur sind immer gefragt.«

Esk schnupperte erneut an dem Pulver. Es schien aus zermahlenem Flohkraut zu bestehen, aber es gab auch noch einen anderen Bestandteil, den sie nicht herausfinden konnte. Behutsam stellte sie die Schale zurück. Während die beiden Frauen in einer Art weiblicher Geheimsprache miteinander plauderten (wobei wissende Blicke und unausgesprochene Adjektive eine große Rolle spielten), sah sich Eskarina weitere exotische Waren an. Manche davon erweckten den Eindruck, als stünden sie gar nicht zum Verkauf. Sie ruhten halb verborgen hinter eher gewöhnlichen Gegenständen, so als sei Hilta nicht besonders daran interessiert, sie in bare Münze zu verwandeln.

»Die hier kenne ich nicht«, sagte sie mehr zu sich selbst. »Welchem Zweck dienen sie?«

»Sie geben den Leuten Freiheit«, antwortete Hilta, die offenbar ebensogut hörte wie eine Katze. Und an Granny gerichtet: »Wieviel hast du sie gelehrt?«

»Nicht *so* viel«, erwiderte Oma Wetterwachs. »Ich

spüre Macht in ihr, aber ich weiß nicht, um welche Art von Magie es sich handelt. Vielleicht Zauberei.«

Hilta drehte sich ganz langsam um und musterte Esk von Kopf bis Fuß.

»Aha«, brummte sie, »das erklärt den Stab. Ich wunderte mich schon über das seltsame Flüstern und Raunen der Bienen. Nun gut. Gib mir deine Hand, Mädchen!«

Eskarina streckte den Arm aus. Es steckten derart viele Ringe an Hiltas Fingern, daß sie das Gefühl hatte, in einen Beutel mit Walnüssen zu greifen.

Granny saß steif und gerade. Ihr Gesicht drückte Mißbilligung aus, als Hilta Esks Handfläche betrachtete.

»Ich glaube, das ist nicht nötig«, sagte sie fest. »Immerhin bin ich ebenfalls eine Hexe. Dieser Hokuspokus ist doch nur was für naive ...«

»*Du* tust das auch«, warf Eskarina ein. »Im Dorf. Ich hab's selbst gesehen. Außerdem benutzt du Karten und Teeblätter.«

Granny rutschte verlegen hin und her. »Ja, schon«, erwiderte sie, »es gehört eben dazu. Man hält den Leuten einfach nur die Hand, und daraufhin schildern sie sich selbst die Zukunft. Pschikologie, erinnerst du dich? Nun, das ist noch lange kein Grund, an so etwas zu *glauben.* Himmel, wir alle gerieten in ziemliche Schwierigkeiten, wenn wir plötzlich damit anfingen, solche Sachen *ernst* zu nehmen!«

»Die Mächte Die Sind weisen viele sonderbare und merkwürdige Eigenschaften auf, und es gibt verschiedene Möglichkeiten für sie, ihre Wünsche der kleinen Insel im Nichts mitzuteilen, die wir als physische Welt erachten«, verkündete Hilta Ziegenfinder feierlich. Sie zwinkerte Esk zu.

»Auch das noch!«, stöhnte Granny.

»Du brauchst nicht gleich zu verzweifeln«, sagte Hilta. »Außerdem ist es die Wahrheit.«

»Grmpf.«

»Ich sehe, daß dir eine lange Reise bevorsteht«, verkündete Hilta.

»Begegne ich unterwegs einem großen dunkelhaarigen Fremden?« fragte das Mädchen und starrte auf die eigene Hand. »Das sagt Oma Wetterwachs immer zu Frauen, die...«

»Nein«, widersprach Hilta. Granny schnaufte leise. »Aber es ist eine sehr seltsame Reise. Du wirst eine große Strecke zurücklegen und doch an einem Ort bleiben. Außerdem sehe ich häufigen Richtungswechsel. Jede Menge Neues und Unbekanntes erwartet dich.«

»Das kannst du mir alles aus der Hand lesen?«

»Nun, eigentlich rate ich nur«, gestand Hilta, setzte sich zurück und griff nach der Teekanne. (In halber Höhe des steilen Hangs rutschte einer der Schlagzeuger aus und fiel auf einen vor Anstrengung keuchenden Kollegen.) Erneut richtete sie den Blick auf Eskarina. »Ein weiblicher Zauberer, wie? Um nicht zu sagen: eine Zauberin?«

»Granny bringt mich zur Unsichtbaren Universität«, meinte Esk.

Hilta hob die Brauen. »Weißt du, wo sie sich befindet?«

Granny runzelte die Stirn. »Nun, nicht genau«, gab sie zu. »Mit Städten und so kennst du dich besser aus als ich. Ich dachte, du könntest mir den Weg weisen.«

»Es heißt, die Unsichtbare Universität habe viele Türen, doch jene Tore, die in dieser Welt existieren, öffnen sich in Ankh-Morpork«, sagte die andere Hexe. Granny starrte sie groß an. »Am Runden Meer«, fügte Hilta hinzu. Und als Oma Wetterwachs weiterhin eine abwartende Haltung einnahm: »Fünfhundert Meilen entfernt.«

»Oh!«, machte Granny.

Sie stand auf und klopfte sich unsichtbaren Staub vom Rock.

»Dann sollten wir besser keine Zeit mehr verlieren«, brummte sie.

Hilta lachte. Eskarina mochte dieses Geräusch. Granny lachte nie. Sie gab nur dadurch zu erkennen, fröhlich und heiter gestimmt zu sein, daß ihre Mundwinkel zuckten. Doch Hilta kicherte wie jemand, der gründlich über die Welt nachgedacht und den Witz darin gesehen hatte.

»Verschiebt die Abreise auf morgen«, schlug sie vor. »Auf einen Tag mehr oder weniger kommt es nicht an. Ich habe zu Hause genug Platz. Übernachtet bei mir. Ruht euch aus, bevor ihr euch auf den Weg macht.«

»Wir möchten dir nicht zur Last fallen«, sagte Granny.

»Unsinn! Seht euch ein wenig um, während ich meinen Kram zusammenpacke.«

Ohulan war der Umschlagplatz für die Waren und Produkte eines weiten Hinterlands, und der Markttag endete nicht etwa mit dem Sonnenuntergang. An allen Ständen und Buden wurden Fackeln entzündet, und Lichter funkelten neben den geöffneten Türen der Schenken und Tavernen. Selbst die Priester stellten bunte Lampen nach draußen, um Leute anzulocken, die sich erst des Abends an ihre Frömmigkeit erinnerten.

Hilta verhielt sich wie eine dünne Schlange in hohem Gras, als sie sich geschickt einen Weg durch das Gedränge bahnte. Sowohl der Laden als auch die Dinge, die sie darin verkaufte, fanden in einem verblüffend kleinen Bündel auf dem Rücken Platz. Ihr Schmuck klirrte und klimperte wie eine ganze Kompanie Flamenco-Tänzer. Granny stapfte hinter ihr und versuchte, den Anschluß nicht zu verlieren. Immer wieder verzog sie das Gesicht: Ihre Plattfüße lehnten es stur ab, sich an das harte Kopfsteinpflaster zu gewöhnen.

Eskarina verirrte sich.

Das war nicht gerade leicht, aber schließlich gelang es ihr, als sie durch die Lücke zwischen zwei Marktbuden sprang, dem Verlauf einer schmalen Gasse folgte und sich mehrmals nach rechts und links wandte. Oma Wetterwachs hatte sie mehrmals und in aller Deutlichkeit vor den namenlosen Dingen gewarnt, die in Städten lauerten — und bewies damit einen erstaunlichen Mangel an pschikologischem Verständnis. Der einzige Erfolg ihrer mit düsterer Stimme vorgetragenen Hinweise bestand darin, daß sie Esks Neugier weckte. Das Mädchen wollte die gute Gelegenheit nutzen, eigene Erfahrungen zu sammeln.

Wobei ihr kaum eine Gefahr drohte: Ohulan war noch so barbarisch und unzivilisiert, daß nach Einbruch der Dunkelheit nur einige Diebe umherschlichen (die noch nicht wußten, wie man verriegelte Türen und Fenster aufbrach und morgens ziemlich enttäuscht nach Hause zurückkehrten — um dort festzustellen, daß ein Kollege die Wohnung leergeräumt hatte). Soviel zur ohulanischen Kriminalität. Das angeblich erotische Gewerbe beschränkte sich auf einige eher harmlose und zum Gähnen einladende Darbietungen, und die meisten Männer in der Stadt zogen es vor, nach dem Tageswerk an der Theke zu stehen und einen Krug Bier nach dem anderen in sich hineinzuschütten — bis sie entweder umfielen oder sangen. Oder beides.

Nach den dichterischen Standardbeschreibungen sollten junge Mädchen so würdevoll durch Märkte wandeln, wie weiße Schwäne über einen vom Mondschein erhellten See gleiten. Aufgrund gewisser praktischer Probleme zog es Eskarina vor, sich wie ein kleiner Autoskooter durch die Menge zu schieben: Sie prallte von Körper zu Körper, während die Spitze des Zauberstabs rund einen Meter über ihr wankte. Manche Köpfe drehten sich danach um, und zwar nicht nur deswegen, weil sie davon getroffen wurden. Es geschah häufiger, daß Zauberer nach Ohulan kamen, aber noch niemand hatte einen hundertzwanzig Zentimeter kleinen Magier mit langem Haar gesehen.

Ein aufmerksamer Beobachter hätte in Eskarinas symbolischem Kielwasser sicher einige seltsame Vorfälle bemerkt.

Man nehme als Beispiel nur den Mann, der die Zuschauer mit drei umgestülpten Tassen zu einem Ausflug in die phantastische Welt von Zufall und Wahrscheinlichkeit einlud (was sich in diesem Fall auf eine vertrocknete kleine Erbse bezog). Nur am Rande nahm er eine kleine Gestalt zur Kenntnis, die ihn eine Zeitlang ernst ansah — und kurz darauf quollen unter jeder Tasse, die er anhob, Hunderte von Erbsen hervor. Schon nach wenigen Sekunden reichten ihm die Hülsenfrüchte bis an die Hüften. Aber er steckte noch viel tiefer in Sorgen: Plötzlich schuldete er einigen Leuten ziemlich viel Geld.

Etwas später sah Esk einen zerzausten kleinen Affen, der schon seit Jahren an eine Kette gefesselt war, während sein Herrchen auf einer Orgel spielte — so schlecht und mißtönend, daß alle Katzen heulend die Flucht ergriffen. Von einem Augenblick zum anderen kam Bewegung in das Tier. Es drehte sich um, starrte den Mann aus roten Augen an, biß ihn ins Bein, riß sich los und verschwand in der Nacht, zusammen mit einem Becher, der die Abendkasse enthielt. Der Autor verzichtet an dieser Stelle darauf zu erwähnen, wofür die Münzen ausgegeben wurden.

Einige Marzipan-Enten schwebten aus einem nahen Stand, sausten an dem verdutzten Ladeninhaber vorbei und fielen mit einem glücklichen Quaken in den Floß (wo sie bis zum Morgengrauen schmolzen; die natürliche Auslese kennt keine Gnade).

Was die Bude anging: Sie segelte durch eine Seitengasse davon und verschwand auf Nimmerwiedersehen.

Ungeachtet aller poetischen Vorschriften wanderte Eskarina mit jener Art von Eleganz durch die Menge, mit der Brandstifter durch herrlich trockene Heuschober schleichen oder Neutronen durch einen Reaktor fliegen. Die einzigen Hinweise, die ein aufmerksamer Beobachter auf sie bekommen hätte, bestanden in heilloser Aufregung und plötzlichem Chaos. Aber wie jeder gute Katalysator war das Mädchen nicht direkt an den Vorgängen beteiligt, die es auslöste. Und als die wirklichen Zuschauer es schließlich aufgaben, nach Esk Ausschau zu halten, befand sie sich längst ganz woanders.

Sie spürte, wie sie allmählich müde wurde. Oma Wetterwachs hatte ganz allgemein nichts gegen die Nacht als solche einzuwenden, aber sie verabscheute lüsternes Kerzenlicht; wenn sie nach Einbruch der Dunkelheit etwas lesen wollte, bestellte sie die Eule zu sich, wies sie an, auf der Rückenlehne eines Stuhls Platz zu nehmen — und las durch ihre Augen. Mit anderen Worten: Üblicherweise ging Eskarina ins Bett, wenn die Sonne ihre Arbeitskarte stempelte und Feierabend machte, und inzwischen war es schon seit einigen Stunden finster.

Vor sich sah sie eine freundlich wirkende Tür. Fröhliches Gelächter tropfte durchs gelbe Licht und bildete kleine Pfützen auf dem Kopfsteinpflaster. Formlose magische Energie glitt über den Zauberstab und ließ ihn wie einen dämonischen Leuchtturm glühen, als Eskarina sowohl müde als auch entschlossen auf den Eingang zuhielt.

Der Wirt von *Des Geigers Rätsel* hielt sich nicht ganz ohne Grund für einen welterfahrenen Mann: Er war zu dumm, um wirklich grausam zu sein, und eine Barriere aus fauler Trägheit schützte seinen Charakter vor der schweren Last aus Arglist, Heimtücke und Gemeinheit. Sein Körper war zwar weit herumgekommen, doch das Bewußtsein hatte sich nie über die Grenzen des Kopfes hinausgewagt.

Er hob überrascht die Brauen, als sich ein Stock an ihn wandte. Und sein Erstaunen wuchs, als er eine dünne Stimme vernahm, die um ein Glas Ziegenmilch bat.

Die Gäste in der Schenke lächelten und sahen ihn an, aber der Wirt versuchte, sich nichts anmerken zu lassen. Langsam beugte er sich über den Tresen vor und spähte nach unten. Eskarina legte den Kopf in den Nacken und blickte zu ihm auf. *Starr den Leuten direkt in die Augen!* erinnerte sie sich an den Rat der alten Granny. *Konzentriere deine geistige Kraft auf sie. Fang ihren Willen ein. Niemand kann dem Blick einer Hexe widerstehen. Abgesehen von Ziegen.*

Der Wirt namens Skiller musterte ein Mädchen, das irgendwie zu schielen schien.

»Was?« fragte er.

»Milch«, sagte das Kind und starrte noch immer zu ihm empor. »Die Flüssigkeit, die man bekommt, wenn man Ziegen melkt. Weiß und ein wenig bitter.«

Skiller verkaufte nur Bier, und einige seiner Gäste behaupteten, es stamme von Katzen. Keine Ziege, die etwas auf sich hielt, hätte den Gestank bei *Des Geigers Rätsel* ertragen.

»Wir haben keine Milch«, sagte er. Er betrachtete den eigentümlichen Stab. Seine buschigen Brauen trafen sich dicht über der Nasenwurzel und flüsterten verschwörerisch miteinander.

»Du könntest wenigstens nachsehen«, schlug Esk vor.

Skiller schob sich wieder hinter den Tresen zurück, zum Teil, um dem seltsamen Blick zu entgehen, der ihn verunsicherte und seine Augen tränen ließ. Außerdem formten sich vor seinen mentalen Pupillen erste düstere Vorstellungsbilder.

Jeder zweitrangige Wirt steht in einer gewissen Resonanz mit dem Bier, das er ausschenkt, und zu seinem großen Erschrecken mußte Skiller feststellen, daß die Vibrationen der großen Fässer hinter ihm nicht mehr den typischen Emissionen von Hopfen und Malz entsprachen. Statt dessen erinnerten die Schwingungen an Milch.

Zögernd betätigte er den Zapfhahn, und tatsächlich: Weiße Flüssigkeit rann daraus hervor.

Der Stab ragte noch immer hinter der Theke auf, wirkte wie ein Periskop. In Skiller entstand das unangenehme Gefühl, daß ihn der Stock ansah.

»Vergeude sie nicht«, sagte eine Stimme. »Eines Tages wirst du dankbar dafür sein.«

Granny benutzte diesen Tonfall, wenn es Eskarina beim Mittag- oder Abendessen an der gebührenden Begeisterung mangelte und sie mißmutig in einem Teller vormals grüner Bohnen stocherte — die Oma Wetterwachs so lange gekocht hatte, bis sie gelb wurden und auch die letzten Vitamine verloren. Für Skillers hypersensitive Ohren kamen diese Worte keiner Warnung gleich, sondern einer Prophezeiung. Er schauderte. Und er fragte sich, was ihn dazu bringen konnte, Ziegenmilch einem Glas schmackhaft schalem Bier vorzuziehen. Eher wollte er tot sein.

Und genau darin lag das Problem.

Er schluckte, wischte einen Becher mit dem Daumen sauber und füllte ihn. Aus den Augenwinkeln beobachtete er, daß die meisten Gäste aufstanden und die Schenke verließen. Niemand mochte Magie, und weibliche Zauberei genoß einen besonders schlechten Ruf. Man konnte nie wissen, was Frauen – oder Mädchen – als nächstes in den Sinn kam.

»Deine Milch«, sagte Skiller und fügte rasch hinzu: »Wertes Fräulein.«

»Ich kann dafür bezahlen«, erwiderte Esk und entsann sich an eine weitere Weisheit Grannys: *Wenn du den Leuten Geld anbietest, lehnen sie es ab. Sie legen großen Wert auf ein reines Gewissen. Es ist alles Pschikologie.*

»Nein, kommt überhaupt nicht in Frage«, sagte Skiller hastig. Er beugte sich vor. »Wenn du, äh, so freundlich wärst, den Rest zurückzuverwandeln... Weißt du, die Nachfrage nach Milch ist hier nicht sehr groß.«

Der Wirt wich ein wenig zur Seite. Esk hatte ihren Stab an den Tresen gelehnt, bevor sie nach dem Becher griff, und Skiller beäugte ihn mißtrauisch.

Das Mädchen wischte sich einen cremeartigen, weißen Belag von den Lippen.

»Ich habe nichts verwandelt«, antwortete sie. »Ich hatte einfach nur Durst und wußte genau, daß die Fässer Milch enthalten. Was sollte sich denn deiner Ansicht nach darin befinden?«

»Äh, Bier.«

Esk dachte darüber nach. Sie erinnerte sich vage an Bier: Es schmeckte kaum besser als Spülwasser. Nach einer Weile fiel ihr ein anderes Getränk ein, das sich bei allen Bewohnern von Blödes Kaff großer Beliebtheit erfreute. Es handelte sich um eins der am besten gehüteten Rezepte von Oma Wetterwachs, eine Art Medizin: Granny verwendete dabei nur Obst, und der Herstellungsprozeß schien mehrmaliges Erhitzen und Abkühlen zu erfordern. Anschließend prüfte sie die Qualität der Arznei, indem sie einige

Tropfen ins Feuer fallen ließ. Meistens zischten dann hohe Stichflammen.

Manchmal, an einem besonders kalten Abend, gab sie etwas davon in Eskarinas Milch. Sie benutzte dabei einen hölzernen Löffel, um ihr Metallbesteck nicht zu ruinieren.

Esk konzentrierte sich. Sie rief sich das Aroma jener Medizin ins Gedächtnis zurück, und mit Hilfe ihrer magischen Fähigkeiten (die sie inzwischen zwar akzeptierte, aber noch immer nicht verstand), zerlegte sie den Geschmack in seine einzelnen Bestandteile...

Skillers Frau kam aus dem Hinterzimmer, um nachzusehen, warum es im Schankraum plötzlich so still geworden war. Der Wirt gab ihr mit einem nervösen Wink zu verstehen, sie sollte bloß keinen Laut von sich geben. Esk schwankte kaum sichtbar und schloß die Augen. Ihre Lippen zitterten.

...mentale Zutaten, die sie nicht brauchte, kehrten ins geistige Lager zurück. Sie suchte nach den Ingredienzien, auf die man keinesfalls verzichten konnte, vereinte sie zu psychischem Schaum und griff nach dem Haken beziehungsweise der metamorphen Schablone, die dem thaumaturgischen Ektoplasmabrei die gewünschte Form und Struktur geben konnte. Und dann...

Skiller drehte sich behutsam um und betrachtete die Fässer an der Wand. Der Geruch im Zimmer hatte sich verändert, und das traf auch auf die Schwingungen zu. Er *fühlte* eine goldene Flüssigkeit, die nur darauf wartete, sich durch eine durstige Kehle zu brennen.

Vorsichtig nahm er ein kleines Glas aus dem Fach unter der Theke, drehte den Zapfhahn und füllte es zur Hälfte mit einer bernsteinfarbenen Kostbarkeit. Er prüfte sie im Schein der Lampen, drehte das Glas hin und her, schnupperte mehrmals — und leerte es in einem Zug.

Sein Gesichtsausdruck veränderte sich nicht, aber die Augen wurden feucht, und ein rötlicher Schimmer überzog die Wangen. Die Kehle zitterte leicht. Seine Frau und Esk sahen, wie Schweiß auf Skillers Stirn perlte. Zehn Sekunden verstrichen, und der Wirt erweckte den Anschein, als wolle er um jeden Preis einen mühsam errungenen Rekord brechen. Vielleicht quoll ihm Dampf aus den Ohren, aber wahrscheinlich war das nur ein Gerücht. Die Fingerkuppen des Wirts klopften in einem sonderbaren Rhythmus auf den Tresen.

Schließlich schluckte er und rang sich offenbar zu einer Entscheidung durch. Er richtete einen ernsten Blick auf Esk und fragte: »Whasch iss argh dasch pfür mphf e'n Scheug?«

Er runzelte die Stirn, als er den Satz in Gedanken wiederholte und beschloß, einen zweiten Versuch zu unternehmen.

»Argh mphf grmpf?«

Er gab auf.

»Liebghr Himmphf!«

Seine Frau schnaufte abfällig und nahm ihm das Glas aus der erschlafften Hand. Sie roch daran. Sie betrachtete die insgesamt zehn Fässer. Sie begegnete Skillers flackerndem Blick. In einem ganz privaten, für zwei Personen reservierten Paradies berechneten Wirt und Wirtin den Verkaufserlös von sechshundert Gallonen dreifach destilliertem Pfirsichschnaps. Als es darum ging, zwei fünfstellige Zahlen miteinander zu multiplizieren, seufzten sie synchron.

Frau Skiller verstand wesentlich schneller als ihr Mann. Sie bückte sich, musterte Esk und versuchte, strahlend zu lächeln. Es gelang ihr nicht so recht, denn in dieser Hinsicht hatte sie nur wenig Übung. Eskarina war viel zu müde, um durchdringend zu blicken.

»Wie bist du hierhergekommen, kleines Schätzchen?« fragte Frau Skiller in einem Tonfall, der Vorstellungen von Pfefferkuchenhäuschen und der zuklappenden Tür eines großen Backofens weckte.

»Ich habe Oma Wetterwachs aus den Augen verloren und mich verlaufen.«

»Und wo ist deine Oma jetzt, Kindchen?« Kleine Flammen, die unter dem Backofen züngelten: Allen Wanderern im metaphorischen Wald stand eine gefährliche Nacht bevor.

»Irgendwo, nehme ich an.«

»Was hältst du davon, in einem weichen und warmen großen Federbett zu schlafen?«

Esk nickte dankbar und nahm nur unterbewußt zur Kenntnis, daß die Züge der Frau nicht unerhebliche Ähnlichkeit mit denen eines hungrigen Frettchens aufwiesen.

An dieser Stelle wird der aufmerksame Leser völlig zu Recht vermuten, daß sich für Eskarina gewisse Probleme anbahnten...

Unterdessen marschierte Granny unweit der Schenke durch eine Gasse. Jemand anders an ihrer Stelle hätte vermutlich bereitwillig zugegeben, sich verirrt zu haben, doch Oma Wetterwachs stellte die berühmte Ausnahme der Regel dar. Sie vertrat den Standpunkt, genau zu wissen, wo sie sich befand – ihre Schwierigkeiten basierten auf dem bedauerlichen Umstand, daß alles andere nicht den üblichen Platz einnahm.

Es wurde bereits darauf hingewiesen, daß es weitaus schwieriger ist, ein menschliches Bewußtsein zu orten als zum Beispiel die Gedankensphäre eines Fuchses. Nun, der menschliche Verstand mag dies als eine Beleidigung empfinden, und deshalb sollen hier die Gründe erläutert werden.

Animalische Selbstkomplexe sind überhaupt nicht komplex, sondern eher schlicht und deshalb recht scharf ausgeprägt. Tiere verbringen ihre Zeit nicht damit, Erfahrungen zu sezieren und darüber nachzugrübeln, was sie verpaßt haben. Für sie läßt sich die Erlebnispalette des Universums folgendermaßen zusammenfassen: Geschöpfe, mit denen man sich a) paaren kann, die b) als Futter dienen und es c) angeraten erscheinen lassen, die Flucht zu ergreifen. Hinzu kommen d) Steine und Felsen. Eine derartige Perspektive befreit den Geist von unnötigem Ballast und macht ihn zu einem sehr nützlichen Werkzeug in Hinblick auf die eigentlich wichtigen Dinge. Zum Beispiel versucht ein normales Tier nie, zu gehen und gleichzeitig Kaugummi zu kauen.

Mit dem durchschnittlichen Menschen hingegen ist es völlig anders: Rund um die Uhr denkt er über die verschiedensten Dinge nach, auf allen mentalen Ebenen. Er unterbricht diese Gedankengänge nur, wenn er dem Gebot von Uhren gehorchen muß oder wenn ihn irgend etwas an den einprogrammierten biologischen Kalender erinnert. In seinem Bewußtsein wimmelt es von Überlegungen, die an Zunge und Lippen weitergegeben werden, in die Kategorie ›privat und persönlich‹ fallen oder sich auf die Kellergewölbe des Ichs beschränken. Einem Telepathen bietet sich der menschliche Geist als ein Tollhaus dar. Er ist ein Hauptbahnhof, in dem alle Lautsprecher gleichzeitig dröhnen und etwa tausend (vielleicht auch zweitausend) Passagiere versuchen, sich gegenseitig zu übertönen. Er ist wie ein Konzentrat aller UKW-Frequenzen: Rund siebenundachtzig Sender wetteifern um die Gunst der Zuhörer, die gerade eine Versammlung veranstalten und sich mit Walkie-talkies verständigen.

Granny schickte magische Ohren auf die Suche nach Eskarina; ebensogut hätte sie versuchen können, die sprichwörtliche Nadel im Heuhaufen zu finden.

Der erhoffte Erfolg blieb natürlich aus. Aber die vielen Gedankenfetzen, die ihr durch den thaumaturgisch-telepathischen Äther entgegenwehten, überzeugten sie davon, daß die Welt tatsächlich so verrückt war, wie sie es schon seit langem vermutete.

Sie traf Hilta an der nächsten Abzweigung. Die Kollegin hielt einen Besen in der Hand, mit dem sie mehrmals die gesamte Stadt überflogen hatte. Sie mußte dabei äußerste Vorsicht walten lassen: Die Männer von Ohulan wußten zwar Bleib-lange-oben-Salbe zu schätzen, aber von fliegenden Frauen hielten sie nicht viel.

Hilta Ziegenfinder schnitt eine Grimasse und schüttelte verzagt den Kopf.

»Du hast also keine Spur von ihr entdeckt«, stellte Granny fest.

»Bist du unten am Fluß gewesen? Vielleicht ist sie hineingefallen.«

»Das hätte der Zauberstab bestimmt nicht zugelassen. Außerdem kann sie schwimmen. Nein, ich glaube, sie versteckt sich. Verflixt!«

»Was sollen wir jetzt tun?«

Granny bedachte ihre Kollegin mit einem tadelnden Blick. »Du brauchst nicht gleich zu verzweifeln, Hilta Ziegenfinder! Sieh mich an: Ich bin völlig ruhig und gelassen!«

Hilta musterte sie eingehend.

»Und was ist mit deinen Lippen, hm? Sie bilden einen dünnen Strich.«

»Ärger, weiter nichts.«

»Manchmal kommen Zigeuner zum Markt. Vielleicht haben sie Esk geschnappt und fortgebracht.«

Was Städter anging, hielt Oma Wetterwachs praktisch alles für möglich. Doch Zigeuner gehörten nicht zu jener exotischen Welt.

»Dann sind sie ein ganzes Stück blöder, als ich bisher annahm«, erwiderte sie scharf. »Immerhin hat sie ihren Stab.«

»Und was nützt er ihr?« Hilta war den Tränen nahe.

»Ich glaube, du hast mich noch immer nicht verstanden«, sagte Granny streng. »Ich schlage vor, wir gehen zu dir und warten.«

»Worauf?«

»Auf Schreie und Feuerbälle oder etwas in der Richtung«, erklärte Oma Wetterwachs und machte eine vage Geste.

»Du bist herzlos!«

»Ich glaube, das Mitleid sollten wir uns für die Leute aufsparen, die Esk begegnen. Flieg du voraus und häng den Kessel ins Feuer. Ich komme zu Fuß nach.«

Hilta warf ihr einen verwirrten Blick zu und hockte sich

auf den Besenstiel, der zögernd aufstieg und unsicher durch die Dunkelheit torkelte. Wenn man Hexenbesen mit Autos vergleichen konnte, so handelte es sich in diesem Fall um einen halb verrosteten 500er Fiat.

Granny sah Hilta nach, stapfte dann übers feuchte Pflaster und entschied, das Fliegen weiterhin zu hassen. Wie herrlich zuverlässig waren doch zwei lange stelzenartige Beine!

Esk lag unter einer flauschigen, dicken und ein wenig klammen Decke, und durch das kleine Dachbodenfenster beobachtete sie das Funkeln der Sterne. Trotz ihrer Müdigkeit konnte sie nicht schlafen. Das Bett war viel zu kalt. Sie dachte daran, es mit Magie zu erwärmen, überlegte es sich dann aber anders. Ganz gleich, wie vorsichtig sie experimentierte: Feuerzauber entzogen sich noch immer ihrer Kontrolle. Entweder funktionierten sie überhaupt nicht – oder viel zu gut. Der Waldboden im magischen Einzugsgebiet von Grannys Hütte wies bereits viele Löcher auf, die von thaumaturgischen Feuerbällen stammten. Esk erinnerte sich an einen wohlwollenden Hinweis der alten Hexe: *Du brauchst dir keine Sorgen zu machen, wenn das Zaubern auch weiterhin nicht richtig klappt: In der Abort- und Brunnenbranche kannst du sicher viel Geld verdienen.*

Eskarina drehte sich auf die Seite und versuchte, dem muffigen Geruch der Laken keine Beachtung zu schenken. Nach einer Weile streckte sie die Hand aus und tastete nach dem Zauberstab, der neben dem Bett an der Wand lehnte. Frau Skiller hatte sie mit bemerkenswerter Beharrlichkeit darum gebeten, ihn nach unten bringen zu dürfen, aber Esk wollte sich auf keinen Fall von ihm trennen. Er war das einzige Ding auf der ganzen Welt, das allein ihr gehörte.

Sie fühlte sich sonderbar erleichtert, als sie das glatte Holz mit den eigentümlichen Schnitzmustern berührte. Nach einer halben Ewigkeit schlief sie endlich ein. Seltsame Traumbilder durchzogen ihren ruhenden Geist. Sie sah

Armreifen, seltsame Bündel und Rucksäcke, hohe Berge. Sie betrachtete ferne Sterne über schneebedeckten Gipfeln, eine kalte Wüste, in der unheilvolle Geschöpfe durch trokkenen Sand krochen und sie aus großen Insektenaugen anstarrten...

Eine Treppenstufe knarrte. Kurz darauf eine andere. Stille folgte – die raschelnde, nervöse Stille eines Menschen, der versucht, nicht das geringste Geräusch zu verursachen.

Leise öffnete sich die Tür. Skillers Gestalt bildete einen dunklen Schatten vor dem Kerzenschein im Treppenhaus. Stimmen flüsterten, und kurz darauf schlich der Wirt auf Zehenspitzen durchs Zimmer. Der Zauberstab glitt zur Seite, als zitternde Finger nach ihm griffen, doch eine unsichere Hand hielt ihn fest, bevor er zu Boden fallen konnte. Ganz langsam ließ Skiller den Atem entweichen.

Deshalb hatte er kaum genug Luft, um laut zu schreien, als sich der Stab *bewegte.* Er fühlte kalte Schuppen, darunter stahlharte Muskeln...

Esk setzte sich ruckartig auf und sah gerade noch, wie Skiller die steile Leiter hinabpolterte. Er ruderte wild mit den Armen und schien sich von einem unsichtbaren Gegner befreien zu wollen. Ein zweiter, etwas schriller klingender Schrei folgte, als der Wirt auf seiner Frau landete.

Der Stab lag auf dem Boden, eingehüllt in oktarines Glühen.

Eskarina kroch aus dem Bett und näherte sich der Tür. Sie hörte einige Flüche, an die sich ein entsetzt klingendes Keuchen anschloß. Als sie nach unten spähte, blickte sie direkt in das breite Gesicht Frau Skillers.

»Gib mir den Stab!«

Esk bückte sich und hob den langen Stock auf. »Nein«, sagte sie, »er gehört mir.«

»Er eignet sich nicht als Spielzeug für kleine Mädchen«, erwiderte die Wirtin scharf.

»Er gehört mir«, wiederholte Esk und schloß die Tür. Einige Sekunden lang lauschte sie dem Murmeln und

Brummen im Treppenhaus und überlegte, was sie jetzt unternehmen sollte. Wenn sie Herr und Frau Skiller in irgend etwas verwandelte, kam es sicher nur zu einem Durcheinander, und außerdem wußte sie nicht genau, wie man das bewerkstelligte.

Eigentlich funktionierte die Magie nur, wenn sie nicht daran dachte. Sie schien sich irgendwie an bewußten Gedanken vorbeizumogeln.

Eskarina durchquerte den Raum und öffnete das Fenster. Die charakteristischen Nachtdüfte der Zivilisation wehten ihr entgegen: nasse Straßen, schlafende Gartenblumen, irgendwo ein voller Abort. Feuchte Schindeln glänzten im Licht der Sterne.

Als sie hörte, wie Skiller erneut die Treppe heraufkam, schob sie den Stab aufs Dach, kletterte aus dem Fenster und stützte sich am Rahmen ab. Die Schindeln neigten sich einem kleinen Anbau entgegen, und Esk hielt sich einigermaßen gerade, als sie über den schlüpfrigen Untergrund rutschte. An der Dachrinne verharrte sie, blickte auf einige Tonnen herab, die gut anderthalb Meter unter ihr standen, sprang und lief geduckt über den Hinterhof der Schenke.

Als sie in den Dunstschwaden verschwand, die träge durch eine nahe Gasse wallten, folgten ihr zornige Stimmen aus *Des Geigers Rätsel.*

Skiller eilte an seiner Frau vorbei und klopfte auf das nächste Faß. Er zögerte kurz, bevor er den Deckel hob.

Der aromatische Duft von Pfirsichschnaps zog verlokkend durchs Zimmer, und der Wirt seufzte erleichtert.

»Hast du Angst, das Zeug hat sich in was Gräßliches verwandelt?« fragte seine Frau. Er nickte.

»Wenn du dich nicht so dumm angestellt hättest...«, begann sie.

»Der verdammte Stab war bissiger als ein tollwütiger Hund!«

»Vielleicht wäre es dir möglich gewesen, ein Zauberer zu werden. Und Zauberer führen ein wesentlich angenehmeres Leben als durchschnittliche Leute. Hast du denn überhaupt keinen *Ehrgeiz?«*

Skiller schüttelte den Kopf. »Ich glaube, es ist mehr nötig als nur ein Zauberstab, um Magier zu sein«, erwiderte er. »Außerdem habe ich gehört, daß solche Leute nicht heiraten dürfen. Es heißt, es sei ihnen sogar verboten ...« Er brach ab.

Frau Wirtin sah ihn fragend an. »*Was* ist verboten?«

Skiller zuckte verlegen mit den Schultern. »Nun, du weißt schon. Gewisse ... Sachen.«

»Ich habe nicht die geringste Ahnung, wovon du sprichst«, sagte seine Frau energisch.

»Und ich fürchte, das stimmt sogar.« Widerstrebend folgte er ihr durch den Schankraum. *Vielleicht,* dachte er melancholisch, *sind Zauberer gar nicht so übel dran.*

Eine folgenschwere Entdeckung am nächsten Morgen bestätigte ihn in dieser Ansicht. Der Pfirsichschnaps in den zehn Fässern hatte sich tatsächlich in etwas Gräßliches verwandelt.

Esk wanderte ziellos durch die grauen Straßen Ohulans und gelangte schließlich zu den kleinen Docks am Fluß. Breite flache Kähne dümpelten träge an den Molen, und aus dem einen oder anderen Schornstein kräuselte dünner Rauch, den sie mit Vorstellungen von Wärme und Behaglichkeit verband. Esk kletterte über die nächste Reling, und mit Hilfe des Zauberstabs hob sie die Plane, die einen großen Teil des Bootes bedeckte.

Sie nahm einen würzigen Geruch wahr, eine Mischung aus Lanolin und Mist. Der Kahn hatte Wolle geladen.

Es ist töricht, auf einem unbekannten Schiff zu schlafen, ohne zu ahnen, welches Ufer man am nächsten Morgen sieht. Immerhin stehen Kahnfahrer normalerweise in aller Frühe auf und lichten noch vor Morgengrauen die Anker (manche glauben, auf diese Weise die Hafengebühren sparen zu können). Sie warten nicht etwa ab, bis alle blinden Passagiere ihre Reiseziele genannt haben.

Wir wissen das. Aber Esk hatte keine Ahnung.

Eskarina erwachte, als sie ein seltsames Pfeifen vernahm. Sie blieb ganz still liegen und ließ die Ereignisse des vergangenen Abends noch einmal vor dem inneren Auge Revue passieren, bis ihr einfiel, wo sie sich befand. Dann rollte sie sich auf die andere Seite und hob vorsichtig die Plane.

Mit der Umgebung schien irgend etwas nicht in Ordnung zu sein. Sie *bewegte* sich.

»Ich glaube, so etwas nennt man Segeln«, murmelte Eskarina und beobachtete, wie das ferne Ufer vorbeiglitt. »Ich hätte es mir aufregender vorgestellt.«

Sie vergaß völlig, sich Sorgen zu machen. Während der ersten acht Jahre ihres Lebens war die Welt recht langweilig gewesen, und jetzt, da sie sich allmählich interessanter gestaltete, wollte sie nicht undankbar sein.

Als das Pfeifen verklang, hörte sie einen bellenden Hund. Esk sank wieder auf die Wolle zurück, streckte die geistigen Hände aus, fand das Tier und borgte sich seine Gedankensphäre. Das fremde Bewußtsein begegnete ihr mit sehnsüchtigen Träumen von Knochen und weggeworfenen Stöcken; aber Eskarina achtete nicht weiter darauf, sah aus den Hundeaugen und brachte in Erfahrung, daß die Besatzung des Kahns aus mindestens vier Personen bestand. Auf den anderen Schiffen, die in unmittelbarer Nähe schwammen und eine Art Konvoi bildeten, fand sie weitere Menschen, auch Kinder.

Nach einer Weile trennte sie sich von dem Tier, spähte wieder unter der Plane hervor und genoß die Aussicht. Am Ufer ragten hohe orangefarbene Klippen empor, in der sich viele bunte Streifen zeigten: Sie sahen aus wie das Riesensandwich eines hungrigen Gottes. Während Eskarina die Felswände beobachtete, versuchte sie, einen ganz bestimmten Gedanken aus sich zu verdrängen, doch das unangenehme Gefühl in ihrem Unterleib verstärkte sich rasch, hob einen mentalen Zeigefinger und deutete immer nachdrücklicher auf ein imaginäres WC. Früher oder später mußte sie ihr Versteck verlassen, um ihre Blase zu entleeren.

Wenn sie noch ein wenig wartete, bis...

Mit einem plötzlichen Ruck wurde die Plane beiseite gerissen, und ein großes bärtiges Gesicht blickte auf Esk herab.

»Welche Überraschung!« sagte der Mann. »Wen haben wir denn hier? Eine kleine Ausreißerin, oderwas?«

Esk setzte ihre Geheimwaffe ein: den durchdringenden Blick. Der Fremde schien nicht zu reagieren. »Könntest du mir bitte beim Aufstehen helfen?«

»Hast du denn gar keine Angst, daß ich dich den... den Hechten zum Fraß vorwerfe?« fragte der Bärtige. Als er die Verwirrung in Esks Zügen sah, fügte er hinzu: »Große Süßwasserfische. Sind ziemlich flink und haben scharfe Zähne.«

Eine derartige Vorstellung war ihr völlig fremd. »Nein«, sagte sie offen, »ich fürchte mich nicht. Sollte ich? Würdest du mir damit drohen?«

»Nun, drohen schon. Aber mehr auch nicht. Sei unbesorgt!«

»Ich bin keineswegs beunruhigt.«

»Oh!« Ein brauner Arm, der auf die übliche Weise am Kopf befestigt war (besser gesagt: am Hals darunter, beziehungsweise an der Schulter), streckte sich ihr entgegen und zog sie hoch.

Einige Sekunden später stand Esk auf dem Deck des Kahns und sah sich um. Der Himmel erstrahlte in einem prächtigen Amethystblau und wölbte sich über einem breiten Tal. Der Fluß strömte noch immer an hohen Felshängen entlang und hatte es dabei ungefähr so eilig wie eine parlamentarische Untersuchungskommission, die gemütlich durch ein Labyrinth von Bestechungsskandalen schlendert und mit bemerkenswerter Hartnäckigkeit immer wieder an den Ausgangspunkt zurückkehrt.

Hinter ihr dienten die Spitzhornberge noch immer als granitenes Geländer für die Wolken, aber sie wirkten jetzt nicht mehr annähernd so gewaltig, wie sie Esk in Erinnerung hatte. Die zunehmende Entfernung schien zu einer vorzeitigen Erosion zu führen.

»Was ist das?« fragte Eskarina und roch den ungewohnten Duft von Sümpfen und Riedgras.

»Der Oberlauf des Ankh-Stroms«, sagte der Bärtige. »Was hältst du davon?«

Esk beobachtete den Fluß in beiden Richtungen. In diesem Bereich war er wesentlich breiter als bei Ohulan.

»Ich weiß nicht. Ziemlich viel Wasser. Ist dies dein Schiff?«

»Boot«, berichtigte der Mann. Er war größer als ihr Vater, wenn auch nicht ganz so alt, und er trug die Kleidung eines Zigeuners. Die meisten seiner Zähne bestanden aus Gold, aber Esk beschloß vorsichtshalber, die Frage nach dem Grund für die seltsame Metamorphose auf einen späteren Zeitpunkt zu verschieben. Seine Haut zeichnete sich durch jene Art von Bräune aus, die reiche Leute durch kostspielige Ferien und Aluminiumfolie zu erringen hofften — obwohl man den gleichen Effekt erzielen konnte, wenn man jeden Tag von morgens bis abends an der frischen Luft schuftete. Der Unbekannte runzelte die Stirn.

»Ja, es gehört mir«, sagte er, entschlossen, die Initiative zurückzugewinnen. »Was tust du hier, wenn ich fragen darf? Bist du von zu Hause weggerannt, oderwas? Ein Junge in deinem Alter würde sicher behaupten, er wolle in der Fremde sein Glück versuchen. Aber du bist ein Mädchen, stimmt's?«

»Können Mädchen ihr Glück nicht versuchen?«

»Normalerweise halten sie nach einem hübschen jungen Mann Ausschau, der mit Erfolg von einer solchen Reise heimkehrt«, sagte der Bärtige und schenkte ihr ein 200karätiges Lächeln. Er steckte eine braune Hand aus, an deren Fingern prunkvolle Ringe steckten. »Darf ich dich zum Frühstück einladen?«

»Vorher würde ich gern den Abort benutzen«, sagte Esk zurückhaltend. Der Zigeuner sah sie groß an.

»Dies ist ein Kahn, oderwas?«

»Ich glaube schon.«

»Mit anderen Worten: Es gibt nur den Fluß.« Er klopfte ihr auf die Schultern. »Mach dir nichts draus«, fügte er hinzu. »Er ist längst daran gewöhnt.«

Granny stand auf der Anlegestelle, und ihr Fuß pochte mit einem ungeduldigen *Taptaptap* aufs Holz. Der kleine Mann vor ihr – er war das ohulanische Äquivalent eines Dockmeisters – bekam die volle Wucht eines durchdringenden Hexenstarrens zu spüren, erbleichte unwillkürlich und gab sich alle Mühe, noch kleiner zu werden. Oma Wetterwachs' Gesichtsausdruck wirkte vielleicht nicht ganz so beunruhigend wie der Anblick von Daumenschrauben, aber ihre finstere Mimik schien darauf hinzudeuten, daß sie die Verwendung solcher Folterinstrumente durchaus in Erwägung zog.

»Sie sind also noch vor dem Morgengrauen aufgebrochen«, sagte sie.

»J-ja«, erwiderte der Mann. »Ich, äh, wußte nicht, daß du etwas dagegen hattest. Sonst hätte ich sie natürlich, äh, gebeten, auf dich zu warten.«

»Befand sich ein kleines Mädchen an Bord?« Ihr Stiefel machte *Taptap*.

»Äh, nein, tut mir leid.« Hastig fügte er hinzu: »Es sind Zoons. Wenn sich die Kleine an Bord versteckte, droht ihr keine Gefahr. Einem Zoon kann man immer vertrauen, heißt es. Sie nehmen das Familienleben sehr ernst. Und sie mögen Kinder.«

Granny sah Hilta an, die so unruhig von einem Bein aufs andere trat, als stünde sie auf glühenden Kohlen. Oma Wetterwachs hob fragend die Brauen.

»O ja«, versicherte Hilta schrill. »Die Zoons genießen einen guten Ruf.«

»Mmpf«, machte Granny. Sie drehte sich auf den Absätzen um und marschierte mit langen Schritten in die Stadt zurück. Der Dockmeister sackte seufzend in sich zusammen und erweckte den Eindruck, als habe man ihm gerade einen Kleiderbügel aus dem Hemd gezogen.

Hilta wohnte über einem Kräuterhändler, hinter einer Gerberei, und die Fenster ihrer Zimmerflucht gestatteten einen weiten Blick über die Dächer von Ohulan. Sie mochte ihr Heim, denn dort konnte sie in aller Ruhe ihre anspruchsvolleren Kunden empfangen, die sie folgendermaßen beschrieb: »Es sind Leute, die sich für ganz besondere Dinge interessieren, bei der Auswahl nicht gern gestört werden möchten und großen Wert auf Diskretion legen.«

Oma Wetterwachs sah sich im Wohnzimmer um und machte keinen Hehl aus ihrem Abscheu. Es gab entschieden zu viele Troddeln, Perlenschnurvorhänge, astrologische Diagramme und schwarze Katzen. Granny konnte Katzen nicht ausstehen. Sie schnupperte.

»Ist das die Gerberei?« fragte sie vorwurfsvoll.

»Weihrauch«, erklärte Hilta. Sie hielt der Verachtung ihrer Kollegin tapfer stand. »So etwas gefällt den Kunden«, fügte sie hinzu. »Es bringt sie in die richtige Stimmung, wenn du verstehst, was ich meine.«

»Es sollte doch eigentlich möglich sein, sich den Lebensunterhalt auf anständige Weise zu verdienen, Hilta – ohne derart *banale* Tricks«, sagte Granny, nahm Platz und nahm die langwierige und komplizierte Aufgabe in Angriff, ihre Hutnadeln zu entfernen.

»Das Leben in Städten ist für uns Hexen nicht leicht«, verteidigte sich Hilta. »Man muß mit der Zeit gehen.«

»Ich bin strikt dagegen. Wozu gibt es denn Traditionen? Hast du den Kessel aufgesetzt?« Granny beugte sich vor und nahm die Samthülle von Hiltas Kristallkugel. Es handelte sich um einen kopfgroßen Quarzball.

»Hab' noch nie viel von diesem blöden Siliciumzeug gehalten«, brummte sie. »In meiner Jugend genügte eine Schüssel mit Wasser und ein Tropfen Tinte. Na ja, mal sehen...«

Konzentriert starrte sie in die Kugel und benutzte sie als einen Fokus, um festzustellen, wo sich Eskarina aufhielt. Nun, Kristallkugeln haben selbst unter normalen Umständen ihre Tücken, und wenn man sie längere Zeit betrachtet, so braucht man kein Hellseher zu sein, um eine ausgewachsene Migräne zu prophezeien. Granny mißtraute ihnen: Ihrer Ansicht nach kamen sie Zauberei verdächtig nahe. Und wenn man nicht die angebrachte Vorsicht walten ließ, so befürchtete sie, saugten sie einem den Verstand aus dem Schädel, wie eine Wellhornschnecke aus ihrem Gehäuse.

»Das verdammte Ding funkelt zu sehr«, beschwerte sie sich, hauchte auf das blitzende Glas und rieb mit dem Ärmel daran. Hilta blickte ihr über die Schulter.

»Ich glaube, es ist kein normales Funkeln«, sagte sie langsam. »Bestimmt bedeutet es irgend etwas.«

»Was denn?«

»Keine Ahnung. Soll ich's mal versuchen? Die Kugel ist an mich gewöhnt.« Hilta verscheuchte eine Katze vom anderen Stuhl, setzte sich und starrte in die kristallene Tiefe.

»Hmphf, meinetwegen«, erwiderte Oma Wetterwachs. »Aber ich bezweifle, ob du...«

»He, einen Augenblick! Da formt sich ein Bild.«

»Ich sehe nur das verflixte Funkeln«, beharrte Granny. »Silberstaub, der dauernd hin und her wogt, wie das Schneetreiben in kleinen Schaugläsern. Eigentlich recht hübsch.«

»Ja, aber hinter den Flocken...«

Granny kniff die Augen zusammen.

Und beobachtete folgendes:

Aus größer Höhe blickte sie auf eine weite Landschaft hinab, die sich in dunstiger Tiefe erstreckte. Ein breiter Fluß kroch wie eine betrunkene Schlange durch Täler und Schluchten. Silbrige Lichter tanzten im Vordergrund, aber es handelte sich nur um wenige Funken, die auf eigene Faust dahinstoben. Die überwiegende Mehrheit des flakkernden Gleißens bildete eine lange Spirale, die wie ein

Schnee hustender greiser Tornado aussah und bis zum Strom hinabreichte. Oma Wetterwachs sah noch genauer hin und erkannte einige dunkle Flecken auf dem glitzernden Wasser.

Gelegentlich zuckten seltsame Blitze durch das trichterförmige Wabern und Wallen.

Granny zwinkerte und hob den Kopf. Plötzlich schien es im Zimmer stockfinster zu sein.

»Komisches Wetter«, sagte sie, weil ihr nichts Besseres einfiel. Sie schloß die Lider, aber das brodelnde Irrlichtern setzte sich vor ihrem inneren Auge fort.

»Ich glaube, es ist gar kein Wetter«, entgegnete Hilta. »Ich vermute sogar, normale Menschen können überhaupt nicht sehen, was uns der Kristall zeigt — Magie, die aus der Luft kondensiert.«

»In den Zauberstab?«

»Ja. Es gibt keine andere Erklärung. Irgendwie destilliert er magische Energie.«

Granny riskierte einen neuerlichen Blick in die Kugel.

»Und Esk nimmt sie auf«, sagte sie leise.

»Ja.«

»Eine ziemliche Menge, wenn du mich fragst.«

»In der Tat.«

Nicht zum erstenmal wünschte sich Oma Wetterwachs genauere Kenntnisse darüber, wie Zauberer ihre Magie beschworen. Sie stellte sich vor, wie sich Eskarinas Körper immer mehr mit thaumaturgischer Kraft füllte, alle Sehnen, Muskeln und Knochen damit auflud. Was geschieht mit Regenfässern während eines Gewitters? Genau: Sie laufen irgendwann über (wenn sie nicht vorher vom Blitz getroffen werden). Und dieses Schicksal drohte auch Esk. Eher früher als später würde die Magie aus ihr heraustropfen und hier und dort zu peripheren Veränderungen in der Wirklichkeit führen. Doch irgendwann mußte eine verheerende Entladung folgen, die das okkulte Gefüge des ganzen Universums durcheinanderbringen konnte. Granny schauderte unwillkürlich, als sie an die Konsequenzen dachte.

»Verflixt!« sagte sie. »Der Stab war mir von Anfang an unsympathisch.«

»Wenigstens ist Esk auf dem Weg zur Unsichtbaren Universität«, warf Hilta ein. »Dort weiß man sicher, wie man solche Probleme löst.«

»Mag sein. Nun, der Kahn fährt flußabwärts. Wie viele Meilen hat er wohl schon zurückgelegt?«

»Etwa zwanzig. Solche Boote sind kaum schneller als ein Fußgänger. Die Zoons haben es nicht eilig.«

»Na *schön.*« Granny stand auf und schob das spitze Kinn vor. Entschlossen griff sie nach dem Hut und ihrem großen Sack. »Eins steht fest: Ich bin recht flink auf den Beinen«, sagte sie. »Außerdem brauche ich nicht den vielen Flußbiegungen zu folgen. Ich nehme die Abkürzung: Luftlinie.« Hastig fügte sie hinzu: »Auf dem Boden.«

»Du willst Esk *zu Fuß* folgen?« entfuhr es Hilta entsetzt. »Aber die dunklen Wälder und wilden Tiere...«

»Sind mir nur recht. Kann mir bestimmt nicht schaden, in die Zivilisation zurückzukehren. Wie dem auch sei: Esk braucht mich. Der Zauberstab übernimmt allmählich die Kontrolle. Ich habe davor gewarnt, aber wer hat auf mich gehört?«

»Wer?« fragte Hilta und rätselte immer noch darüber, was Granny mit ›Rückkehr in die Zivilisation‹ meinte.

»Niemand«, sagte Oma Wetterwachs fest.

Der bärtige Mann hieß Amschat B'hal Zoon. Er wohnte auf dem Kahn, zusammen mit seinen drei Frauen und drei Kindern. Und er war ein Lügner.

Die Gegner der Zigeuner äußerten sich nicht nur über die absolute Ehrlichkeit des Zoon-Clans, die normale Menschen häufig zur Raserei brachte, sondern auch sein offenes und direktes Gebaren. Die Zoons wußten nicht, was Euphemismen waren, und wenn sie einen vernahmen (was nur sehr selten geschah), antworteten sie schlicht (und wahrheitsgemäß), sie hätten noch nie eine freundlicher klingende Beleidigung gehört.

Sie hielten nicht etwa deshalb so unerschütterlich stur an der Wahrheit fest, weil sie darin ein göttliches Gebot sahen. Vielmehr schien es einen genetischen Grund dafür zu geben. Der durchschnittliche Zoon konnte ebensogut lügen wie unter Wasser atmen; allein die entsprechende Vorstellung genügte, um sein ganzes Weltbild zu gefährden. Ihrer Meinung nach krempelte eine Lüge den ganzen Kosmos um.

Für ein Volk von Händlern stellte dies einen gewissen Nachteil dar, und deshalb befaßten sich die Ältesten der Zoon im Laufe von Jahrtausenden mit eingehenden Analysen jener seltsamen Fähigkeit, mit der alle anderen Menschen geradezu im Übermaß ausgestattet waren. Sie beschlossen, nicht länger auf diese nützliche Gabe zu verzichten.

Junge Männer, die zumindest ansatzweise entsprechende Talente aufwiesen, wurden bei speziellen Zeremonien ermutigt, den philosophischen Komplex der Wahrheit recht großzügig zu interpretieren und auf dieser Basis miteinander zu wetteifern. Die erste überlieferte Proto-Lüge der Zoons lautete folgendermaßen: »Eigentlich ist mein Opa ziemlich groß.« Nun, nach einigen Dutzend Generationen bekamen sie den Bogen raus, und man gründete das ehrenwerte Amt des Stammeslügners.

Dem Autor sei hier ein weiterer Hinweis gestattet: Die meisten Zigeuner sehen sich nach wie vor außerstande zu lügen, aber sie respektieren jeden Zoon, der behaupten kann, das Universum sei anders, als es in Wirklichkeit ist. Mit anderen Worten: Der Lügner genießt hohes Ansehen. Er repräsentiert den Stamm bei allen Verhandlungen mit der Außenwelt, die der durchschnittliche Zoon längst nicht mehr versteht. Alle Familiengruppen sind auf ihre Lügner sehr stolz.

Andere Völker begegnen dieser Entwicklung eher mit Unbehagen und Mißbilligung. Sie vertreten den Standpunkt, der betreffende Zoon sollte sich angemessenere Titel zulegen, zum Beispiel ›Diplomat‹ oder ›Pressesprecher‹ oder ›Verantwortlicher für Öffentlichkeitsarbeit‹. Häufig fühlen sie sich von Lügnern auf den Arm genommen und — belogen.

»Stimmt das alles?« fragte Esk mißtrauisch und sah sich in der kleinen Kabine des Kahns um.

»Nein«, erwiderte Amschat fest. Seine jüngere Frau, die an einem verzierten Ofen stand und in einem Topf mit Haferbrei rührte, lachte fröhlich. Die drei Kinder saßen ruhig am Tisch und beobachteten Esk mit großem Interesse.

»Sagst du denn nie die Wahrheit?«

»Du etwa?« Amschat lächelte sein Goldminen-Lächeln, doch die Augen blieben ernst. »Warum habe ich dich unter der Plane gefunden? Amschat ist kein Entführer. Bestimmt gibt es bei dir zu Hause jemanden, der sich Sorgen um dich macht, oderwas?«

»Ich schätze, Granny sucht bereits nach mir«, antwortete Esk. »Aber vermutlich ist sie nicht sehr besorgt. Nur wütend. Wie dem auch sei: Ich möchte nach Ankh-Morpork. Du kannst mich ruhig von deinem Schiff...«

»...Boot...«

»...werfen, wenn du unbedingt willst. Ich habe keine Angst vor den Hechten.«

»Das kann ich nicht«, sagte Amschat.

»War das eine Lüge?«

»Nein! Denk nur an die Wildnis. Dort treiben sich Räuber und... *Dinge* herum.«

Esk nickte mehrmals. »Dann wäre dieser Punkt also geklärt«, sagte sie. »Es macht mir nichts aus, in der Wolle zu schlafen. Und ich bin bereit, für die Reise zu bezahlen. Ich kann mich...« Sie zögerte. Das Ende des Satzes hing wie eine Dunstwolke aus Worten in der Luft, und Diskretion rang mit Erfolg um die Kontrolle ihrer Zunge. »...mich nützlich machen«, fügte sie unsicher hinzu.

Sie bemerkte, wie Amschat einen kurzen Blick mit seiner ältesten Frau wechselte, die am Herd nähte. Nach der Zoon-Tradition trug sie schwarze Kleidung, was sicher Grannys Zustimmung gefunden hätte.

»*Wie* willst du dich nützlich machen?« fragte der Lügner. »Mit Waschen und Fegen?«

»Zum Beispiel«, erwiderte Esk. »Außerdem kann ich mit dem zwei- und dreifachen Destillierkolben umgehen, lackieren, glasieren und firnissen, schmirgeln, hobeln und schnitzen, verschiedenes Wachs und Kerzen herstellen. Ich kenne mich mit Pflanzen, Wurzeln und Früchten aus, weiß, wo die Acht Wundervollen Kräuter wachsen, wie man sie schneidet und zubereitet. Ich kann spinnen, karden, kämmen, krempeln und weben, entweder per Hand, am Rahmen oder mit dem Webstuhl. Ich kann stricken, wenn jemand die Wolle für mich vorbereitet. Ich deute Boden und Felsen. Ich beherrsche das Zimmerhandwerk und kann mit Stech- und Lochbeitel ebensogut umgehen wie mit Stemmeisen und Zapfenstreichmaß. Ich sage das Wetter voraus, indem ich das Verhalten der Tiere und die Wolken beobachte. Ich weiß, wie man mit Bienen umgeht und die Honigproduktion steigert. Ich braue fünf Sorten Met und Bier, behandle Tücher mit Beize, Ätzwasser und Grund, mische mehrere Farbstoffe, wodurch sich neue Tönungen ergeben. Ich kann die meisten Arbeiten von Klempnern und Schuhmachern erledigen, schneide und pflege Leder. Und wenn ihr Ziegen habt: Ich kann sie füttern und melken, mich um sie kümmern. Ich mag Ziegen.«

Amschat musterte sie nachdenklich. Vielleicht erwartete er, daß sie die Liste fortsetzte.

»Oma Wetterwachs hält nichts von Leuten, die untätig herumsitzen«, erklärte Esk. »Sie sagt immer, eine Frau, die sich zu helfen weiß, hat keine Schwierigkeiten, sich ihren Lebensunterhalt zu verdienen.«

Amschat hob die Brauen. »Wahrscheinlich braucht eine solche Frau nicht einmal einen Ehemann.«

»Nun, auch in dieser Hinsicht hat Oma viele Ratschläge anzubieten...«

»Daran zweifle ich nicht«, sagte Amschat. Erneut sah er seine ältere Frau an, die kaum merklich nickte.

»Nun gut«, brummte er. »Wenn du dich nützlich

machen kannst, darfst du bleiben. Spielst du auch irgendein Musikinstrument?«

Esk erwiderte den prüfenden Blick des Mannes, ohne mit der Wimper zu zucken. »Selbstverständlich«, sagte sie stolz.

Und so entfernte sich Eskarina immer mehr von den Spitzhornbergen und ihrem milden Reizklima (das manchmal ganz schön reizte). Sie empfand nur vages Bedauern, wenn sie die undeutlicher werdenden Konturen des Gebirges beobachtete; und wenn sich ein Hauch von Melancholie in ihr regte, konzentrierte sie sich rasch auf die Zoons und ihre gemütliche Reise stromabwärts.

Der Konvoi bestand aus mehr als dreißig Kähnen, und auf jedem lebte mindestens eine große Zoon-Familie. Alle Boote beförderten unterschiedliche Fracht. Die meisten waren aneinandergebunden, und wenn jemandem der Sinn nach einem Gespräch stand, kletterte er einfach über die Reling aufs nächste Deck.

Esk machte es sich inmitten der Wolle bequem. Unter der Plane hatte sie es angenehm warm, und außerdem erinnerte sie der Geruch an Grannys Hütte. Hinzu kam, daß sie dort niemand störte.

Mit zunehmender Besorgnis dachte sie an die Magie, die sie auf Schritt und Tritt begleitete.

Sie entwickelte ein beunruhigendes Eigenleben. Eskarina beschwor sie nicht, und doch kam es in ihrer Nähe immer wieder zu thaumaturgischen Phänomenen. Sie ahnte, daß die Zoons nicht sonderlich begeistert gewesen wären, wenn sie davon erfahren hätten.

Aus diesem Grund ergriff Esk einige Vorsichtsmaßnahmen. Wenn sie spülte, klapperte sie laut mit Tellern und Tassen, um darüber hinwegzutäuschen, daß sich das Geschirr von ganz allein wusch. Wenn sie Socken stopfte, zog sie sich in einen entlegenen Winkel des Kahns zurück, damit niemand sah, daß sich die Löcher völlig selbständig schlossen, wie durch – Zauberei. Als sie am zweiten Tag ihres Aufenthaltes an Bord erwachte, mußte sie feststellen, daß sich ein Teil der Wolle gekämmt, gekardet und zu weichen Decken verknüpft hatte.

Esk wagte es nicht mehr, an magisch entzündete Feuer zu denken.

Natürlich verbrachte sie ihre Zeit nicht nur damit, der nächsten Fast-Katastrophe vorzubeugen. Hinter jeder weiten Flußbiegung erwartete sie ein neuer aufregender Anblick. Sie sah von dichten Wäldern dunkle gesäumte Uferzonen; in solchen Bereichen steuerten die Zoons ihre Boote in die Flußmitte und schickten Frauen und Kinder unter Deck. Bei derartigen Gelegenheiten zog sich Eskarina vorsichtshalber in ihr wollenes Refugium zurück, spähte aber neugierig unter der Plane hervor und lauschte dem Knurren und Grollen im finster anmutenden Gebüsch. Ab und zu fiel ihr Blick auf weites Ackerland. Sie sah wesentlich größere Städte als Ohulan und entdeckte sogar einige Hügel, die allerdings alt und zusammengeschrumpft wirkten, nicht so jung und verspielt waren wie die Spitzhornberge. Nun, sie litt nicht etwa an Heimweh, aber manchmal kam sie sich ebenfalls wie ein Boot vor: Es schwamm am Ende eines unendlich langen Seils, das sich jedoch nie vom Molenpfahl löste.

Ab und zu gingen die Schiffe in unmittelbarer Nähe einiger Ortschaften vor Anker. Die Tradition verlangte, daß ausschließlich Männer an Land gingen, und nur Amschat, der seinen zeremoniellen Lügenhut trug, sprach mit Nicht-Zoons. Esk begleitete ihn meistens. Er wies mehrmals darauf hin, sie solle sich an die ungeschriebenen Gesetze des Zoon-Lebens halten und an Bord bleiben, doch solche Mahnungen hatten auf Eskarina eine ähnliche Wirkung wie Mückenstiche auf ein Nashorn. Außerdem lernte sie bereits, daß Regeln und Vorschriften innerhalb kurzer Zeit abgeschafft wurden, wenn man sie einfach nicht beachtete.

Darüber hinaus gewann Amschat den Eindruck, daß er für seine Waren erstaunlich gute Preise erzielte, wenn Eskarina bei ihm weilte. Selbst die erfahrensten und hartnäkkigsten Feilscher hatten es sehr eilig, ein Geschäft abzuschließen, wenn der durchdringende Blick des Mädchens länger als einige Sekunden auf ihren ruhte.

Schon bald rührte sich Unbehagen in Amschat. Als ihm ein Edelsteinhändler in Zemphis einen Beutel mit Ultramarinen für hundert Wollvliese anbot, sagte eine in Hüfthöhe erklingende Stimme: »Das sind keine Ultramarine.«

»Hör dir das Kind an!« erwiderte der Händler und lächelte. Amschat nahm einen Kristall zur Hand und betrachtete ihn von allen Seiten.

»Ich höre es«, sagte er. »Nun, ich glaube, es handelt sich tatsächlich um Ultramarine. Sie haben den richtigen Glanz.«

Esk schüttelte den Kopf. »Es sind bloß Spirkel«, behauptete sie. Die beiden Männer starrten das Mädchen verblüfft an, und sofort bedauerte es seine unüberlegte Bemerkung.

Amschat drehte den Kristall langsam hin und her. Wenn man einen chamäleonartigen Spirkel in ein Kästchen mit echten Edelsteinen legte, nahm er ihre Struktur an – ein Trick, mit dem sich listige Juweliere zu bereichern hofften. In diesem Fall aber schien das blaue Gleißen echt zu sein. Nun, Amschat war in der Kunst des Lügens ausgebildet, und als er den Händler musterte, fielen ihm die feinen Anzeichen der Unwahrheit auf.

»Offenbar herrscht Zweifel«, sagte er. »Aber wir können ganz einfach Gewißheit erlangen. Ich schlage vor, wir bringen diesen Kristall zum Prüfer in der Kummergasse. Es ist allgemein bekannt, daß sich Spirkel in hypaktischer Flüssigkeit auflösen, oderwas?«

Der Händler zögerte. Amschat trat ein wenig zur Seite, spannte die Muskeln an und nahm eine Haltung an, die einer stummen Drohung gleichkam. Erneut spürte der Kaufmann den Blick des Mädchens: Es starrte ihn so an, als könne es bis in die untersten Gewölbe seines Gewissens sehen. Er schluckte und entschied, einen taktischen Rückzug anzutreten.

»Ich bedaure diese peinliche Kontroverse«, erwiderte er. »Ich habe diese Kristalle in gutem Glauben als Ultramarine entgegengenommen, doch um keinen Zwist zwischen uns entstehen zu lassen, möchte ich sie euch... schenken. Darf ich für die Vliese untertänigst diesen erlesenen Rubin anbieten?«

Der Händler holte einen kleinen Samtbeutel hervor und entnahm ihm einen roten Stein. Amschat reichte ihn Esk und behielt den Kaufmann im Auge. Das Mädchen nickte.

Als der Kaufmann kurze Zeit später davoneilte, griff Amschat nach Eskarinas Hand und führte sie zum Prüfer. Das ›Büro‹ des alten Mannes bestand nur aus einem Tisch in einer winzigen Mauernische. Er betrachtete den kleinsten der blauen Steine, hörte sich die hastige Erklärung des Zoon an, goß hypaktische Flüssigkeit in eine Schale und tauchte den angeblichen Ultramarin hinein. Der Kristall löste sich sofort auf.

»Höchst interessant«, murmelte der Prüfer. Mit einer Pinzette griff er nach einem weiteren Stein, starrte durch eine dicke Lupe und untersuchte ihn.

»Kein Zweifel — es sind Spirkel«, meinte er nach einer Weile. »Aber es handelt sich um wirklich prachtvolle Exemplare, die durchaus ihren Wert haben. Ich wäre an einem Kauf interessiert und bereit, dir dafür... Ist mit den Augen des Mädchens irgend etwas nicht in Ordnung?«

Eskarina probierte gerade einen neuen Blick aus, und Amschat gab ihr einen behutsamen Stoß.

»Ähem«, räusperte sich der Prüfer erleichtert, »nun, ich bin bereit, dir dafür... zwei *Batzen* Silber zu bezahlen.«

»Ich verlange fünf«, sagte der Zoon freundlich.

»Und ich möchte einen der Kristalle für mich«, warf Esk ein. Der alte Mann breitete die Arme aus.

»Aber sie sind doch bloß... eigenartig« sagte er. »Haben nur für Sammler einen Wert.«

»Ein Sammler könnte auf den Gedanken kommen, sie einem nichtsahnenden Interessenten als kostbare Ultramarine oder gar Diamanten zu verkaufen«, erwiderte Amschat. Und fügte im Plauderton hinzu: »Insbesondere dann, wenn er der einzige Prüfer in der Stadt ist.«

Der alte Mann brummte etwas Unverständliches. Man einigte sich schließlich auf drei *Batzen* und einen Spirkel für Esk. Der Prüfer befestigte ihn an einer dünnen Silberkette.

Als sie außer Hörweite waren, blieb Amschat stehen, reichte Eskarina die Münzen und sagte: »Hier, nimm! Du hast sie dir redlich verdient. Aber...« Er ging in die Hocke und sah ihr in die Augen. »Bitte erklär mir, wie du die Spirkel als solche erkannt hast.«

Er schien besorgt zu sein, und Esk befürchtete, daß ihm die Wahrheit nicht gefallen hätte. Die meisten Menschen fühlten sich nicht wohl in ihrer Haut, wenn sie Magie begegneten. Amschat war ein kluger und gescheiter Mann, und deshalb konnte sie nicht einfach antworten: »Spirkel sind Spirkel, und Ultramarine sind Ultramarine. Es mag zwar den Anschein haben als sähen sie gleich aus, aber wenn man richtig hinsieht, erkennt man die Unterschiede. Nichts kann sich perfekt tarnen.«

Statt dessen erwiderte Eskarina: »Dort, wo ich geboren wurde, graben Zwerge nach Spirkeln. In meiner Heimat wissen alle, daß solche Kristalle das Licht auf eine ganz besondere Weise brechen.«

Amschat musterte sie eine Zeitlang und hob die Schultern.

»Na gut«, sagte er, »in Ordnung. Nun, ich habe hier noch einiges zu erledigen. Warum kaufst du dir nicht einige neue Sachen oder so? Ich sollte dich eigentlich vor betrügerischen Händlern warnen, aber ich glaube, du läßt dich nicht so einfach übers Ohr hauen, oderwas?«

Esk nickte, und Amschat wanderte über den Marktplatz. An der ersten Ecke verharrte er, sah nachdenklich zu dem Mädchen zurück und verschwand in der Menge.

Damit wäre die Fahrt über den Fluß wohl zu Ende, dachte Eskarina. *Er weiß nicht, was er von mir halten soll, aber von jetzt an wird er mich ständig beobachten; irgendwann fordert er vielleicht den Zauberstab von mir, und dann gibt's Ärger, so wie in der Schenke. Warum werden die Leute immer nervös, wenn sie es mit Magie zu tun bekommen?*

Sie seufzte philosophisch und begann damit, die Möglichkeiten der Stadt zu erforschen.

Der Zauberstab stellte ein gewisses Problem dar. Sie hatte ihn in der Wolle auf dem Kahn zurückgelassen, und vermutlich dauerte es noch eine Weile, bis man sie entlud und an Land brachte. Wenn Esk zurückkehrte, um ihn zu holen, würde man ihr gewiß einige Fragen stellen, und bedauerlicherweise wußte sie keine Antworten darauf.

Kurze Zeit später fand sie eine schmale Gasse und schritt an den dunklen Hauswänden entlang, bis sie eine geeignete Nische entdeckte.

Wenn eine Rückkehr aufs Boot nicht in Frage kam, blieb nur eine Alternative übrig. Eskarina streckte den Arm aus und schloß die Augen.

Ihr Wunsch verwandelte sich in ein kontrastreiches klares Bild vor dem inneren Auge. Der Zauberstab durfte kein Loch in die Plane reißen, durch die Luft fliegen und die Aufmerksamkeit der ganzen Stadt erwecken. Esk wollte nur eine kleine Veränderung in der allgemeinen Organisationsstruktur der Welt herbeiführen. Sie stellte sich einen Kosmos vor, in dem der Stab nicht mehr inmitten von Wolle ruhte, sondern sich in ihrer Hand befand. Eine winzige Modifikation der Realen Wirklichkeit, des Jetzt-Hier-Und-Dort. Weiter nichts.

Esk mangelte es an einer angemessenen Ausbildung, und daher wußte sie nicht, daß so etwas unmöglich war. Jeder halbwegs begabte Zauberer lernte, wie man Dinge bewegte — die Skala begann mit Protonen und zwar nach oben hin offen. Aber wenn man irgend etwas von A nach Z befördern wollte, so geboten die elementaren Gesetze der Physik, daß der betreffende Gegenstand den Rest des Alphabets nicht einfach überspringen durfte. Wenn etwas bei A verschwinden und bei Z wieder feste Gestalt annehmen wollte, mußte zunächst die ganze Realität dazwischen beiseite geräumt werden. Die fatalen Folgen, die sich daraus ergäben, sollen hier nur mit den Stichworten Massenkontraktion, Temporalschrumpfung, globale Deformation und organisch-biologische Regression angedeutet werden.

Nun, Esk wußte von alldem nichts, was jedoch weiter keine Rolle spielte: Wenn man keine Ahnung hat, daß man ein angestrebtes Ziel nicht erreichen kann, ist der Erfolg praktisch garantiert. Wer die Möglichkeit eines Mißerfolgs als absurd von sich weist, bringt alle notwendigen Voraussetzungen mit sich, um zu einem Ölfleck unter der Dampfwalze der Geschichte zu werden.

Als Eskarina versuchte, den Zauberstab zu bewegen, breiteten sich kleine Wellen im magischen Äther aus und verursachten viele kleine Veränderungen auf der Scheibenwelt. Die meisten davon blieben unbemerkt: einige Sandkörner, die an einem breiten Strand einen anderen Platz einnahmen, Bäume, die das eine oder andere zusätzliche Blatt bekamen (oder welche verloren). Doch als die Wellenfront der Wahrscheinlichkeit den Rand der Realität erreichte, daran abprallte und zu den thaumaturgischen Nachzüglern zurückgischtete, bildeten sich Strudel im Gefüge des Seins. Solche Strudel sind natürlich nur möglich, weil das Gefüge des Seins ausgesprochen seltsam ist.

Esk bemerkte natürlich nichts davon und brummte zufrieden, als der Zauberstab vor ihr materialisierte und sich ihre Finger um magisches Holz schlossen.

Es fühlte sich warm an.

Eine Zeitlang betrachtete sie den Stab und kam zu dem Schluß, daß er zu groß und auffällig war. Er zog neugierige Blicke auf sich.

»Wenn ich dich nach Ankh-Morpork mitnehmen soll«, dachte Eskarina laut, »muß ich dich irgendwie verkleiden.«

Einige letzte oktarine Funken stoben über die Schnitzmuster und verblaßten. Sonst geschah nichts.

Esk seufzte und löste das Problem, indem sie auf den

Marktplatz von Zemphis zurückkehrte und dort einen besonders großen Besen kaufte. Anschließend kehrte sie in die Gasse zurück, löste den Stiel und rammte den Zauberstab ins Geflecht aus dünnen Birkenzweigen. Da es ihr nicht richtig erschien, ein so ehrenwertes und würdevolles Objekt auf diese Weise zu behandeln, murmelte sie eine leise Entschuldigung. Der Stab gab keine Antwort.

Sie stellte rasch fest, daß sie genau die gewünschte Wirkung erzielte: Niemand schenkte einem Mädchen, das einen Besen trug, mehr als beiläufige Beachtung.

Gegen das flaue Gefühl in Esks Magengrube half keine Magie, sondern eine pikante Pastete. Der Mann hinter dem Tresen der Marktbude war so dumm, ihr zu wenig Wechselgeld zurückzugeben, und erst später merkte er, daß er sich in verblüffender Großzügigkeit von zwei Silbermünzen getrennt hatte. Hinzu kam: Des Nachts schlichen sich Ratten in seinen Laden und fraßen alle Vorräte auf. Und am nächsten Tag wurde seine Großmutter von einem Blitz getroffen.

Die Stadt war größer und auch völlig anders als Ohulan: Abgesehen vom Ankh-Strom, der in dieser Region einen Hauptverbindungsweg darstellte, führten drei wichtige Handelsstraßen nach Zemphis. Im Zentrum befand sich ein weiter Platz, der wie eine Mischung aus exotischem Verkehrsstau und einem Zeltlager wirkte. Kamele traten Maulesel, Maulesel traten Pferde, Pferde traten Kamele — und alle traten Menschen. Es herrschte ein wirres Durcheinander aus bunten Farben, ohrenbetäubendem Lärm und mehr oder minder würzigen Düften. Und auf dieser Bühne agierten Hunderte von Menschen, die sich leidenschaftlich bemühten, innerhalb kurzer Zeit möglichst viel Geld zu verdienen.

Als einer der Gründe für das rege Treiben mag folgendes angeführt werden: Viele Bewohner des Kontinents zogen es vor, ohne große Mühen reich zu werden, und da die Scheibenwelt noch kein richtiges Kreditwesen entwickelt hatte (sah man einmal von den Noblen Wucherern ab, die es jedoch mit keiner anständigen Bank aufnehmen konnten), blieb ehrgeizigen Kriminellen nichts anderes übrig, als sich auf ältere und traditionellere Formen des Banditentums zu besinnen.

Seltsamerweise erforderten solche Dinge nicht selten erhebliche Anstrengungen. Man denke nur daran, welcher Aufwand an geistiger und körperlicher Kraft notwendig ist, um einen Hinterhalt vorzubereiten, schwere Felsen an den Rand hoher Klippen zu rollen, Straßensperren aus gefällten Bäumen zu errichten, Fallgruben auszuheben und zugespitzte Pfähle darin unterzubringen. Wer einem allgemein geachteteren Beruf nachgeht, hat es in der Regel wesentlich leichter. Nun, trotzdem gab es genügend fehlgeleitete Menschen, die aus krimineller Hingabe alle diese Mühen auf sich nahmen (unter anderem auch deswegen, weil sie es haßten, Steuern zu zahlen und Sozialabgaben zu leisten). Sie nahmen sogar lange Nächte im eher unbequemen Freien in Kauf, um ganz gewöhnliche, bis zum Rand gefüllte Schmuckkästchen zu erbeuten.

Zemphis war also ein Ort, in der sich Karawanen teilten, ihre Waren gegen andere eintauschten oder in bare Münze verwandelten. Wenn die Händler und Reisenden die Stadt nach dem Markt verlassen wollten, bildeten sie wieder große Gruppen, um sich vor den Unterprivilegierten zu schützen, die am Straßenrand lauerten und ihre Messer wetzten. Esk bahnte sich unbeachtet einen Weg durchs Gedränge und brachte alles das in Erfahrung, indem sie an den Ärmeln von Leuten zupfte, die ihr wichtig erschienen.

Diesmal fiel ihre Wahl auf einen Mann, der gerade einen großen Stapel Tabaksballen zählte und sicher auch die richtige Summe erhalten hätte, wenn er nicht gestört worden wäre.

»Bitte?«

»Ich habe gefragt, was hier los ist.«

Der Mann wollte erwidern: »Hau ab und fall jemand anders auf die Nerven.« Er erwog auch die Möglichkeit, das

Mädchen mit einem Klaps zu verscheuchen. Deshalb war er ziemlich überrascht, als er sich bückte und bereitwillig Antwort gab. Er sah ein schmuddelig wirkendes Kind, das einen großen Besen hielt – der, wie ihm später auffiel, *ebenfalls* interessiert zuzuhören schien.

Er erklärte die Sache mit den Karawanen. Esk nickte.

»Die Leute reisen gemeinsam?«

»Ja.«

»Wohin?«

»Oh, nach verschiedenen Orten: Sto Lat, Pseudopolis ... natürlich auch nach Ankh-Morpork ...«

»Aber der Strom fließt doch dorthin«, wandte Esk verwundert ein. »Die Zoon brauchen ihre Kähne nur treiben zu lassen, um jene Stadt zu erreichen.«

»Äh, das stimmt schon«, sagte der Kaufmann. »Aber sie verlangen hohe Gebühren für eine Passage und können nicht alles befördern. Außerdem traut ihnen kaum jemand.«

»Aber sie sind sehr ehrlich.«

»Nun, äh, mag sein. Doch du kennst sicher das Sprichwort: Vertraue nie einem ehrlichen Mann.« Er lächelte wissend.

»Wer behauptet das?«

»Äh, tja, die Leute.« Der Kaufmann fühlte sich aus dem Konzept gebracht und runzelte unsicher die Stirn.

»Oh«, entgegnete Eskarina. Sie dachte darüber nach. »Müssen sehr dumme Leute sein«, meinte sie schließlich. »Wie dem auch sei: besten Dank.«

Der Mann sah ihr nach, als sie fortging, wandte sich dann wieder den Tabaksballen zu. Kurz darauf spürte er, wie ihn jemand an der Jacke zog.

»Siebenundfünfzigsiebenundfünfzigsiebenundfünfzigja?« fragte er und versuchte, die Zahl im Kopf zu behalten.

»Entschuldige bitte, daß ich dich noch einmal belästige«, sagte Esk. »Aber die Ballen ...«

»Was ist damit siebenundfünfzigsiebenundfünfzig?«

»Nun, ich weiß nicht so recht: Ist es normal, daß kleine weiße Würmer darin herumkriechen?«

»Siebenundfünf... *was?*« Der Kaufmann ließ seine Schiefertafel sinken. »Was für Würmer?«

»Kleine und weiße«, wiederholte das Mädchen hilfsbereit. »Fressen sich mit ziemlichem Appetit durch die Blätter.«

»Meinst du etwa Fadenwürmer, die eine Vorliebe für Tabak haben?« Aus weitaufgerissenen Augen starrte er auf die Ballen, die gerade ausgeladen wurden. Erst jetzt bemerkte er, daß der Verkäufer wie ein nervöser Kobold aussah, der gerade jemandem Feengold angedreht hatte. Und Feengold, das ist allgemein bekannt, löst sich am Morgen in Luft auf — oder verwandelt sich in etwas, ja, Gräßliches. »Er hat mir versichert, der Tabak sei sorgfältig gelagert gewesen und... Woher willst du das überhaupt wissen?«

Aber das Mädchen war in der Menge verschwunden. Der Kaufmann starrte auf die Stelle, wo es eben noch gestanden hatte. Er starrte den Verkäufer an, der sich ein ebenso mühevolles wie beunruhigtes Lächeln abrang. Er starrte zum Himmel hinauf. Dann holte er ein Messer hervor, starrte eine Zeitlang ins Leere und schien einen Beschluß zu fassen. Zögernd trat er auf den nächsten Ballen zu.

Unterdessen wanderte Esk über den Marktplatz, sperrte beide Ohren auf und hörte bald, welche Reisegruppe sich auf den Weg nach Ankh-Morpork machen wollte. Der Karawanenführer saß an einem improvisierten Tisch, der aus einem breiten Brett bestand, das auf zwei Tonnen lag.

Er war beschäftigt.

Er sprach mit einem Zauberer.

Erfahrene Reisende wissen selbstverständlich, daß eine Karawane nur dann Aussicht hat, ihr Ziel ohne unliebsame Zwischenfälle (zum Beispiel durchgeschnittene Kehlen, verbrannte Wagen und — natürlich — geraubte Kostbarkeiten) zu erreichen, wenn sie von einigen Schwertkämpfern begleitet wird. Aber für noch unverzichtbarer halten sie die Gegenwart eines Zauberers, der mögliche Angreifer mit Magie in die Flucht schlagen und wärmende Lagerfeuer entzünden kann. Ein Zauberer im dritten oder gar noch höheren Rang lehnt es strikt ab, etwas für das Privileg zu bezahlen, sich der Reisegruppe anschließen zu dürfen. Er erwartet vielmehr ein Entgelt dafür. In diesem besonderen Fall steuerten die Verhandlungen gerade auf einen Kompromiß zu.

»Ein faires Angebot, Herr Treatle«, sagte der Karawanenführer namens Adab Gander: ein beeindruckender Mann, der eine Jacke aus echtem Felsspringerpelz trug, einem geradezu verwegenen Schlapphut und einen ledernen Kilt. »Aber was ist mit deinem jungen Begleiter? Er scheint kein Zauberer zu sein.«

»Er lernt noch die magischen Künste«, sagte Treatle – ein hochgewachsener dürrer Zauberer, dessen bunter Mantel ihn als einen Magus der Uralten und Wahrhaftig Echten Brüder des Silbernen Sterns auswies, einem der acht thaumaturgischen Orden.

»Also ein Lehrling, ein ganz gewöhnlicher Novize, um nicht zu sagen: ein Schüler«, stellte Gander klug fest. »Ich kenne die Regeln: Ohne Stab ist man kein wirklicher Zauberer. Und er hat keinen.«

»Nun, er möchte die Unsichtbare Universität aufsuchen, um sich dort jenes eher unwichtige Instrument zu holen«, sagte Treatle wie beiläufig. Zauberer trennten sich ebensogern von ihrem Geld wie ein Hamster von seinem Wintervorrat.

Gander musterte den jungen Mann. Er hatte schon viele Magier kennengelernt und glaubte daher, sich in dieser Hinsicht ein fachmännisches Urteil erlauben zu können. Der Bursche erweckte tatsächlich den Anschein, als bringe er alle notwendigen Voraussetzungen für einen ordentlichen Zauberer mit. Mit anderen Worten: Er war dünn, schlaksig und blaß, weil er frische Luft mied, sich viel lieber in irgendwelchen dunklen Zimmern verkroch und geheimnisvolle Bücher las. Die Augen tränten ihm wie zwei leicht pochierte Eier. *Wer wagt, gewinnt,* erinnerte sich Gander und beschloß, mit einer ideellen Investition für die Zukunft zu spekulieren.

Für seine Vollkommenheit fehlt nur noch irgendein Handikap, fügte er in Gedanken hinzu. *Zauberer scheinen ganz wild auf Asthma und Plattfüße zu sein. So etwas gibt ihnen den richtigen Schwung.*

»Wie heißt du, Junge?« fragte er so freundlich wie möglich.

»Sssssss«, antwortete der Bursche. Der Adamsapfel hüpfte ihm wie ein eingefangener Ballon auf und ab. Er richtete einen flehentlichen Blick auf den älteren Mann.

»Simon«, sagte Treatle.

»...imon«, bestätigte der Novize dankbar.

»Kannst du Feuerbälle oder harmlose Dämonen beschwören, um irgendwelche Halunken zu verjagen?«

Simon wandte sich kurz an seinen Mentor.

»Nnnnnnnn«, brachte er schließlich hervor.

»Mein junger Freund studiert höhere Magie und nicht so banale Dinge wie normale Zauberei«, erklärte Treatle.

»...ein«, sagte Simon.

Gander nickte.

»Nun«, brummte er, »vielleicht wirst du tatsächlich mal ein guter Zauberer, mein Junge. Und wenn du deinen Zauberstab bekommen hast... Wärst du dann bereit, mich bei einer meiner Reisen als offizieller Karawanenmagier zu begleiten? Was hältst du von diesem Vorschlag? Bist zu einverstanden?«

»Jjjjjjj...«

»Du brauchst nur zu nicken«, sagte Gander hastig, der eigentlich nicht zu taktlosen Gemeinheiten neigte.

Simon nickte erleichtert, und Treatle verabschiedete sich von Gander. Als der Zauberer davonstakte, folgte ihm der ächzende Schüler mit mehreren Koffern und Taschen.

Gander blickte auf seine Liste und hakte den Punkt ›Zauberer‹ ab.

Ein schmaler Schatten fiel auf das Blatt. Der Karawanenführer blickte auf und zuckte unwillkürlich zusammen.

»Nun?«, fragte er kühl.

»Ich möchte nach Ankh-Morpork«, sagte Eskarina. »Bitte. Ich habe ein bißchen Geld.«

»Geh nach Hause zu deiner Mami, Mädchen.«

»Nein, im Ernst. Ich möchte mein Glück versuchen.«

Gander seufzte. »Was hast du mit dem Besen vor?« erkundigte er sich.

Esk betrachtete den Stock so interessiert, als sehe sie ihn jetzt zum erstenmal.

»Reinlichkeit kann nicht schaden«, antwortete sie.

»Kehr heim, Kind!« brummte Gander. »Ich bringe keine Ausreißer nach Ankh-Morpork. In großen Städten können Mädchen viele unangenehme Dinge zustoßen.«

Esk strahlte. »Welche denn, zum Beispiel?«

»Du sollst nach Hause gehen, hörst du? Und zwar sofort.«

Gander griff nach seinem Federkiel, wandte sich wieder der Liste zu und versuchte, den starren Blick nicht zu beachten, der sich irgendwie in seinen Kopf zu bohren schien.

»Ich kann mich nützlich machen«, sagte Esk leise.

Gander schob das Blatt beiseite und kratzte sich verärgert am Kinn.

»Wie alt bist du?« fragte er.

»Neun.«

»Nun, Fräulein Neun-Jahre-Alt: Meine Aufgabe besteht darin, zweihundert Tiere und hundert Menschen, von denen die eine Hälfte die andere haßt, sicher nach Ankh-Morpork zu geleiten. Der Karawane fehlt es an guten Schwertkämpfern, und es heißt, die Straßen seien ziemlich schlecht. Hinzu kommen die Räuber und Wegelagerer, die im Bereich der Pickel ihr Unwesen treiben und jede günstige Gelegenheit nutzen, um Unheil zu stiften. Dann sind da noch die Trolle, die in diesem Jahr einen höheren Brückenzoll verlangen. Von den Rüsselkäfern und Kakerlaken in unseren Vorräten ganz zu schweigen. Außerdem habe ich dauernd Kopfschmerzen, was alles nur noch schlimmer macht. Du wirst also einsehen, daß ich auf dich verzichten kann.«

»Oh«, erwiderte Esk. Sie sah sich auf dem überfüllten Platz um. »Na gut. Welche Straße führt nach Ankh-Morpork?«

»Die mit dem Tor dort drüben.«

»Vielen Dank«, sagte Eskarina ernst. »Auf Wiedersehen. Ich hoffe, daß deine Kopfschmerzen nachlassen und du nicht noch mehr Probleme bekommst.«

»Nett von dir«, knurrte Gander überrascht. Seine Fingerkuppen trommelten auf den Tisch, als er dem Mädchen nachsah, das in Richtung Ankh-Straße davonging. Es war eine lange und kurvenreiche Straße. Eine Straße, an der Diebe und Gnolle lauerten. Eine Straße, die durch hohe Bergpässe schnaufte und keuchend durch weite Wüsten kroch.

»Verdammter Mist!« fluchte er halblaut, stand auf und rief: »He, du!«

Oma Wetterwachs war in Schwierigkeiten.

Zunächst einmal: Sie hätte Hilta Ziegenfinder keinesfalls erlauben dürfen, ihr den Hexenbesen aufzudrängen. Es handelte sich um ein unberechenbares altes Exemplar, das nur des Nachts flog — und kaum schneller war als ein munterer Wanderer.

Der Levitationszauber wies bereits solche Abnutzungserscheinungen auf, daß er erst dann zu funktionieren begann, wenn man ihm vorher ein ausreichendes Bewegungsmoment verlieh. Genauer gesagt: Oma Wetterwachs hatte den einzigen Hexenbesen auf der ganzen Scheibenwelt, der nur dann aufstieg, wenn man vorher genügend Anlauf nahm.

Während Granny schon zum zehnten Mal über den Waldpfad stürmte, den Besen hoffnungsvoll in Schulterhöhe hielt und hingebungsvoll fluchte, fand sie eine Bärenfalle.

Das zweite Problem bestand darin, daß der Bär sie zuerst gefunden hatte. Nun, eigentlich war es eher ein Problem für den Bären: Granny kochte bereits aus anderen Gründen, holte mit dem *verflixten* Besen aus und traf Meister Petz direkt zwischen den Augen. Er hockte nun so weit von ihr entfernt, wie es die Grube zuließ. Und versuchte, fröhliche Gedanken zu denken.

Die alte Hexe verbrachte eine sehr unbequeme Nacht und legte bis zum nächsten Morgen einen nicht unerheblichen Vorrat an Ärger und Wut an. Als mit dem ersten Licht des Tages einige Jäger kamen und über den Rand der Grube spähten, sagte Granny:

»Wurde auch Zeit. Holt mich hier raus!«

Die verwirrten Gesichter wichen zurück, und Oma Wetterwachs vernahm einige nervös flüsternde Stimmen. Sie nickte zufrieden: Man hatte Besen und Hexenhut nicht übersehen.

Schließlich geriet ein bärtiger Kopf in ihr Blickfeld, eher widerstrebend, so als schiebe jemand den darin befestigten Körper vor.

»Äh«, begann er, »hör mal, mein Mütterchen...«

»Ich bin kein Mütterchen«, sagte Granny scharf. »Erst recht nicht deine. Wahrscheinlich weißt du nicht einmal, was eine Mutter ist. Du siehst mir ganz wie jemand aus, der ohne Mutter zur Welt kam. Vermutlich ist deine Mutter vor der Niederkunft weggelaufen.«

Sie achtete nicht darauf, daß sie all zu häufigen Gebrauch von dem Sub... von dem Subschtan... von dem Wort ›Mutter‹ machte. Ihrer Meinung nach kam es derzeit nicht auf verbalen Stil, sondern das richtige Maß Respekt an.

»Ist doch nur so eine Redensart«, erwiderte der Kopf kleinlaut.

»Von wegen Redensart und dergleichen! Du wolltest mich beleidigen!«

Es folgte eine weitere Beratung flüsternder Stimmen.

»Wenn ihr mich nicht bald rausholt«, sagte Oma Wetterwachs in einem Tonfall, der Erdbeben, Flutwellen, Massaker und *diwerse* Katastrophen ankündigte, »verliere ich die Geduld. Seht ihr meinen Hut? He, seht ihr ihn?«

Der Kopf kehrte zurück.

»Darum geht es ja gerade, jawoll«, erwiderte er. »Ich meine: Was wird geschehen, wenn wir dich hochziehen? Uns erscheint es weniger riskant, die Grube einfach zuzuschütten. Es ist natürlich nicht persönlich gemeint. Ich hoffe, du verstehst das.«

Plötzlich begriff Granny, was ihr an dem Kopf so seltsam erschien.

»Kniest du auf dem Boden?« fragte sie argwöhnisch. »Nein, du stehst aufrecht, nicht wahr? Ihr seid Zwerge!«

Raunen und Wispern.

»Na und?« antwortete der Kopf trotzig. »Paßt dir das nicht? Hast du vielleicht was gegen Zwerge?«

»Könnt ihr Hexenbesen reparieren?«

»Magische Besen?«

»Ja!«

Flüster. Flüster.

»Und wenn?«

»Nun, in dem Fall würde ich euch eine Übereinkunft vorschlagen...«

Das Dröhnen von Hammerschlägen hallte durch die Zwergengewölbe, aber es diente nur dazu, eine gewisse Geräuschkulisse zu schaffen. Die meisten Zwerge konnten nicht richtig nachdenken, wenn es still war, und Büroarbeit erfordert nun einmal ein gewisses Maß an Konzentration. Wer über die notwendigen finanziellen Mittel verfügte, stellte Kobolde ein und beauftragte sie, kleine Zeremonienambosse mit Ritualhämmern zu bearbeiten, so daß ständig ein angenehm entspannender Lärm herrschte.

Der Besen lag zwischen zwei Gerüsten. Oma Wetterwachs saß auf einem Felsvorsprung, während ein Zwerg, der ihr kaum bis zu den Hüften reichte und eine mit vielen Taschen ausgestattete Schürze trug, um den Holzstock herumging. Ab und zu betastete er ihn vorsichtig.

Schließlich gab er ihm einen Tritt und holte tief und bedeutungsvoll Luft. Es handelte sich um eine Art umgekehrtes Pfeifen, das geheime Erkennungszeichen aller Handwerker im Universum, und es wies darauf hin, daß sich etwas Teures anbahnte.

»Nuuuun«, sagte er. »Vielleicht sollte ich die Lehrlinge holen, damit sie sich dieses Ding ansehen. Ja, es wäre wirklich angebracht. Sie könnten eine Menge lernen.« Und: »Der Besen ist tatsächlich geflogen?«

»Wie ein Vogel«, bestätigte Granny.

Der Zwerg zündete sich eine Pfeife an. »Muß ein sehr interessanter Vogel sein«, brummte er nachdenklich. »Sicher exotisch und selten. Geradezu einzigartig.«

»Ja, ja«, seufzte die alte Hexe. »Kannst du den Besen reparieren? Ich hab's sehr eilig.«

Der Zwerg nahm betont langsam Platz.

»Was eine *Reparatur* betrifft...«, sagte er. »Nun, ich weiß nicht, ob eine *Reparatur* in Frage kommt. Wohl eher eine Neukonstruktion. Natürlich ist es heutzutage schwer, solche Borsten zu finden, und es gibt kaum mehr jemanden, der sie richtig binden kann. Dann der Levitationszauber...«

»Ich will keinen *neuen* Besen«, warf Granny ein. »Ich möchte nur, daß dieser hier zufriedenstellend funktioniert.«

»Weißt du, es ist ein altes Modell«, sagte der Zwerg ruhig. »Die frühen Versionen haben so ihre Tücken. Man muß das richtige Holz finden...«

Zwei knochige, dürre Hände zerrten ihn hoch, bis sich sein Kopf auf einer Höhe mit dem der alten Frau befand. Nun, Zwerge sind magische Geschöpfe und daher weitgehend gegen Hexerei und ähnliche Dinge immun. Allerdings fehlt es ihnen an thaumaturgischen Antikörpern, die vor einem durchdringenden Starren schützen. Oma Wetterwachs sah den kleinen Mann so fest an, als wolle sie ihm mit ihrem Blick die Augen verbrennen.

»Reparier den Besen!« zischte sie. »Bitte!«

»Ich soll *pfuschen?«* erwiderte der Zwerg. Seine Pfeife fiel mit einem hölzernen Klappern zu Boden.

»Ja.«

»Ihn zusammenflicken, meinst du? Meinen guten Ruf riskieren, indem ich keine gründliche Arbeit leiste?«

»Genau«, bestätigte Granny. Ihre Pupillen sahen aus wie zwei kleine schwarze Löcher.

»Oh«, knurrte der Zwerg. »Na gut.«

Der Karawanenführer Gander machte sich Sorgen.

Inzwischen waren sie drei Tagesreisen von Zemphis entfernt und kamen gut voran. Sie näherten sich einem hohen Paß, der durch eine ganz besondere Bergformation führte: Man nannte sie Scillas Pickel. (Es waren insgesamt acht, und Gander fragte sich oft, wer Scilla gewesen sein mochte und ob er Gefallen an ihr gefunden hätte.)

In der vergangenen Nacht hatten sich einige Gnolle dem Lager genähert und einem Wächter die Kehle durchgeschnitten. Es handelte sich um steinerne Kobolde, die recht flink auf den Beinen waren, sich durch einen unersättlichen Appetit auszeichneten und menschliches Fleisch für eine ausgesprochen leckere Delikatesse hielten. Gander schauderte, als er sich vorstellte, wie sie im Schutze der Dunkelheit heranschlichen, um über die Reisenden herzufallen. Doch bevor sie in den inneren Kreis des Lagers gelangten...

Niemand wußte genau, was geschehen war. Laute Schreie weckten die Schlafenden. Rasch schürten sie die Feuer, und der Zauberer Treatle beschwor ein magisches Licht, das die Nacht mit einem blauen Glanz erfüllte. In diesem Schein sahen die Männer und Frauen Dutzende von kleinen massiven Gestalten, die so überstürzt flohen, als seien die Legionen der Hölle hinter ihnen her.

Das Schicksal ihrer zurückgebliebenen Artgenossen deutete darauf hin, daß sie vermutlich den richtigen Eindruck gewannen. Gnollsplitter hingen an nahen Felsen, die daraufhin aussahen, als seien sie mit granitenem Lametta geschmückt. Gander hielt sich nicht damit auf, Mitleid für die betreffenden Geschöpfe zu empfinden — die Gastfreundschaft von Gnollen entsprach ungefähr der von Kannibalen, die seit Monaten nichts anderes als Rotkohl und Sauerkraut verspeisten. Aber er befand sich nicht gern an einem Ort, an dem *Etwas* die eher harten Körper einiger Gnolle so mühelos durchschnitt, als bestünden sie aus Butter, die eine halbe Stunde lang in der Sonne gelegen hatte. Kein Wunder, daß die überlebenden Unholde Hals über Kopf davonstürmten: Gander verspürte ebenfalls ein gewisses Zittern in den Beinen und mußte seine Füße mehrmals streng darauf hinweisen, daß sie den Befehlen des Gehirns zu gehorchen hatten und sich nicht etwa selbständig machen durften.

Vor allen Dingen beunruhigte ihn der Umstand, daß abgesehen von den Splittern keine Spuren zurückgeblieben waren.

Der Bereich außerhalb des Lagers wirkte wie glattgefegt.

Eine lange Nacht lag hinter ihnen, und der Morgen stellte keine sonderliche Verbesserung dar. Nur Esk sah sich aus wachen Augen um: Während des Angriffs der Gnolle hatte sie tief und fest geschlafen, und später klagte sie über seltsame Träume.

Gander empfand es als Erleichterung, den Weg fortzusetzen und die makabre Arena hinter sich zurückzulassen. Er fand, daß Gnolle innen nicht besser aussahen als außen. Ihre granitenen Gedärme beleidigten seinen Sinn für Ästhetik.

Eskarina saß in Treatles Wagen und unterhielt sich mit Simon. Er steuerte den Karren unbeholfen, während der Zauberer hinter ihnen versäumten Schlaf nachholte.

Simon legte offenbar großen Wert darauf, sich bei allen Dingen möglichst ungeschickt anzustellen. In dieser Hinsicht konnte man ihn mit Fug und Recht als einen Experten bezeichnen. Er gehörte zu jenen jungen Burschen, die nur aus Knien, Daumen und Ellenbogen zu bestehen schienen.

Es war ungewöhnlich anstrengend, ihn beim Gehen zu beobachten: Ständig erwartete man, daß Sehnen rissen oder dünne Knochen brachen. Wenn er zu sprechen versuchte und dabei in irgendeinem Wort ein S oder W entdeckte, verzog er in einem verbalen Krampfanfall das Gesicht. Die meisten Zuhörer leisteten ihm Erste Hilfe, indem sie den Satz für ihn beendeten – woraufhin Dankbarkeit in Simons Aknegesicht erstrahlte, so hell und schimmernd wie ein Sonnenaufgang auf dem Mond.

Derzeit tränten ihm die Augen. Er litt an Heuschnupfen.

»Wolltest du schon Zauberer werden, als du noch ein kleiner Junge warst?« fragte Esk.

Simon schüttelte den Kopf. »Ich wwww...«

»...wollte...«

»...nur herausfinden, wwww...«

»...wie...«

»...gew-wisse Dinge f-funktionieren. Irgend jemand aus meinem Heimatdorf b-benachrichtigte die Universität, und daraufhin schickte m-man Meister T-Treatle zu mir. Eines Tages wwww...«

»...werde?«

»...ich ein Zauberer sein, ja. Meister T-Treatle meint, die Theorie fiele mir erstaunlich l-leicht.« Simons feuchte Augen trübten sich, und so etwas wie Glückseligkeit leuchtete in den pickligen Zügen.

»Er h-hat mir gesagt, in der Unsichtbaren Universität g-gebe es T-Tausende von B-Büchern«, sagte er im Tonfall eines Mannes, der sich gerade bis über beide Ohren verliebt hatte. »M-Mehr Bücher, als man in seinem g-ganzen Leben l-lesen kann.«

»Nun, eigentlich halte ich nicht viel von Büchern«, erwiderte Esk wie beiläufig. »Papier kann doch nicht klug und gelehrt sein. Oma Wetterwachs meint immer, Bücher taugten nur dann etwas, wenn die Blätter dünn seien.«

»Nein, nein, da s-stimmt nicht«, widersprach Simon entsetzt. »Bücher s-sind voller Wwwww...«

»Worte?« fragte Esk nach kurzem Nachdenken.

»Ja. Und sie können V-veränderungen bewww-irken. G-Genau darum geht es m-mir. Ich wiwiwiwi...«

»...will?«

»...Klarheit gew-winnen. Ich wawawa... wewewe...«

»...weiß...«

»...daß sich das G-Geheimnis in irgendeinem der alten B-Bücher v-verbirgt. Es hhhh...«

»...heißt?«

»...es gebe k-keine neuen Zaubersprüche, aber d-das g-glaube ich nicht. Irgendw-wo wawawa...«

»...warten...«

»...ja, irgendwo wawaw... gibt es magische Wowo-wo...«

»...Wörter...?« erkundigte sich Eskarina. Sie wirkte in höchstem Maße konzentriert.

»...die kein Z-Zauberer kennt.« Simon schloß die Augen, lächelte selig und fügte hinzu: »*W*orte, die die *W*elt verändern *w*erden.«

»Was?«

»Hm?« erwiderte Simon und hob die Lider gerade noch rechtzeitig, um die Ochsen daran zu hindern, den Karren von der Straße zu ziehen.

»Du hast all die *W*s gesagt, ohne ein einziges Mal zu stottern!«

»Im Ernst?«

»Ich hab's deutlich gehört! Versuch es noch mal.«

Simon holte tief Luft. »Die *W*owowo... die *W*ewe-we...«, antwortete er und fügte hinzu:

»Die *W*awawa...«

»H-hat keinen Zweck«, meinte er schließlich. »M-manchmal kann ich g-ganz normal sss-sprechen, wenn ich nicht d-darüber nachdenke. M-Meister Treatle b-behauptet, ich sss-sei gegen etwas allergisch.«

»Gegen *W*s?«

»Nein, n-natürlich nicht, du dududu...«

»Vielleicht auch gegen Ds?« fragte Eskarina neugierig.

»...Dididi...«

»Dummes Ding?« warf das Mädchen hilfsbereit ein und runzelte nur andeutungsweise die Stirn.

»Ja. T-tut mir l-leid«, entschuldigte sich Simon und seufzte. »Es ist etwawawa...«

»...etwas...«

»...in der Luft. P-pollen vielleicht oder G-Grasstaub. Meister T-Treatle hat v-vergeblich v-versucht, die Ursache h-herauszufinden, aber er k-kann mir nicht einmal m-mit seiner M-Magie helfen.«

Der Wagen rumpelte durch einen schmalen Paß, und Simon starrte niedergeschlagen und trostlos auf die steilen orangefarbenen Felswände.

»Oma Wetterwachs hat mir einige Rezepte für Arzneien gegen Heuschnupfen genannt«, sagte Esk. »Vielleicht nützen sie was.«

Simon schüttelte den Kopf. Es schien nur eine Frage der Zeit zu sein, wann der Schädel von den Schultern fiel.

»Wiwiwi... ich habe alles ausprobiert«, sagte er. »Ach, ich wewewe...«

»...werde...«

»...bestimmt kein g-guter Zauberer, wwww-wenn ich nicht einmal die richtigen Wowowo... Zauberformeln aussprechen k-kann.«

»Es wäre durchaus möglich, daß sich in diesem Zusammenhang einige Probleme ergeben«, pflichtete ihm Eskarina bei. Eine Zeitlang beobachtete sie die Umgebung und überlegte stumm.

»Glaubst du, daß, äh, Frauen Zauberer werden können?« fragte sie vorsichtig.

Simon starrte sie groß an. Esk erwiderte seinen Blick herausfordernd.

Der Adamsapfel des jungen Mannes tanzte auf und ab, als er verzweifelt nach einem Satz fahndete, der nicht mit einem W begann. Schließlich sah er sich zu einigen Zugeständnissen gezwungen.

»Eine s-sonderbare Vorstellung«, entgegnete er. Er dachte eingehender darüber nach, begann zu lachen — und unterbrach sich jäh, als ihn Esks Miene warnte.

»Eine z-ziemlich komische Idee«, fügte er hinzu. Das breite Grinsen in den verheerten Zügen verflüchtigte sich und wich konfuser Verwirrung. »S-so etwas ist m-mir noch n-nie in den S-Sinn gekommen«, gestand er ein.

»Nun, können sie, oder können sie nicht?« Man hätte sich mit Esks Stimme rasieren können.

»Natürlich nicht. Das ist doch klar, Kindchen. Simon, widme dich wieder deinen Büchern!«

Treatle schob den Vorhang hinterm Kutschbock beiseite und kletterte auf die Sitzbank.

Drohende Panik nahm den gewohnten Platz in Simons Gesicht ein. Der Novize warf Esk einen flehentlichen Blick zu, als Treatle nach den Zügeln griff. Das Mädchen übersah ihn.

»Warum nicht?« fragte es trotzig. »Und was soll daran so klar sein?«

Treatle drehte den Kopf und blickte auf Eskarina herab. Bisher hatte er kaum auf sie geachtet, in ihr nur eine von vielen anderen Gestalten am abendlichen Lagerfeuer gesehen.

Als Vizekanzler der Unsichtbaren Universität hatte sich Treatle an namenlose Personen gewöhnt, die gelegentlich in seiner Nähe auftauchten und zwar notwendige, aber noch eher belanglose Pflichten wahrnahmen: Meistens räumten sie seine Wohnung auf oder servierten ihm das Essen. Er zeichnete sich durch jene Art von Dummheit aus, die manchmal recht intelligenten Personen zu eigen ist. Er war so taktvoll wie eine Lawine, so egozentrisch wie ein Tornado, aber andererseits hielt er Kinder nicht für wichtig genug, um unfreundlich zu ihnen zu sein.

Mit seinem langen weißen Haar, den Schnörkelstiefeln und allem anderen Zierrat entsprach er genau Eskarinas Vorstellung von einem Zauberer. Er trug einen mit astrologischen Symbolen geschmückten Mantel, hatte die richtigen buschigen Augenbrauen und einen würdevollen Bart, in dem sich nur hier und dort gelbe Nikotinflecken zeigten – Magier leben im Zölibat, aber trotzdem wissen sie eine gute Zigarre zu schätzen.

»Es dürfte dir klar werden, wenn du größer bist«, sagte er. »Wie dem auch sei: Deine Frage ist recht interessant und führt zu bemerkenswerten Vorstellungen. Ein weiblicher Zauberer! Eine *Zauberin!* Ebensogut könnte man männliche Hexen erfinden!«

»Hexenmeister«, sagte Eskarina.

»Wie bitte?«

»Oma Wetterwachs meint, Männer könnten keine Hexen werden«, erwiderte Esk. »Sie steht auf folgendem Standpunkt: Wenn Männer versuchen, Hexen zu sein, werden sie Zauberer.«

»Offenbar ist deine Oma eine sehr kluge Frau«, bemerkte Treatle.

»Sie sagt, Frauen sollten sich mit den Dingen begnügen, für die sie geeignet sind.«

»Klingt ausgesprochen vernünftig.«

»Sie sagt: Wenn Frauen so gut seien wie Männer, wären sie ein ganzes Stück besser.«

Treatle lachte.

»Oma Wetterwachs ist eine Hexe«, erklärte Esk und fügte in Gedanken hinzu: *Na, was hältst du davon, Herr Sogenannter Schlauzauberer?*

»Mein liebes kleines Fräulein – soll ich jetzt etwa schokkiert sein? Zufälligerweise habe ich großen Respekt vor Hexen.«

Eskarina runzelte die Stirn. Sie hatte mit einer anderen Antwort gerechnet.

»Tatsächlich?«

»Ja. Ich bin der Ansicht, die Hexerei stellt für Frauen ein vielversprechendes Betätigungsfeld dar. Ein sehr ehrenwerter Beruf, wenn du mich fragst.«

»Im Ernst?«

»O ja. Hexen sind sehr nützlich, insbesondere in bäuerlichen Regionen. Wenn es zum Beispiel darum geht, Kinder zur Welt zu bringen und so weiter. Doch man darf sie nicht mit Zauberern verwechseln. Mit Hilfe der Hexerei gestattet die Natur den Frauen Zugang zur Thaumaturgie im allgemeinen, aber dabei handelt es sich keineswegs um *hohe* Magie.«

»Ich verstehe«, sagte Esk gepreßt. »Keine hohe Magie.«

»O nein. Selbstverständlich ist Hexerei gut geeignet, um Menschen durchs Leben zu helfen, aber ...«

»Ich nehme an, Frauen haben einfach nicht genug Feingefühl, um Zauberer zu werden«, warf Esk ein. »Darauf willst du doch hinaus, oder?«

»Nun, ich bringe Frauen höchste Achtung entgegen«, erwiderte Treatle und überhörte die neue Schärfe in Eskarinas Stimme. »Sie offenbaren eine wahrhaft erstaunliche Leistungsfähigkeit, wenn ... wenn ...«

»Wenn es darum geht, Kinder zur Welt zu bringen und so weiter?«

»Stimmt haargenau«, bestätigte der Zauberer großzügig. »Aber ihr geistiges Gleichgewicht ist nicht – stabil genug. Frauen sind zu leicht reizbar. Weißt du, hohe Magie erfordert einen klaren Verstand, und frauliche Talente erstrecken sich leider nicht in diese Richtung. Weibliche Gehirne laufen ständig Gefahr, sich zu überhitzen.« Treatle suchte nach einem passenden Vergleich, aber da auf der Scheibenwelt Dinge wie Verbrennungsmotoren, Kolben und Einspritzpumpen als pseudomagischer Firlefanz galten, fiel ihm keiner ein. »Ich bedaure es sehr, dich enttäuschen zu müssen: Es gibt nur eine Tür zur Zauberei – das Haupttor der Unsichtbaren Universität. Und keine einzige Frau hat es jemals durchschritten.«

»Was hat es mit der hohen Magie auf sich?« fragte Esk.

Treatle lächelte freundlich.

»Hohe Magie, mein Kind«, sagte er in einem gönnerhaften Tonfall, »kann alle Wünsche erfüllen.«

»Oh!«

»Schlag dir also den Unsinn mit der Zauberei aus dem Kopf, in Ordnung?« fuhr Treatle fort. Sein Lächeln wurde noch herzlicher. »Übrigens – wie heißt du, Mädchen?«

»Eskarina.«

»Und warum bist du nach Ankh-Morpork unterwegs, kleine Eskarina?«

»Eigentlich wollte ich mein Glück versuchen«, murmelte Esk. »Aber so etwas scheint für Mädchen ebenfalls nicht in Frage zu kommen.« Sie hob den Kopf. »Bist du ganz sicher, daß Zauberer die Wünsche anderer Leute erfüllen?«

»Natürlich. Dazu dient die hohe Magie.«

»Ich verstehe.«

Die Karawane war nur wenig schneller als ein Spaziergänger. Esk sprang vom Kutschbock und zog den Zauberstab aus seinem Versteck unter einigen Säcken und Eimern. Als sie an den Karren und Tieren vorbeilief, quollen ihr Tränen in die Augen, und durch diesen feuchten Schleier warf sie einen kurzen Blick auf Simon. Er hielt ein offenes Buch in der Hand, strich die rückwärtige Plane des Wagens beiseite, musterte das Mädchen überrascht und begann zu stottern. Eskarina achtete nicht auf ihn, eilte weiter und wandte sich von der Straße ab.

Struppiger Stechginster strich ihr an den Beinen entlang, als sie an einer Lehmböschung hinaufkletterte. Kurz darauf stürmte sie über ein felsiges, von orangefarbenen Klippen gesäumtes Plateau.

Esk blieb erst stehen, als sie sich gründlich verirrt hatte. Sie war schon öfter zornig gewesen, aber noch nie so wie jetzt. Normale Wut glich jener roten Flamme, die in einem Brennofen züngelt, wenn man dort gerade das Feuer entzündet hat: Sie bestand nur aus einem düsteren Glühen und stiebenden Funken. Doch in Eskarina brodelte etwas anderes, eine Glut, die vom Blasebalg geschürt wurde, so heiß, daß sie Eisen schmelzen konnte.

Eskarinas Leib prickelte, und sie spürte, wie der seltsame Druck in ihr zunahm, nach einer Möglichkeit suchte, sich zu entladen.

Warum sehnte sie sich immer dann nach der großen Macht der Zauberei, wenn Oma Wetterwachs über Hexerei sprach? Und warum fühlte sie sich immer dann bereit, die angeblich niedere Magie bis zum letzten Atemzug zu verteidigen, wenn sie die ein wenig schrill klingende Stimme Treatles vernahm? Sie wollte beides – oder gar nichts. Je häufiger man versuchte, sie daran zu hindern, sie zur ›Vernunft‹ zu bringen, wie es hieß, desto entschlossener war sie, ihr Ziel zu erreichen.

Eskarina hatte die feste Absicht, Hexe *und* Zauberin zu werden. Und sie würde es allen anderen *zeigen.*

Sie nahm vor einem niedrigen Wacholderbusch am Rande eines steilen glatten Hanges Platz, und in ihrem Bewußtsein gaben sich Pläne und siedender Ärger ein Stelldichein. Sie spürte, wie man dicht vor ihr Türen zuschlug, die sie gerade erst öffnen wollte. Es gab keinen Grund, an Treatles Worten zu zweifeln: Sie durfte nicht damit rechnen, daß man ihr Zugang zur Unsichtbaren Universität gewährte. Es genügte nicht nur, einen Zauberstab zu haben, um ein Magier zu sein. Esk brauchte eine angemessene Ausbildung, und offenbar war niemand bereit, sie in die Geheimnisse der Zauberei einzuweihen.

Die Mittagssonne brannte auf die felsige Landschaft herab, und die Luft roch nach Bienen und Kräutern. Esk streckte sich auf dem harten Untergrund aus, und durch das Geflecht aus Blättern beobachtete sie das fast purpurne Himmelsgewölbe. Irgendwann schlief sie ein.

Wer Magie verwendet, neigt dazu, auf eine ebenso realistische wie beunruhigende Weise zu träumen. Dafür gibt es natürlich einen guten Grund, aber wenn Zauberer darüber nachdenken, können sie ziemlich sicher sein, kurz darauf an einem Alpdruck zu leiden.

Tatsache ist, daß die Überlegungen von Zauberern Gestalt geben können. Hexen arbeiten normalerweise mit dem, was bereits existiert, aber ein wirklich guter und fähiger Zauberer ist imstande, seiner Phantasie eine feste Form zu verleihen. Vermutlich bestünde kaum die Gefahr möglicherweise fataler Konsequenzen, wenn die kleine Blase aus flackerndem Schimmern, die man für gewöhnlich als ›Universum der Raumzeit‹ bezeichnet, nicht zu einem weitaus größeren Kosmos gehörte, dessen Eigenschaften man mit den Worten ›unangenehm‹ und ›unberechenbar‹ recht treffend beschreiben kann. Sonderbare *Dinge* grunzen und knurren dicht hinter den dünnen Pallisaden der Normalität, und aus tiefen Rissen am Ende der Zeit antwortet ihnen ein düster klingendes Heulen und Schnattern. Es stammt von einem so gräßlichen *Etwas*, daß sich sogar die Finsternis davor fürchtet.

Die meisten Leute haben keine Ahnung davon, was auch ganz in Ordnung ist: Die Welt könnte nicht sehr gut funktionieren, wenn alle Menschen im Bett bleiben und sich die Decke über den Kopf zögen. Genau das geschähe nämlich, wenn sie wüßten, welche Schrecken nur eine Schattenbreite entfernt lauern.

Das Problem sieht folgendermaßen aus: Viele an Magie und Mystizismus interessierte Personen verbringen einen großen Teil ihrer Zeit damit, am Rande des Lichts herumzutrödeln, und dadurch erwecken sie die Aufmerksamkeit der Wesen aus den Kerkerdimensionen. Jene Geschöpfe benutzen sie dann in ihrem unermüdlichen Bemühen, in diese spezielle Realität zu gelangen.

Viele Menschen sind in der Lage, genügend Widerstand zu leisten, doch die ständigen Sondierungen der *Dinge* sind gerade im Schlaf am stärksten.

Bel-Shamharoth, C'hulagen der Schnüffler: Die dunklen Unheilsgötter des Nekrotelicomnicon (einigen dem Wahnsinn anheimgefallenen Adepten ist dieses Buch auch unter dem wahren Namen *Liber Paginarum Fulvarum* bekannt) warten nur darauf, sich in einen schlummernden Geist zu schleichen. Die von ihnen verursachten Träume sind oft recht exotisch und alles andere als erfreulich.

Nach ihren Erfahrungen im Anschluß an das erste Borgen hatte sich Eskarina bereits an solche Visionen gewöhnt, und das Entsetzen wich zum größten Teil einem vertrauten Empfinden. Als sie sich auf einer glitzernden staubigen Ebene wiederfand und über sich fremde Sternbilder sah, wußte sie sofort, daß ihr ein neuer Alptraum bevorstand.

»Verflixt!« murmelte sie. »Na schön, wenn's unbedingt sein muß... Zeigt euch, ihr Ungeheuer! Ich hoffe nur, daß ich mir nicht schon wieder euren Freund mit dem Schnekkengesicht ansehen muß.«

Doch diesmal schien sich die allgemeine Choreographie verändert zu haben. Als sich Esk umdrehte, fiel ihr Blick auf ein großes schwarzes Schloß. Die Türme reichten bis zu den Sternen empor. Helles Licht und strahlende Blitze glänzten, und von den hohen Wehrgängen ertönte bezaubernde Musik. Das aus zwei Flügeln bestehende große Tor stand einladend offen. Alles deutete darauf hin, daß in der dunklen Bastion ein fröhliches Fest stattfand.

Esk stand auf, strich sich silbernen Sand vom Kleid und ging los.

Sie hatte das Tor fast erreicht, als es sich plötzlich schloß. Eigentlich bewegte es sich überhaupt nicht: In der einen Sekunde war es weit geöffnet, und in der nächsten bildete es eine hohe Barriere vor dem Mädchen. Ein grollendes Donnern hallte über die eintönige Landschaft und erschütterte den Horizont.

Esk streckte die Hand aus und berührte die riesige Pforte. Die Schwärze schien das Licht zu schlucken und fühlte sich noch kälter an als Gletschereis. Rauhreif bildete sich auf dem Tor.

Eskarina hörte etwas und wandte sich um. Der Zauberstab — er sah jetzt nicht mehr wie ein Besen aus — stand aufrecht im Sand. Kleine Würmer aus funkelndem Glühen krochen über das polierte Holz und die Schnitzmuster, die niemand genau erkennen konnte.

Das Mädchen griff nach dem Stab und hämmerte damit an die große Doppeltür. Oktarine Funken stoben, doch das nachtschwarze Metall zeigte nicht einmal einen Kratzer.

Esk kniff die Augen zusammen. Erneut hob sie den Zauberstab und konzentrierte sich, bis ein dünner Strahl aus geballter Magie über das Tor glitt. Die dünne Eisschicht darauf verdampfte, aber die Dunkelheit — inzwischen war Esk sicher, daß es sich nicht um Metall handelte — nahm die thaumaturgische Energie auf, ohne irgendeine Wirkung zu offenbaren. Das Mädchen strengte sich noch mehr an: Die Hälfte der im Stab gespeicherten Zauberei entlud sich in einem so grellen Blitz, daß Eskarina die Augen schließen mußte und dennoch geblendet wurde.

Dann verblaßte das Glitzern.

Nach einigen Sekunden trat Esk zögernd vor und berührte vorsichtig das Tor. Die Kälte gefror ihr fast die Fingerkuppen.

Und im Bereich der Zinnen weit oben kicherte jemand. Ein eindrucksvolles lautes Dämonenlachen mit vielen dumpfen Echos wäre nicht annähernd so schlimm gewesen wie dieses schadenfrohe Höhnen.

Es hielt eine ganze Weile an, und Esk konnte sich nicht daran erinnern, jemals ein gräßlicheres Geräusch vernommen zu haben.

Sie erwachte schaudernd. Es war lange nach Mitternacht, und die Sterne wirkten kalt und klamm. Eskarina fühlte sich von einer geschäftigen, geradezu hektisch anmutenden Stille umgeben, verursacht von vielen pelzigen kleinen Tieren, die nach einem späten Abendessen Ausschau hielten und gleichzeitig versuchten, nicht zum Hauptgang zu werden.

Ein sichelförmiger Mond neigte sich dem Horizont entgegen, und am Rand der Scheibenwelt zeigte sich matte Gräue. Sie deutete entgegen aller Wahrscheinlichkeit darauf hin, daß ein neuer Tag begann.

Jemand hatte Eskarina in eine Decke gehüllt.

»Ich weiß, daß du wach bist«, erklang die Stimme von Oma Wetterwachs. »Du könntest dich nützlich machen und ein Feuer anzünden. Holz gibt's hier genug.«

Esk setzte sich auf und griff nach einem Zweig des Wacholderbusches. Sie fühlte sich leicht genug, um einfach fortzuschweben.

»Ein Feuer ... anzünden?« murmelte sie.

»Ja«, erwiderte die alte Hexe verdrießlich, »du weißt schon, was ich meine. Du brauchst nur die Hand auszustrecken, und schon züngeln Flammen in die Höhe.« Sie hockte auf einem Felsen und versuchte, eine Sitzhaltung zu finden, die nicht den Unwillen ihrer Arthritis erregte.

»Ich glaube, das kann ich nicht.«

»Ach?« erwiderte Granny. Es klang tadelnd.

Sie beugte sich vor und legte Esk die Hand auf die Stirn. Das Mädchen hatte ein Eindruck, von einer mit heißen Würfeln gefüllten Socke berührt zu werden.

»Du hast Fieber«, stellte Oma Wetterwachs fest. »Zuviel Sonne und kalter Boden. So ist das eben in weiter Ferne.«

Esk sank nach vorn, bis ihr Kopf auf Grannys Schoß ruhte und sie den vertrauten Duft von Kampfer, verschiedenen Kräutern und einem Hauch Ziege wahrnahm. Granny strich ihr übers Haar und hoffte, daß diese Geste tröstend wirkte.

Nach einer Weile sagte Eskarina leise: »Ich fürchte, man wird mich nicht in die Universität aufnehmen. Ein Zauberer teilte mir mit, Frauen hätten dort nichts zu suchen, und außerdem habe ich davon geträumt. Es war einer von jenen wahren Träumen, von den Metta-und-so-weiter.«

»Mettaffer«, warf Granny ruhig ein.

»Bist du sicher, daß du kein Lametta meinst?«

»Sogar ganz sicher.«

»Nun, einer von denen«, seufzte Esk.

»Hast du etwa mit überhaupt keinen Schwierigkeiten gerechnet?« fragte Granny. »Wolltest du einfach durchs Tor marschieren und mit deinem Stab winken? Hier bin ich. Ich möchte Zauberin werden. Besten Dank für eure Hilfe!« Mißbilligend schüttelte sie den Kopf.

»Der Magier sagte, die Universität dulde keine Frauen. Aus Prinschip.«

»Da irrt er sich.«

»Nein, nein, er meinte es ernst. Daran zweifle ich nicht. Weißt du, Oma, ich konnte deutlich spüren ...«

»Dummes Kind! Du hast nur gespürt, daß er die Wahrheit sagte. Aber die Welt ist nicht immer so, wie sie bestimmte Leute sehen.«

»Ich verstehe nicht...«, erwiderte Esk.

»Du mußt noch viel lernen«, sagte Granny großzügig. »Äh, was deinen Traum betrifft: Man wollte dich also nicht in die Universität lassen?«

»Nein. Und sie lachten über mich.«

»Und dann hast du versucht, das Tor niederzubrennen?«

Esk drehte langsam den Kopf, der noch immer auf Grannys Schoß lag. Sie öffnete ein Auge und blickte argwöhnisch zu der alten Hexe hinauf.

»Woher weißt du das?«

Oma Wetterwachs lächelte wie eine verschmitzte Eidechse.

»Ich war einige Meilen entfernt und begann eine mentale Suche nach dir«, antwortete sie. »Plötzlich gewann ich den Eindruck, als seist du überall. Dein Bewußtsein strahlte wie ein Leuchtturm. Und das Feuer... Nun, sieh dich um!«

Im trüben Licht der Morgendämmerung bot sich das Plateau als eine Landschaft aus gebranntem Ton dar. Die Klippe vor Esk schimmerte glasig und hatte sich offenbar zum Teil verflüssigt. Hier und dort zeigten sich tiefe Spalten, die von Lavaströmen stammten. Das Mädchen horchte einige Sekunden lang und hörte das leise Knacken abkühlenden Gesteins.

»Oh!« murmelte Eskarina. »Dafür bin ich verantwortlich?«

»Ich glaube schon«, bestätigte Granny.

»Aber ich habe geschlafen! Und geträumt!«

»Es ist die Magie«, erklärte Oma Wetterwachs. »Sie versucht, sich zu entladen. Hexerei und Zauberei in dir, äh, verstärken sich irgendwie. Nehme ich an.«

Esk biß sich auf die Unterlippe.

»Was soll ich nur tun?« fragte sie. »Ich träume dauernd von irgendwelchen Dingen.«

»Nun, zuerst einmal müssen wir zur Universität«, entschied Granny. »Die dort lehrenden Zauberer sind bestimmt an Novizen gewöhnt, die ihre Magie noch nicht beherrschen und an, äh, heißen Träumen leiden. Andernfalls wäre das Gebäude schon vor langer Zeit niedergebrannt.«

Sie beobachtete den fernen Rand der Scheibenwelt und richtete den Blick dann auf den Hexenbesen.

Autor (und Übersetzer) verzichten hier darauf, folgende Geschehnisse in allen Einzelheiten zu beschreiben: die mehrmaligen Anläufe, die häufigen Justierungen der Besenborste, das wiederholte Verfluchen von Zwergen, die kurzen Augenblicke der Hoffnung, wenn der magische Motor zu stottern begann, angestrengtes Keuchen, wenn stelzenartige Beine über gebrannten Ton eilten, neuerliches Fluchen, das plötzliche Funktionieren eines abgenutzten Levitationszaubers, Hände, die sich hastig am hölzernen Stiel festklammerten, ein langsames Aufsteigen...

Esk hockte unsicher auf dem Hexenbesen, als sie in einer Höhe von fast hundert Metern gemütlich dahinzuckelten. Einige Vögel folgten ihnen und zeigten großes Interesse an dem Ding, das sie für einen fliegenden Baum hielten.

»Verschwindet endlich!« rief Granny und winkte mit ihrem Hut.

»Wir sind ziemlich langsam«, stellte Esk schüchtern fest.

»Ich habe nicht die geringste Absicht, irgendeinen Geschwindigkeitsrekord zu brechen.«

Esk drehte den Kopf. Der Scheibenweltrand hinter ihnen erschimmerte in goldenem Glanz. Wolkenschleier bildeten zartgemusterten Flaum.

»Ich glaube, wir sollten tiefergehen«, schlug Eskarina drängend vor. »Du hast doch gesagt, daß der Besen nur des Nachts fliegt.« Sie beobachtete die Landschaft unter ihnen. Sie wirkte nicht gerade gastfreundlich, sah scharfkantig und irgendwie... erwartungsvoll aus.

»Ich weiß genau, was ich tue, kleines Fräulein«, erwiderte Oma Wetterwachs scharf, schloß die Hände fester um den Stiel und versuchte sich so leicht wie möglich zu machen.

Es wurde bereits erwähnt, daß das Licht der Scheibenwelt recht langsam und träge ist. Der Grund: ein weites und starkes Feld aus Magie.

Mit anderen Worten: Die Morgendämmerung setzt nicht so plötzlich ein wie auf anderen Welten. Der neue Tag beginnt eher zögernd, strömt mit der typischen Eile von dickflüssigem Sirup über die Landschaft, vergleichbar mit den ersten Ausläufern der Flut, die sich über einen breiten Strand tasten und behutsam Anspruch auf die Sandburgen des vergangenen Abends erheben. Das Morgengrauen neigt dazu, hohen Bergen auszuweichen. Wenn Bäume dicht nebeneinander stehen, tropft es arg mitgenommen aus Wäldern und hinterläßt breite Streifen der Dunkelheit.

Ein Beobachter, der sich in ausreichender Höhe befindet — zum Beispiel jemand, der auf einer Zirrus-Schichtwolke in den obersten Bereichen der Atmosphäre steht —, beschriebe sicher begeistert, mit welcher glitzernden Pracht sich das Licht auf der Scheibenwelt ausbreitet, wie es über weite Ebenen springt und an Felshängen hinaufkriecht, wie...

Nun, andererseits gibt es bestimmt Beobachter, die angesichts einer solchen Schönheit darauf hinweisen, daß schweres Licht absurd ist und man es gar nicht sehen könnte, wenn es tatsächlich so etwas gäbe. Woraufhin man erwidern sollte: Und wie kommt es dann, daß du auf einer Wolke stehst, hm?

Zynismus? Mag sein. Aber wie dem auch sei: Unten, dicht über der Oberfläche der Scheibenwelt, schwebte ein Hexenbesen mit zwei Passagieren dahin und versuchte, der zurückweichenden Nacht zu folgen.

»Granny!«

Der Tag flutete ihnen entgegen. Die Felsen weiter vorn schienen Feuer zu fangen, als das Licht über sie hinwegspülte. Oma Wetterwachs spürte, wie der Stiel unter ihr erzitterte, und voller Unbehagen beobachtete sie die unter ihnen fliehenden Schatten. Erschreckend rasch näherten sie sich dem Boden.

»Was passiert, wenn wir aufprallen?«

»Kommt ganz darauf an, ob wir weiche Steine finden«, erwiderte Granny. Ihre Stimme klang zumindest ein wenig besorgt.

»Wir verlieren immer mehr an Höhe! Können wir denn gar nichts dagegen unternehmen?«

»Was hältst du davon, wenn wir uns Flügel wachsen lassen?«

»Granny«, sagte Esk in jenem verzweifelten und erstaunlich erwachsenen Tonfall, den Kinder benutzen, um eigensinnige alte Leute zu schelten, »ich glaube, du verstehst nicht ganz. Ich möchte nicht auf den Boden schlagen. Ich habe überhaupt nichts gegen ihn.«

Granny leitete die gedankliche Rasterfahndung nach einem geeigneten Zauberspruch ein und bedauerte zutiefst, daß Felsen gegen Pschikologie immun waren. Ihr entging die diamantene Schärfe in Eskarinas Stimme, und deshalb ließ sie sich zu einer Antwort hinreißen, die sie gleich darauf bedauerte: »Sag das dem Besen!«

Unter anderen Umständen wären sie tatsächlich aufgeprallt. Oma Wetterwachs erinnerte sich gerade noch rechtzeitig daran, den Hut festzuhalten und tief Luft zu holen. Der hölzerne Stiel unter ihr erzitterte mehrmals, neigte sich nach vorn, und...

...die Landschaft sauste konturlos unter ihnen hinweg.

Eigentlich schloß sich ein sehr kurzer Flug an, aber Granny wußte, daß sie sich bis an ihr Lebensende daran erinnern würde. Sie befürchtete, daß er sich in einen Alpdruck verwandelte, der sich vorzugsweise um drei Uhr morgens in ihre Träume stahl, nach einer zu schweren Mahlzeit am Abend. Einige Dinge brannten sich fest in ihr Gedächtnis ein: die bunten Regenbogenfarben, die an ihr vorbeisausten, das schreckliche Gefühl, plötzlich dreimal so schwer zu sein wie noch vor wenigen Augenblicken, der Eindruck, daß irgend etwas Großes und sehr Schweres auf dem Universum hockte und es langsam zerquetschte.

Sie entsann sich auch an Esks fröhliches Lachen, daran, daß sie vergeblich danach trachtete, die rasende Geschwindigkeit des Besens um mindestens neunundneunzig Prozent zu reduzieren: Ganze Gebirge flitzten mit einem jähen *Wusch* unter ihnen hinweg.

Vor allem aber würde sie sich immer daran erinnern, wie sie die Nacht *einholten.*

Sie erschien voraus: eine gezackte dunkle Linie, die dem gnadenlosen Morgen zu entkommen versuchte. In entsetzter Begeisterung stellte Granny fest, wie sich aus dem Streifen ein Fleck bildete, der rasch in die Breite wuchs und schließlich einen großen schwarzen Kontinent bildete, der ihnen entgegenzurasen schien.

Für den Hauch eines Augenblicks ritten sie auf dem Wellenkamm des Morgengrauens, das mit einem lautlosen Donnern übers Land gischtete. Kein Surfer hatte jemals eine solche Woge bezwungen. Der Hexenbesen tauchte einfach durch das Brodeln aus Licht und glitt mühelos durch kühle Finsternis.

Granny ließ den angehaltenen Atem langsam entweichen.

Die Dunkelheit kam einer Medizin gleich, die den Schrecken des Fluges ein wenig linderte. Und sie bedeutete auch, daß der Besen die Reise mit Hilfe seiner eigenen altersschwachen Magie fortsetzen konnte, wenn Esk plötzlich die Lust verlor.

»!« sagte Granny und räusperte sich. Ihre Kehle war knochentrocken. »Esk?«

»Macht Spaß, nicht wahr? Wie ich das wohl fertiggebracht habe?«

»Ja, ein ausgesprochen vergnügsamer Flug«, erwiderte Granny unsicher. »Aber hättest du was dagegen, wenn ich jetzt wieder das Steuer übernehme? Ich möchte vermeiden, daß wir über den Rand hinausrasen. Bitte?«

»Stimmt es, daß ein gewaltiger Wasserfall über die Kante der Welt spritzt?« fragte Eskarina. »Und wenn man dort in die Tiefe blickt — kann man dann Sterne beobachten?«

»Ja. Ich schlage vor, wir fliegen jetzt etwas langsamer.«

»Das sähe ich mir gern an.«

»Nein! Ich meine, nicht jetzt. Bei einer anderen Gelegenheit.«

Der Besen wurde langsamer, und die Regenbogenblase platzte mit einem deutlich hörbaren *Plopp*. Oma Wetterwachs fühlte nicht den geringsten Ruck, nicht einmal ein leichtes Zittern, als der Stiel den Flug wesentlich langsamer fortsetzte.

Granny legte schon seit vielen Jahren großen Wert auf den Ruf, die Antworten auf alle möglichen Fragen zu wissen. Daher kam es für sie einer bemerkenswerten Leistung gleich, sich selbst so etwas wie Verwirrung einzugestehen. Die Würmer der Neugier fraßen sich in den (symbolisch faulen) Apfel ihres Bewußtseins.

»Wie hast du das fertiggebracht?« stieß sie schließlich hervor.

Eine Zeitlang herrschte hinter ihr nachdenkliche Stille. Dann erwiderte Esk: »Ich weiß es nicht. Ich wollte es einfach nur und entwickelte eine entsprechende Vorstellung. Es ist so, als versuche man, sich an etwas zu erinnern, das man vergessen hat.«

»Ja, aber *wie?«*

»Keine Ahnung. Vor meinem inneren Auge formte sich ein Bild, das die Dinge zeigte, wie ich sie mir wünschte. Und ich ... ich wurde irgendwie Teil dieses Bildes.«

Granny starrte in die Nacht. Von einer derartigen Magie hörte sie jetzt zum erstenmal, aber sie klang mächtig — und möglicherweise tödlich. Teil eines Bildes werden! In einem Punkt bestand kein Zweifel: Jede Magie veränderte die Welt in gewisser Weise. Zauberer hielten das für völlig normal: Es kam ihnen gar nicht in den Sinn, die Welt so zu lassen, wie sie war, und statt dessen die auf ihr lebenden

Menschen zu verändern. Aber Esks Hinweis schien wortwörtlich gemeint zu sein. Oma Wetterwachs entschied, eingehend darüber nachzudenken. Mit festem Boden unter den Füßen.

Zum erstenmal in ihrem Leben fragte sich Granny, ob jene Bücher, die sich seit einiger Zeit immer größerer Beliebtheit erfreuten, nicht doch etwas Wertvolles enthielten – obgleich sie sich einige Zweifel in Hinsicht auf den moralischen Wert von dergleichen beschriftetem Papier bewahrte. Immerhin hieß es, einige Bücher seien von Toten verfaßt worden, und deshalb kam es fast Nekromantie gleich, solche Werke zu lesen. Es gab viele Dinge im Multiversum, die Granny verabscheute, und an erster Stelle dieser langen Liste standen Gespräche mit Toten, die im Grunde genommen genug eigene Probleme hatten.

Aber nicht annähernd so viele wie sie – davon war Oma Wetterwachs fest überzeugt. Gedankenverloren blickte sie auf die dunkle Landschaft hinab und wunderte sich darüber, daß unter ihr Sterne leuchteten.

Für einige Sekunden, die sie einem Herzinfarkt nahe brachten, befürchtete sie, daß sie tatsächlich über den Rand der Scheibenwelt hinweggeflogen waren. Dann stellte sie fest, daß die kleinen Punkte unter ihr in einem gelben Licht glühten und flackerten. Außerdem: Wer hatte jemals davon gehört, daß Sterne in so gleichmäßigen Mustern angeordnet waren?

»Sehr hübsch«, meinte Esk. »Ist das eine Stadt?«

Granny kniff die Augen zusammen und sah sich gründlich um. Wenn es sich um eine Stadt handelte, dann um eine ziemlich große. Versuchsweise schnupperte sie einige Male. Tatsächlich: Der Ort unter ihnen roch *menschlich.*

Die aufsteigende Luft duftete nach Weihrauch, Korn, Gewürzen und Bier, aber die bestimmenden Gerüche stammten von einem hohen Grundwasserspiegel, Tausenden von Städtern und einem eher primitiven Müllbeseitigungssystem.

Oma Wetterwachs gönnte sich ein mentales Schaudern.

Der Tag blieb ihnen dicht auf den Fersen. Sie hielt nach einem Bereich Ausschau, in dem es größere Abstände zwischen den Fackeln und Lampen gab. Granny deutete das als Anzeichen für arme Stadtviertel und vermutete, daß die dort wohnenden Bürger nichts gegen Hexen einzuwenden hatten. Mit neuer Entschlossenheit setzte sie zur Landung an.

Sie befanden sich nur noch anderthalb Meter über dem Boden, als das Morgengrauen sie zum zweitenmal erreichte.

Das Tor war tatsächlich riesig und schwarz, und es erweckte den Anschein, als bestehe es aus massiver Finsternis.

Granny und Esk standen in der Menge, die auf dem Platz vor der Universität wartete. Neugierig blickten sie an den Mauern hoch.

»Ich frage mich, wie man ins Gebäude gelangt«, sagte Esk schließlich.

»Vermutlich durch Magie«, erwiderte Granny griesgrämig. »Typisch für Zauberer. Normale Leute hätten eine Klinke angebracht.«

Oma Wetterwachs hob den Besen und winkte in Richtung der hohen Pforte.

»Bestimmt muß man irgendeinen Hokuspokus beschwören, damit sich das Tor öffnet.« Verdrießlich fügte sie hinzu: »Würde mich überhaupt nicht wundern.«

Schon seit drei Tagen hielten sie sich in Ankh-Morpork auf, und Granny mußte zu ihrer Überraschung feststellen, daß sie langsam Gefallen an der Stadt fand. Sie wohnten in den *Schatten*, einem alten Viertel, dessen Bewohner vorwiegend während der Nacht... nun, arbeiteten. Außerdem steckten sie ihre Nasen nicht in die Angelegenheiten anderer Leute, denn mit Neugier konnte man sich nicht nur die Finger verbrennen, sondern auch ein unrühmliches Ende im Fluß finden. Wer mit einigen handlichen Steinen beschwert wird, die mindestens hundert Kilo wiegen, hat eine nur noch sehr begrenzte Lebenserwartung – es sei denn, er lernt es rechtzeitig, unter Wasser zu atmen. Bisher ist kein solcher Fall bekannt. Esks und Grannys Unterkunft befand sich im obersten Stock eines Gebäudes, das auch die gut bewachten Büros und umfangreichen Lager eines Kaufmanns beherbergte, der mit ehrbarem Diebesgut handelte. Hehler hielten eine Menge von Verschwiegenheit, und das kam der alten Hexe sehr gelegen.

Kurz gesagt: In den Schatten wimmelte es von mißachteten Göttern, konzessionslosen Dieben, Damen, die das Nachtleben liebten (und rasch wechselnde männliche Gesellschaft mit vollen Börsen), Hausierern, verstohlenen Gestalten, die in dunklen Nischen und Gassen verbotene Traumkräuter anboten, übergeschnappten Alchimisten, die behaupteten, es sei ihnen gelungen, Gold in Blei zu verwandeln (was sie bewiesen, indem sie gelbe Münzen entgegennahmen und graue zurückgaben), Schurken, Gaunern, Halunken, Idioten und einigen wenigen Narren, die tatsächlich glaubten, sich mit ehrlicher Arbeit den Lebensunterhalt verdienen zu können. Anders ausgedrückt: Es handelte sich um die Schmiere im Achslager der Zivilisation.

Zwar lebten in jenem Viertel viele Menschen, die normale Magie zu schätzen wußten, aber erstaunlicherweise herrschte ein erheblicher Mangel an Hexen. Innerhalb weniger Stunden verbreitete sich die Nachricht von Grannys Ankunft, und Dutzende von Bittstellern schlichen, krochen oder gingen zu ihr. Sie erkundigten sich nach Elixieren und Heiltränken, fragten nach Talismanen, Unheilsbannern und der nahen Zukunft, bezahlten für persönliche und spezielle Dienste, die Hexen traditionell solchen Personen leisten, in deren Existenz es einige Gewitterwolken oder gar tosende Orkane gab.

Die anfängliche Verärgerung von Oma Wetterwachs wich Verlegenheit, und es dauerte nicht lange, bis sie sich geschmeichelt fühlte. Ihre Kunden brachten Geld mit, das sie durchaus gebrauchen konnte, aber sie beglichen ihre

Rechnungen auch mit Respekt, und das war eine besonders harte Währung.

Schon nach kurzer Zeit spielte Granny mit dem Gedanken, sich ein größeres Heim samt Garten zuzulegen und ihre Ziegen holen zu lassen. Aus dem Gestank mochte sich ein Problem ergeben, aber damit mußten ihre Tiere eben fertig werden.

Zusammen mit Eskarina hatte sie weite Streifzüge durch Ankh-Morpork unternommen und sich die Docks angesehen, Dutzende von Brücken, die Märkte und Basare, die Straßen, die von vielen Tempeln gesäumt wurden. Granny versuchte die sakralen Bauten zu zählen und wirkte dabei sehr nachdenklich: In der Regel verlangten Götter von denen, die sie verehrten, sich auf eine Weise zu verhalten, die ihrer eigentlichen Natur widersprach. Der menschliche Fallout, der auf diese Weise entstand, garantierte Hexen für gewöhnlich einen großen Kundenkreis.

Die befürchteten Schrecken der Zivilisation bewiesen eine erstaunliche Zurückhaltung und beschränkten sich auf einen Dieb, der versuchte, Grannys Handtasche zu stehlen. Die Passanten in der Nähe blieben verblüfft stehen, als Oma Wetterwachs den Mann zurückrief — und der Übeltäter gehorchte. Seine Beine bewegten sich von ganz allein, und mit wachsender Verzweiflung versuchte der Dieb, zumindest die Beherrschung der Füße zurückzugewinnen. Niemand wußte genau, was geschah, als Oma Wetterwachs erst in die Augen des Halunken sah und ihm dann etwas ins aufmerksam lauschende Ohr flüsterte, aber der Mann gab Granny nicht nur ihr Geld zurück, sondern auch einen Beutel mit Münzen, die aus anderen Börsen stammten. Bevor sie ihn gehen ließ, versprach der Dieb, sich zu rasieren, sich zu waschen und für den Rest seines Lebens fromm und anständig zu sein. Bis zum Einbruch der Nacht war die Beschreibung der alten Hexe in den wichtigsten Niederlassungen der Gilde bekannt, in der sich die Diebe, Betrüger, Einbrecher und

Verbündete Gewerbe* zusammengeschlossen hatten. Es wurde die strikte Anweisung erteilt, Oma Wetterwachs um jeden Preis zu meiden. Diebe sind größtenteils Geschöpfe der Nacht und wissen daher, wann und wo Gefahr droht.

Granny schrieb zwei weitere Briefe an die Unsichtbare Universität und bekam keine Antwort.

»Der Wald hat mir besser gefallen«, sagte Esk.

»Ich weiß nicht«, erwiderte Oma Wetterwachs. »Eigentlich unterscheidet sich diese Stadt gar nicht so sehr davon. Und wie dem auch sei: Die Leute hier begegnen einer Hexe mit dem angebrachten Respekt.«

»Sie sind sehr freundlich«, gestand Eskarina ein. »Kennst du das Haus unten an der Straße? Ich meine das Gebäude, in dem die dicke Tante mit den vielen jungen Frauen wohnt, die alle zu ihrer Familie gehören.«

»Ja, Mütterchen Palm«, entgegnete Granny vorsichtig. »Eine sehr ehrenwerte Dame.«

»Dauernd kommen Leute, um sie zu besuchen. Und sie bleiben *die ganze Nacht.* Ich habe das Haus beobachtet

---

* Eine sehr angesehene Organisation, die in Ankh-Morpork einen wichtigen Stützpfeiler von Gesetz und Ordnung darstellte. Der Grund dafür ist folgender: Der Gilde wurde eine jährliche Quote allgemeingesellschaftlich akzeptabler Verbrechen zugestanden (insbesondere Diebstähle, Überfälle und Morde). Als Gegenleistung sorgte die Gilde auf recht nachdrückliche Weise dafür, daß inoffizielle Verbrechen sofort aufgeklärt und die entsprechenden Täter unverzüglich erstochen, erdrosselt oder geviertelt wurden. Als Abschreckungsmaßnahme (die ihre Wirkung in den meisten Fällen nicht verfehlte) deponierte man die sterblichen Überreste der Betreffenden in Papiertüten und verteilte sie in der ganzen Stadt. Diese Regelung galt gemeinhin als vorteilhaft und stieß nur bei denen auf Unwillen, deren soziale Pflicht darin bestand, erstochen, erdrosselt und geviertelt zu werden. Darüber hinaus versetzte sie die Diebe Ankh-Morporks in die Lage, eine angemessene Karriere zu planen: Wenn sie sich an die Gilde wandten, mußten sie zunächst eine Aufnahmeprüfung ablegen und sich später an jenen Ehrenkodex halten, der auch bei den anderen Berufsständen üblich war. Und da der Unterschied zwischen Kaufleuten und Dieben eigentlich gar nicht so groß ist, wie man zunächst annehmen mag, genossen die Betrüger und ihre Kollegen bald einen ähnlich guten Ruf.

und weiß Bescheid. Bestimmt bekommt sie nur wenig Schlaf.«

»Mhm«, brummte Granny.

»Ist sicher nicht leicht für die dicke Frau mit den vielen Töchtern, die sie ernähren muß. Ich glaube, die Leute sollten ein wenig rücksichtsvoller sein.«

»Nun«, begann Oma Wetterwachs unsicher, »ich bezweifle, ob...«

Sie brach erleichtert ab, als sich ein großer bunter Wagen dem Tor der Unsichtbaren Universität näherte. Dicht neben Granny zügelte der Mann auf dem Kutschbock die Ochsen und sagte: »Entschuldige, gute Frau. Würdest du bitte zur Seite treten?«

Oma Wetterwachs kam der Aufforderung nach und verzog das Gesicht. Sie mochte keine herablassende Höflichkeit, und noch weniger hielt sie davon, als eine ›gute Frau‹ bezeichnet zu werden. Sie setzte zu einer Erwiderung an, doch bevor sie Antwort geben konnte, fiel der Blick des Mannes auf Esk.

Treatle grinste wie eine besorgte Schlange.

»Oh, wen sehe ich denn da? Die junge Dame, die glaubt, Frauen sollten Zauberer werden, stimmt's?«

»Ja«, bestätigte Esk. Und da sich Treatle recht würdevoll gab, fügte sie freundlich hinzu: »Herr. Allerdings können wir nicht das Tor passieren. Es bleibt dauernd geschlossen.«

»Wir?« fragte Treatle. Dann bemerkte er Granny. »O ja, natürlich. Das ist deine Tante, nicht wahr?«

»Meine Oma. Nun, nicht direkt *meine* Oma. Sie heißt nur so.«

Granny nickte steif.

»Nun, ich glaube, hier muß etwas unternommen werden«, sagte Treatle so herzlich wie jemand, der gerade einen guten Witz gehört hatte. »Ja, in der Tat. Unsere erste Zauberin bleibt aus der Universität verbannt? Welche Schande! Darf ich dich begleiten?«

Grannys Hand schloß sich fest um Esks Oberarm.

»Wenn es dir recht ist...«, begann sie. Aber Eskarina befreite sich aus dem Griff und eilte auf den Karren zu.

»Du willst mich wirklich mitnehmen?« Die Augen des Mädchens leuchteten sehnsuchtsvoll.

»Selbstverständlich. Die Oberhäupter der magischen Orden würden sich bestimmt freuen, dich kennenzulernen.« Treatle lachte leise.

»Eskarina Schmied...« sagte Granny und unterbrach sich erneut. Sie musterte Treatle.

»Ich weiß nicht, was du vorhast, Herr Zauberer, aber es gefällt mir nicht«, fuhr sie mit fester Stimme fort. »Esk, du weißt ja, wo wir wohnen. Wenn du dich unbedingt zur Närrin machen willst, so mußt du auf mich verzichten.«

Sie drehte sich ruckartig um und marschierte über den Platz.

»Eine bemerkenswerte Frau«, sagte Treatle vage. »Wie ich sehe, hast du noch immer deinen Besen. Ist dir wohl ans Herz gewachsen, wie?«

Er ließ die Zügel los, hob die Arme und vollführte eine kompliziert anmutende Geste.

Das große Tor schwang auf, und Eskarina sah einen von Rasenflächen gesäumten Vorhof. Dahinter erhob sich die Universität. Es fiel Esk schwer festzustellen, ob es sich um ein Gebäude oder um mehrere handelte: Das magische Lehrinstitut für Zauberer erweckte keinen geplanten Eindruck, wirkte eher wie eine zufällige Zusammenballung von Pfeilern, Bogengängen, Türmen, Minaretten, Kuppeln, Zinnen und dergleichen mehr — Geschöpfe aus Stein, die sich aneinanderkauerten, um sich gegenseitig zu wärmen.

»Das ist sie?« fragte Esk. »Sieht irgendwie... durcheinander aus.«

»Eine durchaus treffende Beschreibung«, pflichtete ihr Treatle bei. »Alma Mater, Heim aller Zauberer und solcher, die es werden wollen. Natürlich ist sie innen weitaus größer als außen. hat irgend etwas mit einem Eisberg zu tun, oder der Spitze davon. So heißt es jedenfalls. Ich weiß nicht genau. Habe noch nie Eisberge gesehen. Nun, wie der Name Unsichtbare Universität schon andeutet: Einen großen Teil davon kann man nicht sehen.« Er lächelte strahlend. »Wärst du so nett, in den Wagen zu klettern und Simon Bescheid zu geben?«

Eskarina strich die schweren Vorhänge beiseite und starrte auf die Ladefläche des Karrens. Simon lag auf Dekken, las in einem ziemlich großen Buch und machte sich Notizen.

Als er aufsah und das Mädchen erkannte, grinste er schief.

»Bist du es?« fragte er.

»Ja«, erwiderte Esk. Es klang nicht vorwurfsvoll.

»Wir dachten, du hättest uns verlassen. Alle nahmen an, du säßest in einem anderen W-Wagen, und als wwww-wir anhielten...«

»Ein kleiner Umweg, der gleichzeitig eine Abkürzung war. Wie dem auch sei: Ich glaube, Herr Treatle möchte, daß du dir die Universität ansiehst.«

»Sind wir da?« entfuhr es ihm. Er zwinkerte überrascht und bedachte Eskarina mit einem seltsamen Blick. »Und *du* bist ebenfalls hier?«

»Ja.«

»Wieso?«

»Herr Treatle lud mich ein. Er meinte, alle würden sich freuen, mich kennenzulernen.« Ungewißheit stahl sich in ihre weichen Züge. »Stimmt das?«

Simon starrte auf das Buch und betupfte die tränenden Augen mit einem bereits feuchten Taschentuch.

»N-Nun, er h-hat seine L-Launen«, stotterte er. »Aber sss-sonst ist er g-ganz nett.«

Verwundert sah Eskarina auf die vergilbten Seiten, für die sich der junge Mann so sehr interessierte. Sie zeigten viele rote und schwarze Symbole, die auf irgendeine unerklärliche Weise ebenso beunruhigend und bedrohlich wirkten wie ein tickendes Paket. Gleichzeitig zogen sie den Blick so erbarmungslos an wie ein schwerer Unfall. Esk hätte gern gewußt, was die sonderbaren Schriftzeichen darstellten, aber nur einen Sekundenbruchteil später entstand ein seltsames Gefühl in ihr, das sie davor warnte, ihrer Neugier nachzugeben. Die gleiche Faszination mag dem Zünder eines Blindgängers gelten: Wenn man versucht, ihn herauszuschrauben, um ihn sich genauer anzusehen, bleibt einem manchmal nicht einmal mehr genug Zeit zur Reue.

Simon bemerkte Esks Gesichtsausdruck und schloß das Buch.

»Nur M-Magie«, murmelte er. »Ich habe einige f-faszinierende neue Wwwwww...«

»...Worte...«, sagte Esk automatisch.

»Danke. Gefunden.«

»Vermutlich ist es sehr interessant, Bücher zu lesen«, meinte Esk.

»Und ob. Kannst du nicht l-lesen?«

Das Erstaunen in Simons Stimme verletzte sie.

»Natürlich kann ich das«, erwiderte sie trotzig. »Ich hab's nur noch nie versucht.«

Eskarina wäre nicht einmal dann sicher gewesen, was ein Sammelbegriff ist, wenn er ihr die Zunge herausgestreckt hätte, aber sie wußte, daß Ziegen Herden bildeten und sich Hexen beim Sabbat trafen. Wie aber nannte man eine Gruppe von Zauberern? Einen Orden? Eine Verschwörung? Vielleicht einen Zirkel?

Das letzte Wort erschien ihr passend. Oma Wetterwachs behauptete immer, zwischen Zirkeln und Gehmetrie gebe es einen direkten Zusammenhang. Und hatte sie Esk nicht mehrfach darauf hingewiesen, daß die Zauberei aus jener geheimnisvollen Gehmetrie bestand?

Was auch immer zutreffen mochte: Die Universität war voll davon. Zauberer schlenderten durch die Kreuzgänge und saßen auf Bänken unter den Bäumen. Junge Novizen eilten hastig über die Pfade, wenn irgendwo eine Glocke läutete. Die meisten von ihnen hielten Bücher unter die

Arme geklemmt, und die Studenten der fortgeschrittenen Semester konnte man daran erkennen, daß Pergamentrollen und ähnliche Dinge hinter ihnen herschwebten. Angesichts der puren Magie fühlte sich die Luft schmierig an und roch nach Zinn.

Esk wanderte zwischen Treatle und Simon und saugte die neuen Eindrücke wie ein Schwamm auf. Überall spürte sie die magische Energie, aber sie war gezähmt und wurde in Kanäle gelenkt, um bestimmte Zwecke zu erfüllen. Eskarina verglich sie mit einem Mühlbach, der ein Schaufelrad antrieb. Sie stellte Macht dar, die sich dem erfahrenen Willen der Zauberer beugte. Simons Aufregung stand der des Mädchens in nichts nach. Sie zeigte sich vor allen Dingen daran, daß seine Augen noch heftiger tränten und er kaum mehr ein Wort hervorbringen konnte, ohne dabei zu stottern. Immer wieder deutete er auf verschiedene Flügel des Universitätskomplexes und murmelte von ›L-Laboratorien‹ und ›F-Forschungszentren‹.

Nach einiger Zeit bemerkte Eskarina ein niedriges düsteres Gebäude mit schmalen Fenstern.

»D-Das ist d-die B-Bibliothek«, brachte Simon respektvoll und begeistert zugleich hervor. »K-Kann ich ssssie mir ansssehen?«

»Dazu hast du später noch Zeit genug«, erwiderte Treatle. Simon bedachte das Bauwerk mit einem sehnsüchtigen Blick.

»Alle B-Bücher, d-die jemals über Magie g-geschrieben wwww...«

»... wurden«, half Esk aus.

Simon nickte dankbar.

»Warum sind die Fenster vergittert?« fragte sie.

Simon schluckte. »Äh, wwww-weil magische Wwwwwerke keine gewww-wöhnlichen B-Bücher ssssind. Sie führen ein sssonderbares Eigenllllleben und ...«

»Das genügt«, warf Treatle scharf ein. Er schien sich erst jetzt wieder an Eskarina zu erinnern, sah auf sie herab und runzelte die Stirn.

»Warum bist du hier?«

»Du hast mich eingeladen«, sagte das Mädchen.

»Ich? O ja! Natürlich. Das hatte ich ganz vergessen. Entschuldige. Das junge Fräulein, das gern Zauberer werden möchte. Komm, ich zeig dir was!«

Er ging eine breite Treppe hoch, die zu einer imposanten Doppeltür führte. Ganz offensichtlich diente sie in erster Linie dem Zweck, Besucher zu beeindrucken. Der Architekt hatte großzügigen Gebrauch von schweren Schlössern, verschnörkelten Angeln, Messingbeschlägen und einer Vielzahl von Schnitzereien gemacht. Offenbar wollte er alle, die diesen Eingang benutzten, auf ihre geradezu lächerliche Bedeutungslosigkeit hinweisen.

Vermutlich war er ein Zauberer — er hatte die Klinke vergessen.

Treatle klopfte mit einem Stab an. Das Tor zögerte einige Sekunden lang, aber schließlich glitten die dicken Riegel zurück, und die beiden Türflügel schwangen auf.

Im Saal vor ihnen standen Dutzende von Zauberern mit ihren jungen Novizen. Und die Eltern der erwartungsvollen Schüler.

Es gibt zwei Möglichkeiten, in die Unsichtbare Universität zu gelangen. (Eigentlich sogar drei, um ganz genau zu sein: Aber von der dritten wußten die Magier zu jenem Zeitpunkt noch nichts.)

Die erste besteht darin, ein großes magisches Werk zu vollbringen: zum Beispiel die Wiederentdeckung eines uralten thaumaturgischen Relikts oder die Erfindung eines völlig neuen Zauberspruchs, was jedoch nur noch höchst selten geschah. In fernster Vergangenheit hatten es begabte Zauberer fertiggebracht, aus der chaotischen, formlosen Magie der Welt bis dahin unbekannte Formeln zu entwikkeln. Sie legten damit den Grundstein für die Entstehung der acht großen Orden. Wer zu diesem hehren Niveau aufstieg, verdiente die Bezeichnung Kreativer Magus. Doch schon seit vielen Dekaden gab es selbst in der Unsichtbaren Universität niemanden mehr, der einen solchen Titel für sich beanspruchen konnte. Die magischen Pioniere gehörten der Vergangenheit an; thaumaturgische Bürokraten nahmen ihren Platz ein.

Die meisten Anwärter auf ein magisches Studium nehmen daher die zweite Möglichkeit wahr: Sie gehen bei einem älteren und geachteten Zauberer in die Lehre und erfüllen einfache Dienste für ihn. Als Gegenleistung läßt er sie an seinen Erfahrungen teilhaben.

Ein Unsichtbarer Akademischer Grad bedeutete Ehre und viele Privilegien, und daher herrschte in der Universität ein ziemlich harter Konkurrenzkampf. Die meisten Jungen, die sich derzeit im Saal aufhielten und sich mit banalem Zauber bekriegten, würden irgendwann ihr Studium aufgeben und sich mit dem Rang eines schlichten *Magiers* begnügen: magische Technokraten mit frechen Bärten und Lederflecken an den Ärmeln, gescheiterte Zauberer, die bei Feten und Parties kleine Gruppen bildeten und sich gegenseitig mit neidischer Wachsamkeit beobachteten.

Die begehrten Hüte mit den optimalen astrologischen Symbolen, die bunten und weiten Mäntel, der Zauberstab — all das kam für sie nicht in Frage. Aber wenigstens konnten sie auf die *Beschwörer* herabsehen, die zur Fettleibigkeit und Leberleiden neigten, dauernd Bier tranken (obwohl sie der geplagten Leber besser einen alkoholfreien Urlaub gönnen sollten), in paillettierten Hosen herumstolzierten, schicksalsergeben dreinblickende Frauen ausführten und den Zorn der Magier herausforderten, indem sie ihnen ständig Witze erzählten und sich hartnäckig weigerten zu begreifen, welch geringen Status sie einnahmen. Auf der untersten Sprosse der Karriereleiter standen (abgesehen natürlich von Hexen) die Thaumaturgen, die überhaupt nicht ausgebildet wurden. Einem Thaumaturgen konnte man gerade noch zutrauen, einen Destillierkolben auszuwaschen. Viele magische Aufgaben erforderten Dinge wie Schimmel von einer zerquetschten Leiche, Sperma eines lebenden Tigers und Wurzeln einer Pflanze, die einen Ultraschallschrei ausstieß, wenn man sie aus dem

Boden zog. Wer wurde geschickt, um so etwas zu holen? Genau.

Es ist ein weit verbreiteter Irrtum zu glauben, die Angehörigen der unteren magischen Ränge eigneten sich nur dafür, Hecken zu schneiden und Unkraut zu jäten. Tatsächlich nehmen sie sehr ehrenhafte magische Pflichten wahr, und für entsprechende Arbeiten sind philosophischer Gleichmut und Dornenunempfindlichkeit (auch im übertragenen Sinne) unabdingbare Voraussetzungen. Wenn man einen sogenannten Schneider und Jäter zu einer Party einlud, konnte man damit rechnen, daß er die Hälfte des Abends mit den Topfpflanzen sprach. Und die andere Hälfte mit stummen Zuhörern verbrachte.

Wie Esk feststellte, befanden sich auch einige Frauen im Saal, denn selbst junge Magier hatten Mütter und Schwestern. Ganze Familien waren gekommen, um ihre immatrikulierten Söhne zu verabschieden. Es wurden Nasen geputzt und Tränen aus den Augen gewischt. Hier und dort klimperten Münzen, wenn stolze Väter ihren Sprößlingen Taschengeld in die Hand drückten.

Sehr alte und würdevolle Zauberer wanderten hoch erhobenen Hauptes durch die Menge, sprachen mit magischen Dozenten und musterten die zukünftigen Studenten.

Einige von ihnen bahnten sich vorsichtig einen Weg durchs Gedränge und hielten auf Treatle zu. Wie goldgetakelte Galeonen mit vollen Segeln pflügten sie durch den menschlichen Ozean, verbeugten sich vor dem Vizekanzler und bedachten Simon mit gönnerhaften Blicken.

»Das ist der junge Simon, nicht wahr?« fragte der dickste Zauberer und schenkte dem hochaufgeschossenen Jugendlichen ein strahlendes Lächeln. »Wir haben schon viel von dir gehört, junger Mann. Na? Hm?«

»Simon, verneig dich vor dem Erzkanzler Knallwinkel, dem Erzmagus der Zauberer vom Silbernen Stern!« befahl Treatle. Simon verbeugte sich nervös.

Knallwinkel beobachtete ihn wohlwollend. »Du wurdest uns als ein sehr vielversprechender Schüler berichtet, mein Junge«, sagte er. »Offenbar stimuliert die Bergluft das Gehirn, was?«

Er lachte, und die anderen Zauberer stimmten mit ein. Selbst Treatle kicherte. Esk fand das seltsam, denn eigentlich geschah überhaupt nichts Lustiges.

»Ich wwww-weiß nicht g-genau ...«

»Nun, das wundert mich, denn schließlich heißt es von dir, du wüßtest praktisch alles«, erwiderte Knallwinkel. Seine fleischigen Wangen bebten wie Wackelpudding. Die übrigen Magier stimmten erneut ein gehorsames Gelächter an.

Knallwinkel klopfte Simon auf die Schulter.

»Du hast ein Stipendium erhalten und alle Prüfungen mit Auszeichnung bestanden«, meinte er. »Wirklich erstaunlich. So etwas ist noch nie zuvor geschehen. Die meisten fallen bei irgendeiner Sache durch. Und wie ich hörte, bist du auch noch Autodi ... Autodiktat oder so. Mit anderen Worten: Du hast dir alles selbst beigebracht. Bemerkenswert, nicht wahr, Treatle?«

»In der Tat, Erzkanzler.«

Knallwinkel sah seine Kollegen an.

»Vielleicht könntest du uns eine Kostprobe deiner Kunst geben«, schlug er vor. »Ja, wie wär's mit einer kleinen Demonstration?«

Simons panischer Blick entsprach dem eines Hasen, den gerade einige Jagdhunde in die Enge getrieben hatten.

»Ai-Eigentlich b-bin ich nnn-nicht ssssehr g-gut in ...«

»Keine falsche Bescheidenheit!« warf Knallwinkel in einem Tonfall ein, den er für ermutigend halten mochte. »Mach dir keine Sorgen. Laß dir ruhig Zeit. Wir haben Geduld.«

Simon befeuchtete sich die trockenen Lippen und wandte sich mit wortlosem Flehen an Treatle.

»Äh«, sagte er. »D-Die Sssss ...« Er unterbrach sich und schluckte. »Die Wwwww ...«

Das Gesicht lief ihm rot an. Die Augen tränten stärker als jemals zuvor, und Simons Schultern hoben und senkten sich.

Treatle gab ihm einen beruhigenden Klaps auf den Rücken.

»Heuschnupfen«, erklärte er. »Wir haben es mit allen möglichen Medizinen und Arzneien versucht — ohne Erfolg.«

Simon schluckte erneut und nickte. Mit seinen langen weißen Händen winkte er Treatle fort und schloß die Augen.

Einige Sekunden lang passierte überhaupt nichts. Die Lippen des jungen Mannes bewegten sich lautlos, und dann schien sich sein Schweigen zu verdichten, flackerte wie das Licht einer Kerze. Eine Flut der Stille spülte durch die Menge im Saal, traf mit der Gewalt eines gehauchten Kusses auf die gegenüberliegende Wand und gischtete stumm zurück. Einige Leute beobachteten amüsiert, wie sich ihre Gesprächspartner erschrocken bemühten, irgendeinen Laut hervorzubringen, doch das Lachen blieb ihnen im wahrsten Sinne des Wortes im Halse stecken. Das Blut schoß ihnen ins Gesicht, während sie so laut kreischten wie eine Arien singende Ziege. (Und da es keine ariensingenden Ziegen gibt, nicht einmal auf der magischen Scheibenwelt, kann sich der Leser hier sehr gut vorstellen, was sich im Saal ereignete: gar nichts.)

Winzige Staubkörner aus hellem Glanz irrlichterten über Simons Kopf. Sie stoben wie Funken, wirbelten dahin, vollführten einen komplizierten dreidimensionalen Tanz — und nahmen schließlich Gestalt an.

Esk zweifelte nicht daran, daß jenes *feste* Bild die ganze Zeit über vorhanden gewesen war und nur darauf gewartet hatte, sich ihr zu zeigen. Sie verglich diesen Umstand mit einer völlig normalen Wolke, die sich von einem Augenblick zum anderen in einen Wal, ein Schiff oder ein Gesicht verwandeln kann, ohne sich dafür einer umfassenden Metamorphose unterziehen zu müssen.

Bei dem *Etwas* über Simons Haupt handelte es sich um ein Abbild der Welt.

Das war auf den ersten Blick zu erkennen, obwohl das

Glitzern und Wogen der kleinen Lichter einige Einzelheiten verwischte. Eskarina sah die Himmelsschildkröte Groß-A'Tuin, die vier Elefanten auf ihrem (oder seinem) Rükken, die ihrerseits die Scheibenwelt trugen. Sie beobachtete das Glitzern des gewaltigen Wasserfalls, der unablässig über die Kante spritzte, die zehn Meilen hohe Felsnadel in der Mitte, jenes Massiv, das man Cori Celesti nannte und angeblich den Göttern als Heimstatt diente.

Das Bild wuchs in die Breite, zeigte das Runde Meer und den Ankh-Strom. Gleichzeitig flogen die Funken davon und erloschen einige Meter von Simons Kopf entfernt. Die sonderbare Projektion fixierte sich nun auf die Stadt Ankh-Morpork, die den Zuschauern entgegenzurasen schien. Die Universität flog heran und wurde rasch größer. Der Große Saal...

...und alle Menschen darin, die verwundert starrten. Und auch Simon selbst, umgeben von silbernem Gleißen. Und die Blase über ihm, die ebenfalls ein Bild enthielt, und darin wiederum...

Es hatte irgendwie den Anschein, als sei das ganze Universum umgestülpt worden, und zwar in allen Dimensionen. Es fühlte sich an, als litte man an Blähungen, ohne etwas dagegen unternehmen zu können. Und es klang so, als habe die Welt ein höchst bedeutendes *Gljupp!* von sich gegeben.

Die Wände lösten sich auf, und der Boden folgte ihrem Beispiel. Alle Gemälde, von denen magische Ahnen in die Halle blickten (die Künstler hatten großen Wert auf die Darstellung von Schriftrollen, langen Bärten und nachdenklich gerunzelten Stirnen gelegt), verschwanden spurlos. Die Fliesen — sie bildeten ein interessantes schwarzweißes Muster — lösten sich einfach in Luft auf und wichen feinem Sand, so grau wie Mondschein und so kalt wie Eis. Eigentümliche Sterne strahlten unwillig an einem noch eigentümlicheren Himmel. Vor dem Horizont zeigten sich niedrige Hügel, nicht etwa von Wind und Regen erodiert (an diesem besonderen Ort gab es gar kein Wetter), sondern vom Schmirgelpapier der Zeit.

Außer Esk schien niemand etwas zu bemerken. Keiner rührte sich von der Stelle. Das Mädchen sah sich plötzlich von Personen umgeben, die so lebendig wirkten wie granitene Statuen.

Und sie waren nicht allein. Hinter ihnen lauerten irgendwelche *Dinge,* und in einem beständigen Strom trafen andere Unheilswesen ein. Sie hatten keine Form in dem Sinne, wählten ihre Gestalt aus den einzelnen organischen Komponenten verschiedener Geschöpfe. Sie erweckten den Eindruck, als hätten sie von Armen, Beinen, Kiefern, Klauen und Reißzähnen gehört, ohne recht zu wissen, wie so etwas zusammenpaßte. Vielleicht kümmerten sie sich auch gar nicht darum. Möglicherweise konzentrierten sie sich in erster Linie auf ihren dämonischen Appetit, so daß alles übrige keine Rolle spielte.

Die von ihnen verursachten Geräusche klangen wie das Summen eines großen Fliegenschwarms.

Esk erkannte sie als Wesenheiten ihrer Träume, die sich nun nährten, um ihren Heißhunger auf Magie zu stillen. Sie wußte, daß es die *Dinge* nicht auf sie persönlich abgesehen hatten, vermutlich kaum mehr in ihr sahen als ein Dessert nach einer leckeren Mahlzeit. Ihre Aufmerksamkeit galt in erster Linie Simon, der von ihrer Gegenwart nicht einmal etwas ahnte.

Esk trat ihm ans Schienbein.

Die kalte Wüste verflüchtigte sich, und die reale Welt kehrte zurück. Simon schlug die Augen auf, lächelte schief und sank in Eskarinas Arme.

Die Zauberer murmelten und brummten, und einige von ihnen klatschten anerkennend. Abgesehen von den silbernen Lichtern schien keinem von ihnen etwas aufgefallen zu sein.

Knallwinkel schüttelte sich und hob gebieterisch die Hand, woraufhin es wieder still wurde.

»Ziemlich ... beeindruckend«, wandte er sich an Treatle. »Hat er diese Fähigkeiten von ganz allein entwickelt?«

»Ja, Erzkanzler.«

»Niemand half ihm dabei?«

»Es gab niemanden, der ihm dabei helfen konnte«, erwiderte Treatle. »Er wanderte schlicht von Dorf zu Dorf und beschwor einfache Magie. Aber nur dann, wenn ihn die Leute dafür mit Büchern oder Papier bezahlten.«

Knallwinkel nickte. »Es handelte sich keineswegs um ein Trugbild«, stellte er fest. »Und doch verzichtete er darauf, die Hände zu benutzen. Was murmelte er vor sich hin? Kennst du die Formel, Vizekanzler?«

»Angeblich sind es nur Worte, die dafür sorgen, daß sein Hirn auf die richtige Weise funktioniert«, antwortete Treatle und zuckte mit den Schultern. »Leider muß ich zugeben, daß ich mit den meisten seiner Erklärungen überhaupt nichts anfangen kann. Einmal meinte er sogar, er müsse neue Worte erfinden, um die gewünschte Wirkung zu erzielen.«

Knallwinkel musterte die anderen Zauberer. Sie nickten.

»Es ist uns eine Ehre, ihm ein Studium an der Universität zu ermöglichen«, schloß er. »Sag ihm das bitte, wenn er wieder zu sich kommt.«

Als er spürte, wie jemand an seinem Ärmel zupfte, senkte er den Kopf.

»Entschuldige bitte«, sagte Eskarina.

»Hallo, junges Fräulein«, entgegnete Knallwinkel zuckersüß. »Bist du gekommen, um deinen Bruder zu verabschieden?«

»Simon ist nicht mein Bruder«, erwiderte Eskarina. Früher einmal schien die Welt voller Brüder gewesen zu sein, doch inzwischen hatte sich einiges geändert.

»Bist du wichtig?« fragte sie.

Knallwinkel sah seine Kollegen an und strahlte. Natürlich gab es auch bei Zauberern bestimmte Moderichtungen: Einige waren dünn und hohlwangig, sprachen am liebsten mit Tieren (die Tiere hörten ihnen nur selten zu, aber darauf kam es nicht an), während andere zu einem dunklen, finsteren Äußeren neigten und schwarze Spitzbärte bevorzugten. Zur Zeit war Würdevoll und Gravitätisch *in.* Knallwinkel platzte geradezu vor Bescheidenheit.

›Ziemlich wichtig‹, antwortete er. »Ich gebe mir große Mühe, der magischen Zunft zu Diensten zu sein. Ja, ich widme mich ihr mit ganzem Herzen. Nun, ich glaube, ›ziemlich wichtig‹ ist eine durchaus angemessene Bezeichnung.«

»Ich möchte Zauberer werden«, sagte Esk.

Die Magier hinter Knallwinkel starrten sie so groß an, als sähen sie in ihr einen besonders exotischen Käfer. Knallwinkel lief rot an und rollte mit den Augen. Er blickte auf Eskarina herab und hielt den Atem an. Dann lachte er. Das *Hahaha!* begann irgendwo in seiner weiten Magenregion, dehnte sich langsam nach oben aus, hallte von Rippe zu Rippe und bewirkte kleine Zauberer-Beben auf der fleischigen Brust, bis es schließlich prustend aus ihm herausplatzte. Es war ein recht ansprechendes Lachen, eins mit eigener Persönlichkeit.

Aber Knallwinkel brach jäh ab, als er Esks Gesichtsausdruck bemerkte. Wenn man das Lachen mit einem Zirkusclown vergleichen konnte, so stellte Eskarinas Starren einen mit Tünche gefüllten Eimer dar, der sich dem Narren auf einer fehlerlos berechneten Flugbahn näherte.

»Zauberer?« wiederholte der Erzkanzler. *Du* möchtest Zauberer werden?«

»Ja«, bestätigte Esk und schob den ohnmächtigen Simon in Treatles widerstrebende Arme. »Ich bin der achte Sohn eines achten Sohns. Ich meine ... Tochter.«

Die Magier wechselten verwirrte Blicke und flüsterten miteinander. Esk versuchte sie zu übersehen.

»Was hat sie gesagt?«

»Ist das ihr Ernst?«

»Ich dachte immer, Kinder in dem Alter seien lieb und entzückend ...«

»Du bist der achte Sohn einer achten Tochter?« fragte Knallwinkel. »Tatsächlich?«

»Es ist genau umgekehrt, nur nicht ganz so«, erwiderte Esk trotzig.

Knallwinkel holte ein Taschentuch hervor und betupfte sich die Augen.

»Interessant«, sagte er schließlich. »Ich glaube, so etwas habe ich noch nie zuvor gehört. Nun?«

Er ließ den Blick über das wachsende Publikum schweifen. Die Leute weiter hinten konnten Esk nicht sehen und reckten den Hals, weil sie annahmen, es bahne sich ein neues magisches Spektakel an. Knallwinkel suchte nach den richtigen Worten.

»Äh, tja«, brummte er, »du möchtest also Zauberer werden?«

»Das sage ich dauernd, aber niemand hört mir zu«, klagte Esk.

»Wie alt bist du, kleines Fräulein?«

»Fast neun.«

»Und du möchtest Zauberer werden, wenn du erwachsen bist.«

»Nein, *jetzt*«, widersprach Esk mit fester Stimme. »Dies *ist* doch die Unsichtbare Universität, wo man Zauberer ausbildet, oder?«

Knallwinkel sah Treatle an und zwinkerte.

»Das habe ich gesehen«, sagte Eskarina.

»Ich glaube, es hat noch nie einen weiblichen Zauberer gegeben«, überlegte Knallwinkel laut. »Ich bin ziemlich sicher, es ist gegen die Tradition. Was hältst du davon, wenn du dich in der Hexerei versuchst? Soweit ich weiß, bietet sie Mädchen die Möglichkeit zu einer steilen Karriere.«

Einer der Magier, die einen geringeren Rang einnahmen, kicherte leise. Esk bedachte ihn mit einem durchdringenden Blick.

»Es ist nicht übel, Hexe zu sein«, räumte sie ein. »Aber ich vermute, Zauberer haben mehr Spaß. Was meinst du?«

»Ich glaube, du bist ein einzigartiges Mädchen«, sagte Knallwinkel.

»Was soll das heißen?«

»Es bedeutet, daß es kein anderes Mädchen wie dich gibt«, erklärte Treatle.

»Das stimmt wahrscheinlich.« Esk nickte. »Aber ich möchte trotzdem Zauberer werden.«

Knallwinkel seufzte verzagt. »Das geht nicht!« entfuhr es ihm im Tonfall der Verzweiflung. »Allein die Vorstellung!«

Er richtete sich zu voller Breite auf und wandte sich ab. Etwas zupfte an seinem Mantel.

»Warum nicht?« fragte eine hohe Stimme.

»Weil...« Der Erzkanzler drehte sich langsam um. »Weil... Weil das vollkommen lächerlich wäre, darum! Und es widerspricht der Tradition.«

»Aber ich kann die Magie der Zauberei beschwören«, behauptete Esk. Ihre Stimme zitterte ein wenig.

Knallwinkel bückte sich, bis sich sein Gesicht auf einer Höhe mit dem des Mädchens befand.

»Nein, das kannst du nicht«, zischte er. »Weil du kein Zauberer bist. Für Frauen ist die hohe Magie zu hoch. Habe ich mich klar genug ausgedrückt?«

»Sieh zu!« verlangte Esk.

Sie streckte den rechten Arm aus, spreizte die Finger und visierte die Statue an, die Malich den Weisen verkörperte, den Gründer der Universität. Die Zauberer, die zwischen ihr und der Skulptur standen, wichen instinktiv zur Seite — und kamen sich gleich darauf recht dumm und albern vor.

»Ich meine es ernst«, fügte sie hinzu.

»Geh zu deiner Mami zurück, Mädchen!« riet ihr Knallwinkel.

»Also *gut*«, sagte Esk. Sie kniff die Augen zusammen, beobachtete die Statue und konzentrierte sich...

Das große Tor der Unsichtbaren Universität besteht aus Oktiron — derartiges Metall ist so unstabil, daß es nur in einem mit purer Magie gesättigten Universum existieren kann. Mit Feuer, Rammen oder modernerem Kriegsgerät kann man gegen solche Pforten nichts ausrichten; sie reagieren nur auf die Kraft der Zauberei.

Aus diesem Grund benutzen die meisten Besucher der Universität die Hintertür, die aus ganz gewöhnlichem Holz besteht und nicht herumläuft (oder still stehenbleibt), um irgendwelche Leute zu erschrecken. Darüber hinaus weist sie einen anständigen Klopfer auf.

Oma Wetterwachs beobachtete die Türpfosten aufmerksam und brummte zufrieden, als sie fand, wonach sie Ausschau hielt. Sie fühlte sich in ihrer Annahme bestätigt und lächelte triumphierend: Die Vorrichtung war der natürlichen Holzmaserung so gut angepaßt, daß man sie leicht übersehen konnte.

Sie griff nach dem drachenkopfähnlichen Klopfer und pochte dreimal. Nach einer Weile wurde die Tür von einer jungen Frau geöffnet, zwischen deren Lippen Wäscheklammern hervorragten.

»Wha whi whu?« fragte sie.

Granny verneigte sich und gab der Unbekannten ausreichend Gelegenheit, ihren schwarzen Hut mit den Fledermausnadeln zu betrachten. Die erhoffte Wirkung blieb nicht aus. Die junge Frau errötete, warf einen kurzen Blick in den leeren Flur und winkte die Hexe herein.

An den Gang schloß sich ein moosbedeckter Hof an, auf dem Wäscheleinen ein kompliziertes Zickzack-Muster bildeten. Granny bekam die Chance, als eine von wenigen Frauen zu erfahren, was Zauberer unter ihren bunten Mänteln trugen. Aber sie wandte schamhaft den Blick ab und folgte dem Mädchen eine breite Treppe hinunter.

Kurz darauf gelangten sie in einen langen hohen Tunnel, in dem Oma Wetterwachs hier und dort einige dunkle runde Zugänge bemerkte. Dampf wallte ihnen entgegen. Dutzende von Waschbütten standen in den großen Kammern neben dem Korridor, und die warme Luft roch nach frischer Bügelwäsche. Kichernde Frauen trugen Hosen, Gewänder und andere Kleidungsstücke, eilten über schmale Stufen, blieben plötzlich stehen und drehten sich langsam zu Granny um.

Die Hexe straffte ihre Gestalt und versuchte so geheimnisvoll wie möglich auszusehen.

Das Mädchen neben ihr — es hatte die Klammern noch nicht aus dem Mund genommen — führte sie durch einen Seitenkorridor in ein Zimmer, dessen Einrichtung in erster Linie aus langen Regalen bestand, in denen sich Wäsche stapelte. In der einen Ecke dieses Labyrinths saß eine fette Frau am Tisch. Auf dem Kopf ruhte eine struppige Perükke. Sie hatte gerade in einem auffallend großen Buch geschrieben — es lag noch immer vor ihr, doch derzeit inspizierte sie eine fleckige Weste.

»Hast du's mit Bleichen versucht?« fragte sie.

»Ja, Herrin«, erwiderte das wartende Dienstmädchen.

»Was ist mit Myrryt-Tinktur?«

»Dadurch wurde die Weste blau, Herrin.«

»Sind wirklich merkwürdige Flecken«, sagte die Dicke. »Isch hab' schon 'ne Menge gesehen: Schwefel, Ruß, Drachenblut, Dämonenschleim und was weiß isch.« Sie drehte die Weste einige Male und entdeckte ein eingenähtes kleines Namensschild. »Hmmm. Stolznase der Weiße. Nun, er wird bald Stolznase der Graue heißen, wenn er nicht besser auf seine Sachen achtgibt. Isch sage dir was, Mädchen: Ein weißer Magier ist nichts weiter als ein schwarzer Magier mit einer guten Haushälterin. Das kannst du mir ...«

Sie unterbrach sich, als sie Oma Wetterwachs sah.

»Ih hahte, ih whooo hiehee«, sagte die Frau mit den Wäscheklammern im Mund und machte hastig einen Knicks. »Wha ah ihtih?«

»Ja, ja, schon gut, Ksandra«, sagte die Dicke. »Du kannst jetzt gehen.« Sie stand auf, strahlte Granny an, stellte ihren inneren Zeiger auf *Achtung! Hexe!* und schraubte die Stimme einige soziale Tonleitern höher.

»Bitte entschuldige uns, höchst ehrenwerte Hexe«, sagte sie. »Wir haben derzeit alle Hände voll zu tun, wie du sicher siehst. Andernfalls hätten wir dich selbstverständlich mit dem gebührenden Respekt – um nicht zu sagen: mit Hochachtung und anerkennender Demut – begrüßt. Darf ich mich untertänigst erkundigen, ob du uns einen Höflichkeitsbesuch abstattest oder«, – sie senkte die Stimme und zwinkerte –, »oder Nachrichten aus dem Jenseitsdrüben bringst?«

Granny war verwirrt, doch dieser Zustand dauerte nur wenige Sekunden an. Die Hexenzeichen an den Türpfosten deuteten darauf hin, daß die Haushälterin Hexen willkommen hieß und sich insbesondere Neuigkeiten über ihre vier Ehemänner erhoffte. Derzeit hielt sie nach einem fünften Ausschau (ohne genau zu wissen, wo sie ihn suchen sollte) – daher die Perücke. Darüber hinaus ließ ein leises Knistern vermuten, daß das Korsett der Dicken aus genug Fischbein bestand, um eine ganze Ökologiebewegung außer Rand und Band zu bringen. Leichtgläubig und dumm, so behaupteten die Zeichen. Oma Wetterwachs behielt sich ein eigenes Urteil vor, denn ihrer Meinung nach waren Stadthexen nicht gerade mit einem Übermaß an Intelligenz gesegnet.

Die Haushälterin zog falsche Schlüsse aus Grannys Gesichtsausdruck. »Mach dir keine Sorgen!« beruhigte sie. »Mein Mitarbeiterstab hat die strikte Anweisung, Hexen mit offenen Armen zu empfangen, obgleich *die da oben* sicher nichts davon hielten. Darf isch dir eine Tasse Tee und etwas zu essen anbieten?«

Granny verbeugte sich ernst.

»Und isch beauftrage jemanden, ein Bündel hübsch alter Kleidung für dich zu holen«, fügte die Dicke fröhlich hinzu.

»Alte Kleidung? Oh. Ja. Ich verstehe. Vielen Dank.«

Die Haushälterin trat hinter dem Tisch hervor und verursachte dabei ein Geräusch, das sich anhörte, als ächze ein altes Segelschiff im Sturm. Mit einem freundlichen Wink forderte sie Oma Wetterwachs auf, ihr zu folgen.

»Isch lasse den Tee in mein Zimmer bringen. Tee mit vielen Teeblättern.«

Granny stapfte ihr nach. Alte Kleidung? Meinte sie das etwa ernst? Welche Unverschämtheit! Andererseits: Wenn es gute Qualität war...

Unter der Universität schien sich eine ganze Welt zu erstrecken. Es handelte sich um einen weiten Irrgarten aus Kellern, Vorratskammern, Küchen und Waschzimmern. Jeder Bewohner dieses Universums trug etwas, pumpte, schob oder stand einfach herum und redete mit lauter Stimme. Granny sah Räume voller Eis, und andere schimmerten in der Hitze rotglühender Backöfen, die bis zur Decke hinaufreichten. Es duftete nach frischem Brot, und aus Schankstuben wehte ihr der Geruch von abgestandenem Bier entgegen. Die meisten Düfte entschlüsselte die Hexe als Schweiß und Feuerrauch.

Die Haushälterin führte sie eine alte Wendeltreppe hinauf, holte ihr klirrendes Schlüsselbund hervor und öffnete eine Tür.

Granny starrte in ein rosafarbenes, mit Spitzen verziertes Zimmer. Sie bemerkte Rüschen an Dingen, die niemand, der noch alle Sinne beisammen hatte, mit einem derartigen Schmuck ausstatten würde. Es war, als betrete man eine Höhle aus Zuckerwatte.

»Hübsch«, log Oma Wetterwachs. Und als sie den erwartungsvollen Blick der dicken Frau auf sich ruhen spürte, fügte sie hinzu: »Geschmackvoll.« Sie sah sich vergeblich nach irgendeiner Sitzgelegenheit ohne Rüschen um.

»Oh, bitte verzeih mir meine Unhöflichkeit!« trillerte die Haushälterin. »Isch bin Frau Reineweiß, aber das weißt du sicher schon. Mit wem habe isch die Ehre...?«

»Wie?« fragte die Hexe und runzelte die Stirn. »Oh! Granny ›Oma‹ Wetterwachs.« Sie konnte die Rüschen nicht ertragen. Sie beleidigten die Ehre aller Farben, die auch nur entfernt einem (mehr oder weniger) anständigen Rosarot ähnelten.

»Isch verstehe auch einiges von Pschikologie«, sagte Frau Reineweiß.

Granny hatte nichts gegen die Wahrsagerei, vorausgesetzt dem entsprechenden Hellseher fehlte es an Talent. Ganz anders war es, wenn der oder die Betreffende wußte, worum es dabei ging. Oma Wetterwachs hielt die Zukunft für ein recht empfindsames Etwas, das sich sofort veränderte, wenn man es zu lange anstarrte. Ihre Theorien von der Raumzeit bestärkten sie in der Ansicht, es sei in jedem Fall besser, die Finger — und Augen — von solchen Dingen zu lassen. Glücklicherweise gab es nur wenige wirklich begabte Wahrsager, und für gewöhnlich zogen die Kunden unfähige Scharlatane vor, von denen man vertrauensvoll die gewünschte Dosis Zuversicht und Optimismus erwarten durfte.

Granny wußte sehr wohl, worauf es bei falscher Wahrsagerei ankam. Sie war weitaus schwieriger als die richtige, denn sie erforderte ein hohes Maß an Phantasie.

Mehrmals fragte sie sich, ob Frau Reineweiß mit der richtigen Ausbildung eine Hexe geworden wäre. Eins stand fest: Sie belagerte die Zukunft geradezu. Unter einem rüschenbesetzten Teewärmer lagen: eine Kristallkugel, Dutzende von Weissagungskarten und ein rosaroter Samtbeutel mit Runensteinen. Darüber hinaus gehörte zum Mobiliar auch ein kleiner Tisch mit Rollen, den eine vorsichtige Hexe nicht einmal mit einem drei Meter langen Besen angerührt hätte. Hinzu kamen einige seltsame Gebilde, die Granny nicht genau zu deuten wußte. Auf den ersten Blick betrachtet, sahen sie aus wie platte Torffladen, aber der Geruch erinnerte verdächtig an getrockneten Affenkot. *Vielleicht hat sie beides gemischt,* dachte Oma Wetterwachs zerknirscht. *Würde mich gar nicht wundern.* Woraus sie auch bestehen mochten: Man warf sie wie Würfel, und wenn sie anschließend zu Boden fielen, sollte ihre Anordnung die Gesamtsumme des kosmischen Wissens und der universalen Weisheit bilden. Granny seufzte innerlich.

»Wir könnten natürlich auch mit den Teeblättern vorliebnehmen«, sagte Frau Reineweiß und deutete auf die große braune Kanne zwischen ihnen. »Isch kenne Hexen, die sich darauf spezialisiert haben, aber meiner Ansicht nach sind sie viel zu ... *gewöhnlich.* Womit isch dir natürlich nicht zu nahe treten will.«

Granny war ziemlich sicher, daß die Haushälterin tatsächlich nicht die geringste Absicht hatte, sie irgendwie zu beleidigen. Sie offenbarte den zuvorkommenden Eifer eines kleinen Hündchens, das die schlechte Laune des Herrchens spürt und an Alpträumen von zusammengerollten Zeitungen leidet.

Sie nahm die Tasse von Frau Reineweiß zur Hand und sah hinein. Aus den Augenwinkeln bemerkte sie gerade noch rechtzeitig den enttäuschten Ausdruck, der wie ein flüchtiger Schatten durch das schneeweiße Gesicht der Haushälterin huschte. Granny rief sich das übliche Ritual ins Gedächtnis zurück: Dreimal drehte sie die Tasse entgegen dem Uhrzeigersinn, strich mehrmals mit der Hand darüber hinweg und murmelte einen Hexenzauber – den sie normalerweise verwendete, um die Brustdrüsenentzündungen älterer Ziegen zu behandeln (man konnte nie wissen). Die Zurschaustellung magischer Talente beeindruckte Frau Reineweiß zutiefst und stimmte sie gleich wesentlich fröhlicher.

Eigentlich konnte Oma Wetterwachs mit Teeblättern nicht viel anfangen, aber sie achtete darauf, sich nichts anmerken zu lassen. Mit bedeutungsvoll gerunzelter Stirn betrachtete sie den dicken Zuckerbelag am Tassenboden und ließ ihre Gedanken treiben. Was sie jetzt wirklich brauchte, war eine flinke Ratte oder auch nur eine Küchenschabe, die sich in Eskarinas Nähe befand. Ein kurzes Borgen hätte genügt, um in Erfahrung zu bringen, wie es dem Mädchen ging.

Zu ihrer großen Überraschung stellte sie kurze Zeit später fest, daß die Universität ein eigenes Bewußtsein hatte.

Es ist allgemein bekannt, daß Steine denken können (immerhin beruht die ganze Elektronik auf dieser Tatsache), aber in manchen Universen blicken die Menschen lieber zum Himmel empor und suchen dort nach Intelligenzen, anstatt unter ihren Füßen nachzusehen. Der Grund dafür: Sie machen sich völlig falsche Vorstellungen vom Begriff Zeit. Aus der Perspektive eines Steins gesehen ist der Kosmos gerade erst geschaffen worden; Gebirgszüge hüpfen wie Gummibälle auf und ab; Kontinente sausen ausgelassen hin und her, prallen aus reiner Freude aufeinander und schaben sich gegenseitig die Felsen ab. Es wird noch ziemlich lange dauern (was dem Menschen nur recht sein kann), bis der Stein sein seltsames Hautleiden bemerkt und sich zu kratzen beginnt.

Doch das Gestein, aus dem die Unsichtbare Universität besteht, hat im Laufe von vielen Jahrtausenden Magie absorbiert, und diese ungerichtete Kraft muß natürliche Konsequenzen nach sich ziehen.

Anders ausgedrückt: Die Universität hat eine ureigene Persönlichkeit entwickelt.

Oma Wetterwachs fühlte sich wie ein großes gutmütiges Tier, das nur darauf wartete, sich aufs Dach zu rollen, damit ihm jemand den Boden krault. Es schenkte ihr überhaupt keine Beachtung, richtete seine Aufmerksamkeit statt dessen auf Eskarina.

Granny fand das Kind, indem sie den mentalen Interessefäden der Universität folgte, und fasziniert sah sie zu, was im Großen Saal geschah...

»...dort drin?«

Die Stimme erklang in weiter Ferne.

»Mmpf?«

»Isch sagte: Was erkennst du dort drin?« wiederholte Frau Reineweiß.

»Wie?«

»Isch *sagte:* Was...«

»Oh!« Granny zog ihre gedanklichen Arme zurück und versuchte, sich aus dem Kokon der Verwirrung zu befreien. Wenn man einen anderen Geist borgte, so fühlte man sich nach der Rückkehr in den eigenen Körper immer irgendwie fehl am Platze. Außerdem hatte die Hexe noch nie zuvor versucht, durch die symbolischen Augen eines Gebäudes zu sehen. Sie bemühte sich, die Erinnerungen an massive Größe, kalte Fliesen und weite Korridore zu verdrängen.

»Ist alles in Ordnung mit dir?«

Granny nickte und öffnete ihre Fenster. Sie streckte die Ost- und Westflügel aus und starrte auf die Tasse, die sie in ihren Säulen hielt.

Zum Glück führte Frau Reineweiß sowohl den steinernen Gesichtsausdruck der Hexe als auch ihr Schweigen auf okkulte Mächte zurück. Unterdessen stellte Granny nicht ohne eine gewisse Genugtuung fest, daß der Kontakt mit dem Siliciumgedächtnis der Universität ihre Phantasie beflügelte.

Mit einer Stimme, die wie ein zugiger Korridor klang und der Haushälterin sehr imponierte, schilderte sie eine Zukunft, in der es von attraktiven jungen Männern wimmelte, die alle um die Gunst von Frau Reineweiß rangen. Sie sprach hastig, denn angesichts der jüngsten Ereignisse im Großen Saal hielt sie es für angeraten, so schnell wie möglich zum Tor zurückzukehren.

»Da wäre noch etwas«, fügte sie hinzu.

»Ja, ja?«

»Ich sehe, daß du ein neues Dienstmädchen aufnimmst — du bist doch auch für die Einstellungen verantwortlich, nicht wahr? Gut. Es handelt sich um ein junges Mädchen, das keine großen Ansprüche stellt, sehr fleißig ist und sich überall nützlich machen kann.«

»Und weiter?« fragte Frau Reineweiß. Sie genoß die verblüffend bunten Farben, in denen Granny ihre nahe Zukunft malte, und platzte fast vor Neugier.

»In dieser Hinsicht ist das Bild nicht ganz klar«, murmelte Granny. »Aber die Geister meinen, es sei sehr wichtig, daß du das Mädchen einstellst.«

»Kein Problem«, erwiderte die Haushälterin. »Weißt du, wir brauchen ständig neue Leute. Bei uns herrscht eine hohe Fluk... Fluktua... Isch meine, viele Dienstmädchen bleiben nur kurze Zeit hier. Wegen der Magie. Sie *tropft* zu uns herab. Insbesondere aus der Bibliothek, wo alle diese Zauberbücher aufbewahrt werden. Gerade erst gestern haben zwei junge Bedienstete gekündigt. Sie hätten es satt, abends ins Bett zu gehen und nicht zu wissen, in welcher Gestalt sie am nächsten Morgen aufwachen. Zweimal mußten einige erfahrene Zauberer eingreifen, um sie zurückzuverwandeln. Trotzdem blieben gewisse ... Spuren.«

»Nun, die Geister der Teeblätter sind ganz sicher, daß dir das Mädchen in diesem Zusammenhang keine Probleme bereiten wird«, sagte Oma Wetterwachs fest.

»Wenn es fegen und wischen kann, ist es willkommen«, erklärte Frau Reineweiß und musterte die Hexe verwirrt.

»Es bringt sogar seinen eigenen Besen mit. Das sagen jedenfalls die Geister.«

»Sehr nett von dem Mädchen. Wann trifft es hier ein?«

»Oh, bald, bald – so behaupten die Geister.«

Ein Hauch von Argwohn regte sich in der Haushälterin. »Die Geister geben nur selten Auskünfte dieser Art. Kannst du mir die entsprechende Stelle zeigen?«

»Hier«, sagte Granny. »Sieh dir diesen Haufen kleiner Teeblätter an, zwischen dem Zucker und dem Kratzer. Na?«

Ihre Blicke trafen sich. Frau Reineweiß hatte gewiß ihre Schwächen, aber sie war streng genug, um die Kellerwelt unter der Universität zu regieren. Doch Oma Wetterwachs konnte mit ihrem durchdringenden Starren sogar eine Schlange aus der Fassung bringen. Nach einigen Sekunden begannen die Augen der Haushälterin zu tränen.

»Ja, isch glaube, du hast recht«, brummte sie eingeschüchtert und zog ein Taschentuch aus dem tiefen Tal zwischen ihren Brüsten.

»Na also«, sagte Granny, lehnte sich zurück und stellte die Tasse auf den Tisch.

»Hier gibt es gute Aufstiegsmöglichkeiten für junge Frauen, die bereit sind, hart zu arbeiten«, verkündete Frau Reineweiß. »Ich habe selbst als Dienstmädchen angefangen.«

»Das ist bei uns allen der Fall«, entgegnete Oma Wetterwachs vage. »Äh, ich muß jetzt gehen.« Sie stand auf und griff nach ihrem Hut.

»Aber...«

»Ich habe es sehr eilig«, erwiderte Granny über die Schulter hinweg, als sie in Richtung Treppe stakte. »Ein wichtiger Termin.«

»Dort drüben liegt ein Bündel alter Kleidung für dich bereit...«

Granny verharrte, und ihre Instinkte begannen mit einem Staatsstreich, der sich gegen den bewußten Willen richtete.

»Ist auch schwarzer Samt dabei?«

»Ja. Und Seide.«

Die alte Hexe wußte nicht genau, ob ihr Seide gefiel. Sie hatte gehört, solcher Stoff stamme aus dem After von Raupen. Aber schwarzer Samt übte eine fast unwiderstehliche Anziehungskraft auf sie aus. Schließlich trug Loyalität den Sieg davon.

»Heb die Sachen für mich auf!« rief sie und lief durch den Gang. »Ich hole sie später ab.«

Köchinnen und Küchenmädchen sprangen beiseite und gingen in Deckung, als Oma Wetterwachs über die schlüpfrigen Fliesen stürmte und die Treppe zum Hof hochsauste. Der lange Schal wehte wie eine Fahne hinter ihr, und die Stiefel kratzten funkenstiebend übers Kopfsteinpflaster. Außerhalb des Gebäudes raffte sie ihre Röcke zusammen und begann einen vollen Galopp, bremste nur kurz ab, als sie um die Ecke schlitterte. Ihre Absätze hinterließen einen langen weißen Streifen auf dem Boden.

Sie erreichte den Platz vor der Universität gerade noch rechtzeitig genug, um Eskarina zu sehen, die tränenüberströmt durchs Tor rannte.

»Die Magie hat einfach nicht funktioniert! Ich konnte sie spüren, aber sie wollte nicht aus mir heraus!«

»Vielleicht hast du dich zu sehr bemüht«, sagte Granny.

»Mit der Magie ist es so wie beim Angeln. Wenn man ungeduldig herumläuft und ärgerlich Steine ins Wasser wirft, beißt kein Fisch an. Man muß still und geduldig sein, der Natur ihren Lauf lassen.«

»Und dann haben mich alle ausgelacht! Irgend jemand gab mir sogar ein Bonbon!«

»Dann hat sich's wenigstens gelohnt«, murmelte Oma Wetterwachs.

»Granny!« erwiderte Esk vorwurfsvoll.

»Nun, was hast du denn erwartet?« fragte die alte Hexe. »Freu dich, daß sie nur gelacht haben. Gelächter tut nicht weh. Du bist an den obersten Zauberer herangetreten, hast angegeben und dich aufgespielt. Und daraufhin wurdest du nur ausgelacht? Du kannst von Glück sagen, Esk. Übrigens: Was ist mit dem Bonbon?«

Esk schnitt eine finstere Miene. »Was soll schon damit sein? Schmeckte nicht schlecht.«

»Was war's für eins?«

»Eine Sahnekaramelle.«

»Ich kann Sahnekaramellen nicht ausstehen.«

»Grr«, machte Eskarina leise. »Beim nächstenmal soll ich wohl um ein Pfefferminz bitten, wie?«

»Werd nicht frech, kleiner Naseweiß! Pfefferminz ist gesund. Gib mir die Schlüssel!«

Einer der Vorteile des Stadtlebens, so mußte Granny zugeben, bestand in einem großen Angebot an Glaswaren. Die Herstellung einiger spezieller Heiltränke und Elixiere erforderte Gerätschaften, die entweder zu Wucherpreisen von Zwergen gekauft oder beim nächsten Glasbläser bestellt werden mußten – und in den meisten Fällen in Form scharfkantiger Splitter geliefert wurden. Sie hatte selbst versucht, Glas zu blasen, doch durch die Anstrengung dabei bekam sie häufig Hustenanfälle, die zu seltsamen Resultaten führten. In Ankh-Morpork blühte die Alchimie, und das bedeutete, daß es viele Geschäfte gab, die alle nur erdenklichen gläsernen Artikel anboten. Außerdem bekam eine Hexe fast immer großzügigen Rabatt.

Aufmerksam beobachtete sie gelben Dampf, der durch ein Labyrinth aus verschlungenen Röhren wogte und schließlich zu einem dicken Tropfen kondensierte. Granny fing ihn mit einem Glaslöffel auf und ließ ihn behutsam in eine Ampulle rinnen.

Esk sah ihr durch einen Tränenschleier zu.

»Was ist das?« fragte sie.

»Ein Nichtsweiterwichtig«, antwortete Granny, stopfte einen Korken in den winzigen Flaschenhals und versiegelte den winzigen Behälter mit Wachs.

»Eine Medizin?«

»In gewisser Weise.« Granny nahm Zettel und Stift zur Hand. Die Zungenspitze ragte ihr aus dem Mundwinkel, als sie mit großer Sorgfalt und lautem Kratzen einige Worte schrieb. Mehrmals hielt sie inne und versuchte, die breiten Lücken in ihren orthographischen Kenntnissen auszufüllen.

»Für wen ist sie?«

»Für Frau Herapath, die Gattin des Glasbläsers.«

Esk putzte sich die Nase. »Du meinst denjenigen, der nicht sehr viel bläst, oder?«

Oma Wetterwachs hob den Kopf und musterte sie mißtrauisch.

»Wie meinst du das?«

»Als sie gestern mit dir sprach, nannte sie ihn Opa-Einmal-In-Zwei-Wochen.«

»Mmpf«, erwiderte Granny und schrieb den begonnenen Satz zu Ende: »Löß der Troffen in ain Glaß Wasser auf und gieb ain Troffen in sain Tee achte darauff dass du laichte Klaidung trehkst und kaine Bessucher ervartet wärden.«

Eines Tages muß ich jenes *Gespräch mit ihr führen,* dachte sie.

Eskarina schien in dieser Hinsicht bemerkenswert dumm zu sein. Sie hatte bei mehreren Geburten zugesehen und die Ziegen des öfteren zum Bock von Mütterchen Großapfel gebracht, ohne die offensichtlichen Schlüsse daraus zu ziehen. Granny wußte nicht genau, wie sie vorgehen sollte; aus irgendeinem Grund schien nie der geeignete Zeitpunkt zu kommen, dieses Thema zur Sprache zu bringen. Sie fragte sich, ob sie aus Scham die Augen vor dem verschloß, was eigentlich ihre Pflicht war — und nahm sich vor, peinliche Verlegenheit und ähnliche gefühlsduselige Schutzmaßnahmen bei der nächsten Gelegenheit wenigstens vorübergehend zu vergessen. Eskarina hatte ein Recht darauf zu erfahren, wie sich Bienen vermehrten. Und vielleicht auch Schmetterlinge. Und möglicherweise...

Granny errötete.

Sie klebte das Etikett auf die Ampulle und hüllte das winzige Fläschchen in einfaches Papier.

Und nun...

»Es gibt noch einen anderen Weg in die Universität«, sagte sie und warf Esk einen unauffälligen Blick zu. Das Mädchen ließ ihren Zorn gerade an einigen Kräutern aus, die es in einem Mörser zerrieb. »Einen Hexenweg sozusagen.«

Eskarina blickte auf. Granny gönnte sich ein dünnes Lächeln und begann damit, einen weiteren Zettel zu beschriften. Ihrer Meinung nach stellten solche Aufgaben den bei weitem schwierigsten Teil der Magie dar.

»Aber vermutlich interessierst du dich nicht dafür«, fuhr sie fort. »Auf jene Weise erringt man nur wenig Ruhm.«

»Sie haben mich ausgelacht«, brummte Esk.

»Ja. Darauf hast du schon hingewiesen. Also willst du es sicher nicht noch einmal versuchen. Das *verstehe* ich.«

Stille schloß sie ein, nur unterbrochen vom leisen Kratzen des Schreibstifts. Nach einer Weile sagte das Mädchen: »Der Weg, den du meinst...«

»Mmpf?«

»Er führt tatsächlich in die Universität?«

»Oh, natürlich«, sagte Granny leichthin. »Ich habe dir doch versprochen, einen zu finden, nicht wahr? Außerdem ist es ein sehr guter Weg. Du brauchst dich nicht um irgendwelche Lektionen zu kümmern und kannst das ganze Gebäude durchstreifen, ohne daß jemand auf dich achtet ... Du wärst praktisch unsichtbar, jawohl. Du könntest dort ... aufräumen und saubermachen und so. Aber nachdem man dich ausgelacht hat, hast du bestimmt keine Lust mehr, dich in der Universität umzusehen. Oder?«

»Noch eine Tasse Tee, Frau Wetterwachs?« fragte Frau Reineweiß.

»Fräulein«, sagte Granny.

»Wie?«

»Es heißt ›Fräulein Wetterwachs‹, erklärte die alte Hexe. »Drei Stücke Zucker, bitte!«

Frau Reineweiß reichte ihr die kleine Schale. Sie freute sich zwar über Grannys Besuche, aber sie mußte dafür einen hohen Preis an Zucker bezahlen. Süßigkeiten hielten sich nie lange, wenn Oma Wetterwachs in der Nähe weilte.

»Schlecht für die Figur«, sagte sie. »Und auch für die Zähne, habe isch gehört.«

»Nun, meine Figur war nie der Rede wert, und meine Zähne geben auf sich selbst acht«, erwiderte Granny. Und das entsprach bedauerlicherweise der Wahrheit. Oma Wetterwachs litt an überaus gesunden und nachgerade unzerstörbaren Zähnen, worin sie einen großen Nachteil für eine Hexe sah. Sie beneidete Mütterchen Großapfel, die Hexe auf der anderen Seite des Berges, der es schon im Alter von nur zwanzig Jahren gelang, alle ihre Zähne zu verlieren. Dadurch errang sie frühzeitig den Ruf eines weisen Tantchens. Es bedeutete zwar, daß man sich mit einer aus Suppen bestehenden Diät begnügen mußte, aber andererseits gewann man großen Respekt. Und dann die Warzen. Mütterchen Großapfel schien es überhaupt nicht schwerzufallen, sich ein Gesicht zuzulegen, das wie eine mit Murmeln gefüllte Socke aussah. Granny hingegen wandte sich an die besten Warzenbeschwörer und schaffte es nicht einmal, sich den hexenobligatorischen Nasenpikkel wachsen zu lassen.

»Mmpf?« frage sie, als sie das demonstrative Seufzen der Haushälterin hörte.

Frau Reineweiß holte tief Luft. »Isch sagte: Die junge Eskarina ist ein echter Schatz. *Ffirklch* lieb. Sie hält den Boden blitzsauber. *Blitz*sauber. Keine Aufgabe ist ihr zu schwer. Gestern sagte isch zu ihr, isch sagte: Dein Besen scheint fast lebendig zu sein. Und weißt du, was sie darauf antwortete?«

»Ich habe nicht die geringste Ahnung«, brummte Oma Wetterwachs und stöhnte lautlos.

»Sie antwortete: Der Staub fürchtet sich vor ihm! Kannst du dir das vorstellen?«

»Ja«, meinte Granny.

Frau Reineweiß schob ihre Teetasse über den Tisch und lächelte verlegen.

Granny ächzte innerlich und starrte in die nicht unbedingt klaren Tiefen der Zukunft. Langsam, aber sicher ging ihr die Phantasie aus.

Der Besen fegte durch den Korridor und wirbelte eine große Staubwolke auf. Wenn man genauer hinsah, schien das dunstige Wallen irgendwo im dicken Stiel zu verschwinden. Und wenn man noch genauer Ausschau hielt, dann konnte man feststellen, daß der Holzstab sonderbare Schnitzmuster aufwies, die nicht eigentlich *geschnitzt*, sondern *aufgeklebt* zu sein schienen. Und sie veränderten sich, während man sie betrachtete.

Doch niemand achtete darauf.

Esk saß an einem der hohen Fenster und blickte über die Stadt. Sie war ärgerlicher als sonst, und deshalb griff der Besen den Staub mit besonderer Entschlossenheit an. Spinnen eilten auf ihren acht Beinen davon, als die von ihren Ahnen gesponnenen Weben im Nichts verschwanden. In den Mauern schmiegten sich Mäuse aneinander und stemmten sich einem reißenden Sog entgegen. Im Gebälk verborgene Holzwürmer gerieten in Panik, als *etwas* sie durch ihre Freßtunnel zerrte.

»Meine Güte, du verstehst was von Reinlichkeit!« sagte Esk bewundernd.

Eigentlich mußte sie zugeben, daß das Leben in den Kellern der Unsichtbaren Universität durchaus Vorteile hatte. Das Essen war schlicht, aber es gab mehr als genug. In einer der oberen Etagen wohnte sie in einem Zimmer ganz für sich allein, und sie durfte sogar bis fünf Uhr morgens schlafen — was für Granny praktisch Mittag gleichkam. Die Arbeit fiel ihr eher leicht. Sie begann einfach zu fegen, bis der Besen begriff, was man von ihm erwartete, und dann konnte sie sich die Zeit vertreiben, bis er fertig war. Wenn irgend jemand kam, lehnte er sich unschuldig an die Wand.

Esk bedauerte nur, daß sie keine Zauberei lernte. Manchmal betrat sie Klassenzimmer und betrachtete die Kreidediagramme an den Tafeln (oder auf dem Boden, wie in den Studienkammern der fortgeschrittenen Semester), aber sie blieben bedeutungslos für sie.

Sie erinnerten Eskarina an die Symbole in Simons Büchern. Sie wirkten lebendig.

Das Mädchen beobachtete die Dächer von Ankh-Morpork, und dabei gingen ihm folgende Gedanken durch den Kopf: Wenn man schrieb, dann quetschte man nur die Worte zwischen dünnes Papier, die man normalerweise laut aussprach, und mit der Zeit verwandelten sie sich dort in... in Fossilien. (Fossilien sind auf der Scheibenwelt weithin bekannt. Es handelt sich um spiralförmige muschelartige Gegenstände und versteinerte Reste von Geschöpfen, die zu einer Zeit lebten, als der Schöpfer noch überlegte, wie er eine lange Evolution simulieren sollte, und in einem Lexikon den faszinierenden Begriff ›Pleistozän‹ entdeckte.) Ausgesprochene Worte wiederum stellten nur Schatten tatsächlicher Dinge dar. *Aber* einige dieser Dinge waren zu groß, um in Silben eingefangen zu werden, und besonders mächtige Worte ließen sich nicht zähmen, indem man sie niederschrieb.

Daraus folgte, daß die einen oder anderen Schriftzeichen versuchten, *Dinge* zu werden. An dieser Stelle verwirrten sich Eskarinas Gedanken ein wenig. Trotzdem zweifelte sie nicht daran, daß man alle Worte mit Fug und Recht als magisch bezeichnen konnte, die zornig pulsierten und zu fliehen versuchten, um feste Gestalt anzunehmen.

Sie sahen nicht sehr vertrauenserweckend aus.

Dann entsann sich Esk an den vergangenen Tag.

Es waren recht beunruhigende Erinnerungen. Die Klassenzimmer in der Universität ähnelten nach oben geöffneten Trichtern, an deren Innenrand sich lange Sitzbänke entlangzogen (von den ehrenwerten Hinterteilen der berühmtesten Magier blankgeputzt). Tief unten, gewissermaßen im Stutzen des Trichters, befanden sich: eine Werkbank, große Tafeln und genug Platz für ein anständiges Lehr-Oktagramm. Unter den Sitzreihen gab es viel freien Raum, und dort machte es sich Eskarina gemütlich. Sie spähte an den Schnörkelstiefeln der Zauberernovizen vorbei, behielt den Dozenten im Auge, lauschte seinem monotonen Vortrag und versuchte, nicht einzuschlafen. Die Stimme summte und brummte wie die ein wenig ausgeflippten Bienen in Grannys Kräutergarten. Vergeblich wartete sie auf eine Demonstration konkreter Magie. Alles beschränkte sich immer nur auf Worte, die Zauberer so sehr liebten.

Doch der vergangene Tag hatte eine Überraschung für sie bereitgehalten. In Gedanken kehrte Esk in das halbdunkle Zimmer zurück und beobachtete sich dabei, wie sie einfache Magie zu beschwören versuchte. Plötzlich hörte sie, wie sich die Tür öffnete und schwere Schritte näherten. Das war schon erstaunlich genug. Sie kannte den Stundenplan: Die Schüler des zweiten Studienjahrs, die normalerweise in diesem Zimmer unterrichtet wurden, befanden sich nun zusammen mit Jeophal dem Hurtig-Rüstigen in der Sporthalle und übten Erste Entmaterialisierungen. (Magische Studenten legten keinen großen Wert auf körperliches Training. Bei der *Sport*halle handelte es sich um einen mit Blei und Ebereschenholz abgeschirmten Raum, in dem Neophythen den Umgang mit Hoher Magie lernten, ohne dadurch das ganze Universum aus dem Gleichgewicht zu bringen. Manchmal allerdings blieben individuelle Folgen nicht aus. Geistige Destabilisierung, im Volksmund Wahnsinn genannt, war noch einer der eher harmlosen Begleiterscheinungen. Den Ungeschickten gegenüber kannte Zauberei keine Gnade: Einige Schüler konnten die Kammer aus eigener Kraft verlassen; andere mußten in Flaschen fortgebracht werden.)

Eskarina versteckte sich wie üblich unter den Sitzreihen und blickte in Richtung Tafel. Sie sah keine jungen Novizen, sondern alte und erfahrene Zauberer. Nach den Mänteln zu urteilen, nahmen sie sogar einen recht hohen Rang ein. Dann richtete sie die Aufmerksamkeit auf eine vertraute Gestalt, die wie eine ungelenke Marionette auf das Podium des Dozenten kletterte, ans Pult stieß und sich geistesabwesend entschuldigte. Kein Zweifel: Simon. Niemand sonst hatte Augen, die zwei rohen Eiern in warmem Wasser ähnelten — und eine rote Nase, die einem roten Kolben glich. Simon schien nicht nur gegen Pollen allergisch zu sein, sondern auch gegen den Rest der Welt.

Wenn man einmal davon absah, sich den jungen Mann mit einem anständigen Haarschnitt und nach einigen Lektionen in ›Wie nehme ich richtig Haltung an?‹ vorstellte, wirkte er nicht häßlich. Esk runzelte unwillkürlich die Stirn, als ihr dieser eher ungewöhnliche Gedanke durch den Kopf ging. Sie verbannte ihn in ihre mentale Kartei, um sich später eingehender damit zu beschäftigen.

Die Zauberer nahmen Platz, und kurz darauf begann Simon zu sprechen. Er las von einigen Blättern, und wenn er stotterte, halfen ihm die anwesenden Magier ganz automatisch und wie aus einem Mund mit dem entsprechenden Wort aus.

Schon nach wenigen Sekunden machte sich ein Kreidestift selbständig, schwebte vom Pult und schrieb auf der Tafel. Inzwischen wußte Esk genug von Zaubermagie, um zu wissen, daß dies eine bemerkenswerte Leistung war: Simon hielt sich erst seit einigen Wochen in der Universität auf, und die meisten Schüler beherrschten Leichte Levitation erst nach dem zweiten Studienjahr.

Der weiße Stummel glitt über schwarzen Schiefer, und ein verhaltenes Kratzen und Quietschen untermalte Simons Stimme. Selbst wenn man Zugeständnisse in Hinsicht auf sein Stottern machte: Als Redner taugte er nicht viel. Er ließ das eine oder andere Blatt fallen. Er berichtigte sich dauernd. Er machte immerzu ›Hm‹ und ›Äh‹. Und was Esk betraf, ergaben seine Ausführungen praktisch überhaupt keinen Sinn. Seltsame Formulierungen verirrten sich unter die Sitzbänke. Mit Ausdrücken wie ›der Stoff, aus dem das Universum besteht‹, konnte sie kaum etwas anfangen, es sei denn, damit meinte Simon Baumwolldrillich oder Flanell. Bei ›Mutabilität der Möglichkeitsmatrix‹ versagte ihr die Phantasie.

Manchmal schien Simon zu behaupten, es existiere erst dann etwas, wenn Menschen betreffende Überlegungen anstellten. Die ganze Welt, so meinte er, sei nur deshalb real, weil sie auf den Vorstellungen irgendwelcher Leute basierte. An einer anderen Stelle des Vortrages erklärte er, es gebe gleich Hunderte von Welten, die alle sehr ähnlich seien. Sie lägen so dicht nebeneinander, führte Simon aus, daß sie nur eine Schattenbreite voneinander trennte. Auf diese Weise, so fügte er hinzu, habe irgendein denkbares Ereignis auch eine symbolische Bühne, auf der es stattfinden könne.

(Das klang für Eskarinas Ohren gar nicht so absurd. Während sie die Waschräume der älteren Zauberer reinigte – besser gesagt: während der Zauberstab diese Arbeit übernahm, Esk die Urinbecken inspizierte und sich dabei vage an ihre Brüder erinnerte, die in der Badewanne vorm Kamin planschten –, entwickelte sie ihre inoffizielle Allgemeine Theorie komparativer Anatomie. Die Toiletten der thaumaturgischen Dozenten stellten einen magischen Ort dar: Es gab dort wahrhaft fließendes Wasser, bunte Kacheln und vor allen Dingen zwei große Silberspiegel an gegenüberliegenden Wänden. Wenn man in einen davon sah, konnte man sein multiples Spiegelbild erkennen, das immer kleiner wurde. Esk nahm dies als einen ersten Hinweis darauf, was Unendlichkeit bedeutete. Hinzu kam: Sie hatte den Verdacht, daß ihr eine der Spiegel-Eskarinas in der Ferne zuwinkte.)

Einige der Bezeichnungen, die Simon verwendete, klangen irgendwie beunruhigend. Er meinte wiederholt, die Welt sei nicht viel wirklicher als eine Seifenblase oder ein Traum.

Die Kreide quietschte weiterhin über die Tafel hinter ihm. Manchmal unterbrach Simon seinen Vortrag und erläuterte den aufmerksam lauschenden Zauberern einzelne Symbole. Esk beobachtete, wie die Magier immer aufgeregter wurden, und das fand sie seltsam, denn ihrer Meinung nach hörten sich die meisten Sätze dumm und albern an. Kurze Zeit später setzte der Kreidestummel seine unermüdliche Wanderung über den schwarzen Schiefer fort, wie ein Komet mit einem Schweif aus rieselndem Staub.

Draußen floh das Tageslicht wieder einmal vor den Heerscharen der Nacht. Die düstere Finsternis im Zimmer verdichtete sich, und die Kreideworte begannen zu glühen. Die Tafel wirkte nicht mehr in dem Sinne schwarz: Esk gewann den Eindruck, daß sie sich nach und nach auflöste, zu einem quadratischen Loch in der Außenwand des Universums wurde.

Simon sprach weiter über die Welt, die aus winzigen Dingen bestehe, deren Präsenz man nur durch die Tatsache bestimmen könnte, daß sie gar nicht vorhanden seien. Er beschrieb sie als kleine Kugeln aus Nichts, die sich rasend schnell um die eigene Achse drehten. Magie, so erklärte, sei in der Lage, sie zusammenzuschweißen, so daß sich daraus Sterne, Schmetterlinge und Diamanten formten. Alles bestehe aus gestaltloser Leere, behauptete er.

Und sonderbarerweise schien ihn das zu begeistern.

Esk stellte fest, daß die Wände des Zimmers an Substanz verloren und sich in dünnen Rauch verwandelten. Es hatte den Anschein, als dehne sich die Leere in ihnen aus, um alles das zu verschlingen, was sie als Mauern bezeichnete. Sie verflüchtigten sich, und Eskarinas Blick fiel auf eine vertraute Landschaft, eine glitzernde kalte Ebene. In der Ferne erhoben sich die ihr bereits vertrauten alten Hügel, und als sie den Kopf drehte, sah sie die Unheilswesen, die wie Statuen in der Nähe hockten und auf sie herabstarrten.

Es waren mehr als jemals zuvor: wie von einem hellen Licht angelockte Motten.

Mit einem nicht unerheblichen Unterschied: Selbst aus unmittelbarer Nähe betrachtet, wirkte das Gesicht einer Motte weitaus lieblicher als die Mienen der Geschöpfe, die Simon beobachteten.

Dann trat ein Bediensteter ins Klassenzimmer, um die Lampen anzuzünden, und die dämonischen Kreaturen verschwanden. Sie metamorphierten zu harmlosen Schatten, die sich in die Ecken der Kammer zurückzogen.

Vor einigen Jahren hatte irgend jemand beschlossen, die uralten Korridore der Unsichtbaren Universität mit einem neuen Anstrich freundlicher zu gestalten. Es ging dabei um die vage Idee von ›Lernen-soll-Spaß-machen‹. Nun, der Versuch schlug fehl. Es ist im ganzen Multiversum bekannt: Man mag die Farben mit noch so großer Sorgfalt aussuchen – die Korridore und Flure in öffentlichen Institutionen entwickeln eine Art bürokratisches Eigenleben und ziehen Gallegrün, Kotbraun, Nikotingelb oder ein klinisch-steriles Rosa vor. Infolge einer bisher wenig erforschten Mitleidsresonanz riechen derartige Gänge immer *nach gekochtem Kohl,* selbst dann, wenn die nächste Küche meilenweit entfernt ist.

Irgendwo läutete eine Glocke. Esk sprang vom Fenstersims, griff nach dem getarnten Zauberstab und begann fleißig zu fegen. Unmittelbar darauf öffneten sich die Türen der Klassenzimmer, und der Korridor füllte sich mit Schülern. An zwei Seiten strömten sie an ihr vorbei, wie Wasser an einem Felsen. Eine Zeitlang herrschte lärmendes Durcheinander. Dann schlossen sich die Türen, und einige

Nachzügler verschwanden in der Ferne. Esk war wieder allein.

Nicht zum erstenmal wünschte sie sich, es möge doch eine Unterhaltung mit dem Zauberstab möglich sein. Die anderen Dienstmädchen verhielten sich ihr gegenüber recht freundlich, aber man konnte nicht mit ihnen *sprechen.* Jedenfalls nicht über Magie.

Eskarina gelangte allmählich zu dem Schluß, daß sie endlich lesen lernen mußte. Bücher stellten offenbar den Schlüssel zur Zaubermagie dar, bei der es hauptsächlich um Worte ging. Die älteren Magier schienen zu glauben, Namen würden mit Dingen übereinstimmen. Wenn man ihnen andere Namen gab, so veränderten sie sich angeblich. Esk wußte nicht genau, ob das wirklich stimmte. Sie bewahrte sich in dieser Hinsicht einen gesunden Zweifel.

Lesen. Mit anderen Worten: die Bibliothek. Simon hatte behauptet, dort befänden sich Tausende von Büchern, und unter all den vielen Worten sollte sich das eine oder andere finden lassen, das Esk lesen konnte. Sie schulterte den Zauberstab und beschloß, das Büro von Frau Reineweiß aufzusuchen.

Sie hatte es fast erreicht, als die Wand ein leises ›Pscht!‹ flüsterte. Als Eskarina stehenblieb und sich umdrehte, sah sie Oma Wetterwachs. Nun, Granny war nicht etwa imstande, unsichtbar zu werden. Sie verstand es nur, so mit dem Vordergrund zu verschmelzen, daß sie niemand bemerkte.

»Wie kommst du voran?« fragte die alte Hexe. »Was ist mit der Magie?«

»Was tust du hier, Oma?« erwiderte Esk.

»Ich habe gerade einen Blick in die Zukunft geworfen. Für die Haushälterin.« Zufrieden hob Granny ein großes Bündel aus alter Kleidung. Esks strenger Blick ließ ihr Lächeln verblassen.

»Nun, in der Stadt geht es anders zu«, erklärte Oma Wetterwachs. »Städter wollen dauernd wissen, was die Zukunft für sie bereithält. Das liegt an ihrer ungesunden

Ernährung.« Sie fühlte sich plötzlich in die Enge getrieben und fügte hinzu: »Außerdem: Warum sollte ich mich nicht ab und zu als Wahrsagerin betätigen?«

»*Du* hast immer gesagt, Hilta nutze die Dummheit ihres Geschlechts aus«, erwiderte Esk. »*Du* warst immer der Ansicht, alle Wahrsager und Hellseher sollten sich was schämen. Und was das ›außerdem‹ betrifft: Du braucht keine neue alte Kleidung.«

»Spare in der Zeit, so hast du in der Not«, verkündete Granny stolz. Eins der wichtigsten Prinzipien ihres Lebens bestand darin, alte Kleidung zu tragen, und von diesem Grundsatz wollte sie nicht einmal während zeitweisem Wohlstand abweichen.

»Ja«, brummte Esk und nickte langsam. »Nun, die Zauberermagie... Es geht dabei nur um Worte.«

»Darauf habe ich dich gleich zu Anfang hingewiesen«, betonte Oma Wetterwachs.

»Nein, ich meine...«, begann Esk, aber Granny hob ungeduldig die Hand.

»Verschieben wir dieses Gespräch auf einen späteren Zeitpunkt«, schlug sie vor. »Ich muß bis heute abend einige wichtige Aufträge erfüllen. Wenn meine Geschäfte weiterhin so gut laufen, bleibt mir wahrscheinlich nichts anderes übrig, als jemanden einzustellen. Was hältst du davon, wenn du mir an deinem freien Nachmittag oder so einen Besuch abstattest?«

»Du willst jemanden einstellen?« fragte Eskarina verblüfft. »Eine Schülerin aufnehmen und zur Hexe ausbilden?«

»Nein«, sagte Granny. »Ich meine: vielleicht doch.«

»Und was ist mit mir?«

»Nun, du mußt deinen eigenen Weg beschreiten«, meinte Granny. »Wohin er dich auch führen mag.«

»Mmpf«, machte Esk. Die alte Frau starrte sie groß an.

»Ich sollte jetzt besser gehen«, brachte sie schließlich hervor, drehte sich um und marschierte in Richtung Küche davon. Dabei öffnete sich ihr Mantel, und Esk riß unwillkürlich die Augen auf, als sie einen roten Saum sah. Es war ein ziemlich dunkles Rot, wie von altem Wein, aber es kam trotzdem einem Schock gleich. Oma Wetterwachs, die für ihre sichtbare Kleidung normalerweise nichts anderes wählte als abgenutztes Schwarz, erschien dem Mädchen plötzlich wie eine kunterbunte Fremde.

»Die Bibliothek?« fragte Frau Reineweiß. »Isch glaube, dort wird überhaupt nicht gefegt.« In offensichtlicher Verwirrung runzelte sie die Stirn.

»Warum nicht?« erkundigte sich Eskarina. »Liegt dort kein Staub?«

»Tja...« Die Haushälterin überlegte angestrengt. »Vermutlich schon. Jetzt, da du es erwähnst... Ist mir noch nie in den Sinn gekommen.«

»Alle anderen Zimmer sind sauber«, warf Esk wie beiläufig ein.

»Ja«, sagte Frau Reineweiß. »Du bist sehr fleißig.«

»Nun?«

»Isch weiß nicht«, erwiderte sie unsicher und schüttelte den Kopf. »Hab' noch nie darüber nachgedacht. Aber jetzt frage isch mich ernsthaft, wieso in der Bibliothek noch nie abgestaubt wurde. Alle die vielen Bücher...«

»Ich mache mich sofort an die Arbeit«, sagte Esk fest.

»Ugh?« fragte der Bibliothekar und wich vor Eskarina zurück. Aber sie hatte schon von ihm gehört und war nicht unvorbereitet gekommen: Sie holte eine Banane hervor.

Der Orang-Utan streckte langsam die Pfote aus, schnappte sich die Frucht und grunzte triumphierend.

Sicher existieren Universen, in denen die Tätigkeit eines Bibliothekars recht beschaulich ist und die Berufsrisiken darauf beschränkt sind, daß Bücher aus den Regalen rutschen und einem auf den Kopf fallen. Aber wer für eine *magische* Bibliothek die Verantwortung trägt, muß ständig auf der Hut sein. Zaubersprüche verkörpern große Macht, und die wird nicht dadurch reduziert, daß man die

Formeln niederschreibt und zwischen zwei Buchdeckel zwängt. Die Magie sucht immer nach dem sprichwörtlichen Ventil. Und die Bücher neigen dazu, aufeinander zu reagieren, wodurch formlose und mit einem eigenen Willen ausgestattete thaumaturgische Energie freigesetzt wird. Magische Werke sind für gewöhnlich an die Regale gekettet, aber nicht etwa um Diebstählen vorzubeugen...

Eine besonders schicksalhafte magische Entladung hatte den Bibliothekar in einen Affen verwandelt, der allen Versuchen widerstand, ihm die menschliche Gestalt zurückzugeben. Mit Hilfe der Gestensprache und ausdrucksvollen ›Ughs!‹ erklärte er, das Leben als Orang-Utan sei erheblich besser als das eines Menschen, da alle großen philosophischen Probleme auf die Frage zurückgeführt werden könnten, woher die nächste Banane kam. Außerdem erwiesen sich lange Arme und Greiffüße durchaus von Vorteil, wenn es darum ging, an hohen Bücherschränken hochzuklettern.

Eskarina gab ihm auch die restlichen Bananen und wandte sich den Büchern zu, bevor der Bibliothekar Gelegenheit bekam, irgendwelche Einwände zu erheben.

Sie hatte nie mehr als ein Buch gleichzeitig gesehen und hielt die Bibliothek für ganz normal. Zugegeben, mit dem Boden schien etwas nicht in Ordnung zu sein, denn er wölbte sich wie eine Schüssel und schien weiter hinten als Wand emporzuragen. Darüber hinaus gewann sie den verwirrenden Eindruck, als bögen sich die Regale. Es war, als erstreckten sie sich durch mehr als die gewöhnlichen drei Dimensionen. Überraschenderweise wies auch die Decke lange Gestellreihen auf, und hier und dort wanderte ein Student an ihnen entlang, ohne den Gesetzen der Schwerkraft Beachtung zu schenken.

Nun, der Leser ahnt es bereits: Die Zusammenballung von Magie krümmt natürlich den Raum. Der Baumwolldrillich (oder vielleicht auch Flanell) in den Regalen wurde in besondere Formen gezwungen. Millionen gefangene Worte, für die es keine Fluchtmöglichkeit gab, verzerrten die Realität in ihrer unmittelbaren Nähe.

Esk hielt es für logisch, daß sich irgendwo ein Buch befand, aus dem sie entnehmen konnte, wie man all die anderen las. Sie wußte nicht genau, wo sie danach suchen sollte, aber aus irgendeinem Grund erwarteten sie auf dem Deckel Abbildungen fröhlicher Kaninchen und verspielter Kätzchen.

In der Bibliothek war es nicht gerade still. Hier und dort zischten magische Entladungen, und oktarine Funken sausten mit leisem Fauchen von Regal zu Regal. Ketten rasselten leise. Hinzu kam das knisternde Rascheln vieler tausend Blätter in ihren lederumhüllten Kerkern.

Esk vergewisserte sich, daß niemand auf sie achtete, bevor sie nach dem nächsten Buch griff. Es öffnete sich von selbst, und zu ihrem großen Verdruß mußte sie feststellen, daß es jene unverständlichen Zeichen enthielt, die sie bereits aus Simons Unterlagen kannte. Die Symbole ergaben nicht den geringsten Sinn, und Esk seufzte erleichtert: Es wäre schrecklich gewesen, alle die Hieroglyphen deuten zu können. Sie bestanden aus häßlichen Wesen, die dauernd irgendwelche rätselhaften Dinge miteinander anstellten. Esk klappte das Buch zu, wobei sie gegen den Widerstand der magischen Silben ankämpfen mußte. Der Deckel zeigte ein seltsames Geschöpf, das eine verdächtig große Ähnlichkeit mit den Wesenheiten aus der kalten Wüste offenbarte. Es sah keineswegs wie ein munteres Häschen aus.

»Heda? Esk, nicht wwwahr? Www-was tust du h-hier?«

Simon trat auf sie zu, ein Buch unter den Arm geklemmt. Eskarina errötete.

»Granny weicht mir immer wieder aus«, antwortete sie. »Ich glaube, es hat irgend etwas mit Männern und Frauen zu tun.«

Simon starrte sie groß an und zwinkerte verdutzt. Dann lächelte er. Esk rief sich seine Frage ins Gedächtnis zurück.

»Ich arbeite hier. Ich fege.« Sie hob den als Besen getarnten Zauberstab.

»Hier?«

Esk musterte ihn. Sie fühlte sich allein, hilflos und mehr als nur im Stich gelassen. Alle anderen Leute schienen ganz darauf konzentriert zu sein, ihr Leben fest in die Hand zu nehmen. Eskarina befürchtete, daß sie den Rest *ihres* Lebens damit verbringen mußte, den Dreck wegzuräumen, den Zauberer zurückließen. *Das ist einfach nicht anständig,* dachte sie zerknirscht. Und: *Ich habe die Nase voll, jawohl!*

»Nun, eigentlich stimmt das nicht. Ich lerne lesen, damit ich Zauberer werden kann.«

Der junge Mann wischte sich einige Tränen aus den wäßrigen Augen und beobachtete sie einige Sekunden lang. Dann nahm er ihr vorsichtig das Buch aus der Hand und las den Titel.

»Dämonysche Dämonology der Befrydygung von Unbefrydygten. Hältst du das für ein Lehrbuch über die K-Kunst des Lesens?«

»Äh«, erwiderte Esk. »Nun, tja ... Es geht doch darum, die Schriftzeichen zu deuten, nicht wahr? Man darf nicht aufgeben, muß es immer wieder versuchen. Irgendwann hat man den Bogen raus. So wie beim Melken oder Stricken oder ...« Ihre Stimme verklang.

»Ich wwweiß nicht genau, worauf es beim M-Melken und Stricken ankommt«, gestand Simon ein. »Aber wwwas diese Bücher betrifft ... Sie können r-recht aggressiv sein. Wwwenn du nicht vorsichtig bist, l-lesen sie *dich.«*

»Was soll das heißen?«

»Ich habe gggg ...«

»... gehört ...«, half Eskarina.

»... daß es einst ai-einen Zauberer gggg ...«

»... gab ...«

»... d-der das *Nekrotelicomnicon* l-las und dabei ssseine G-Gedanken umherwwww ...«

»... wandern ...«

»... ließ. K-Kurze Zeit später f-fand man sssseine Kleidung auf ai-einem Stuhl, und der H-Hut lag d-daneben, und d-das B-Buch ...«

Esk hielt sich die Ohren zu – aber nicht zu fest, um auch die nächsten Worte Simons zu verstehen.

»Ich will gar nichts wissen, wenn es etwas Schreckliches ist.«

»... h-hatte *viel m-mehr Ssseiten.*«

Eskarina ließ die Hände sinken. »Stand irgend etwas darauf?«

Simon nickte ernst. »Ja. Jedes einzelne B-Blatt wwww...«

»Nein«, sagte Esk. »Ich will es mir nicht einmal vorstellen. Ich dachte bisher, lesen sei überhaupt nicht gefährlich. Ich meine: Granny las jeden Tag in ihrem *Almanach*, und ihr ist nie irgend etwas zugestoßen.«

»Von ganz gewwwöhnlichen Wwww...«

»... Wörtern...«

»... d-droht vermutlich k-keine Gefahr«, räumte Simon großzügig ein.

»Bist du völlig sicher?« fragte Esk.

»Man m-muß nur d-daran denken, daß Wwwörter auch mächtig sssein k-können«, sagte Simon und schob das Buch ins Regal zurück, wo es zornig an der Kette zerrte. »Außerdem h-heißt es, d-die Feder sssei m-mächtiger als das Ssss...«

»... Schwert«, warf Esk hilfsbereit ein. »Mag sein. Aber mal ganz ehrlich: Von was möchtest du lieber geschlagen werden?«

»Äh, ich schätze, es h-hat keinen Sssinn, wwwenn ich d-dich darauf hinwwweise, daß du h-hier nichts zu sssuchen h-hast, oder?«

Esk dachte kurz darüber nach. »Nein«, bestätigte sie dann. »Wohl kaum.«

»Ich könnte d-die Pförtner v-verständigen und dich f-fortbringen lassen.«

»Aber das wirst du nicht.«

»Ich m-möchte n-nur vvvvv...«

»... vermeiden...«

»... daß du in Schwierigkeiten g-gerätst. Das wwwwürde ich ssssehr bedauern. Wwwwenn dir etwas zustieße...«

Esk bemerkte ein vages Wabern über Simons Kopf. Und für den Bruchteil einer Sekunde sah sie die düsteren Wesenheiten aus der kalten Ebene. Sie beobachteten aufmerksam. Und die friedliche Bibliothek, in der die schwere Last geballter Magie das Universum besonders dünn preßte, gab ihnen die Möglichkeit zu *handeln.*

Das leise Knistern in den Regalen wurde zu einem verzweifelten Rascheln. Einige der mächtigeren Bücher schafften es, aus den Regalen zu springen: Panikerfüllt flatterten sie am Ende ihrer Ketten. Ein großer thaumaturgischer Band verließ seinen Horst auf der obersten Ablage, riß sich von den stählernen Fesseln los und hüpfte wie ein erschrockenes Huhn davon. Einige fransige Blätter folgten ihm wie Küken.

Ein magischer Wind wehte Eskarinas Kopftuch zur Seite, und ihr Haar wogte wie ein Banner. Sie sah, wie Simon sich an einem Gestell festzuhalten versuchte, als um ihn herum Bücher explodierten. Die Luft wurde schmierig und roch nach heißem Zinn. Irgendwo summte etwas.

»Sie versuchen, hierherzukommen!« rief Esk.

Simon starrte sie an und schnitt eine Grimasse. Eine vor Furcht übergeschnappte magische Trilogie prallte ihm gegen den verlängerten Rücken, schleuderte ihn zu Boden und hastete an den Regalen entlang. Eskarina duckte sich, als ein Therausi-Schwarm vorbeiraste und sein Gerüst hinter sich herzog. Auf Händen und Knien kroch sie an Simon heran. »Deshalb haben die Bücher solche Angst!« schrie sie ihm ins Ohr. »Kannst du sie nicht *sehen?* Sie lauern dort oben!«

Simon schüttelte stumm den Kopf. Über ihnen lösten sich mehrere Buchdeckel, und Dutzende zitternder Blätter sanken auf sie herab.

Die verschiedenen menschlichen Sinne stellen gute Übertragungskanäle für Grauen und Entsetzen dar. Man denke nur an das leise unheilvolle Kichern in einem verschlossenen und stockfinsteren Zimmer, an den Anblick einer halben Raupe auf der Salatgabel, den sonderbaren Geruch aus dem Schlafzimmer des Untermieters, den eigentümlich bitteren Geschmack eines mit sogenannten Pflanzenschutzmitteln behandelten Blumenkohls. Und was den Tastsinn angeht: Stellen Sie sich vor, Sie drehen sich des Nachts im Bett um und berühren etwas Pelziges (dies gilt nur für die Leser unter Ihnen, die keine Hunde und Katzen halten und ihr Bett auch nicht gern mit Hamstern teilen)...

Der Boden unter Esks Händen veränderte sich irgendwie. Sie senkte den Kopf, das Gesicht eine Fratze des Schreckens: Die staubigen Dielen fühlten sich plötzlich sandig an. Und trocken. Und sehr, sehr kalt.

Esks Finger bohrten sich in feinen grauen Sand.

Sie schirmte die Augen vor dem Wind ab, griff nach dem Zauberstab und richtete ihn auf die dämonischen Gestalten weiter oben. Es wäre sicher erfreulich gewesen zu berichten, daß ein greller Strahl aus magischem weißem Feuer aufblitzte und die schmierige Luft reinigte. Doch leider blieb er aus...

Der Stab wand sich wie eine Schlange hin und her und traf Simon am Kopf.

Die grauen Kreaturen erbebten und verschwanden.

Die Realität kehrte zurück und versuchte den Anschein zu erwecken, als habe sie sich überhaupt nicht aus dem Staub gemacht. Stille senkte sich wie dicker weicher Samt herab, eine Schicht nach der anderen — eine dumpfe, düstere und recht laute Stille. Einige Bücher fielen zu Boden und kamen sich ziemlich dumm vor.

Der Boden unter Eskarina bestand wieder aus festem Holz. Sie stampfte auf, um ganz sicher zu sein.

Blut bildete eine kleine Lache unter Simons Schädel. Der junge Mann rührte sich nicht. Esk beobachtete ihn eine Zeitlang, starrte dann auf den Zauberstab. Selbstgefällig erwiderte er ihren Blick.

In der Ferne erklangen Stimmen und das Geräusch eiliger Schritte.

Eine ledrige Hand schloß sich um Esks Finger, und hinter ihr sagte jemand leise: »Ugh.« Sie drehte sich um und sah das von rotem Fell umrahmte, freundliche Gesicht des Bibliothekars. Er bedeutete ihr mit einer unmißverständlichen Geste, mucksmäuschenstill zu sein, zerrte sie behutsam am Arm.

»Ich habe ihn umgebracht«, hauchte das Mädchen.

Der Bibliothekar schüttelte den Kopf und zog etwas entschlossener.

»Ugh«, erklärte er. »Ugh«.

Er führte Esk durch einen schmalen Tunnel in dem Labyrinth aus uralten Regalen, und nur wenige Sekunden später kamen einige ältere Zauberer um die Ecke, angelockt vom Lärm.

»Die Bücher haben schon wieder gegeneinander gekämpft...«

»Oh, nein! Es wird Jahrhunderte dauern, um alle geflohenen Zaubersprüche einzufangen. Bestimmt haben sie sich gut versteckt...«

»Was liegt da auf dem Boden?«

Kurzes Schweigen folgte.

»Er hat das Bewußtsein verloren. Offenbar wurde er von einem umstürzenden Regal am Kopf getroffen.«

»Wer ist er?«

»Der neue Schüler. Derjenige, von dem es heißt, er habe den Kopf voller Grütze.«

»Nun, wäre der Aufprall ein wenig stärker gewesen, wüßten wir jetzt, ob man das zu Recht von ihm behauptet.«

»Ihr beiden: Bringt ihn ins Krankenzimmer. Die anderen sammeln die Bücher ein. Wo steckt der blöde Bibliothekar? Er müßte doch wissen, wie gefährlich es ist, eine Kritische Masse entstehen zu lassen.«

Esk sah den Orang-Utan an, der daraufhin stumm die Brauen hob. Er zog einen staubigen Band mit Gartenformeln aus dem Regal neben ihm, holte eine Banane hervor, die er dahinter versteckt hatte, und verspeiste sie genüßlich. Er schien ganz sicher zu sein, daß alle Probleme einzig und allein die Menschen betrafen.

Eskarina blickte in die andere Richtung, auf den Stab, den sie noch immer in der Hand hielt, preßte die Lippen so fest zusammen, daß sie nur noch einen weißen Strich bildeten. Sie war ganz sicher, den verdammten Stock nicht losgelassen zu haben. Er hatte sich auf Simon *gestürzt*, mit der festen Absicht, ihn zu töten.

Der junge Mann lag auf einem harten Bett, und auf seiner Stirn ruhte ein feuchtkaltes Handtuch. Treatle und Knallwinkel starrten besorgt auf die reglose Gestalt hinab.

»Wie lange ist er jetzt schon bewußtlos?« fragte der Erzkanzler.

Treatle zuckte mit den Schultern. »Seit drei Tagen.«

»Und er ist kein einziges Mal zu sich gekommen?«

»Nein.«

Knallwinkel ließ sich auf die Bettkante sinken und rieb sich nachdenklich den Nasenrücken. Simon hatte nicht besonders gesund ausgesehen, aber jetzt wirkte sein Gesicht wie eine eingefallene Totenmaske.

»Ein vielversprechender Schüler, der es sicher weit bringen könnte«, sagte er. »Seine Erklärungen in Hinsicht auf die fundamentalen Prinzipien von Magie und Materie sind wirklich... bemerkenswert.«

Treatle nickte.

»Er scheint Wissen geradezu aufzusaugen«, fuhr Knallwinkel fort. »Lieber Himmel, schon seit Jahrzehnten lebe und arbeite ich als Zauberer, aber eigentlich habe ich die Magie erst durch seine Erläuterungen begriffen. Er drückt sich so... so klar und *verständlich* aus.«

»Das sagen alle«, bestätigte Treatle niedergeschlagen. »Unsere Kollegen beschreiben es folgendermaßen: Es sei so, als ziehe ihnen jemand eine Kapuze vom Kopf und gebe ihnen die Möglichkeit, zum erstenmal in ihrem Leben helles Tageslicht zu sehen.«

Eine nachdenkliche Pause schloß sich an.

»Allerdings...«, fügte Treatle hinzu.

»Allerdings was?« fragte Knallwinkel.

»Ich frage mich nur, *was* wir verstanden haben«, sagte der Vizekanzler vorsichtig. »Das läßt mich nicht zur Ruhe kommen. Ich meine: Kannst du es erklären?«

»Was soll das heißen: erklären?« Knallwinkel runzelte besorgt die Stirn.

»Worüber Simon dauernd spricht«, entgegnete Treatle. In seiner Stimme ließ sich ein Unterton von Verzweiflung vernehmen. »Oh, sicher, mit seinen Beschreibungen trifft er genau den Kern der Sache, daran kann gar kein Zweifel bestehen. Doch worum *geht* es dabei?«

Knallwinkel starrte ihn groß an. Schließlich erwiderte er: »Oh, das ist ganz einfach. Weißt du, Magie füllt das Universum, und jedesmal dann, wenn sich der Kosmos verändert... Nein, ich meine: Jedesmal dann, wenn Magie beschworen wird, verändert sich das Universum, aber immer nur in einer Richtung, das ist eine sehr wichtige Erkenntnis, und außerdem...« Er vollführte einige komplizierte Gesten und hoffte auf einen Schimmer des Begreifens in Treatles Augen. »Um es anders auszudrücken: Jedes Stück Materie, zum Beispiel ein Apfel oder die Scheibenwelt oder...«

»...ein Krokodil?« schlug Treatle vor.

»Ja, oder ein Krokodil... Nun, alle solche Dinge sind im Grunde genommen wie eine Mohrrübe geformt.«

»Daran erinnere ich mich nicht«, sagte Treatle skeptisch.

»Ich bin sicher, darauf wollte Simon hinaus«, verteidigte sich Knallwinkel. Er begann zu schwitzen.

»Ich entsinne mich an eine andere Stelle seines Vortrags«, brummte der Vizekanzler. »Er sagte, wenn man weit genug geht, sieht man irgendwann den eigenen Hinterkopf.«

»Bist du ganz sicher, daß er nicht den Hinterkopf von jemand anderem meinte?«

Treatle überlegte.

»›Der eigene Hinterkopf‹ – so lauteten seine Worte«, antwortete er. »Und wenn ich mich nicht irre, fügte er hinzu, er könne das sogar beweisen.«

Sie schwiegen eine Zeitlang und grübelten.

Nach einer Weile räusperte sich Knallwinkel behutsam.

»Für mich sieht die ganze Sache folgendermaßen aus«, sagte er langsam. »Bevor ich ihm zuhörte, ähnelte ich allen anderen. Verstehst du, was ich meine? Ich war verwirrt und unsicher in bezug auf einige bestimmte Einzelheiten des Lebens an sich. Aber jetzt«, – Knallwinkels Miene erhellte sich –, »bin ich zwar immer noch verwirrt und unsicher, doch auf einer höheren Ebene. Wenigstens *weiß* ich nun, daß ich von den wirklich fundamentalen und wichtigen Geheimnissen des Universums nicht die geringste Ahnung habe.«

Treatle nickte. »Diese Perspektive ist mir neu«, gestand er ein. »Aber du hast völlig recht. Simon hat die Grenzen der Unwissenheit erweitert. Im Kosmos gibt es vieles, von dem wir überhaupt nichts ahnen.«

Die beiden Männer sonnten sich in dem herrlichen Gefühl, weitaus weniger zu wissen als gewöhnliche Leute, die nur von gewöhnlichen Dingen nichts wußten.

Dann sagte Treatle: »Ich hoffe, er erholt sich bald. Das Fieber hat er überstanden, aber er scheint einfach nicht gewillt zu sein, wieder zu erwachen.«

Zwei Dienstmädchen kamen herein und brachten frisches Wasser und Handtücher. Eins von ihnen trug einen ziemlich mitgenommen aussehenden Besen. Als sie damit begannen, die schweißnassen Laken des Bettes zu wechseln, gingen die beiden Zauberer. Sie diskutierten noch immer über die unabsehbaren Konsequenzen der Unwissenheit, die Simons Genie der Welt offenbart hatte.

Oma Wetterwachs wartete, bis Knallwinkels und Treatles Schritte in der Ferne verklangen, und nahm dann ihr Kopftuch ab.

»Blödes Ding«, brummte sie. »Esk, lausch an der Tür!« Sie zog das Handtuch von Simons Stirn und fühlte seine Körpertempertur.

»Es freut mich, daß du gekommen bist, obwohl du in letzter Zeit soviel zu tun hast«, sagte Esk.

»Mmmmpf.« Granny schürzte die Lippen. Sie hob Simons Lider und tastete nach dem Puls. Sie preßte ein Ohr auf die Xylophon-Brust und prüfte den Herzschlag. Sie saß eine Zeitlang ganz still und schickte mentale Sonden in das Bewußtsein des jungen Mannes.

Sie runzelte die Stirn.

»Wird er wieder gesund?« fragte Esk nervös.

Granny starrte an die steinerne Wand.

»Verflixter Ort«, sagte sie. »Eignet sich nicht für Kranke.«

»Ja, ja, aber ist alles in Ordnung mit ihm?«

»Wie?« Oma Wetterwachs zwinkerte einige Male. »Oh. Äh, ich denke schon. Wo er sich auch befinden mag.«

Esk musterte sie verwirrt und richtete den Blick dann auf den reglosen Simon.

»Ist niemand zu Hause«, sagte Granny schlicht.

»Was meinst du damit?«

»Man hör sich nur das Kind an!« stöhnte die alte Hexe. »Hast du denn überhaupt nichts bei mir gelernt? Sein Bewußtsein Wandert Umher, Hat Den Kopf Verlassen.«

Als sie den jungen Mann beobachtete, stahl sich fast so etwas wie Bewunderung in ihre faltigen Züge.

»Großartig«, fügte sie hinzu. »Ich habe noch nie einen Zauberer kennengelernt, der borgen konnte.«

Sie wandte sich an Esk, der es allem Anschein nach die Sprache verschlagen hatte.

»Als ich noch ein junges Mädchen war, begab sich Mütterchen Großapfel auf Wanderschaft. Wenn ich mich recht entsinne, ließ sie sich in der Gedankensphäre einer Füchsin nieder und fand es dort so interessant, daß sie vergaß zurückzukehren. Es dauerte mehrere Tage, bis wir sie entdeckten. Und dann dein Erlebnis. Ohne die Hilfe des Zauberstabs hätte ich dich vermutlich nicht lokalisieren können... He, wo steckt er überhaupt, Mädchen?«

»Er hat Simon geschlagen«, murmelte Eskarina. »Er hat

versucht, ihn umzubringen. Und deshalb habe ich ihn in den Fluß geworfen.«

»Das war nicht besonders nett von dir«, tadelte Oma Wetterwachs. »Immerhin verdankst du ihm dein Leben.«

»Er hat mich gerettet, indem er Simon niederstreckte?«

»Verstehst du denn nicht? Dieser Schlaukopf hier... er beschwor *sie*, die *Dinge.«*

»Das stimmt nicht!«

Granny sah in die herausfordernd blitzenden Augen Eskarinas und rang sich zu einer schmerzlichen Erkenntnis durch: *Ich habe sie verloren. Eine dreijährige Ausbildung — für die Katz. Es ist ihr nicht gestattet, eine Zauberin zu sein, aber vielleicht hätte sie eine gute Hexe werden können.*

»Und warum soll das nicht stimmen, Fräulein Ichweißalles?« fragte sie.

»So etwas würde er nie wagen!« Esk war inzwischen den Tränen nahe. »Ich habe einen seiner Vorträge gehört. Er... Nun, Simon ist nicht etwa böse, sondern sehr klug. Er versteht, wie alles funktioniert. Er...«

»Ich schätze, er ist ein sehr netter Junge«, sagte Oma Wetterwachs trocken. »Außerdem habe ich nie behauptet, er sei ein schwarzer Magier, oder?«

»Die *Dinge* sind schrecklich!« Esk schluchzte. »Simon riefe sie nie, er strebt alles das an, was sie nicht verkörpern, und du bist eine gemeine alte...«

Das laute Klatschen einer Ohrfeige unterbrach sie. Eskarina taumelte zurück, so überrascht und entsetzt, daß ihr das Blut aus den Wangen wich. Granny stand zitternd vor ihr, die Hand weiterhin erhoben.

Sie hatte Esk nur einmal zuvor geschlagen — der kleine Klaps, der dem Neugeborenen eine erste Vorstellung von dem vermittelt, was er von der Welt zu erwarten hat. Während der Ausbildung verzichtete sie auf körperliche Strafen, selbst dann wenn Eskarina Milch anbrennen ließ oder vergaß, die Ziegen zu tränken. Bei solchen Gelegenheiten beschränkte sich die alte Hexe auf ein scharfes Wort oder strenge Stille, die weitaus mehr bewirkte als eine Tracht Prügel.

Sie packte das Mädchen fest an den Schultern und sah ihm in die Augen.

»Hör mir jetzt gut zu!« begann sie mit bedeutungsvoll klingender Stimme. »Habe ich dir nicht immer wieder gesagt, daß man bei der Beschwörung von Magie wie ein Messer sein muß, das durch Wasser schneidet? Na?«

Esk fühlte sich von Grannys durchdringendem Starren fast hypnotisiert und kramte in den untersten Schubladen ihres Gedächtnisses. Schließlich nickte sie.

»Und du dachtest, so etwas sei eben typisch für Hexen, insbesondere für die alte Oma Wetterwachs, nicht wahr? Nun, Tatsache ist: Wenn man Magie einsetzt, erweckt man *ihre* Aufmerksamkeit. Die ganze Zeit über beobachten sie die Welt. Gewöhnliche Bewußtseine sind nur undeutliche Flecken für sie, denen sie kaum Beachtung schenken. Aber ein mit thaumaturgischer Energie erfüllter Geist wirkt wie ein Leuchtfeuer auf sie. Die *Dinge* werden nicht von Dunkelheit angelockt, sondern von jenem Licht, das Schatten wirft.«

»Aber... aber... Warum sind *sie* an uns interessiert? Was wollen *sie?*«

»Leben und Gestalt«, antwortete Granny.

Sie ließ die Schultern hängen und gab Esk frei.

»Eigentlich sollte man *sie* bemitleiden«, fuhr sie leise fort. »*Sie* verfügen nur dann über Leben und Gestalt, wenn *sie* etwas stehlen. Hier in dieser Welt hätten *sie* kaum größere Überlebenschancen als ein Fisch im Feuer, aber trotzdem geben *sie* nicht auf. *Sie* sind gerade intelligent genug, um uns zu hassen, weil wir alles das haben, was sie begehren.«

Eskarina schauderte und entsann sich an staubigen kalten Sand...

»Was sind *sie?* Bisher habe ich *sie* für dämonenartige Wesen gehalten...«

»Nun, niemand weiß genau, was sie darstellen. Es sind

schlicht *Dinge* aus den Kerkerdimensionen außerhalb unseres Universums, das ist alles. Schattenkreaturen.«

Die alte Hexe drehte sich um und sah auf Simon hinab. »Du weißt nicht zufällig, an welchem Ort seine Gedanken weilen, oder?« fragte sie mit einem kurzen Seitenblick auf Esk. »Er wird wohl kaum einen Ausflug mit den Möwen machen, nehme ich an.«

Eskarina schüttelte den Kopf.

»Nein«, sagte Granny. »In dem Fall wäre er längst zurückgekehrt. *Sie* haben ihn erwischt.«

Es war keine Frage, aber Esk nickte trotzdem, kummervoll und traurig.

»Es ist nicht deine Schuld«, fuhr Oma Wetterwachs fort. »Sein Geist gewährte *ihnen* Zugang, und *sie* zögerten nicht, die gute Gelegenheit sofort auszunutzen. *Sie* nahmen sein Bewußtsein mit. Ich frage mich...«

Sie trommelte mit den Fingerkuppen auf die Bettkante und traf eine Entscheidung.

»Wer gilt hier als der wichtigste Zauberer?« erkundigte sie sich.

»Äh, Lord Knallwinkel«, sagte Esk. »Er ist Erzkanzler der Unsichtbaren Universität. Einer der beiden Männer, die wir hier antrafen.«

»Meinst du den Dicken? Oder denjenigen, der so aussah, wie Essig schmeckt?«

Esk verdrängte die Vorstellungen, die ihr einen Simon zeigten, der eine kalte Wüste durchstreifte. Sie konzentrierte sich auf Grannys Frage und erwiderte: »Man bezeichnet ihn als Zauberer im Achten Rang und Dreiunddreißig-Grad-Magus.«

»Mit anderen Worten: Er ist ziemlich krumm«, stellte Oma Wetterwachs energisch fest und seufzte. »Du hältst dich schon zu lange in der Nähe von Zauberern auf, Kindchen. Nimm sie nicht so ernst! Sie nennen sich alle Hoher Lord Sowieso und Erhabener Diesunddas. Das gehört einfach dazu. Selbst Magier schmücken sich gern mit solchen Titeln, obwohl man eigentlich mehr Vernunft von ihnen erwarten sollte. Sie halten sich gleich für viel wichtiger, wenn man sie mit Hochwohlerlauchter Obermeister Vom Ersten Magischen Stuhl anspricht. Wie dem auch sei: Wo hält sich der Herr Ich-bin-besser-als-alle-anderen jetzt auf?«

»Bestimmt speist er gerade im Großen Saal«, sagte Esk. »Kann er Simon zurückholen?«

»Ich schätze, dabei werden sich einige Probleme ergeben«, entgegnete Oma Wetterwachs. »Vermutlich fällt es uns nicht weiter schwer, *irgend etwas* zurückzuholen, das wie ein normaler Mensch spricht und geht. Aber ob es Simon ist, steht in einem völlig anderen Almanach.«

Sie stand auf. »Laß uns nicht noch mehr Zeit vergeuden. Auf zum Großen Saal!«

»Äh, Frauen sind dort nicht zugelassen«, gab Esk zu bedenken.

Granny blieb auf der Türschwelle stehen, straffte die Schultern und drehte sich langsam um.

»*Was* hast du da gesagt?« fragte sie. »Trügen mich meine alten Ohren? Nein, nein, behaupte jetzt bloß nicht, ich sei schwerhörig, denn du weißt genau, daß das nicht stimmt.«

»Entschuldige«, murmelte Esk. »Reine Angewohnheit.«

»Offenbar hast du einige Vorstellungen entwickelt, die deiner nicht würdig sind«, sagte Granny kühl. »Bitte irgendeine deiner Kolleginnen darum, bei dem Jungen zu wachen.« Sie holte tief Luft, um sich in die richtige Stimmung zu bringen. »Und dann sehen wir uns den Großen Saal an, in dem Frauen angeblich nichts zu suchen haben. Ha, wär doch gelacht!«

Die ganze Fakultät der Unsichtbaren Universität saß in der ehrenwerten Halle beim Essen, als sich plötzlich die breite Tür öffnete. Oma Wetterwachs erzielte nicht ganz die erhoffte Dramatik, denn einer der beiden Torflügel prallte an einem Kellner ab und stieß ihr ans Schienbein — was sie daran hinderte, den weiten Raum mit langen und eindrucksvollen Schritten zu durchqueren. Statt dessen hüpfte und humpelte sie über die Fliesen, wobei sie sich um einen Rest von Würde bemühte.

Esk folgte ihr und spürte, wie sich Hunderte von Blicken auf sie richteten.

Die lauten Stimmen verklangen, und selbst das klappernde Geschirr schien den Atem anzuhalten. Einige Stühle kippten um. Am einen Ende des Großen Saals saßen die ältesten und weisesten Zauberer an ihrem hohen Tisch, der knapp einen Meter über den Kacheln schwebte. Sie rissen die Augen auf und starrten wortlos her.

Ein Zauberer im mittleren Rang — Esk erkannte ihn als einen Dozenten, der Angewandte Astrologie lehrte — eilte ihnen entgegen und ruderte aufgeregt mit den Armen.

»Neinneinneinnein!« rief er. »Ihr habt euch in der Tür geirrt. Kehrt sofort auf den Flur zurück!«

»Wenn du nichts dagegen hast...«, erwiderte Granny gelassen und schob ihn beiseite.

»Neinneinnein, das widerspricht der Tradition. Ihr müßt den Saal verlassen, *auf der Stelle,* Frauen sind hier nicht gestattet.«

»Ich bin keine Frau, sondern eine Hexe«, meinte Granny. Sie sah Esk an. »Ist er wichtig?«

»Ich glaube nicht«, antwortete das Mädchen.

»Na schön.« Granny wandte sich an den Dozenten. »Bitte sag einem bedeutenden Zauberer, daß ich hier bin und eine Audienz wünsche. Und beeil dich!«

Esk klopfte ihr auf den Rücken. Einige Magier, die sich von ihrer Überraschung schneller erholten als die anderen, eilten durch die geöffnete Tür und kehrten mit mehreren Pförtnern zurück, die nun drohend näherkamen. Die Studenten buhten und pfiffen sie aus. Eskarina hatte von jenen Männern, die in ihren kleinen Wachhäusern ein eher zurückgezogenes Leben führten, noch nie viel gehalten, doch jetzt taten sie ihr plötzlich leid.

Zwei von ihnen streckten haarige Hände aus und griffen nach Grannys Schultern. Oma Wetterwachs' Arm verschwand hinter ihrem Rücken, und es folgte ein kurzes konturloses Wirbeln. Der Mann preßte die Hände auf eine intime Körperstelle, krümmte sich zusammen, stöhnte hingebungsvoll und taumelte fort.

»Haarnadel«, erklärte die alte Hexe knapp. Ihre freie Hand schloß sich um Esks Arm. Sie zog das Mädchen in Richtung der älteren Zauberer und warf all jenen finstere Blicke zu, die mit dem Gedanken spielten, ihr in den Weg zu treten. Die jüngeren Studenten genossen die Abwechslung, klatschten begeistert und klopften mit Tellern und Tassen. Der hohe Tisch wirkte gar nicht mehr so hoch, als er mit einem dumpfen Pochen auf dem Boden landete, und die älteren Magier bezogen hastig hinter Knallwinkel Aufstellung, der alle Würdereserven mobilisierte. Seine Anstrengungen blieben zum größten Teil ohne Erfolg. Mit einer fleckigen Serviette auf der Brust sieht man nur selten besonders würdevoll aus.

Als er die Hände hob, wurde es still im Saal, und die Anwesenden sahen gespannt zu, wie Granny und Eskarina an den Erzkanzler herantraten. Interessiert betrachtete Oma Wetterwachs die Gemälde und Statuen vor Jahrhunderten verstorbener Zauberer.

»Was sind das für Kerle?« hauchte sie aus dem Mundwinkel.

»Es waren Oberhäupter der acht magischen Orden«, flüsterte Esk.

»Sehen aus, als litten sie an Verstopfung«, meinte Granny schlicht. »Was soll's: Mir ist nicht ein einziger Zauberer bekannt, der keine Verdauungsstörungen oder Abführprobleme hat.«

»Das liegt am Staub«, behauptete Eskarina kühn. »Er schlägt ihnen auf den Magen.«

Knallwinkel stand breitbeinig vor ihnen, die Arme in die Hüften gestemmt. Sein Bauch wölbte sich wie ein für Anfänger reservierter Skihang, und in der gegenwärtigen Haltung erinnerte er auffällig an einen japanischen Freistilringer.

»Nun?« fragte er. »Was bedeutet diese *Unverschämtheit?«*

»Ist er wichtig?« erkundigte sich Granny bei Esk.

»Ich, gute Frau, bin der Erzkanzler! Zufälligerweise leite ich diese Universität! Und *du* hast gerade höchst gefährliches Territorium betreten! Ich weise dich darauf hin... *Sieh mich nicht so an!«*

Knallwinkel wankte zurück und hob die Hände, um Grannys Blick abzuwehren. Die Zauberer hinter ihm ergriffen die Flucht, und in ihrer Hast, dem Hexenstarren zu entkommen, stießen sie einige Tische um.

Grannys Augen veränderten sich.

Esk beobachtete sie fasziniert. Sie schienen aus poliertem Silber zu bestehen, glichen zwei kleinen runden Spiegeln, die alles reflektierten. Knallwinkel war eine winzige schrumpfende Gestalt in ihren funkelnden Tiefen: Sein Mund stand offen, und streichholzdünne Arme gestikulierten wild.

Der Erzkanzler stieß an eine Säule und versuchte sich wieder zu fassen. Wütend schüttelte er den Kopf, spreizte die Finger und schleuderte Oma Wetterwachs weißes Feuer entgegen.

Granny wandte ihren durchdringenden Silberblick nicht von ihm ab, als sie die magische Glut zur Decke ablenkte. Irgend etwas krachte laut, und heiße Steinsplitter fielen herab.

Ihre Augen weiteten sich.

Knallwinkel verschwand. Wo er eben noch gestanden hatte, zischte eine hoch aufgerichtete Schlange.

Oma Wetterwachs verschwand. Wo sie eben noch gestanden hatte, befand sich ein Weidenkorb.

Die Schlange verwandelte sich in ein riesiges Reptil aus grauer Vorzeit.

Der Weidenkorb verwandelte sich in den kalten Wind der Eisriesen und ließ Rauhreif auf der Schuppenhaut des Ungeheuers entstehen.

Das Reptil wurde ein Säbelzahntiger, der sich zum Sprung duckte.

Die fauchenden Böen wurden eine blubbernde Teerpfütze.

Der Tiger wurde gerade noch rechtzeitig ein herabsausender Adler.

Die Teerpfütze wurde ein weit gespanntes Fangnetz.

Die Veränderungen erfolgten in immer kürzeren Abständen, und die einzelnen Konturen verschwammen miteinander. Stroboskopartige Schatten tanzten durch den Saal. Ein magischer Wind wehte dicht und schmierig; oktarine Funken stoben von Bärten und Fingerspitzen. Eskarina stand in der Mitte des Chaos, und aus tränenden Augen beobachtete sie Granny und Knallwinkel: zwei glänzende Gestalten, umgeben von einer unsteten Aura aus hin und her springenden Schemen.

Nach kurzer Zeit bemerkte sie auch noch etwas anderes: ein schrilles Pfeifen an der menschlichen Hörschwelle.

Esk hatte dieses Geräusch schon einmal vernommen, in der kalten Wüste – ein gieriges Schnattern, das Summen eines Bienenstocks, das leise Knistern, das von einem Ameisenhügel ausgeht...

»Sie kommen!« schrie sie. »Sie kommen *hierher!*«

Oma Wetterwachs und der Erzkanzler setzten ihr magisches Duell fort und achteten nicht auf Esk. Das Mädchen kroch hinter einem Tisch hervor und versuchte, Granny zu erreichen. Eine Einladung aus purer Thaumaturgie hob es an und schleuderte es gegen einen Stuhl.

Das Summen wurde nun lauter, und es stank so sehr, als hätte jemand vergessen, eine bereits drei Wochen alte Leiche zu begraben. Esk bemühte sich weiterhin, zu der alten Hexe zu gelangen, achtete nicht auf das grüne Feuer, das ihr über den Arm gleißte und das Haar versengte.

Verzweifelt hielt sie nach den anderen Zauberern Ausschau, aber wer inzwischen noch nicht geflohen war, kauerte hinter umgestürzten Möbelstücken und hoffte, den okkulten Sturm mit heiler Haut zu überstehen.

Esk verließ die Halle und eilte durch den dunklen Flur. Schatten und Schemen folgten ihr, als sie schluchzend die Treppe hinabstürmte und sich Simons Zimmer näherte. Die Korridore und Gänge brummten und knisterten.

Etwas würde versuchen, den Körper des jungen Mannes zu übernehmen, erinnerte sich Esk an Grannys Hinweis. Etwas, das Simons Verhalten nachahmte, kaum von ihm zu unterscheiden war. Etwas Ungeheuerliches, das nicht von dieser Welt stammte...

Einige Schüler standen nervös vor der Tür. Sie wandten Esk blasse Gesichter zu, und als sie das entschlossene Blitzen in ihren Augen sahen, wichen sie nervös zurück.

»Irgend etwas ist dort drin«, sagte einer von ihnen.

»Wir können die Pforte nicht öffnen!«

Sie musterten das Mädchen erwartungsvoll. Nach einigen Sekunden fügte einer der Studenten hinzu: »Du hast nicht zufällig den Schlüssel, oder?«

Esk griff nach dem Knauf und drehte ihn. Er bewegte sich, aber kurz darauf zuckte er so plötzlich zurück, daß er ihr fast die Haut von den Fingern schabte. Das Schnattern in der Kammer verwandelte sich in ein lautes höhnisches Kichern, und Eskarina hörte auch noch etwas anderes, dachte an ledrige Schwingen, die sich langsam entfalteten.

»Ihr seid Zauberer!« entfuhr es ihr. »Unternehmt etwas!«

»Wir hatten noch keine Gelegenheit, Erfahrungen mit der Telekinese zu sammeln«, erwiderte einer.

»Ich war leider krank, als Feuerwerfen auf dem Lehrplan stand...«

»Nun, das Entmaterialisieren ist mir schon immer schwergefallen...«

Esk trat an die Tür heran, streckte die Hand aus — und verharrte. Plötzlich fiel ihr etwas ein: Oma Wetterwachs vertrat die Ansicht, daß sehr alte Gebäude ein eigenes Ich besaßen. Und die Universität *war* alt.

Vorsichtig wich sie zur Seite und tastete über den kühlen Stein. Sie mußte ganz behutsam vorgehen, um die granitene Seele nicht zu erschrecken... Esk spürte ein leises, kaum hörbares Flüstern im Gemäuer, die Gegenwart eines schlichten, aber weiten Bewußtseins. Es pulsierte um sie herum, und ihre mentalen Augen sahen winzige Gedankenfunken im Fels.

Irgend etwas grölte hinter der Tür.

Die drei Schüler sahen verwirrt zu, als Eskarina die Stirn an die Wand preßte und sich nicht mehr von der Stelle rührte.

Geduldig baute sie eine mentale Brücke zur Egosphäre der Unsichtbaren Universität. Sie fühlte gewaltiges Gewicht, das sie mit sich selbst in Verbindung brachte, einen riesigen Leib, nahm teil an Erinnerungen, die bis zum Anbeginn der Zeit zurückreichten, in die Epoche der heißen, glutflüssigen und freien Steine. Zum erstenmal in ihrem Leben gewann sie einen Eindruck davon, was es bedeutete, Balkone zu haben.

Sanft durchstreifte sie den Geist des Gebäudes und wartete, bis sich die allgemeinen Konturen verschärften. Dann richtete sie den Blick auf *diesen* Korridor, den verschlossenen Zugang.

Ganz langsam hob sie einen Arm. Die magischen Studenten beobachteten, wie sie den Zeigefinger spreizte.

Die Türangeln knarrten.

Eskarina spürte einen kurzen Widerstand, bevor sich die Nägel aus den dicken Bohlen lösten und wie Geschosse an die Mauer weiter hinten prallten. Dunkles Holz knarrte: Die Pforte (oder das, was sich dahinter befand) widersetzte sich ihren Bemühungen.

Die Tür *blähte sich auf.*

Blaue Flammen leckten in den Korridor, züngelten und zischten, als vage *Dinge* durch das grelle Glitzern im Zimmer wogten. Das aktinische Licht funkelte und schimmerte. (Es war genau jene Art von Licht, auf die Steven Spielberg sofort ein Copyright angemeldet hätte.)

Eskarinas Haar wallte, und dadurch sah sie aus wie ein ambulanter Löwenzahn. Kleine Schlangen aus schillernder Magie krochen ihr über die Haut, als sie durch die Tür trat — und im Gleißen verschwand.

Die Schüler im Flur rissen entsetzt die Augen auf.

Das Glühen flackerte und verblaßte schlagartig.

Als die Studenten schließlich genug Mut aufbrachten, um einen Blick in die Kammer zu werfen, sahen sie nur den schlafenden Simon. Esk lag stumm auf den kalten Fliesen und atmete ganz flach. Eine dünne Schicht aus silbrigem Sand bedeckte den Boden.

Esk schwebte im Dunst der Welt und stellte mit einer Art neutralem Interesse fest, wie ihr Körper massiven Stein durchdrang.

Sie war nicht allein, vernahm ein dumpfes Schnattern und Grollen.

Zorn stieg wie Galle in ihr auf. Sie spähte in die Richtung, aus der die Geräusche kamen, verdrängte das verlokkende Wispern aus sich, das sie immer wieder darauf hinwies, wie angenehm es sei, sich einfach zu entspannen, die Gedanken treiben zu lassen und in ein warmes Bett aus Nichts zu sinken. *Konzentrier dich auf deine Wut,* erinnerte sie sich. Darauf kam es jetzt an: Sie mußte wütend bleiben, wenn sie sich nicht verlieren wollte.

Die Scheibenwelt blieb unter ihr zurück, und Eskarina blickte so auf sie hinab wie damals aus den Augen des Adlers. Aber diesmal sah sie nicht die Grate der Spitzhornberge, sondern das Runde Meer – es war tatsächlich rund; ein deutlicher Beweis für die auffällige Phantasielosigkeit des Schöpfers –, und jenseits davon erstreckten sich die Ausläufer des Kontinents. Sie beobachtete hohe Gebirgszüge, die bis zur Mitte reichten, winzige Inselgruppen, andere Landmassen, von denen sie noch nie etwas gehört hatte.

Als sich die Perspektive veränderte, kam der Rand in Sicht. Derzeit herrschte noch die Dunkelheit der Nacht. Die kleine Orbitalsonne befand sich unterhalb der Scheibenwelt, und ihr Licht fiel auf den langen Wasserfall, der mit unerschütterlicher Geduld über die Kante floß.

Sie tauchte auch Groß-A'Tuin in einen hellen Glanz. Esk hatte sich oft gefragt, ob die Himmelsschildkröte nur ein

Mythos sei. Warum sollte sie (oder er) vier Elefanten tragen, auf deren Schultern eine zehntausend Meilen durchmessende Scheibe ruhte? Aber es gab sie tatsächlich: Sternenstaub glänzte auf ihrem (oder seinem) von Meteoritenkratern übersäten Panzer.

Der Kopf glitt dicht an dem Mädchen vorbei, und Eskarina blickte in ein ozeangroßes Auge. Es hieß, wenn man weit genug in die Marschrichtung Groß-A'Tuins sehe, könne man das Ende des Universums erkennen. Nun, vielleicht beruhte dieser Eindruck nur auf der besonderen Mimik des ledrig anmutenden, großen Gesichts der Sternenschildkröte, aber Groß-A'Tuin wirkte irgendwie hoffnungsvoll, sogar optimistisch. Möglicherweise war das ›Ende des Universums‹ gar nicht so schlimm.

Wie in einem Traum streckte Esk die mentalen Hände aus und versuchte, das größte Bewußtsein im ganzen Kosmos zu borgen.

Sie überlegte es sich gerade noch rechtzeitig anders, kam sich wie ein Kind vor, das seinen neuen Rodelschlitten an einem sanft geneigten Hang ausprobieren möchte — und plötzlich feststellt, daß der Schnee bis in die Unendlichkeit reicht. Niemand konnte den Geist Groß-A'Tuins Borgen. Ebensogut hätte man versuchen können, ein Meer auszutrinken. Die Gedanken der Himmelsschildkröte bewegten sich mit der massiven Gemächlichkeit von Gletschern.

Jenseits der Scheibenwelt schimmerten die Sterne, und irgend etwas schien mit ihnen nicht in Ordnung zu sein. Sie wirbelten wie Schneeflocken dahin. Ab und zu kamen sie wieder zur Ruhe und wirkten so unbeweglich wie sonst, nur um kurze Zeit später einen neuerlichen Tanz zu beginnen.

Normale Sterne durften sich eigentlich nicht auf diese Weise verhalten, fand Esk. Was bedeutete, daß sie keine normalen Sterne sah. Und das wiederum ließ die Schlußfolgerung zu, daß sie sich an keinem normalen Ort befand. Ein leises Schnattern in der Nähe erinnerte sie daran, daß sie mit ziemlicher Sicherheit sterben konnte, wenn sie an der Realität ihrer Umgebung zweifelte und die Geräusche nicht mehr beachtete. Sie drehte sich um, horchte und spähte durch den stellaren Schneesturm.

Die Sterne sprangen und fielen, sprangen und fielen...

Während sie weiterschwebte, versuchte sich Eskarina alltägliche Dinge ins Gedächtnis zurückzurufen, denn sie fürchtete folgendes: Wenn sie darüber nachzudenken begann, wohin sie unterwegs war, hielt sie es vielleicht für besser, sofort umzukehren, und sie zweifelte daran, ob sie den Rückweg kannte. Sie erinnerte sich an die achtzehn Kräuter, mit denen man Ohrschmerzen behandelte, und dieses Unterfangen beschäftigte sie eine Weile, da sie immer wieder die vier letzten vergaß.

Ein Stern sauste an ihr vorbei, und irgend etwas riß ihn jäh zurück. Er durchmaß etwa sechs Meter.

Nach den Kräutern konzentrierte sich Esk auf die verschiedenen Leiden von Ziegen, was ziemlich viel Zeit in Anspruch nahm. Immerhin können sich Ziegen nicht nur die typischen Krankheiten von Kühen und Schafen holen, sondern haben sich in dieser Hinsicht auch einen eigenen Vorrat angelegt, der nichts zu befürchten übrigläßt. Als sie ihre mentale Liste mit Euterentzündungen, Ohrwelke und oktariner Milchdrüseninfektion abschloß, richtete sie ihre Aufmerksamkeit auf den komplexen Punkt-Strich-Code, mit dem die Bäume außerhalb von Blödes Kaff gekennzeichnet wurden, so daß jemand, der sich in einer stürmischen Nacht verirrte, ins Dorf zurückfand.

Sie war gerade bei Punkt Punkt Punkt Strich Punkt Strich angelangt (Randwärts-Mitte, eine Meile vom Ort entfernt), als sich das Universum um sie herum mit einem leisen *Plopp!* auflöste. Eskarina fiel, prallte auf knirschenden Untergrund und blieb liegen.

Der Boden bestand aus staubfeinem, trockenem und *kaltem* Sand. Esk vermutete, daß er selbst in einer Tiefe von mehreren Metern nicht feuchter oder wärmer war.

Eine Zeitlang rührte sie sich nicht von der Stelle und sammelte genug Mut, um den Kopf zu heben. Nicht allzuweit entfernt sah sie den Saum eines Mantels, den jemand — oder *etwas* - trug. Vielleicht handelte es sich auch um einen Flügel. Ja, es konnte *durchaus* ein Flügel sein, und zwar ein ziemlich schäbiger und ledriger.

Vorsichtig blickte Esk daran auf, bis sie in einer Höhe von mehreren dutzend Metern ein Gesicht fand, das sich vor dem sternenbesetzten Himmel abzeichnete. Das entsprechende Wesen gab sich offenbar alle Mühe, besonders entsetzlich und grauenhaft auszusehen, allerdings mit nur geringem Erfolg. Um einen ungefähren Eindruck vom äußeren Erscheinungsbild des Ungeheuers zu bekommen, stelle man sich ein seit zwei Monaten totes Huhn vor, das jemand mit den Stoßzähnen eines Warzenschweins, Insektenfühlern, Wolfsohren und der Elfenbeinspirale eines Einhorns ausgestattet hat. Es wirkte irgendwie *montiert*, so als habe es eine ungefähre Vorstellung von Anatomie und gleichzeitig eine Vorliebe für organische Modellbaukästen.

Das Geschöpf starrte herab, aber nicht auf Eskarina. Etwas hinter ihr weckte sein Interesse. Zögernd drehte sich das Mädchen um.

Simon saß mit überkreuzten Beinen im Sand, umgeben von *Dingen.* Hunderte von alptraumhaften Wesenheiten beobachteten ihn mit reptilienhafter Geduld, so reglos wie Statuen.

In seinen Händen bemerkte Esk ein kantiges kleines Objekt. Es erschimmerte in einem trüben bläulichen Glanz, und dieser Schein verwandelte das Gesicht des jungen Mannes in eine seltsame Fratze.

Andere Gegenstände lagen neben ihm und glühten. Sie zeichneten sich durch jene regelmäßigen Formen aus, die Oma Wetterwachs abfällig als Gehmetrie bezeichnete: Würfel, Oktaeder, Kegel, Pyramiden. Sie waren durchsichtig, und in ihrem Innern...

Esk schob sich näher heran. Niemand schenkte ihr Beachtung.

In einer kristallenen Kugel neben Simon sah sie einen blaugrünen Ball, auf dem sich ein wirres Muster aus winzigen weißen Flecken und dunkleren Streifen zeigte, die irgendwie an Kontinente erinnerten — was dem Mädchen natürlich absurd erschien: Schließlich versuchte niemand, der noch alle seine Sinne beisammen hatte, auf einem Ball zu leben. Vielleicht handelte es sich um ein Modell, überlegte Eskarina. Doch das Glühen wies sie darauf hin, daß die sonderbare Erscheinung überaus real und sehr groß war — und sich wahrscheinlich nicht nur auf das Innere der Kugel beschränkte.

Vorsichtig legte sie das kristallene Objekt in den Sand zurück und richtete die Aufmerksamkeit auf einen zehnseitigen Block, der eine weitaus annehmbarere Welt enthielt. Die Scheibenform erschien ihr sofort vertraut, aber anstelle des Wasserfalls am Rand bemerkte sie einen Vorhang aus Eis. Und in der Mitte erhob sich nicht etwa die gewaltige Felsnadel eines Cori Celesti-Äquivalents; statt dessen wuchs dort ein gewaltiger Baum, dessen Wurzelstränge hölzerne Gebirge formten.

Ein Prisma daneben enthielt eine andere, sich langsam drehende Scheibenwelt, über der Sterne leuchteten. Diesmal fiel Eskarinas Blick nicht auf einen filigranen Eisschleier an der Kante, sondern auf rotgoldenen Zwirn, der sich bei genauerem Hinsehen als eine Schlange herausstellte. Sie war so lang, daß sie die ganze Welt umschloß. Eine Zeitlang fragte sich das Mädchen verwundert, warum sie sich in den eigenen Schwanz biß...

Neugierig drehte Esk das Prisma hin und her. Die kleine Scheibe im Innern bemühte sich mit erstaunlicher Hartnäkkigkeit, in der Waagerechten zu bleiben.

Als Simon leise lachte, legte sie den funkelnden Kristall beiseite und blickte über die Schulter des jungen Mannes.

Er hielt eine kleine Glaspyramide in der Hand, in der Sterne glitzerten. Ab und zu schüttelte er das Objekt, und dann wirbelten die strahlenden Punkte wie Schneeflocken im Wind und rieselten träge zurück. Wieder kicherte Simon.

Unter dem wogenden Blitzen und Gleißen...

Eskarina erkannte eine weitere Scheibe. Eine (oder ein) Groß-A'Tuin, nicht größer als eine kleine Schüssel, ächzte unter einer Welt, die aussah wie das Werk eines übergeschnappten Juweliers.

Schütteln, wirbeln. Schütteln, wirbeln, kichern. Im Kristall hatten sich bereits erste haarfeine Risse gebildet.

Esk starrte in die leeren Augen Simons, beobachtete dann die gierigen, erwartungsvollen Grimassen der nächsten *Dinge.* Schließlich traf sie eine Entscheidung, riß dem jungen Mann die Pyramide aus der Hand, drehte sich um und lief los.

Die *Dinge* bewegten sich nicht, als Eskarina geduckt auf sie zustürmte, den gläsernen Gegenstand an die Brust gepreßt. Doch von einem Augenblick zum anderen berührten ihre Füße keinen Sand mehr: Irgend etwas hob sie hoch, und eine Wesenheit, die wie ein ertrunkenes Kaninchen aussah, wandte sich ihr zu, streckte eine Klauenhand aus.

Du bist gar nicht wirklich hier, sagte sich Eskarina. *Es ist einer von den Träumen, die Oma Wetterwachs als Annaloggie bezeichnet. Eigentlich droht dir hier überhaupt keine Gefahr. Wenn du dich verletzt, so geschieht das nur in deiner Einbildung. Mach dir keine Sorgen, Esk, du bist völlig sicher. Es handelt sich um eine Vision, um ein Vorstellungsbild vor deinem inneren Auge.*

Hoffentlich weiß das auch der Traum...

Die Klauenhand schloß sich um ihren Leib, und in dem verzerrten Kaninchengesicht entstand eine Öffnung. Es schälte sich wie eine Banane, doch es kam nicht etwa ein weitaufgerissenes Maul zum Vorschein, sondern nur ein dunkles Loch. Es sah aus wie ein Tor, das in die eigentliche Schreckenswelt führte, in die Dimension des Grauens an sich. Im Vergleich dazu mochten eiskalter Sand und mondloser Mondschein so vergnüglich sein wie ein heiterer Sommertag am Meer.

Esk hielt die Pyramide weiterhin fest und schlug mit der freien Hand nach den Krallen des Ungetüms. Die erhoffte

Wirkung blieb aus. Finsternis gähnte über ihr, ein Portal, hinter dem sich ein Kosmos völligen Vergessens erstreckte.

Das Mädchen trat so fest wie möglich zu.

Was angesichts der Umstände nicht besonders fest war. Doch dort, wo Esks Fuß den Körper des Ungeheuers berührte, stoben weiße Funken, und sie vernahm ein dumpfes Knacken – ein Geräusch, das sie sicher mit grimmiger Zufriedenheit erfüllt hätte, wäre es nicht sofort vom kalten Wind fortgetragen worden.

Das *Ding* kreischte wie eine Kettensäge, deren stählerne Zähne auf einen im Holz verborgenen Nagel stießen. Die anderen Wesenheiten stimmten ein mitfühlendes Summen an.

Esk trat erneut, woraufhin das *Ding* kreischte und sie fallen ließ. Sie war klug genug, sich abzurollen, denn auch im Traum kann ein verstauchter Knöchel sehr schmerzhaft sein. Die kleine Glaspyramide hielt sie weiterhin an sich gedrückt.

Das Ungeheuer starrte unsicher auf sie herab. Esk kniff die Augen zusammen, legte den Kristall vorsichtig beiseite, hob wieder das Bein und zielte auf eine Stelle, an der sie das Knie des *Dings* vermutete – vorausgesetzt natürlich, der entsetzliche Leib vor ihr wies überhaupt derartige Gelenke auf. Nach dem neuerlichen Tritt nahm sie die Pyramide sofort wieder an sich.

Das Unheilsgeschöpf heulte und sank wie ein Ballon, aus dem die Luft entwich, in sich zusammen. Es stürzte, und als es auf den Boden prallte, fielen die einzelnen Gliedmaßen auseinander. Der Kopf rollte davon und blieb einige Dutzend Meter entfernt im grauen Sand liegen.

Das ist alles? dachte Eskarina. *Sie können ja kaum laufen! Und wenn man sie tritt, fallen sie einfach um?*

Als Esk mit entschlossenen Schritten näher kam, schnatterten die anderen *Dinge* und versuchten, vor ihr zurückzuweichen. Doch da ihre Körper von kaum mehr als Wunschdenken zusammengehalten wurden, waren sie nicht schnell genug. Das Mädchen trat nach einem, dessen

Gesicht einer kleinen Tintenfischfamilie ähnelte, und daraufhin verwandelte es sich in einen Haufen aus rasselnden Knochen, zuckendem Pelz und zitternden Tentakeln — eine Masse, die den Eindruck erweckte, als stelle ein wahnsinniger Koch ein neues Tagesmenü zusammen, wobei er die Reste von der vergangenen Woche und als Gewürz den Inhalt einer Mülltonne verwendete. Ein anderes Wesen blieb nur kurze Zeit verschont. Es kroch, stakte und floß davon, doch die gnadenlose Eskarina schloß rasch auf. Ihre Fußspitze traf eins von insgesamt fünf Schienbeinen.

Das *Etwas* ruderte wild mit armartigen Gebilden und riß zwei andere Kreaturen zu Boden, als es fiel.

Die übrigen Wesen hatten inzwischen hastig den Rückzug angetreten und warteten in sicherer Entfernung.

Esk schritt auf das nächste zu. Es versuchte zu fliehen, verlor das Gleichgewicht und stürzte.

Die *Dinge* mochten häßlich und böse sein. Aber wenn sie sich bewegten, offenbarten sie die gleiche anmutige Eleganz wie ein Hecht an Land.

Esk bedachte sie mit einem durchdringenden Blick und betrachtete dann die Scheibenwelt in der Pyramide. Die allgemeine Aufregung schien ihre erhabene Ruhe in keinster Weise zu stören.

Es war dem Mädchen gelungen, nach *draußen* zu gelangen — wenn die graue Wüste tatsächlich das *Draußen* darstellt und die Scheibenwelt das *Drinnen* verkörpert. Aber wie sollte es zurückkehren?

Jemand stimmte ein seltsames Lachen an. Es klang wie...

Nun, im Grunde gibt es nur eine Bezeichnung dafür: P'ch'zarni'chiwkov. Dieses Wort kann leicht zu Kehldekkelentzündungen führen und wird deshalb auf der Scheibenwelt nur selten ausgesprochen. Normalerweise machen nur hochbezahlte linguistische Künstler Gebrauch davon — und natürlich die K'turni, die diese Bezeichnung erfunden haben. Es fehlt ein geeignetes Synonym, obgleich der Cumhoolie-Ausdruck ›schkfernt‹ (›genau jene Art von Gefühl, die sich in einem regt, wenn man feststellen muß, daß der vorherige Benutzer des Aborts kein Papier übriggelassen hat‹) einen ungefähren Eindruck von der Tiefe der Gefühle vermittelt. Die sinngemäße Übersetzung lautet folgendermaßen:

das abscheuliche Geräusch eines Schwerts, das genau in dem Augenblick hinter einem aus der Scheide gezogen wird, wenn man glaubt, den letzten Gegner erledigt zu haben.

Allerdings behaupten einige K'turni, dies lasse mehrere wichtige Bedeutungsaspekte unberücksichtigt, zum Beispiel den Ausbruch von kaltem Schweiß, vorübergehenden Herzstillstand und eisiges Schaudern.

Um ein solches Lachen handelte es sich.

Esk drehte sich langsam um. Simon schwebte mit geschlossenen Augen über den Sand, die Hände fordernd ausgestreckt.

»Hast du wirklich geglaubt, es sei so einfach?« fragte er beziehungsweise etwas: Es klang nicht nach Simons Stimme. Eher hörte es sich an, als sprächen mehrere Personen gleichzeitig.

»Simon?« brachte Eskarina unsicher hervor.

»Wir brauchen ihn nicht mehr«, sagte das *Ding* in der Gestalt des jungen Mannes. »Er hat uns den Weg gewiesen, Kindchen. Gebt uns jetzt, was uns gehört!«

Das Mädchen wich zurück.

»Ich glaube, die Pyramide gehört euch gar nicht«, erwiderte Esk. »Wer auch immer ihr seid.«

Das Gesicht vor ihr schlug die Augen auf. Eskarina sah keine Pupillen, nur Schwärze: zwei winzige Tore ins Nichts.

»Wir könnten versprechen, dich zu verschonen, wenn du uns den Kristall gibst. Wir könnten behaupten, dich in deiner eigenen Gestalt zurückkehren zu lassen. Aber vermutlich hätte das nicht viel Sinn, oder?«

»Ich würde euch nicht glauben«, sagte Esk.

»Das dachten wir uns schon.«

»Dann wäre dieser Punkt wohl erledigt.«

Das Simon-Etwas lächelte.

»Du schiebst das Unausweichliche nur hinaus«, grollte es.

»Ist mir recht.«

»Und wenn wir uns die Pyramide einfach nehmen?«

»Versucht es doch! Ich bin sicher, dazu seid ihr gar nicht in der Lage. Ihr könnt sie nur dann bekommen, wenn ich sie euch freiwillig gebe, stimmt's?«

Die Wesenheiten wechselten stumme Blicke.

»Du *wirst* sie uns geben«, sagte das Simon-Ungeheuer.

Einige der anderen *Dinge* wagten sich näher. Mit gräßlich ruckartigen Bewegungen stakten sie heran.

»Irgendwann fallen dir vor Müdigkeit die Augen zu«, fügte das Knurren aus Simons Mund hinzu. »Wir können warten. Wir sind sehr geduldig.«

Der junge Mann — beziehungsweise das, was sich in seinem Körper verbarg — wandte sich plötzlich nach links, aber Esk ließ sich nicht überraschen. Ihr Blick folgte ihm.

»Ihr braucht gar nicht zu versuchen, mich einzuschüchtern«, entgegnete sie. »Ich träume dies alles nur. Und in Träumen kann man sich nicht verletzen.«

Das *Ding* zögerte und musterte sie blicklos.

»In deiner Welt gibt es ein bestimmtes Wort. Wie heißt es doch noch? Ah, ja: ›psychosomatisch‹. Sagt dir dieser Begriff etwas?«

»Ich höre ihn zum erstenmal.«

»Anders ausgedrückt: Du *kannst* im Traum verletzt werden. Und was noch viel interessanter ist: Wenn du in deiner Vision stirbst, bleibst du hier. Das wäre schöööön.«

Esk sah zu den fernen Bergen hinüber, die sich wie halb geschmolzene Schlammbuckel am frostigen Horizont duckten. Nirgends wuchsen Bäume, und es ragte auch kein einziger Felsen in die Höhe. Nur Sand und kalte Sterne...

Sie hörte die Bewegung nicht, sondern fühlte sie eher —

und reagierte sofort, hielt die Pyramide wie einen Knüppel in beiden Händen und drehte sich um. Der Kristall traf das Simon-Etwas mitten im Sprung, und Eskarina hörte ein leises Knirschen, gefolgt von einem dumpfen Stöhnen. Das *Ding* in menschlicher Gestalt fiel zu Boden — und sprang mit erschreckender Mühelosigkeit auf. Doch es griff nicht an: Es bemerkte das schmerzerfüllte Aufblitzen in Eskarinas Augen und verharrte.

»Oh, das hat dir nicht gefallen, wie? Du magst es nicht, jemanden leiden zu sehen, oder? Dir liegt etwas an diesem Menschen, stimmt's?«

Es wandte sich um und winkte. Zwei andere *Dinge* wankten herbei und griffen nach Simons Armen.

Eine seltsame Veränderung erfaßte die Augen. Die Dunkelheit verflüchtigte sich und wich einem entsetzten Glanz. Simons Ich blickte aus den Pupillen, starrte zu den beiden Wesenheiten auf, die rechts und links von ihm standen. Der junge Mann versuchte sich aus den Klauenhänden zu befreien, aber einige Tentakel tasteten zu ihm herab und wickelten sich ihm um den Leib, wodurch er wie ein in Bedrängnis geratener Schlangenbeschwörer aussah.

Dann fiel sein Blick auf Eskarina und die kleine Glaspyramide.

»Lauf weg!« zischte er. »Bring den Kristall fort! Sie dürfen ihn nicht bekommen!« Er schnitt eine Grimasse, als die Klaue am rechten Arm fester zudrückte.

»Versuchst du, mich reinzulegen?« fragte Esk. »Wer bist du wirklich?«

»Erkennst du mich nicht?« stieß Simon hervor. »Und überhaupt: Was suchst du in meinem Traum?«

»Wenn dies tatsächlich ein Traum ist, möchte ich jetzt bitte aufwachen«, sagte das Mädchen.

»Hör mir gut zu: Du mußt fliehen, solange du noch Gelegenheit dazu hast. Steh hier nicht einfach so mit offenem Mund herum.«

GIB UNS DEN KRISTALL! sprach eine kalte Stimme dicht hinter Eskarinas Stirn.

Sie sah auf das gläserne Objekt hinab, beobachtete die kleine Scheibenwelt, die sich in aller Gelassenheit drehte, hob schließlich den Kopf und starrte Simon an. Ihre Lippen formten ein weites O der Verwirrung.

»Was hat es überhaupt mit diesem Gegenstand auf sich?«

»Sieh ihn dir genau an!«

Esk spähte ins Glas, und als sie die Augen zusammenkniff, stellte sie fest, daß die kleine Scheibe körnig wirkte, so als bestehe sie aus Millionen winziger Flecken. Und die Flecken wiederum...

»Es sind Zahlen!« entfuhr es ihr überrascht. »Die ganze Welt setzt sich aus Zahlen zusammen...«

»Es handelt sich nicht um eine Welt an sich, sondern ein entsprechendes Konzept«, hielt ihr Simon entgegen. »Ich habe es für *sie* geschaffen. Ihnen ist der Weg zu uns versperrt, aber... Weißt du, Ideen können hier feste Form annehmen und *real* werden!«

GIB UNS DEN KRISTALL!

»Aber Ideen schaden doch niemandem!«

»Ich habe die Wirklichkeit in Zahlen umgesetzt, um *sie* zu verstehen, aber sie streben die Herrschaft an«, erwiderte Simon bitter. »Sie gruben sich in mein numerisches Werk und...«

Er schrie.

WENN DU UNS DEN KRISTALL WEITERHIN VORENTHÄLTST, ZERREISSEN WIR DIESEN MENSCHEN.

Esk musterte die nächste Alptraumfratze.

»Woher soll ich wissen, ob ich euch vertrauen kann?« fragte sie.

DU KANNST UNS NICHT VERTRAUEN. ABER ES BLEIBT DIR KEINE WAHL.

Esk ließ den Blick über die Unheilsgesichter schweifen, vor denen sogar ein Nekromant Abscheu empfunden hätte, Gesichter, die aus dem Abfallhaufen eines Fischhändlers zu stammen schienen, die sich nicht einmal ein vollkommen ausgerasteter Surrealist in solcher Gräßlichkeit vorzustellen vermochte. Die Wesenheiten waren nicht menschlich genug, um zu höhnen oder zu spotten, wirkten aber mindestens so bedrohlich wie eine Haiflosse, die sich einem Schwimmer nähert.

Eskarina konnte ihnen nicht vertrauen. Aber es blieb ihr keine Wahl.

An einem anderen Ort, nur eine Schattenbreite von der kalten Wüste entfernt, geschah ebenfalls etwas.

Die magischen Schüler eilten in den Großen Saal zurück, wo Knallwinkel und Oma Wetterwachs noch immer ihre thaumaturgischen Muskeln spielen ließen. Die Fliesen unter Granny schmolzen langsam, und der Tisch hinter dem Erzkanzler schlug Wurzeln und begann zu blühen.

Einer der Studenten gewann alle Scheibenweltpreise für herausragenden Mut und tollkühne Tapferkeit, indem er vorsichtig an Knallwinkels Mantel zupfte...

Daraufhin fand das Duell zwischen Hexerei und Zauberei ein jähes Ende. Ohne viel Aufhebens begab man sich in Simons Kammer, in der nun gleich zwei reglose Körper ruhten.

Knallwinkel beauftragte einen Novizen, Ärzte des Körpers und des Geistes zu verständigen, und als sich die medizinisch-psychischen Experten an die Arbeit machten, knisterte pure Magie im Zimmer.

Granny klopfte dem Erzkanzler auf die Schulter.

»Auf ein Wort, junger Mann!« sagte sie.

»Ach, ich glaube, so jung bin ich nicht mehr«, seufzte Knallwinkel. Er fühlte sich leer und ausgelaugt. Die Studenten traten häufig zu magischen Zweikämpfen an, aber sein letztes Duell lag schon einige Jahrzehnte zurück. Er hatte den unangenehmen Eindruck, daß es Granny schließlich gelungen wäre, den Sieg zu erringen. Der Kampf gegen sie ähnelte dem Bemühen, eine Fliege zu zerquetschen, die auf der eigenen Nasenspitze hockt. Er wußte jetzt, daß es ein Fehler gewesen war, seine Kräfte mit ihr zu messen.

Oma Wetterwachs führte ihn aus dem Zimmer und durch den Flur. Als sie ein Fenster mit einer Sitzbank fand, nahm sie Platz und lehnte den Besen an die Wand. Regen trommelte aufs Dach, und einige zuckende Blitze wiesen darauf hin, daß sich ein Gewitter der Stadt näherte. Es schien sich verirrt zu haben: Unwetter von diesem Ausmaß tobten sich für gewöhnlich in den Tälern der Spitzhornberge aus.

»Deine Zauberei ist wirklich beeindruckend«, sagte Granny. »Ein- oder zweimal hättest du fast gewonnen.«

»Ach?« erwiderte Knallwinkel. Seine Miene erhellte sich. »Im Ernst?«

Die alte Hexe nickte.

Der Erzkanzler kramte in den verschiedenen Taschen seines Mantels, bis er einen schmierigen Tabaksbeutel und einige Papierstreifen fand. Mit zitternden Händen zupfte er an dem teerigen Tabak, rollte sich eine dünne Zigarette und führte sie am Mund entlang. Es blieben nur wenige Feuchtigkeitsflecken zurück. Als er sie anstecken wollte, erinnerte er sich vage an Dinge wie Takt und Höflichkeit.

»Äh«, sagte er, »hast du was dagegen, wenn ich rauche?«

Oma Wetterwachs zuckte mit den Schultern. Knallwinkel entzündete ein Streichholz an der Wand und versuchte, Flamme und Zigarettenspitze in ungefähr die gleiche Position zu bringen. Granny seufzte und half ihm.

Knallwinkel nahm einen tiefen Lungenzug, erlitt den rituellen Hustenanfall und lehnte sich zurück. Im dunklen Korridor schien der Tabak besonders hell zu glühen.

»Simon und Esk haben eine geistige Wanderung begonnen«, sagte Granny schließlich.

»Ich weiß.« Knallwinkel nickte.

»Ihr Zauberer könnt sie nicht zurückholen.«

»Das ist mir ebenfalls klar.«

»Aber vielleicht kehrt *etwas* zurück.«

»Ach, hättest du das nur nicht gesagt!«

Stille folgte, und das ungleiche Paar überlegte, *was* das

mentale Vakuum in zwei leeren Köpfen ausfüllen und die Gestalt von Simon und Eskarina annehmen mochte.

»Wahrscheinlich ist es meine Schuld«, sagten Granny und Knallwinkel gleichzeitig — und unterbrachen sich in synchronem Erstaunen.

»Du zuerst, Verehrteste«, schlug der Erzkanzler vor.

»Diese Zigaretten«, meinte Oma Wetterwachs. »Beruhigen sie die Nerven?«

Knallwinkel öffnete den Mund und wollte betont freundlich darauf hinweisen, Tabakgenuß sei ein ausschließlich für Zauberer reserviertes Laster. Dann aber überlegte er es sich anders und reichte Granny den Beutel.

Sie erzählte ihm von Esks Geburt, dem Eintreffen des alten Zauberers Drum Billet, dem Stab, den ersten magischen Erfahrungen des Mädchens. Als sie ihren Bericht beendete, hatte sie kaum mehr als einen streichholzdicken Zylinder gedreht, der mit einer kleinen blauen Flamme brannte. Schon nach kurzer Zeit begannen ihr die Augen zu tränen.

»Ich glaube, zerrüttete Nerven sind immer noch besser, als an diesem Zeug zu ersticken«, keuchte sie.

Knallwinkel achtete nicht darauf.

»Das finde ich bemerkenswert«, brummte er. »Du sagst, das Kind litt in keinster Weise?«

»Jedenfalls ist mir nichts dergleichen aufgefallen«, erwiderte Oma Wetterwachs. »Der Zauberstab... Nun, er schien auf Esks Seite zu sein, wenn du verstehst, was ich meine.«

»Und wo befindet er sich jetzt?«

»Sie hat ihn in den Fluß geworfen...«

Zauberer und Hexe sahen sich an, und ein flackernder Blitz erhellte ihre Gesichter.

Knallwinkel schüttelte den Kopf. »Der Fluß steigt über die Ufer«, sagte er. »Die Chancen stehen eine Million zu eins.«

Granny lächelte dünn. Es war jene Art von Lächeln, das Wölfe in die Flucht jagte. Entschlossen griff sie nach ihrem Besen.

»Chancen, die eine Million zu eins stehen«, entgegnete sie schlicht, »sind völlig normal.«

Es gibt Unwetter, die man als theatralisch bezeichnen muß und nur aus Lampenblitzen und metallisch schepperndem Donner bestehen, ganz im Gegensatz zu ihren tropischen Verwandten, die sich durch ein ausgeprägtes Temperament auszeichnen und eine Vorliebe für heiße Böen und Feuerkugeln haben. Das Unwetter aber, das sich nun Ankh-Morpork näherte, hatte über dem Runden Meer klimatische Wut gesammelt und den Ehrgeiz entwickelt, den Boden mit möglichst viel Regen einzuweichen. Ein solches Gewitter legte die Vermutung nahe, der Himmel habe ein harntreibendes Mittel geschluckt. Blitz und Donner hielten sich im Hintergrund und schufen eine angemessene Kulisse für den Star auf der Bühne: den Regen. Ausgelassen tanzte er übers Land, in der festen Absicht, alle Theaterkritiker zu ersäufen.

Das Gelände der Unsichtbaren Universität reichte bis zum Fluß. Tagsüber bildeten Kieswege und Hecken ordentliche Muster, doch in einer stürmischen und feuchten Nacht schienen Sträucher und Büsche rückwärts zu wachsen; die Pfade verschwanden und machten sich auf die Suche nach einem trockenen Plätzchen.

Trübes Hexenlicht filterte matt durch das tropfnasse Blättergeflecht, aber der Regen brauchte keine Wegweiser: Er fand auch so zum Boden.

»Was hältst du davon, eine Zauberformel einzusetzen und magische Flammen oder so etwas zu beschwören?«

»Ich bin so erschöpft, daß ich nicht mal einen Käfer in eine Fliege verwandeln könnte.«

»Bist du ganz sicher, daß Esk hier entlanggegangen ist?«

»Irgendwo dort vorn befindet sich eine Anlegestelle. Hoffe ich jedenfalls.«

Es raschelte in der Finsternis — ein massiger Körper, der sich durch dichtes Buschwerk zwängte —, und kurz darauf folgte ein anhaltendes Platschen.

»Ich habe gerade den Fluß gefunden.«

Oma Wetterwachs starrte durch die strömende Dunkelheit. Sie hörte ein dumpfes Brausen, und weiter vorn glaubte sie weißen Schaum auf hohen Wellenbergen zu erkennen. Darüber hinaus nahm sie den typischen Geruch des Ankh wahr: Er deutete darauf hin, daß ihn mehrere Armeen zunächst als Toilette und dann als Massengrab für ihre erschlagenen Feinde benutzt hatten.

Knallwinkel watete niedergeschlagen auf sie zu.

»Das ist doch Wahnsinn«, sagte er und fügte hastig hinzu. »Womit ich dich keinesfalls beleidigen will, hochgeehrte Hexe. Die Flut hat den Zauberstab sicher schon ins offene Meer hinausgetragen. Außerdem erfriere ich langsam.«

»Mit dem Wetter muß man sich ganz einfach abfinden. Und da wir gerade dabei sind: Du paßt dich dem Regen nicht richtig an.«

»Bitte?«

»Du gehst zusammengekrümmt und versuchst, der Nässe zu trotzen. Du solltest... nun, den Tropfen ausweichen.« Und tatsächlich: Grannys schwarze Kleidung schien weitgehend trocken zu sein.

»Ich werde deinen guten Rat beherzigen. Wie dem auch sei, erlauchte Frau Wetterwachs: Ich schlage vor, wir setzen uns an ein herrlich warmes Kaminfeuer und trinken das eine oder andere Glas Glühwein.«

Granny seufzte. »Ach, ich weiß nicht. Aus irgendeinem Grund habe ich angenommen, es sei ganz leicht, den Zauberstab zu finden. Normalerweise gibt er gut auf sich acht. Aber jetzt... Nun, das ganze Wasser... Und wenn er nicht schwimmen kann...«

Knallwinkel klopfte ihr sanft auf die Schulter.

»Es hat keinen Zweck, die Suche fortzusetzen«, begann er. »Unter den gegebenen Umständen...« Ein Blitz flackerte, und Donner hallte durch die Nacht.

»Ich sagte gerade: Unter den gegebenen Umständen...«

»Was habe ich da eben gesehen?« fragte Granny.

»Wie?« Knallwinkel musterte sie verwirrt.

»Ich brauche Licht!«

Der Zauberer seufzte naß und streckte die Hand aus. Goldenes Feuer löste sich von seinen klammen Fingern, zischte übers brodelnde Wasser und verblaßte in der Ferne.

»Dort!« sagte Oma Wetterwachs triumphierend.

»Nur eins von den Booten«, brummte Knallwinkel. »Im Sommer paddeln unsere jungen Schüler damit auf dem Ankh herum...«

Granny hörte ihm überhaupt nicht zu, und der Erzkanzler stapfte ihr rasch nach, um nicht den Anschluß zu verlieren.

»Du hast doch nicht etwa die Absicht, bei diesem Wetter in See zu stechen, ich meine: in den Fluß, besser gesagt...« Der Erzkanzler fuchtelte unsicher mit den Armen. »Das wäre vollkommen irrsinnig.«

Granny rutschte über das schlüpfrige Holz der fast schon überfluteten Anlegestelle.

»Du weißt doch gar nicht, wie man mit Booten umgeht!« protestierte Knallwinkel.

»Dann muß ich es eben schnell lernen«, erwiderte die alte Hexe gelassen.

»Seit meiner Kindheit habe ich nicht mehr in einem solchen Ding gesessen.«

»Ich verlange überhaupt nicht von dir, mich zu begleiten. Bestimmt komme ich auch allein zurecht. Das spitze Ende ist vorn?«

Knallwinkel stöhnte.

»Deine Bemühungen sind sehr anerkennenswert«, sagte er. »Aber wär's nicht besser, du wartest bis morgen früh?«

Ein neuerlicher Blitz offenbarte den Gesichtsausdruck der Hexe.

»Ich verstehe«, seufzte der Erzkanzler. »Na gut.« Er wankte über die Mole und zog das kleine Ruderboot heran. Das Einsteigen war reine Glückssache, aber schließlich schaffte er es, auf einer der schmalen Sitzbänke Platz zu nehmen. Es dauerte eine Weile, bis es ihm gelang, die Leine zu lösen.

Die Strömung erfaßte das Boot. Es entfernte sich vom Ufer und drehte sich langsam um die eigene Achse.

Granny klammerte sich fest, als das winzige Gefährt auf den Wellen hin und her schaukelte. Durch den prasselnden Regen warf sie Knallwinkel einen erwartungsvollen Blick zu.

»Nun?« fragte sie.

»Was nun?« erwiderte der Zauberer.

»Du hast doch behauptet, du kennst dich mit Booten aus.«

»Nein. Ich habe nur gesagt, *du* hättest keine Ahnung davon.«

»Oh.«

Sie schwiegen eine Zeitlang, während sich das glitschige Holz unter ihnen zur Seite neigte, wie durch ein Wunder wieder aufrichtete und flußabwärts glitt.

»Wenn ich mich recht entsinne, hast du erwähnt, daß du seit deiner Kindheit...«, setzte Granny an.

»Ich glaube, bei meiner letzten Bootsfahrt war ich zwei Jahre alt«, stöhnte Knallwinkel.

Ein Strudel schleuderte sie hin und her, zuckte mit der schäumenden Schulter und gab die Nußschale verächtlich frei.

»Und ich habe mir dich als einen Jungen vorgestellt, der dauernd auf dem Ankh herumgondelte«, sagte Oma Wetterwachs. Es klang ein wenig vorwurfsvoll.

»Ich bin in den Bergen aufgewachsen«, erwiderte Knallwinkel. »Und wenn du's genau wissen willst: Allein der Anblick von feuchtem Gras genügt, um mich seekrank zu machen.«

Das Boot stieß an einen dahintreibenden Baumstumpf, und eine kleine Welle schwappte über den Bug.

»Ich kenne einen Zauberspruch, der vor Ertrinken schützt«, fügte der Erzkanzler kummervoll hinzu.

»Freut mich.«

»Allerdings muß man auf trockenem Boden stehen, wenn man ihn intoniert.«

»Zieh die Stiefel aus!« befahl Granny.

»Bitte?«

»Du sollst die Stiefel ausziehen, Mann!«

Knallwinkel zwinkerte beunruhigt.

»Was hast du vor?« erkundigte er sich.

»Ich weiß nicht viel von Schiffahrt und solchen Sachen, aber eins ist mir klar: Für gewöhnlich befindet sich das Wasser *außerhalb* des Bootes!« Die Hexe deutete auf dunkle Fluten, die an den Bilgen vorbeispülten. »Füll deine Stiefel damit und schütt den Inhalt über Bord!«

Knallwinkel nickte. Er hatte es längst aufgegeben, sich zu fragen, was eigentlich mit ihm geschah. Ganz offensichtlich waren ihm die Ereignisse der vergangenen Stunden irgendwie über den Kopf gewachsen, und einige Sekunden lang gab er sich einem sonderbar tröstlichen Gefühl hin: Sein Leben war vollständig aus dem Gleichgewicht geraten, und ganz gleich, was jetzt auch passierte — niemand konnte ihm deswegen Vorwürfe machen. Daß er seine Stiefel mit Wasser füllte, während er mitten in der Nacht auf einem weit über die Ufer getretenen Fluß trieb, noch dazu in Begleitung einer Person, auf die die Beschreibung *Frau* beängstigend genau zutraf — das alles erschien ihm durch und durch absurd. Er zog es vor, nicht darüber nachzudenken.

Hinzu kommt, daß es sich um eine recht stattliche Frau handelt, flüsterte eine Stimme in seinem Hinterkopf. Die Art und Weise, wie sie ihren Besen benutzte, um das Boot durchs tosende Wasser zu lenken, stimulierte längst vergessene Teile seines Unterbewußtseins.

Natürlich konnte er in bezug auf die *Stattlichkeit* nicht ganz sicher sein. Immerhin war es ziemlich dunkel, und außerdem neigte Oma Wetterwachs dazu, ihre ganze Garderobe am Leib zu tragen. Knallwinkel räusperte sich unsicher. In metaphorischer Hinsicht eine stattliche Frau, entschied er.

»Äh, nun«, sagte er, »deine Absichten sind ausgesprochen ehrenhaft, aber was ist mit den Fakten, der Strömungsgeschwindigkeit und so weiter, verstehst du? Ich glaube, ich erwähnte bereits, daß der Zauberstab inzwischen im Ozean sein könnte. Vielleicht ist er für immer verloren. Vielleicht reißt ihn der Wasserfall am Rand sogar über die Kante der Scheibenwelt.«

Granny hatte über den Fluß gestarrt und drehte sich nun um.

»Fällt dir überhaupt nichts ein, was uns irgendwie weiterhelfen könnte?« fragte sie streng.

Knallwinkel dachte kurz nach.

»Nein«, sagte er.

»Hast du jemals gehört, daß einem Menschen die Rückkehr aus *jener* Welt gelungen ist?«

»Nein.«

»Dann dürfte es zumindest einen Versuch wert sein, oder?«

»Ich hasse das Meer«, brummte Knallwinkel. »Irgend jemand sollte es pflastern. In den dunklen Tiefen verbergen sich entsetzliche Wesen. Gräßliche Seeungeheuer, so sagt man.«

»Ich schlage vor, du schöpfst weiter Wasser. Sonst wirst du bald feststellen, ob *man* recht hat.«

Das Unwetter zog hin und her. Über der Ebene des Mündungsdeltas verlor es die Orientierung: Es gehörte in die hohen Spitzhornberge, deren Bewohner ein anständiges Gewitter zu schätzen wußten. Es grollte unwillig und hielt nach einem geeigneten Hügel Ausschau, auf den es Blitze hinabschleudern konnte.

Der Regen ließ ein wenig nach und wurde zu einem Nieseln, das sich durch extreme Sturheit auszeichnete und tagelang andauern mochte. Nebelschwaden zogen heran, um ihm Gesellschaft zu leisten.

»Wenn wir Paddel hätten, könnten wir rudern«, sagte Knallwinkel. »Vorausgesetzt natürlich, wir steuerten ein bestimmtes Ziel an.« Granny gab keine Antwort.

Der Zauberer füllte seine Stiefel erneut und kippte den Inhalt über Bord. Betrübt starrte er auf die prächtigen Goldtressen seines Mantels: Vermutlich waren sie jetzt für immer ruiniert. Knallwinkel erhoffte sich eine Gelegenheit, ihnen später nachzutrauern.

»Du weißt nicht zufällig, in welcher Richtung wir unterwegs sind, wie?« fragte Knallwinkel vorsichtig. »Würde mich wirklich interessieren.«

»Das läßt sich ganz leicht feststellen«, entgegnete Oma Wetterwachs und blickte weiterhin übers Wasser. »Wenn wir den nächsten Baum finden, suchen wir an seinem Stamm nach Moos. Die entsprechenden Stellen zeigen mittwärts.«

»Aha«, erwiderte Knallwinkel und nickte.

Mürrisch starrte er auf die ölig glänzenden Wellen und überlegte, zu welchem Teil des Flusses oder Ozeans sie gehörten. Nach dem salzigen Geruch zu urteilen, befanden sie sich bereits in der Bucht.

Sein Unbehagen dem Meer gegenüber basierte hauptsächlich auf der Erkenntnis, daß ihn nur Wasser von den schrecklichen Geschöpfen in den lichtlosen Tiefen trennte. Andererseits wußte er natürlich, daß ihn nur eine gewisse Entfernung davor bewahrte, von den menschenfressenden Tigern im Klatch-Dschungel verschlungen zu werden, doch mit dieser Einsicht konnte er derzeit nicht viel anfangen. Tiger hatten keine Flossen, und für gewöhnlich neigten sie nicht dazu, irgendwelche Boote anzugreifen. Knallwinkel stellte sich gewaltige Schuppenleiber und weit aufgerissene Rachen mit Myriaden nadelspitzer Zähne vor, die sich in Holz bohrten, es wie dünne Pappe zerrissen...

Er schauderte hingebungsvoll.

»Spürst du es nicht?« fragte Oma Wetterwachs. »Die Luft ist voll davon. Magie! Sie fließt aus irgend etwas heraus.«

»Eigentlich ist sie gar nicht wasserlöslich«, antwortete der Erzkanzler. Er schnüffelte einige Male und nickte langsam. Der Nebel roch tatsächlich nach Zinn, und die Luft wirkte irgendwie schmierig.

»Du bist Zauberer«, stellte Granny streng fest. »Kannst du den Stab nicht beschwören oder herbeirufen?«

»So etwas ist noch nie notwendig gewesen«, erwiderte Knallwinkel. »Normalerweise wirft man einen Zauberstab nicht einfach weg.«

»Er befindet sich irgendwo in der Nähe«, behauptete die Hexe. »Hilf mir, nach ihm zu suchen, Mann!«

Knallwinkel stöhnte. Es lagen einige sehr anstrengende Stunden hinter ihm, und bevor er wieder Magie einsetzte, brauchte er: mindestens zwölf Stunden Schlaf, mehrere ordentliche Mahlzeiten und einen ruhigen Nachmittag vor einem prasselnden Kaminfeuer. Das Problem bestand darin, daß er allmählich alt wurde. Er seufzte schicksalsergeben, schloß die Augen und konzentrierte sich.

Er fühlte tatsächlich die Präsenz von thaumaturgischer Energie. Nun, es gibt einige Orte, die als natürliche Akkumulatoren von Magie fungieren. Die Kraft der Zauberei sammelt sich vorzugsweise an Lagerstätten des überirdischen Metalls Oktiron, im Holz gewisser Bäume und in abgelegenen Seen. Sie sickert durch die Welt, und wer sich mit solchen Dingen auskennt, kann sie auffangen und sich einen entsprechenden Vorrat anlegen. Genau das schien irgendwo in der Nähe geschehen zu sein.

»Die Magie ist mächtig«, sagte der Erzkanzler nach einer Weile. »Sehr mächtig.« Er preßte sich die Fingerspitzen an die Schläfen.

»Es wird verdammt kalt«, brummte Oma Wetterwachs. Der Nieselregen verwandelte sich in Schnee.

Eine plötzliche Veränderung erfaßte die Welt. Das Boot verharrte, aber nicht etwa mit einem plötzlichen Ruck. Man konnte den Eindruck gewinnen, als habe das Meer von einem Augenblick zum anderen zu erstarren beschlossen. Granny beugte sich vor und blickte nach unten.

Der Ozean war fest und massiv. Nach wie vor hörten sie das Rauschen der Wellen, aber dieses Geräusch schien in immer weitere Ferne zurückzuweichen.

Oma Wetterwachs streckte die Hand aus und klopfte aufs Wasser.

»Eis«, sagte sie. Das Boot lag auf einer großen Scholle, die bedrohlich knackte.

Knallwinkel nickte.

»Es ergibt durchaus einen Sinn«, meinte er. »Wenn unsere Vermutung zutrifft und sich Simon und Esk wirklich an *jenem* Ort befinden, so dürfte es dort ziemlich kalt sein. Kalt wie die Nacht zwischen den Sternen, so heißt es. Und das spürt auch der Zauberstab.«

»Genau«, bestätigte Granny und kletterte aus dem Boot. »Jetzt brauchen wir nur noch die Mitte der Eisfläche zu finden. Dort wartet der Stab auf uns, nicht wahr?«

»Ich wußte, daß du so etwas sagen würdest. Darf ich wenigstens meine Stiefel anziehen?«

Sie wanderten über die gefrorenen Wellen. Ab und zu blieb Knallwinkel stehen und versuchte, das Ziel magisch anzupeilen. Auf seinem durchnäßten Mantel bildeten sich dünne Eisschichten, und er klapperte laut mit den Zähnen.

»Ist dir nicht kalt?« fragte er die Hexe, deren Röcke leise knisterten.

»Doch, schon«, gestand sie ein. »Ich zittere nur nicht.«

»Als Kind habe ich viele solche Winter erlebt«, krächzte Knallwinkel, hielt sich die Hände vor den Mund und hauchte auf die gefühllosen Finger. »Aber in Ankh-Morpork schneit es nur selten.«

»Was du nicht sagst«, erwiderte Granny und starrte durch den Frostdunst.

»Wenn ich mich recht entsinne, blieb der Schnee selbst im Sommer auf den Berggipfeln liegen. Ach, heute wird's nicht mehr so kalt wie damals, als ich noch ein Junge war.«

Zerknirscht fügte er hinzu: »Jedenfalls dachte ich das bisher. Aber das Klima überrascht einen immer wieder, besonders dann, wenn Magie im Spiel ist.« Er stampfte mit den Füßen auf, und das Eis knackte warnend, erinnerte ihn daran, daß es die einzige Barriere zwischen ihm und den

Seeungeheuern in der dunklen Tiefe darstellte. Er stampfte erneut, so vorsichtig wie möglich.

»Wo bist du aufgewachsen?« fragte Oma Wetterwachs.

»Oh, in den Spitzhornbergen. Unweit der Scheibenmitte, um ganz genau zu sein. In einem Dorf namens Blasnacken.«

Grannys Lippen bewegten sich. »Knallwinkel, Knallwinkel«, sagte sie leise. »Stammst du vielleicht aus der Familie von Acktur Knallwinkel? Er wohnte in einem großen Haus unter dem Springgrat und hatte viele Söhne.«

»Mein Vater. Hast du ihn etwa gekannt?«

»Ich wurde in der Nähe geboren«, erwiderte sie und widerstand der Versuchung, wissend zu lächeln. »Im nächsten Tal. Blödes Kaff. Deine Mutter war eine nette Frau. Hielt braune und weiße Hühner. Ich besuchte sie des öfteren und kaufte Eier von ihr. Bevor ich mich der Hexerei zuwandte.«

»Im Ernst?« fragte der Erzkanzler verblüfft. »Nun, es ist schon eine ganze Weile her, und inzwischen läßt mein Gedächtnis ein wenig zu wünschen übrig. Außerdem gab es damals in Blasnacken ziemlich viele Kinder.« Er seufzte. »Wahrscheinlich habe ich dich irgendwann mal am Haar gezogen oder gekniffen. So etwas machte mir damals viel Spaß.«

»Vielleicht. Ich entsinne mich an einen dicken und eher häßlichen Jungen.«

»Könnte ich gewesen sein. Nun, ich erinnere mich an ein rechthaberisches und herrisches Mädchen. Aber wie gesagt: Es ist schon *sehr* lange her.«

»Damals war mein Haar noch nicht weiß«, sagte Granny.

»Damals hatte alles eine andere Farbe.«

»In der Tat.«

»Im Sommer regnete es nicht so oft.«

»Wenn die Sonne unterging, glühte sie in einem satteren Rot als heute.«

»Es gab mehr alte Leute«, brummte der Zauberer. »Es wimmelte geradezu von ihnen.«

»Ja, ich weiß. Und nun ist die Welt voller junger Leute. Eigentlich komisch. Ich meine, normalerweise müßte es genau umgekehrt sein.«

»Selbst die Luft war damals besser«, fügte Knallwinkel hinzu. »Man konnte sie leichter atmen.« Sie stapften durch den wirbelnden Schnee und dachten über die seltsamen Launen von Zeit und Natur nach.

»Bist du jemals heimgekehrt?« erkundigte sich Oma Wetterwachs.

Der Erzkanzler zuckte mit den Schultern. »Als mein Vater starb. Seltsam, ich habe dies noch nie jemandem erzählt, aber... Nun, ich sah meine Brüder wieder – ich bin selbstverständlich der achte Sohn eines achten Sohnes –, und sie hatten Kinder und sogar Enkel, die kaum ihren Namen schreiben konnten. Ich wäre in der Lage gewesen, das ganze Dorf zu kaufen. Man behandelte mich wie einen König, doch... Ich meine: Ich habe Orte besucht und Dinge gesehen, die ihnen vor Entsetzen das Blut in den Adern gerinnen ließen. Ich habe gegen Wesen gekämpft, die schrecklicher waren als ihre Alpträume. Ich kenne Geheimnisse, in die nur wenige Menschen eingeweiht sind...«

»Du kamst mir wie ein Fremder vor«, sagte Granny. »Was nicht weiter verwunderlich ist. Das passiert uns allen. Schicksal.«

»Zauberer sollten nie nach Hause zurückkehren«, seufzte Knallwinkel.

»Ich glaube, sie *können* es gar nicht«, pflichtete ihm die Hexe bei. »Es ist unmöglich, den gleichen Fluß zweimal zu überqueren – so lautet meine Devise.«

Der Erzkanzler runzelte die Stirn.

»Ich glaube, da irrst du dich«, erwiderte er. »Ich habe den gleichen Fluß mindestens, äh, tausendmal überquert.«

»Nein, nicht den *gleichen.*«

»Ach?«

»Ts, ts«, machte Granny und schüttelte den Kopf.

Knallwinkel schürzte die Lippen. »Himmel, der verdammte Ankh verändert sich doch nicht über Nacht.«

»Du brauchst nicht gleich aus der Haut zu fahren«, sagte Oma Wetterwachs scharf. »Ich frage mich, warum ich überhaupt einem Zauberer zuhöre, der keine Briefe beantwortet.«

Knallwinkel schwieg einige Sekunden lang. Nur seine Zähne klapperten einen rasselnden Kommentar.

»Oh«, sagte er schließlich, »äh, ich verstehe. Sie stammten also von dir, nicht wahr?«

»Allerdings. Ich hab' ganz unten meinen Namen hinzugefügt. Das sollte normalerweise als Hinweis auf den Absender genügen, oder?«

»Schon gut, schon gut«, antwortete Knallwinkel mürrisch. »Ich hielt sie für einen Scherz, das ist alles.«

»Einen Scherz?«

»Es kommt nur selten vor, daß sich Frauen um einen Studienplatz an der Unsichtbaren Universität bewerben. Besser gesagt: So etwas geschah noch *nie.*«

»Es war mir ein Rätsel, warum eine Antwort ausblieb«, sagte Granny.

»Ich habe die Briefe weggeworfen«, gestand der Zauberer ein.

»Du hättest wenigstens ... *Da ist er!*«

»Wo? Wo? Oh, dort!«

Vor ihnen lichtete sich der Nebel, und sie sahen es ganz deutlich: eine Fontäne aus Schneeflocken, eine glitzernde Säule aus gefrorener Luft. Und darunter ...

Der Zauberstab war nicht etwa in Eis gehüllt, sondern lag friedlich in einer Lache aus siedendem Wasser.

Einer der ungewöhnlichsten Aspekte eines magischen Universums besteht in den Gegensätzlichkeiten. Es wurde bereits darauf hingewiesen, daß Dunkelheit nicht etwa das Gegenteil von Licht ist, sondern dessen Fehlen. Um ein anderes Beispiel zu nennen: Der absolute Nullpunkt kann als extremer Mangel an Wärme definiert werden. Wenn Sie einen Eindruck von *wirklicher* Kälte gewinnen möchten –

einer so intensiven Kälte, daß Wasser nicht etwa zu Eis erstarrt, sondern anti-kocht –, so sehen Sie sich diese Pfütze an.

Granny und Knallwinkel vergaßen ihren Zank und beobachteten stumm den Zauberstab. Nach einer Weile sagte der Erzkanzler: »Wenn du die Hand hineintauchst, kannst du dich von deinen Fingern verabschieden.«

»Bist du imstande, ihn mit Magie anzuheben?« fragte Oma Wetterwachs.

Knallwinkel klopfte seine Taschen ab, ortete den Tabaksbeutel und holte ihn hervor. Er wandte den Blick nicht vom Stab ab, als er aus den klumpigen Resten einiger Stummel eine neue Zigarette drehte.

»Wahrscheinlich nicht«, erwiderte er. »Aber ich versuch's trotzdem.«

Er schnupperte an dem teerigen Zylinder, seufzte melancholisch und klemmte ihn sich hinters Ohr. Dann streckte er die Arme aus und spreizte die Finger. Seine Lippen zitterten lautlos, als er einige Worte der Macht murmelte.

Der Stab drehte sich in der brodelnden Lache, schwebte in die Höhe, entfernte sich vom Eis und wurde innerhalb weniger Sekunden zum Zentrum eines Kokons aus frierender Luft. Der Erzkanzler stöhnte vor Anstrengung – direkte Levitation stellt den schwierigsten Teil praktischer Magie dar. Und angesichts des weithin bekannten Prinzips von Ursache und Wirkung ist sie alles andere als ungefährlich: Durch die mentale Hebelwirkung geht sogar ein erfahrener Zauberer das nicht unbeträchtliche Risiko ein, das eigene Hirn im wahrsten Sinne des Wortes aus den Angeln zu heben.

»Kannst du ihn in die Senkrechte bringen?« fragte Granny.

Der Stab erzitterte, neigte sich zur Seite und verharrte einige Zentimeter über dem Eis, dicht vor der Hexe. Rauhreif glänzte auf den Schnitzmustern, und Knallwinkel fühlte sich von ihm angestarrt. Natürlich war er in diesem Punkt nicht ganz sicher, denn der rote Migränedunst vor seinen Augen verschleierte die Konturen der unmittelbaren Umgebung. Dennoch: Der Zauberstab wirkte irgendwie *vorwurfsvoll.*

Oma Wetterwachs rückte sich den Hut zurecht und trat entschlossen näher.

»Na *schön«*, sagte sie. Knallwinkel schwankte: Grannys Stimme schnitt ihm wie eine Diamantensäge durch den Geist. Er erinnerte sich vage daran, als kleiner Junge von seiner Mutter getadelt worden zu sein. In dieser Hinsicht wirkte der Tonfall zumindest teilweise vertraut. Aber der Hexe gelang es meisterlich, ihn zu verschärfen und mit einem verbalen Schleifmittel zu versehen. Vermutlich hätte er sogar eine Leiche dazu gebracht, Haltung anzunehmen und über den ganzen Friedhof zu marschieren, bevor ihr einfiel, daß Tote überhaupt nicht gehen können.

Granny stand vor dem Zauberstab, und der heiße Zorn in ihrem Blick schien das Eis auf dem Holz zu schmelzen.

»Ist das deine Vorstellung von anständigem Betragen, hm? Hältst du es für angebracht, im Meer herumzuschwimmen, während Menschen sterben? Du solltest dich was schämen!«

Sie legte die Hände auf den Rücken und marschierte auf und ab. Knallwinkel stellte zu seiner großen Verwunderung fest, daß ihr der Blick des Stabs folgte.

»Man hat dich weggeworfen«, zischte Oma Wetterwachs. »Na und? Esk ist kaum mehr als ein Kind, und Kinder lassen uns irgendwann im Stich. Aber deshalb brauchst du nicht gleich zu schmollen! Ich finde es empörend, daß du hier herumliegst und dich selbst bemitleidest, obgleich du dich endlich mal nützlich machen könntest. Das Mädchen braucht dich, aber du willst ihm unbedingt einen Denkzettel verpassen, wie?«

Sie beugte sich vor, bis ihre Hakennase nur noch wenige Zentimeter von dem Stab entfernt war. Knallwinkel glaubte zu erkennen, wie das magische Holz versuchte, vor der Hexe zurückzuweichen.

»Soll ich dir sagen, was mit frechen und aufsässigen

Zauberstäben passiert?« fauchte Granny. »Möchtest du wissen, was dir blüht, wenn es uns nicht gelingt, Esk zu retten? Dir blieb einmal das Feuer erspart, weil du den Schmerz auf sie übertragen hast. Diesmal kommst du nicht so leicht davon. Heiße Glut wäre eine viel zu milde Strafe für dich.«

Ihre Stimme wurde zu einem unheilvollen Flüstern.

»Zuerst bearbeite ich dich mit einem Hobel. Dann nehme ich Sandpapier und schmirgle dich hübsch glatt. Und anschließend wirst du erfahren, was Bohrer und Messer anrichten können...«

»Das genügt«, warf Knallwinkel hastig ein und wischte sich Tränen aus den Augen.

»... und was dann noch von dir übrig ist, werfe ich Holzwürmern, Termiten und hungrigen Käfern zum Fraß vor. Du wirst *jahrelang* leiden.«

Die Schnitzmuster zitterten. Die meisten von ihnen verbargen sich auf der Rückseite des Zauberstabs.

»Nun«, fuhr Oma Wetterwachs fort, »ich schlage vor, wir kehren gemeinsam zur Universität zurück, in Ordnung? Du weißt ja, was dir blüht, wenn du weiterhin stur bleibst, nicht wahr? *Ritzeritze«*, fügte sie hinzu und versuchte, das Geräusch einer Säge nachzuahmen.

Sie rollte einen Ärmel hoch und streckte die Hand aus.

»Zauberer«, sagte sie, »ich möchte, daß du ihn freigibst.«

Knallwinkel verzog das Gesicht und nickte.

»Wenn ich ›jetzt‹ sage.« Granny hob den Kopf und holte tief Luft. *»Jetzt!«*

Knallwinkel schlug die Augen wieder auf.

Oma Wetterwachs hielt den linken Arm weit ausgestreckt, und ihre Finger schlossen sich um den Zauberstab.

Das Eis stob davon, verdampfte innerhalb von Sekundenbruchteilen und bildete dichte Dampfwolken.

»Also gut«, brummte Granny. »Und wenn du noch einmal ungehorsam bist, werde ich *sehr* böse. Habe ich mich klar genug ausgedrückt?«

Knallwinkel ließ die Hände sinken und eilte auf die Hexe zu. »Bist du verletzt?«

Granny schüttelte den Kopf. »Es fühlt sich an, als hielte man einen heißen Eiszapfen«, sagte sie. »Komm jetzt! Wir haben nicht genug Zeit, um hier herumzustehen und zu schwatzen.«

»Wie kehren wir zurück?«

»Himmel, nun verzag doch nicht gleich. Mann! Kopf hoch und guten Mutes! Wir fliegen.«

Sie zeigte auf ihren Besen. Der Erzkanzler betrachtete ihn skeptisch.

»Mit *dem* Ding?«

»Na klar. Reiten Zauberer nicht auf ihren Stäben durch die Gegend?«

»So etwas sieht ziemlich unwürdig aus.«

»Das nehme ich in Kauf. Und ich rate dir, meinem Beispiel zu folgen.«

»Meinetwegen. Aber ist der Besen sicher?«

Granny betrachtete ihn mit einem vernichtenden Blick.

»In einem absoluten Sinn?« fragte sie. »Oder im Vergleich dazu, auf einer schmelzenden Eisscholle zu stehen?«

»Ich bin noch nie zuvor mit einem Hexenbesen geflogen«, sagte Knallwinkel.

»Ach?«

»Ich dachte, man nähme einfach darauf Platz, und schon ging's los«, fügte der Zauberer hinzu. »Ich wußte nicht, daß man zuerst hin und her rennen und den Stiel verfluchen muß.«

»Ein Trick«, erklärte Granny.

»Außerdem habe ich mir immer vorgestellt, sie flögen schneller«, brummte Knallwinkel. »Und höher.«

»Was soll das heißen: höher?« fragte Oma Wetterwachs und versuchte, das Gewicht des Zauberers auszugleichen, als sie stromaufwärts schwebten. Wie alle Soziusfahrer seit dem Anbeginn der Zeit bestand er hartnäckig darauf, sich zur falschen Seite zu beugen.

»Nun, zum Beispiel *über* den Bäumen«, murmelte Knallwinkel und duckte sich unter einem tropfnassen Zweig hinweg, der ihm den Hut vom Kopf riß.

»Mit diesem Besen ist alles in bester Ordnung«, behauptete die Hexe. »Du bist eben nur ein paar Dutzend Kilo zu schwer. Willst du lieber absteigen und zu Fuß gehen?«

»Ganz abgesehen von der Tatsache, daß meine Füße fast immer den Boden berühren...«, brummte Knallwinkel. »Ich möchte dir keine Umstände machen. Wenn mich jemand um eine Liste der Gefahren beim Fliegen gebeten hätte, wäre es mir nie in den Sinn gekommen, hohe Dornbüsche zu erwähnen, die einem die Haut von den Beinen kratzen.«

»Rauchst du?« fragte Granny und blickte grimmig geradeaus. »Irgend etwas brennt hier.«

»Der rasende Flug setzt meinen Nerven arg zu. Und eine gute Zigarette beruhigt.«

»Der Gestank ist unerträglich. Drück das Ding aus, auf der Stelle. Und halt dich fest.«

Der Besen stieg höher und beschleunigte auf die Geschwindigkeit eines altersschwachen Joggers.

»Herr Zauberer.«

»Ja?«

»Als ich eben sagte, du sollst dich festhalten...«

»Ja?«

»Ich meinte nicht ausgerechnet *dort.*«

Kurze Stille folgte.

»Oh. Äh. Ich verstehe. Tut mir schrecklich leid.«

»Ist nicht weiter schlimm.«

»Mein Gedächtnis ist nicht mehr das, was es einmal war. Ich versichere dir... Äh, ich wollte dir keineswegs zu nahe treten...«

»Schon gut.«

Erneut schloß sich Schweigen an.

»Aber da wir gerade dabei sind«, sagte Oma Wetterwachs nachdenklich. »Um ganz ehrlich zu sein: Ich würde es vorziehen, du nimmst die Hände weg.«

Regen prasselte auf die Unsichtbare Universität herab und strömte in die Dachrinnen. Die Rabennester des vergangenen Sommers tanzten wie kleine zerbrechliche Boote auf den schäumenden Fluten. Das Wasser gurgelte durch uralte, hier und dort verstopfte Rohre. Es kroch unter die Schindeln und begrüßte dicke Spinnen. Es spritzte über Giebel und bildete verborgene Seen in dem Labyrinth aus Türmen und Minaretten.

Ganze Ökologien lebten im Dachgebälk der Universität, die noch weitaus größer und komplexer war als alle jemals erdachten Fantasy-Festen, Horrorburgen und Märchenschlösser. Vögel zwitscherten in kleinen Dschungeln aus Apfelkernen und Kräutersamen. Frösche schwammen in Regenteichen. Und ein Ameisenvolk nahm gerade die Aufgabe in Angriff, eine interessante und höchst komplizierte Zivilisation zu schaffen.

Die vom dunklen Himmel herabströmende Nässe erwies sich in vielerlei Hinsicht als sehr leistungsfähig, doch eine Möglichkeit blieb ihr verwehrt: Sie konnte nicht aus den kunstvoll verzierten Wasserspeiern gurgeln. Als sich die ersten finsteren Wolken am fernen Horizont zeigten, machten sich die entsprechenden Statuen aus dem (noch trockenen) Staub und versteckten sich in den Dachkammern. Was ein weiterer Beweis dafür ist, daß man Häßlichkeit nicht mit Dummheit gleichsetzen darf.

Es regnete Bäche und Flüsse. Es regnete Seen und Meere. Hauptsächlich aber regnete es durchs Dach über dem Großen Saal. Das magische Duell zwischen Oma Wetterwachs und Knallwinkel hatte dort eine breite Öffnung hinterlassen, und Treatle gewann allmählich den Eindruck, daß der Regen einen ganz persönlichen Groll gegen ihn hegte.

Er saß auf einem Tisch und beaufsichtigte einige Studenten, die Gemälde und Wandbehänge abnahmen und in Sicherheit brachten. Treatle entschied sich deshalb für einen Tisch, weil der Boden bereits zwanzig Zentimeter unter Wasser stand.

Glücklicherweise handelte es sich nicht um Regenfluten, sondern Wasser mit einer echten Persönlichkeit — mit jener Art von deutlich ausgeprägtem Charakter, den es bekommt, nachdem es mehrere Kilometer weit über schlammiges Ackerland geflossen ist. Mit anderen Worten: Es war richtiges, anständiges Ankh-Wasser: zu fest, um es zu trinken, zu dünnflüssig, um es zu pflügen.

Der Strom hatte schon vor einer ganzen Weile beschlossen, weit über die Ufer zu treten und die Stadt zu erforschen. Tausende von kleinen Flüssen sahen sich in Kellern um und vergnügten sich in der Kanalisation. Dann und wann ertönte ein grollendes Donnern, wenn vergessene Magie in irgendeinem überfluteten Kerker um Hilfe rief und ertrank. Andere thaumaturgische Entitäten lernten schwimmen (besser gesagt: tauchen), und Treatle schauderte unwillkürlich, als er das Zischen und Fauchen und Blubbern hörte. Er vermied es klugerweise, nach den Ursachen dieser Geräusche Ausschau zu halten.

Häufig stellte er sich vor, wie nett es wäre, ein Zauberer zu sein, der in einer kleinen Höhle lebte, Kräuter sammelte, wichtige Gedanken dachte und die Sprache der Eulen verstand. Aber vermutlich wäre die Höhle feucht gewesen, die Kräuter giftig. Und außerdem wußte Treatle nicht ganz genau, wodurch sich wichtige Gedanken von anderen unterschieden.

Ungelenk kletterte er vom Tisch hinunter und watete durch die brodelnde Schlickmasse. Nun, er brauchte sich keine Vorwürfe zu machen. Zusammen mit den Magiern der höheren Ränge hatte er versucht, das Dach zu reparieren, aber eine anhaltende Diskussion darüber, welche Zaubersprüche verwendet werden sollten, verhinderte sofortige Maßnahmen. Darüber hinaus vertraten einige seiner Kollegen die Ansicht, solche Arbeiten fielen in den Zuständigkeitsbereich von Handwerkern.

Die Kerle wollen sich bloß nicht die Hände schmutzig machen, dachte Treatle verdrießlich. Was ihn selbst betraf: Nun, irgend jemand mußte schließlich die Verantwortung tragen und alles leiten. *Ihre Aufmerksamkeit gilt in erster Linie dem Ätherischen, aber dabei vergessen sie häufig das Konkrete, insbesondere dann, wenn es um so banale Dinge wie häusliche Pflichten geht.* Und: *Unsere Schwierigkeiten begannen erst, als die Frau kam.*

Er passierte einen Torbogen, der auf ihn herabzuspuken schien, erklomm eine steile Treppe, rutschte mehrmals aus und zwinkerte, wenn das grelle Licht zuckender Blitze durch die beschlagenen Fenster filterte. Zwar glaubte er, daß ihn niemand für die Ereignisse der vergangenen Stunden verantwortlich machen konnte, aber aus irgendeinem Grund zweifelte er kaum daran, daß alle auf ihn zeigen würden, wenn die Suche nach dem Schuldigen begann. Mürrisch hob er den Saum seines Mantels, wrang ihn aus und holte dann seinen Tabaksbeutel hervor.

Er war grün und wasserdicht. Und das bedeutete, daß der Regen hineingeflossen war und jetzt nicht mehr heraus konnte. Als Treatle ihn öffnete, bot sich ihm ein unbeschreiblicher Anblick dar.

Die Papierstreifen bildeten einen faserigen Klumpen, der aussah wie... Nun, man stelle sich eine Banknote vor, vergessen in der Tasche einer Hose, die gerade eingeweicht, geschleudert, durch die Mangel gedreht und gebügelt worden ist.

»Mist!« sagte der Zauberer. Es kam von Herzen.

»Heda! Treatle!«

Er hob den Kopf und sah sich um. Er hatte den Großen Saal, in dem nun einige Sitzbänke zu schwimmen begannen, als letzter verlassen. Kleine Strudel und zerplatzende Blasen kennzeichneten die Stellen, an denen Kellermagie aufstieg, aber abgesehen davon bemerkte er nichts. Niemand befand sich in der Nähe.

Treatle drehte sich auf dem Treppenabsatz um, starrte argwöhnisch in die überschwemmte Halle und beobachtete die Statuen. Sie waren viel zu schwer, um sie fortzutragen, und es konnte ihnen sicher nicht schaden, gründlich gewaschen zu werden.

Er musterte die steinernen Gesichter – und bereute es sofort. Manchmal entwickelten die Skulpturen längst verstorbener Großmagier mehr Eigenleben, als ihnen eigentlich zustand. Treatle bedauerte seinen lauten Fluch.

»Ja«, fragte er und fühlte durchdringende Steinblicke auf sich ruhen.

»Sieh nach oben, du Narr!«

Er kam der Aufforderung nach. Ein Besen schwebte durch das breite Loch in der Decke des Großen Saals und setzte zitternd und schwankend zur Landung an. Etwa anderthalb Meter über dem Wasser verlor er seine areonautischen Ambitionen und verschwand in einem Strudel. Es platschte laut, und irgendwo gurgelte es. Es klang fast wie ein genüßliches Schmatzen.

»Steh nicht einfach so herum, du Schwachkopf!«

Treatle spähte nervös in die Finsternis.

»Irgendwo muß ich doch stehen«, erwiderte er unsicher.

»Hilf uns endlich!« sagte Knallwinkel scharf. Wie eine fette zornige Venus watete er durchs Wasser. »Die Dame hat natürlich den Vorrang.«

Er wandte sich zu Oma Wetterwachs um, die in den dunklen Fluten herumtastete.

»Ich habe meinen Hut verloren«, erklärte sie.

Knallwinkel seufzte. »Spielt das jetzt noch eine Rolle?«

»Eine Hexe kann nicht auf ihren Hut verzichten«, entgegnete Granny fest. »Woher sollen die anderen Leute sonst wissen, daß sie eine Hexe ist?« Sie griff nach einem schwarzen formlosen Gegenstand, der auf dem Dreck schwamm, stieß ein triumphierendes Krächzen aus und rammte sich den Hut aufs Haupt. Schlickwasser strömte herab, und der Stoff auf ihrem Kopf gehorchte den Gesetzen der Schwerkraft: Er neigte sich nach vorn und klatschte ihr ins Gesicht.

»Na *schön«*, sagte sie in einem Tonfall, der den Rest der Universität warnte.

Draußen flackerte erneut ein Blitz, was beweist, daß

auch die Wettergötter einen ausgeprägten Sinn für Dramatik besitzen.

»Steht dir gut«, sagte Knallwinkel.

»Entschuldigt bitte«, warf Treatle ein, »aber ist das nicht die H...«

»Und wenn schon«, knurrte Knallwinkel. Er nahm Grannys Hand, führte sie die Treppe hoch und winkte mit dem Stab.

»Aber es ist gegen die Tradition, eine H...«

Treatle unterbrach sich und riß die Augen auf, als Oma Wetterwachs an die Wand herantrat und die Hände auf den feuchten Stein preßte. Knallwinkel klopfte ihn mit dem Zeigefinger auf die Brust.

»Zeig mir, wo das geschrieben steht!« knurrte er herausfordernd.

»Sie befinden sich in der Bibliothek«, warf Granny ein.

»Der einzige trockene Ort in der ganzen Universität«, erwiderte Treatle. »Aber...«

»Dieses Gebäude fürchtet sich vor Gewittern«, stellte Granny fest. »Es könnte ein wenig Trost und Zuspruch gebrauchen.«

»Aber die Tradition...«, begann Treatle mit wachsender Verzweiflung.

Oma Wetterwachs marschierte bereits durch den Korridor, und Knallwinkel folgte ihr schnaufend. Nach einigen hastigen Schritten drehte er den Kopf.

»Du hast die Dame gehört«, sagte er.

Treatle sah ihnen verwirrt nach. Als ihre Schritte in der Ferne verklangen, blieb er einige Sekunden lang stumm stehen, dachte über das Leben an sich nach und überlegte, so seins aus den Fugen geraten war.

Andererseits: Er wollte sich keinen Ungehorsam vorwerfen lassen.

Vorsichtig und behutsam wandte er sich der Wand zu und fragte sich, wie man ein Gebäude tröstete. Nach einer Weile streckte er die Hand aus und streichelte die nasse Mauer.

»Kopf hoch, ist doch gar nicht so schlimm!« raunte er. Und seltsamerweise fühlte er sich sofort viel besser.

Knallwinkel hielt es eigentlich für angemessen, daß er die Führung übernahm – immerhin war er der Universitätsdirektor. Aber wenn es Oma Wetterwachs eilig hatte, konnte es kein langjähriger Nikotinsüchtiger mit ihr aufnehmen. Um nicht den Anschluß zu verlieren, hüpfte der Erzkanzler wie eine Krabbe, die an einer Krustentier-Olympiade teilnahm und sich gerade im Weitsprung versuchte.

»Hier entlang!« brachte er schließlich hervor und platschte durch einige Pfützen.

»Ich weiß. Das Gebäude hat mir den Weg gewiesen.«

»In diesem Zusammenhang wollte ich dir gerade einige Fragen stellen«, sagte Knallwinkel. »Die Universität hat nie zu mir gesprochen, und ich lebe hier schon ziemlich lange.«

»Hast du jemals versucht, ihre Stimme zu hören?«

»Nun, äh, nein«, antwortete der Erzkanzler. »Nicht im eigentlichen Sinne.«

»Was erwartest du denn?« Granny passierte einen Wasserfall, der dort rauschte, wo sich normalerweise die Treppe zur Waschküche befinden sollte. (In den nächsten Tagen würde es für Frau Reineweiß so viel Arbeit geben, daß sie bestimmt keine Zeit fand, sich mit ihrer Teeblätter-Zukunft zu befassen.) »Wir müssen durch den Flur dort oben, nicht wahr?«

Oma Wetterwachs wartete keine Bestätigung ab und eilte an drei Zauberern vorbei. Sie waren ziemlich überrascht, als sie die Hexe sahen, und ihr Hut verblüffte sie noch mehr.

Knallwinkel folgte ihr keuchend und hielt Granny am Arm fest, als sie die Tür der Bibliothek erreichten.

»Hör mal«, sagte er drängend, »ich will dich nicht beleidigen, hochverehrte Frau Wetterwachs, äh, ich meine *Fräulein* Wetterwachs, aber ...«

»Ich glaube, Esmeralda genügt. Immerhin haben wir einen gemeinsamen Besenflug und allerlei Widrigkeiten hinter uns.«

»Würdest du mir bitte den Vortritt überlassen?« fragte Knallwinkel flehentlich. »Weißt du, es ist *meine* Bibliothek.«

»Oh, natürlich. Entschuldige!«

»Um den Schein zu wahren, verstehst du?« fügte der Erzkanzler hinzu. Er drehte den Knauf.

Dutzende von Zauberern hielten sich in dem Raum auf. Für Magier haben Bücher ungefähr die gleiche Bedeutung wie für Ameisen ihre Eier: Wenn es Schwierigkeiten gibt, tragen sie sie mit sich herum. Inzwischen hatte das Wasser auch einen Weg in die Bibliothek gefunden, und aufgrund der sonderbaren Gravitationsanomalien in diesem Zimmer bildete es gerade dort Pfützen und Lachen, wo man überhaupt nicht damit rechnete. Die unteren Regale waren leer. Zauberer und Schüler bildeten lange Schlangen, reichten sich dicke Bände und stapelten sie auf Tische. Das Rascheln wütender Blätter übertönte fast die heulende Stimme des Sturms.

Der Bibliothekar schien vollkommen außer sich zu sein. Er sauste hin und her, zupfte immer wieder vergeblich an Ärmeln und gab ein gelegentliches ›Ugh‹ von sich.

Als er Knallwinkel sah, drehte er sich um und hüpfte auf den Erzkanzler zu. Oma Wetterwachs hatte noch nie zuvor einen Orang-Utan gesehen, wollte sich das jedoch nicht anmerken lassen. Sie blieb ganz ruhig stehen und musterte ein Wesen, das sie für einen etwas ungewöhnlich geratenen spitzbäuchigen Mann hielt: Er hatte extrem lange Arme und eine Haut in der Herrengröße 54, obwohl das Konfektionsmaß 48 völlig ausreichend gewesen wäre.

»Ugh«, erklärte der Bibliothekar. *»Uuugh.«*

»Wahrscheinlich hast du recht«, erwiderte Knallwinkel und zog den nächsten Zauberer heran, der unter dem Gewicht von mehr als zehn magischen Werken taumelte. Der Mann starrte ihn entgeistert an, und als er Oma Wetterwachs sah, ließ er die Bücher fallen. Der Orang-Utan stöhnte grunzend.

»Erzkanzler?« entfuhr es dem Zauberer. »Du lebst? Ich meine... Es hieß, jemand habe dich weggehext...« Er musterte Granny. »Ich meine, wir dachten... Treatle sagte uns...«

»Uuugh«, warf der Bibliothekar ein und schob einige widerstrebende Blätter zwischen die Buchdeckel zurück.

»Wo sind der junge Simon und das Mädchen?« fragte die Hexe. »Was habt ihr mit ihnen angestellt?«

»Sie... Wir haben sie dort drüben untergebracht«, antwortete der Zauberer und wich zurück. »Äh...«

»Führ uns hin!« verlangte Knallwinkel. »Und hör endlich mit dem Stottern auf, Mann! Man könnte glauben, du seiest noch nie einer Frau begegnet.«

Der Magier schluckte krampfhaft und nickte heftig.

»Gewiß. Ich meine... bitte folgt mir... äh...«

»Du wolltest doch nicht auf irgendwelche Traditionen hinweisen, oder?« fragte Knallwinkel.

»Äh... nein, Erzkanzler.«

»Gut.«

Der Zauberer geleitete sie durch die schmalen Gänge zwischen den Regalen und schob sich an seinen bücherschleppenden Kollegen vorbei, die von einem Augenblick zum anderen erstarrten, wenn sie Granny sahen.

»Das alles ist mir sehr peinlich«, hauchte ihr Knallwinkel zu. »Ich sollte dich zu einem Ehrenzauberer ernennen.«

Granny blickte starr geradeaus, und ihre Lippen bewegten sich kaum, als sie erwiderte:

»Wenn du das wagst, ernenne ich dich zur Ehrenhexe.«

Der Erzkanzler klappte den Mund zu.

Sie betraten eins der Lesezimmer und traten an Simon und Eskarina heran, die auf einem Tisch lagen. Mehrere Zauberer standen daneben und gaben auf die beiden reglosen Gestalten acht. Sie wichen nervös zur Seite, als sich Oma Wetterwachs und ihr Gefolge näherten. Der Bibliothekar folgte ihnen watschelnd.

»Ich habe mir überlegt...«, setzte Knallwinkel an. »Nun, vielleicht wäre es besser, Simon den Zauberstab zu geben. *Er* ist Zauberer und...«

»Nur über meine Leiche«, sagte Granny fest. »Und auch deine. *Sie* beziehen die magische Energie durch ihn. Willst du ihnen vielleicht noch mehr geben?«

Der Erzkanzler seufzte. Der Stab gefiel ihm sehr; es war einer der besten, die er je gesehen hatte.

»Na schön. Du hast natürlich recht.«

Er beugte sich vor, legte den Zauberstab auf die schlafende Eskarina und trat rasch einen Schritt zurück.

Es blieb alles ruhig.

Einer der anwesenden Magier hustete trocken.

Die Ruhe setzte sich still fort.

Die Schnitzmuster des Stabes schienen zu grinsen.

»Es funktioniert nicht«, sagte Knallwinkel. »Oder?«

»Ugh.«

»Laß ihm etwas mehr Zeit«, meinte Oma Wetterwachs.

Sie warteten. Draußen marschierte der Sturm übers Firmament und versuchte Häuser abzudecken.

Granny nahm auf einem Stapel Bücher Platz und rieb sich die Augen. Knallwinkels Hände tasteten nach dem Tabaksbeutel. Der Magier mit dem trockenen Husten wurde von einem Kollegen aus dem Zimmer geführt.

»Ugh«, sagte der Bibliothekar.

»Ich hab's!« verkündete die alte Hexe plötzlich. Der Erzkanzler zuckte so heftig zusammen, daß ihm die halb gerollte Zigarette aus den nervösen Fingern fiel. Tabak rieselte zu Boden.

»Was hast du?«

»Es fehlt noch etwas.«

»Was denn?«

»Sie kann den Zauberstab gar nicht benutzen«, brummte Granny und stand auf.

»Aber du hast doch gesagt, er fege für sie und gewähre ihr Schutz«, wandte Knallwinkel ein.

»Neinneinnein.« Granny schüttelte den Kopf. »Der Zauberstab fegt nur, wenn er Lust dazu hat. Man könnte eher behaupten, er benutzt *sie*. Esk hat nie gelernt, wie man damit umgeht, verstehst du?«

Knallwinkel starrte auf die beiden bewegungslosen Gestalten hinab. »Nein, ich verstehe nicht«, gestand er ein. »*Warum* kann sie keinen Gebrauch von ihm machen? Es ist doch ein richtiger Zauberstab.«

»Ja«, bestätigte Granny, »und dadurch wird sie Zauberer, stimmt's?«

Knallwinkel zögerte.

»Nun, natürlich nicht. Verlangst du etwa von mir, sie ganz offiziell zu einem Zauberer – ich meine: einer Zaube*rin* – zu erklären? Dafür gibt es keinen einzigen Präzedenzfall.«

»Keinen was?« fragte Granny scharf.

»Ich meine: So etwas ist noch nie zuvor geschehen.«

»Ich kenne viele Dinge, die noch nie zuvor geschehen sind. Zum Beispiel wurden wir nur einmal geboren.«

Knallwinkel war der Verzweiflung nahe. »Aber es ist gegen die T...«

Er wollte ›Tradition‹ sagen, doch das Wort blieb ihm irgendwo in der Kehle stecken.

»Wo steht das geschrieben?« fragte Oma Wetterwachs eindringlich. »Wo steht geschrieben, Frauen könnten nicht Zauberer werden?«

Folgende Gedanken rasten durch Knallwinkels vibrierende Bewußtseinssphäre:

– Es steht nirgends geschrieben, weil es allgemein bekannt ist. Schließlich kommt die Sonne auch nicht auf die Idee, ein Mond zu werden.

– Oder vielleicht doch? Hat Simon nicht behauptet, Ideen seien die Basissubstanz der Wirklichkeit, was auch immer das sein mag?

– Möchtest du als Erzkanzler in die Universitätsgeschichte eingehen, der Frauen zum magischen Studium zuließ? Nun, eins steht fest: Man würde mich bestimmt nicht vergessen.

— Wenn Granny jene Haltung einnimmt, sieht sie wirklich imposant aus.

— Der Zauberstab hat einen eigenen Willen.

— Es ergibt irgendwie einen gewissen Sinn.

— Bestimmt lacht man mich aus.

— Vielleicht klappt es gar nicht.

— Vielleicht doch.

Eskarina konnte ihnen nicht vertrauen. Aber es blieb ihr keine Wahl.

Sie blickte in die schrecklichen Fratzen, die auf sie herabstarrten, betrachtete die alptraumhaften Gestalten, deren Einzelheiten sich glücklicherweise hinter weiten Umhängen verbargen.

Ihre Hände prickelten.

In der Schattenwelt sind Vorstellungen real. Diese Erkenntnis wanderte durch ihre Arme und erreichte das Hirn.

Es war eine Art perlender Gedanke, voller Kohlensäure. Esk lachte, hob die Arme... und einen Sekundenbruchteil später schlossen sich ihre Finger um den funkenstiebenden Zauberstab. Er schien aus massiver Elektrizität zu bestehen.

Die *Dinge* schnatterten nervös, und einige, die weiter hinten standen, wichen furchtsam zurück. Simon fiel, als ihn die beiden Wesenheiten hastig losließen. Auf Händen und Knien landete er im Sand.

»Benutz ihn!« rief er. »Zögere nicht! Die Geschöpfe haben Angst davor!«

Eskarina lächelte und betrachtete den Stab. Zum erstenmal erkannte sie nun, was die Schnitzmuster darstellten.

Simon griff nach der kristallenen Pyramide mit der kleinen Scheibenwelt und lief auf das Mädchen zu.

»Worauf wartest du noch?« fragte er. »Sie verabscheuen ihn.«

»Bitte?« erwiderte Esk.

»Setz den Stab ein!« drängte Simon und streckte die Hand danach aus. »He! Er hat mich gebissen!«

»Entschuldige!« bat Esk. »Wovon sprichst du überhaupt?« Sie hob den Kopf und beobachtete die wimmernden *Dinge* mit neuem Interesse. »Ach, *die!* Sie existieren nur in unserer Einbildung. Wenn wir nicht daran glauben, gibt es sie gar nicht.«

Simon ließ den Blick über die Schattenkreaturen schweifen. »Ich bin nicht sicher, ob du recht hast«, entgegnete er.

»Ich glaube, wir sollten jetzt heimkehren«, schlug Esk vor. »Bestimmt machen sich einige Leute Sorgen um uns.«

Sie schloß die Hände, und daraufhin verschwand der Zauberstab. Für einen Sekundenbruchteil hatte es den Anschein, als glühten ihre Fingerkuppen.

Die *Dinge* heulten. Einige von ihnen verloren das Gleichgewicht und stürzten.

»Wenn man sich mit Magie beschäftigt, muß man auch lernen, wie man sie nicht beschwört«, sagte Esk und hakte sich bei Simon ein.

Er zwinkerte verdutzt und lächelte wie ein Narr.

»Wie man sie *nicht* beschwört?« wiederholte er.

Genau«, bestätigte Eskarina, als sie sich den *Dingen* näherten. »Versuch es selbst einmal.«

Erneut hob sie die Hände, holte den Zauberstab aus dem leeren Nichts und reichte ihn dem jungen Mann. Er wollte danach greifen, überlegte es sich dann aber anders.

»Äh, nein, lieber nicht«, brummte er. »Ich befürchte, er mag mich nicht besonders.«

»Ich schätze, es ist alles in Ordnung, wenn ich ihn dir gebe«, meinte Esk. »Dagegen hat er bestimmt nichts einzuwenden.«

»Wo *war* er eben?«

»Vermutlich ist er selbst zu einer Vorstellung geworden.«

Simon tastete behutsam nach dem Zauberstab und berührte glänzendes Holz.

»Ha!« platzte es aus ihm heraus, als er die typische Angriffshaltung eines rachsüchtigen Zauberers annahm. »Jetzt könnt ihr was erleben!«

Zwischendurch: [redacted] Die Schattenwesen sind also Produkte der Magie – ohne den Glauben an Zauberei müssen sie weichen. [redacted] Da halten wir uns in unserer Welt doch besser an reale, angenehmere Dinge – die wir auch ohne einen widerspenstigen Zauberstab schaffen können: Eine kleine heiße Stärkung für zwischendurch beispielsweise kann uns gegen jene fantastischen Schreckensbilder wappnen, die uns noch auf den folgenden Seiten erwarten. Wir müssen dazu die Lektüre ja nur für 5 Minuten unterbrechen, einen Löffel bereitlegen und Wasser zum Brodeln bringen... [redacted]

»Nein, völlig falsch.«

»Was soll das heißen? Ich weiß um Magie Bescheid. Und der Stab verleiht mir Macht genug, um ...«

»In gewisser Weise sind die Schattenwesen... Spiegelbilder von uns«, erklärte Esk. »Du kannst sie nicht besiegen, denn ihre Kraft entspricht immer genau der deinen. Aus diesem Grund schleichen sie sich näher, wenn du Magie verwendest. Und sie ermüden nicht. Sie nähren sich von Zauberei, und deshalb ist es unmöglich, sie damit zu schlagen. Andererseits: Wenn du Magie nicht einsetzt, weil dich irgend etwas daran hindert, so bleibt die gewünschte Wirkung aus. Aber wenn du *freiwillig* darauf verzichtest, dann geraten jene Geschöpfe in Panik. Allein der Gedanke jagt ihnen einen enormen Schrecken ein. Denn wenn Menschen damit aufhören, Magie zu beschwören, müssen sie sterben.«

Die *Dinge* vor ihnen waren sich gegenseitig im Weg, als sie sich zur Flucht wandten.

Simon betrachtete den Zauberstab, musterte Esk, beobachtete die Schattenkreaturen und richtete den Blick wieder auf das magische Holz.

»Darüber muß ich erst noch gründlich nachdenken«, erwiderte er unsicher. »Eine interessante Problematik, die eingehend untersucht werden sollte.«

»Bestimmt gelingt es dir bald, eine gute Theorie zu entwickeln.«

»Nach deinen Worten besteht die eigentliche Macht darin, die Tür der Magie zu durchschreiten, ohne auf der Schwelle stehenzubleiben.«

»Und es klappt, nicht wahr?«

Inzwischen waren sie allein in der kalten Wüste. Die *Dinge* zeichneten sich als winzige Schemen am Horizont ab.

»Ich frage mich, ob so etwas gemeint ist, wenn man von kreativer Zauberei spricht«, überlegte Simon laut.

»Keine Ahnung. Vielleicht.«

»Ich freue mich schon darauf, erste Analysen vorzunehmen«, sagte der junge Mann und drehte den Stab hin und her. »Weißt du, wir könnten damit experimentieren, bewußt auf Magie zu verzichten. Wir geben sorgfältig acht, kein Oktagramm auf den Boden zu zeichnen, sehen davon ab, Zauberformeln zu intonieren und... Mir bricht der Schweiß aus, wenn ich darüber nachdenke!«

»Ich glaube, zuerst einmal sollten wir nach Hause zurückkehren«, sagte Eskarina und betrachtete die gläserne Pyramide.

»Das ist *meine* Vorstellung von der Welt. Also müßte ich eigentlich in der Lage sein, einen Rückweg zu finden. Wie machst du das mit den Händen?«

Er hielt die Finger aneinander, und sofort materialisierte der Zauberstab zwischen ihnen. Einige Sekunden lang tanzte oktarines Licht übers Holz und verblaßte dann. Simon lächelte. »In Ordnung. Jetzt brauchen wir nur noch die Universität zu finden...«

Knallwinkel zündete die dritte Selbstgerollte mit dem Stummel der zweiten an. Die Zigarette verdankte ihre Gestalt den schöpferischen Kräften nervöser Energie: Sie sah aus wie ein Kamel mit abgeschnittenen Beinen.

Er hatte bereits beobachtet, wie der Zauberstab langsam von Esk fortschwebte und auf Simon liegenblieb.

Jetzt stieg er wieder auf.

Andere Magier drängten ins Zimmer. Der Bibliothekar hockte unterm Tisch.

»Wenn wir nur wüßten, was überhaupt geschieht«, sagte der Erzkanzler. »Ich kann die ständige Anspannung nicht ertragen.«

»Denk positiv, Mann!« schnappte Oma Wetterwachs. »Und mach die verdammte Zigarette aus. Oder glaubst du etwa, Simon und Esk möchten in ein Zimmer zurückkehren, das wie ein rußiger Kamin stinkt?«

Die versammelten Zauberer der magischen Fakultät drehten sich um und sahen Knallwinkel erwartungsvoll an.

Der Erzkanzler nahm das qualmende Etwas aus dem Mund, starrte seine Kollegen so durchdringend an, daß es niemand wagte, seinem Blick zu begegnen – und zertrat die Zigarette.

»Wird ohnehin Zeit, daß ich mit dem Rauchen aufhöre«, brummte er. »Und das gilt auch für euch. Manchmal riecht's hier schlimmer als in einer Aschengrube.«

Dann sah er den Zauberstab. Er...

Knallwinkel konnte sein Verhalten nur folgendermaßen beschreiben: Er bewegte sich rasend schnell und verharrte gleichzeitig an Ort und Stelle.

Faseriger Dampf zischte und löste sich auf – wenn es wirklich Dampf war. Der Stab gleißte wie ein Komet, der auf den Entwürfen eines unbegabten Experten für Spezialeffekte basierte. Bunte Funken stoben und tanzten und verschwanden im Nichts.

Er veränderte auch seine Farbe, glühte in einem dunklen Rot, arbeitete sich durchs ganze Spektrum und gewann schließlich eine grelle violette Tönung. Schlangen aus weißem Feuer funkelten auf dem thaumaturgischen Holz.

(Knallwinkel bedauerte, daß es keine Worte gab, die Geräusche, Duftnoten, flüchtige Eindrücke, dauerhafte Impressionen, visuelle Phänomene, Assoziationen und dergleichen auf einen *gemeinsamen Nenner* brachten. Nun, wenn man von ›gleißend‹ spricht, mag man zwar einen öligen Geschmack im Mund haben, aber das genügt bei weitem nicht, um die Ereignisse im Lesezimmer deskriptiv zu erfassen. Man stelle sich ein Wort vor, das genauso klingt, wie Funken aussehen, die über verbranntes Papier tanzen – oder wie das über die Scheibenwelt kriechende Licht von Städten, wenn die ganze menschliche Zivilisation in einer Nacht komprimiert wird. Wenn der Autor hier das Verb ›funkeln‹ benutzt, so hat das durchaus einen Sinn.)

Der Erzkanzler ahnte, was sich jetzt anbahnte.

»Seht nur«, hauchte er, »der Zauberstab...«

Das magische Holz erstrahlte in purem Oktarin, und

gleichzeitig herrschte Stille – jene Art von Stille, die Geräusch einfängt und betäubt.

Die Achtfarbe (hervorgerufen von Licht, das langsam und träge durch ein thaumaturgisches Feld sickert) glühte durch Körper, Regale und Wände. Andere Tönungen verschwammen und flossen ineinander, so als gieße jemand ein Glas Gin über das Wasserfarbengemälde der Welt. Die Wolken über der Unsichtbaren Universität glänzten, gewannen ebenso reizvolle wie beunruhigende Formen und strömten himmelwärts.

Ein Beobachter über der Scheibenwelt hätte gesehen, wie ein kleiner Fleck Land in der Nähe des Runden Meers für einige Sekunden wie ein kostbarer Kristall glitzerte und dann verblaßte.

Eine Zeitlang rührte sich überhaupt nichts, und dann erklang ein hölzernes Klappern, als der Zauberstab aus der Leere fiel und auf einen Tisch prallte.

Jemand gab ein leises ›Ugh‹ von sich.

Knallwinkel versuchte sich daran zu erinnern, wie man die Hände benutzte und sie dorthin hob, wo er die Augen vermutete. Alles war pechschwarz.

»Äh ... ist hier jemand?« fragte er vorsichtig.

»Bei den Göttern«, erwiderte eine andere Stimme, »du kannst dir gar nicht vorstellen, wie froh ich bin, daß du das gesagt hast.« Plötzlich grummelte, brummte und murmelte es überall.

»Befinden wir uns noch immer da, wo wir sind?«

»Keine Ahnung. Wo sind wir denn?«

»Hier, glaube ich.«

»Kannst du um dich tasten?«

»Das schon, guter Mann«, entgegnete die unverkennbare Stimme von Oma Wetterwachs, »aber ich bewege mich erst, wenn ich ganz sicher bin, was ich dabei berühre.«

Knallwinkel räusperte sich. »Alle strecken jetzt die Arme aus«, sagte er fest – und hätte fast laut aufgeschrien, als sich eine ledrige Hand um seinen Fußknöchel schloß. Er hörte ein dumpfes ›Ugh‹, das anthropoide Zufriedenheit, Freude und große Erleichterung darüber zum Ausdruck brachte, ein menschliches Wesen in der Nähe zu fühlen.

Irgend etwas kratzte, und unmittelbar darauf flackerte rötliches Licht. Auf der anderen Seite des Zimmers zündete sich jemand eine Zigarette an.

»Wer war das?«

»Entschuldige bitte, Erzkanzler! Reine Angewohnheit.«

»Oh, von mir aus kannst du deinen ganzen Tabak verqualmen.«

»Vielen Dank, Erzkanzler.«

»Ich glaube, ich sehe jetzt die Umrisse der Tür«, verkündete eine andere Stimme.

»Granny?«

»Ja, ich kann sie ganz deutlich erkennen...«

»Esk?«

»Ich bin hier, Oma.«

»Darf ich ebenfalls rauchen, Erzkanzler?«

»Ist der Junge bei dir?«

»Ja.«

»Ugh.«

»Ich bin hier.«

»Was ist eigentlich los?«

»Ruhe!«

Gewöhnliches Licht, das dem Auge schmeichelte, kehrte zögernd und widerstrebend in die Bibliothek zurück.

Esk setzte sich auf und ließ den Zauberstab los. Er rollte unter den Tisch. Sie spürte, wie ihr etwas über die Stirn strich, und griff danach.

»Warte!« bat Granny und sprang vorwärts. Sie packte das Mädchen an den Schultern und blickte ihm in die Augen.

»Willkommen zu Hause!« raunte sie und küßte Eskarina.

Esk hob die Hand und strich über einen harten Gegenstand, der auf ihrem Kopf ruhte. Sie nahm ihn ab.

Es handelte sich um einen spitz zulaufenden Hut, blau

und ein wenig kleiner als der von Granny. Interessiert betrachtete das Mädchen silberne Sterne und andere astrologische Symbole.

»Ein Zauberhut?« fragte es schließlich.

Knallwinkel trat vor.

»Äh, ja«, bestätigte er und räusperte sich erneut. »Weißt du, wir dachten... Wir überlegten uns... Nun, wie dem auch sei: Wir hielten es für angebracht...«

»Du bist jetzt eine Zauberin«, sagte Oma Wetterwachs schlicht. »Der Erzkanzler hat die Tradition verändert. War eigentlich gar nicht so schwer.«

»Der Zauberstab muß hier irgendwo in der Nähe liegen«, meinte Knallwinkel. »Ich habe gesehen, wie er fiel... Ah, da ist er ja.«

Er stand auf und zeigte ihn Granny.

»Wenn ich mich recht entsinne, wies er Schnitzmuster auf«, fügte er hinzu. »Dieses Ding sieht wie ein ganz gewöhnlicher Stock aus.« Und damit hatte er durchaus recht: Der Zauberstab wirkte so mächtig und gefährlich wie ein Stück Feuerholz.

Esk drehte den Hut hin und her und erweckte den Eindruck, als habe sie gerade ein in buntes Geschenkpapier gehülltes Paket geöffnet und Badesalz darin gefunden.

»Recht hübsch«, murmelte sie unsicher.

»Mehr hast du dazu nicht zu sagen?« erwiderte Oma Wetterwachs scharf.

»Die Spitze gefällt mir sehr.« Seltsamerweise fühlte sie sich überhaupt nicht anders, obgleich sie jetzt zu den Zauberern gehörte.

Simon beugte sich zu ihr herüber.

»Denk daran«, flüsterte er ihr zu, »du mußt Zauberer *gewesen* sein. Erst dann kannst du dich auf der andern Seite der magischen Tür umsehen. Erinnerst du dich?«

Sie musterten sich gegenseitig und lächelten.

Granny starrte Knallwinkel an. Der Erzkanzler zuckte mit den Achseln.

»Was weiß ich?« brummelte er. »Was ist mit deinem Stottern passiert, Junge?«

»Scheint weg zu sein«, erwiderte Simon fröhlich. »Offenbar habe ich's irgendwo zurückgelassen.«

Der Ankh war noch immer braun und angeschwollen, aber wenigstens ähnelte er jetzt wieder einem Fluß.

Für den Spätherbst herrschten erstaunlich hohe Temperaturen, und in den unteren Bezirken der Stadt stieg Dampf von vielen Tausend Decken und Teppichen, die zum Trocknen an langen Wäscheleinen hingen. Schlick bedeckte die Straßen, was die meisten Bürger von Ankh-Morpork als eine Verbesserung ihrer allgemeinen Lebensbedingungen empfanden: Die Flut schwemmte alle Müllberge fort, die sich in den letzten Wochen und Monaten angesammelt hatten.

Dampf stieg auch von den Fliesen der persönlichen Veranda des Erzkanzlers auf. Und von der Teekanne.

Oma Wetterwachs saß in einem alten Rohrstuhl und gestattete der ungewöhnlichen Wärme, ihr die Fußknöchel zu streicheln. Müßig beobachtete sie eine Gruppe von Stadtameisen, die schon so lange unter den Kacheln der Universität lebten, daß die starke magische Hintergrundstrahlung sie zu einer permanenten Veränderung ihrer genetischen Struktur geführt hatte. Mit einer winzigen Sackkarre transportierten sie ein feuchtes Zuckerstück. Ein zweites Einsatzteam errichtete eine winzige Rampe am Rande des Tisches.

Granny wußte natürlich nicht, daß eine der Ameisen Drum Billet war: Er wollte dem Leben eine zweite Chance geben.

»Wenn man am letzten Novembertag eine Ameise findet«, sagte sie, »steht ein sehr milder Winter bevor. So heißt es jedenfalls.«

»Wer behauptet das?« fragte Knallwinkel.

»Leute, die sich irren«, erwiderte Oma Wetterwachs. »Weißt du, ich mache mir Notizen in meinem *Almanach.*

Ich prüfe nach, jawohl. Und dabei stelle ich immer wieder fest, daß die meisten Leute an die falschen Dinge glauben.«

»Wie zum Beispiel: Himmel rot in der Nacht, in einer niedergebrannten Stadt man erwacht«, schlug der Erzkanzler vor. »Oder: Morgenstund hat Gold im Mund.«

»In dem Fall wäre ich längst steinreich«, sagte Granny. Der Zuckerwürfel erreichte gerade die Rampe, und dort befestigten ihn zwei Ameisen an einem mikroskopischen Flaschenzug.

»Die Hälfte von dem, was Simon erklärt, verstehe ich nicht«, meinte Knallwinkel. »Obgleich einige Schüler ganz aufgeregt werden, wenn sie seine Vorträge hören.«

»Nun, mir ist durchaus klar, was Esk meint — ich halte es nur für dummes Zeug«, entgegnete Granny. »In einem Punkt allerdings stimme ich ihr zu: Zauberer brauchen Herz.«

»Sie sagt auch, Hexen benötigten mehr Verstand«, warf der Erzkanzler ein. »Möchtest du einen von den Keksen? Sind ein bißchen feucht, aber schmecken recht gut.«

»Esk steht offenbar auf folgendem Standpunkt: Durch Magie bekommen Menschen das, was sie möchten. Aber indem man sie nicht beschwört, gibt man ihnen das, was sie brauchen.« Grannys Hand schwebte über den Plätzchen.

»Simon teilt diese Meinung. Um ganz ehrlich zu sein: Ich stehe vor einem Rätsel. Magie ist immerhin dazu da, um verwendet zu werden. Wem nützt es, wenn man sich einen Vorrat an thaumaturgischer Kraft anlegt, ohne je Gebrauch davon zu machen? Nur zu! Du verdirbst dir schon nicht den Magen.«

»Magie jenseits von Magie«, schnaubte Oma Wetterwachs abfällig. Sie griff nach dem Keks und schmierte Marmelade darauf. Nach kurzem Zögern fügte sie auch Sahne hinzu.

Der Zuckerwürfel fiel auf die Fliesen und wurde sofort von anderen Ameisen umringt. Sie spannten ihn in das Zuggeschirr der versklavten roten Ameisen aus dem Garten.

Knallwinkel rutschte unruhig hin und her. Der Stuhl unter ihm knarrte leise.

»Esmeralda«, begann er, »ich möchte dich fragen ...«

»Nein«, sagte Granny.

»Eigentlich wollte ich dir mitteilen, daß ich mit dem Gedanken spiele, einigen weiteren Mädchen ein Studium an der Universität zu ermöglichen. Versuchsweise. Als eine Art Experiment. Sobald die notwendigen sanitären Anlagen bereitstehen«, fügte Knallwinkel hinzu.

»Die Entscheidung liegt natürlich bei dir.«

»Und, äh, da uns offenbar keine andere Wahl bleibt, als ein koedukatives Institut zu werden, äh, dachte ich mir, äh, daß du, äh ...«

»Ja?«

»Nun, ich wollte dich fragen, äh, ob du vielleicht, äh, bereit wärst, einen Lehrstuhl, äh, anzunehmen.«

Der Erzkanzler lehnte sich zurück. Der Zuckerwürfel glitt auf winzigen Rollen unter seinem Stuhl dahin, und das Quieken der Sklaventreiber ließ sich als leises, kaum hörbares Knistern vernehmen.

»Hmmm«, erwiderte Granny, »warum nicht? Weißt du, ich habe mir immer einen bequemen Sessel aus Weidenruten gewünscht, mit einem ausziehbaren Sonnenschirm. Wenn das nicht zuviel verlangt ist ...«

»Nun, das meinte ich eigentlich nicht — obwohl ich sicher bin, daß wir einen solchen Stuhl irgendwo auftreiben können.« Knallwinkel suchte nach den richtigen Worten. »Äh, es ging mir um folgendes: Was hältst du davon, in der Universität zu unterrichten? Ab und zu?«

»Was denn, zum Beispiel?«

Der Erzkanzler schürzte die Lippen.

»Kräuterkunde?« fragte er vorsichtig. »Wir wissen hier nicht viel über Kräuter. Und Pschikologie. Esk erzählte mir viel davon. Klingt interessant.«

Mit einem letzten Hauruck verschwand der Zuckerbrokken durch einen schmalen Riß in der Wand. Knallwinkel deutete in die entsprechende Richtung.

»Sie klauen ständig Zucker«, sagte er. »Aber wir bringen es einfach nicht über uns, etwas dagegen zu unternehmen.«

Oma Wetterwachs runzelte die Stirn, blickte durch den Dunst über der Stadt und beobachtete die fernen Spitzhornberge. Schnee glitzerte auf den hohen Gipfeln.

»Es ist ein weiter Weg«, sagte sie. »Und ich bin zu alt, um ständig hin und her zu reisen.«

»Wir könnten dir einen besseren Hexenbesen besorgen«, erwiderte Knallwinkel. »Einen, der weder Anläufe noch Flüche erfordert. Und du... Wir würden dir hier eine Wohnung zur Verfügung stellen.« Er überlegte kurz und setzte seine Geheimwaffe ein: »Und dir so viel abgenutzte Kleidung geben, wie du tragen kannst.« Klugerweise hatte er Zeit in ein Gespräch mit Frau Reineweiß investiert.

»Mmpf«, machte Granny. »Seide?«

»Schwarze *und* rote«, sagte Knallwinkel. Als er sich die Hexe in schwarzroter Seide vorstellte, seufzte er innerlich und bohrte die Zähne in einen Keks.

»Vielleicht wäre es auch möglich, daß einige Schüler dein Haus in den Bergen aufsuchen«, fuhr der Erzkanzler fort. »Für naturverbundene Studien.«

»Wer soll sich mit der Natur verbinden?«

»Ich meine: Bei dir könnten sie bestimmt eine Menge lernen.«

Granny dachte darüber nach. Kein Zweifel: Es mochte nützlich sein, den Abort zu entleeren, bevor es zu warm wurde, und im Frühling mußte der Ziegenstall gründlich ausgemistet werden. Darüber hinaus konnte es nicht schaden, die Kräuterbeete umzugraben und auf die neue Saat vorzubereiten. Die Decke im Schlafzimmer war in einem jämmerlichen Zustand, und einige Dachschindeln hatten sich gelockert.

»Praktische Dinge?« fragte sie.

»In der Tat«, bestätigte Knallwinkel.

»Mmpf«, sagte Oma Wetterwachs und zwang sich zu diskreter Zurückhaltung. Bei der ersten Verabredung, so erinnerte sie sich vage, sollte man eine gewisse taktvolle Distanz wahren. »Vielleicht komme ich auf deinen Vorschlag zurück.«

»Wie wär's, wenn wir heute gemeinsam zu Abend essen?« fragte Knallwinkel. Seine Augen glänzten. »Dabei könntest du mir deine Entscheidung mitteilen.«

»Was steht auf der Speisekarte?«

»Kaltes Fleisch und Bratkartoffeln.« Frau Reineweiß hatte ganze Arbeit geleistet.

Oma Wetterwachs nickte.

Und hielt wenige Tage später ihre ersten Vorträge als Hexendozentin.

Eskarina und Simon entwickelten eine völlig neue Art von Magie. Zwar verstand sie niemand so ganz, aber alle hielten sie für vielversprechend und irgendwie... beruhigend.

Was vielleicht noch wichtiger war: Die Ameisen stahlen weitere Zuckerbrocken, und in einer der hohlen Wände erbauten sie daraus eine weiße Pyramide, in der sie mit einer feierlichen Zeremonie den mumifizierten Leichnam ihrer Königin bestatteten. An der Wand der Grabkammer brachten sie eine Inschrift an, die in verschnörkelten Insektenhieroglyphen das Geheimnis der Unsterblichkeit enthüllte.

Ihre Entdeckung hielt einer wissenschaftlichen Überprüfung stand und wäre wohl kaum ohne wichtige Konsequenzen für das Universum geblieben, wenn sich die Pyramide nicht bei der nächsten Überschwemmung in Zuckerwasser verwandelt hätte.

